黑轴

DARK AXIS

高黎神山

GAOLI GOD MOUNTAIN

3

顾非鱼 ◆ 著

U0131543

台海出版社

献给懂懂小朋友

◇前记

这是学界还未知晓的领域，也是人类尚未涉足的世界。当我写下这句话时，我知道我选择了一条艰险的道路，也明白了我个人的渺小，但我还是决定勇敢地尝试。也许我将一无所获，也许我将半途夭折，可我心里深处隐隐有一种本能的召唤，哪怕只有万分之一的可能，我也会走下去，将其中的秘密大白于天下，那么这个"领域"或是"世界"从哪里开始呢？就从这荒原大字开始。

整个地球重新回到了蛮荒原始状态，直到第四纪大冰期结束，我们的祖先快速进化发展，现代人类文明诞生。但我不妨大胆假设一下，最后依然有极少数躲避在黑轴内的闭源人存活了下来，只是他们无力回天，他们也回到了蛮荒时代，但他们特有的基因却很可能与现代人类混杂在一起，黑轴文明的种子依然隐藏在我们现代文明之中。

我从袁教授手上拿回笔记本，随手又翻了翻，忽然发现在笔记本的最后一页出现了一句话，同样是用钢笔写就，字迹应该就是袁帅妈妈的，我慢慢念出了那句话——我们打开了黑轴的秘密，它就不会再关闭！

我们打开了黑轴的秘密，它就不会再关闭！当我念出这句话时，所有人都面面相觑，仿佛被这句话震慑，它像一句咒语，又像是一句预言。

"这颗星球上只有两件事会让我感到热血澎湃：一是研发出让人类健康长寿的科技；二是让人类变为多星球栖息种族的科技。"袁教授忽然说出了一句特别牛的话，弄得我哭笑不得，我是该对他肃然起敬，还是该感到恐惧？

我闭上了眼睛，耳畔传来袁教授的喃喃低语，"我知道人类迟早会打开黑轴的秘密，但没想到是由我们打开！一开始我也没想到会陷得这么深，它……它太诱人了，高度发达的科技，一千岁的健康寿命，取之不尽的能源……啊！既然我们已经打开了黑轴的秘密，它就不会再关闭！"

当我们驶近真武庙时，我忽然叫秦悦停车，因为我发现就在草地上，斜着伫立了一块不大的石碑。"这块碑我们之前怎么没发现？"我小声嘀咕着，看看秦悦和宇文。

"看上去不像古代的碑！"秦悦说。

宇文凑上去，拂去碑上的灰土，上面显露出一行像是用刀刻上去的文字，"是俄文！写的是——我们打开了黑轴的秘密，它就不会再关闭！"

宇文喃喃地读出了碑上的文字，我们打开了黑轴的秘密，它就不会再关闭！这句话已是第三次出现，第一次是在桂颖留下的笔记本后面，第二次是从袁教授的嘴里，而这次是在这块草草刻成的碑上，是谁刻下这如咒语般的话语，是格林诺夫，还是阿努钦，抑或是柳金？还是那个有一半中国血统的梅什金？

而这碑文是对人类的忠告？还是得意的嘲笑？

目录

CONTENTS

引子

深渊

造型奇特的三角大厅内，庄严肃穆，一个金发碧眼的女人，身着紫袍，快步穿过一排排空旷的椅子，走到三角大厅中心。女人抬起头，向正对着她的A角小阳台上的人，高声汇报道："赤道王朝这次行动我将会承担所有责任，但无论如何，蓝血团与云象之间的大战已经不可避免！"

蓝血团与云象之间的大战已经不可避免？我猛地惊醒过来，发现周围一片漆黑，自己还在船上，四周是黑沉沉的大海，无边无际，刚才是梦，还是……我怅然若失，一切都结束了吗？我忽然发现在远处的海面上，升腾起巨大的烟雾，直冲黑色的天空。我心里一颤，忽然明白火山口或许已经转移到海面下的大陆架上。我失神地望着远方不断腾起的烟雾，慢慢地，慢慢地，那座巨大恐怖的荒岛消失在远方。

可能因为海底火山喷发，也可能是机械故障，我乘坐的小船丧失了动力，在这大海漂荡的我竟是那么渺小，似乎只需一个小小的风浪，就可以完全将我吞噬。这时，我又缓缓抬起右手，手腕上的十六边形合金手环正散发着诱人的光芒。赤道王朝？噩梦已经结束了吗？

　　突然，我听到一声奇异的巨响，身下的小船开始晃动，晃动越来越剧烈，四周的海水翻滚起来，形成漩涡，我吃惊地爬起来，双手抓着船舷，惊恐地注视着眼前的这一幕……下面会有什么？黑轴还是另一个世界？小船似乎受到了下面巨大的吸力，被一点一点拖进了黑色的漩涡，海水迅速灌进了船舱，我绝望地想要大叫，但却没有发出声音，接着，我像是坠入了万丈深渊……

第一章 谜之记忆

1

我猛地惊醒过来，四周一片白色。约半分钟后，我才意识到自己正身处袁帅的病房内。自从赤道王朝死里逃生后，我整个人处于混沌状态，非常不好，常做噩梦。不过比我更不好的是袁帅，袁帅长时间处于昏迷状态，偶尔苏醒过来，也完全没有记忆。我每天除了去医院看袁帅，心情烦躁，无所事事。

我怔怔地盯着病床上的袁帅，忽然又想起了刚才的噩梦，梦中梦？虽然这段时间一直被噩梦困扰，但这样奇怪的梦却从未做过。那个外国女人是谁？蓝血团与云象的大战不可避免？想想距离赤道王朝的遭遇已经过去了将近半年，并没有什么大战，我也没有再见过蓝血团的人……但我却有一种预感，他们是不会放过我的……至于后面的梦，有一半是真实的，我在海上漂了一天两夜，才被人救起，I国马鲁古群岛附近也的确发生了一次火山喷发，一次在海底大陆架上的火山喷发。但是深渊……那是什么？

"深渊……"当我的嘴里喃喃自语说出这个词时，浑身不禁一颤，失神的目光忽然停留在枕头边的手机上，绿色的指示灯在闪烁。我本能地拿起手机，机械地按下指纹解锁，发现了许多无用的信息，我逐一浏览过后，那七条信息里有两条是秦悦和宇文发的。他们养好伤后，又恢复成了工作狂，秦悦开始调查自己的父亲，而宇文则专心研究芯片里的袁帅记忆。

"我一会儿到！有一些发现。"这是秦悦的微信。

"我有了重大突破！马上过来！"这是宇文的微信。

什么重大突破？我嘀咕着，继续浏览微信，七条微信的最后一条是个陌生的账号——远方。是谁？我不记得加过这个人，我微信里有接近三千名好友，但是很多人都没交流过，也不记得是什么时间、什么场合加的，看名字颇似一位老年人的微信名。胡思乱想之间，我点开这条微信，微信很长，大致内容如下：

非鱼先生，冒昧打扰，我是蓝血团外事枢密助理，感谢你们对袁帅的照顾，但你们须知道，要彻底根除袁帅头脑里的纳米机器人，只有我们能够做到，所以希望你们将袁帅交给我们，我将指定专人来与你对接。

我猛地一个激灵，由内而外发出感叹。蓝血团的人？外事枢密助理？伊莎贝拉跟我说过蓝血团有六大枢密，莫非这个外事枢密的助理一直潜伏在我微信里？我感到不可思议，又生出一丝寒意。我赶忙打开这个人的朋友圈，里面什么都没有……究竟是什么时候加的呢？我仔细回忆，却怎么也想不起来。

我又从头到尾看了一遍这条微信，然后迅速转动大脑，一个个问题在我脑中生成：我怎么相信他的身份？他们似乎了解我们的一举一动，知道我们这几个月一直未能将袁帅脑中的纳米机器人彻底清除？指定专人？想到这里，我本能地向病房四周望去，米白色的墙壁，淡雅素净，单人病房，安静私密，难道这里被人安装了针孔摄像头？或是这儿的医生护士……

"怎么能证明你的身份？"我快速回复了一条微信。

短暂的沉默后，对方回复道："我了解你们的一切。"

"这不够！云象组织也了解我们的一切！"我马上回复道。

我以为对方会组织一会儿语言再回复我，没料到对方立马回复道："我们指定和你对接的人会向你证明。"

这下我愣住了，思考片刻之后，我还是决定做出反抗。

"我们已经联系好了专家，准备再做一次手术，取出袁帅脑中的纳米机器人，所以并不需要你们的帮助，回想之前发生的一切，都与蓝血团脱不掉关系，我们只想回归平静的生活。"

这次对方没有立即回复，在长时间的等待后，对方依然没有回复。难道被我的反抗击退了？就在我胡思乱想之时，秦悦和宇文同时推开了病房的门。我像是做了什么坏事，赶忙收起手机，抬头看向两人，犹豫要不要将这事告诉他们，宇文却率先开口："重……重大突破，我……我用全息影像完全呈现出了袁帅的记忆。"

我轻轻哦了一声，又将目光转向秦悦，然后很淡定地问道："你呢？不是说也有发现吗？"

秦悦看着我的脸，欲言又止："是，不过没有宇文的信息重要，还是先听听宇文那边的吧！"

"对！绝对重大突破，太……太不可思议了！"

宇文看我一副淡定模样，进一步解释道。

我的目光还注视着秦悦，她漂亮的脸上写满愁云。自从赤道王朝回来后，原本开朗的秦悦像是变了一个人，总是心事重重，这让我想起了另一个美女夏冰。秦悦注意到我在看她，尴尬地转过脸，反问宇文："是那个芯片里的东西吗？"

"没错。我一直苦于无法将芯片里的东西呈现出来，现在我终于用全息投影将它弄出来了，果然……果然都是袁帅的记忆。"宇文越说越激动。

芯片？伊莎贝拉最后坠入熔岩的画面又在我脑中复苏。

"好吧！那就让我们来看看袁帅最后的记忆吧。"我整理了下思路，决定看看宇文的重大突破，今天这是怎么了？我们三个人都有了发现，只不过我是被动的，难道刚才神秘的微信与宇文的重大突破有什么关联？有人不希望我们看到袁帅的记忆？

就见宇文麻利地打开背包，拿出各种仪器和笔记本电脑鼓捣一番，秦悦警觉地回身锁上房门，待一切准备妥当，就在袁帅病床的正前方，突然出现了画面——全息投影画面。巨大、阴森、恐怖的中央实验室就在眼前，虽然已经离开荒原大字的所在地很久，但此刻我依然感到了深深寒意。

"这是袁帅经历过的荒原大字，还有中央实验室，与我们经历的几乎一样。"宇文介绍道。

"废话！当然一样！荒原大字的经历都差不多，关键是从荒漠到赤道岛之间，袁帅去了哪里？"我快速地提出疑问。

"对啊！这是关键，按照袁帅后来跟我们说的，他昏倒在中央实验室下面的地下公路，醒来就已经到了万里之外的赤道岛了！"秦悦附和道。

"你别急呀。我正要给你们看这个，快到了……"宇文一脸紧张加神秘。

随着画面一点点进入那条神奇而恐怖的地下公路，我们全都屏住呼吸，似乎里面那头凶猛的袋狮随时都会跳出来，一点一点，不断深入地下公路，画面推进越来越缓慢，越来越抖动，这意味着袁帅的脚步越来越小，速度越来越慢，体力透支……袋狮并没有出现！但接下来，画面一转，我们全都瞪大了双眼。

2

画面忽然变得明亮炫目，竟让我们无法睁眼。我强忍着不适，发现我们已经置身一片明亮的天空之下。不，准确地说是在一块巨大的岩石边缘，身旁云雾缭绕，脚下万丈深渊，耳畔震耳欲聋，这是……

"委内瑞拉的天使瀑布！"宇文急促地说道。

我的大脑快速做出反应。

"对,这是天使瀑布!可……可是天使瀑布在委内瑞拉,在南美洲啊……"

我和秦悦看向宇文,宇文挥了挥手示意我们继续看下去。

我们眼前猛地一晃,瞬间又置身黑夜的荒原,一望无际的雪原,没过膝盖的积雪,周围一片死寂,我们又到了另一个世界。就在我们面面相觑的时候,远处的地平线迸发出炽热的岩浆,映亮了远方的天空。

"这是……冰岛的火山群……"我喃喃自语道。

"对,没错!"宇文痴痴地盯着远方喃喃道。

当我们沉浸在严寒之中,画面又开始抖动起来,后来抖动得越来越剧烈,整个大地都崩裂开来。我惊慌失措地望向房门的位置,巨响之后,一匹斑马从房门那儿冲了过来……接着整个空间又变得明亮起来,干燥而炙热的氛围瞬间取代了冰岛的严寒,初升的太阳正在跃出地平线。而在地平线的那端,不,或许就是房门那儿,正有成千上万匹斑马向我冲过来,震耳欲聋,我本能地向后退去,秦悦与宇文也下意识地做出一样的反应,但很快我们就退无可退,后面是坚硬的墙壁。在虚幻与现实交错间,我绝望地大叫起来:"这是哪儿?"

"像是大草原,非洲的大草原……"秦悦也叫了起来。

"看见远处的雪山了吗?"宇文提醒我们。

"难道这……这是乞力马扎罗雪山?"我惊得半张着嘴,支吾半天，"怎么又跳到了东非大草原？"

"这……"宇文刚想说什么，从另一个方向，又冲过来成群的非洲象，它们巨大的身躯在狭小空间内几乎让我们窒息。我本能地刚想躲避，恰在此时，病房内的全息投影戛然而止。

我轻舒一口气，环顾四周，原来是宇文停下了全息投影。

"为什么停了？"

我有些诧异地问道。

"你们记得刚才都看到了什么吗？"宇文答非所问。

"天使瀑布，冰岛火山，东非大草原？"

"不！宇文的意思是……"秦悦打断我，却欲言又止。

我望着秦悦的眼神，似乎明白了一切。

"你们是说……这一切都是袁帅脑中的记忆？"

宇文紧接着说道："这就是袁帅脑中的记忆，而且这是他在荒漠地下公路昏倒之后的记忆。准确点儿说，是袁帅从荒漠到赤道岛之间的记忆。"

宇文的话让我非常震惊，虽然我也想到了，但还是不免震惊。我仔细思考一下，反问道："难道袁帅在那段时间，到过这几个相距甚远的地方？以现有的交通工具，三个月间往返这几个地方也不是不可能，虽然……虽然有些奇怪。"

"然而不仅仅是这三个地方。"宇文打断我的话盯着我，又接着说，"他还去了北美的落基山脉、澳洲的大堡礁、印度的某个神庙，还有我辨别不出来的地方……"

"这……这怎么可能？"秦悦震惊地说，"短时间内，袁帅怎么可能去如此之多相距甚远的地方？"

"不仅仅是相距甚远，他……他更像是在跳跃，看似毫无联系的跳跃，并不是计划好的，按照既定路线去这些地方。"宇文进一步解释道。

"这样就产生了两个问题，首先，他是如何在短时间内跳跃式地前往这些相距甚远的地方？以现在的交通条件似乎也不太容易实现。其次，他为何要这么做？看似毫无联系，我却觉得其中必然有内在联系。"秦悦冷静地分析道。

宇文马上点头道："是的，肯定有内在联系。但我怎么也想不明白是怎么回事？"

我的大脑有些胀痛，到底发生了什么呢？我望着病床上一动不动的袁帅，或许……正在胡思乱想之时，宇文又接着说道："我反复看了全息影像三遍，发现了不一样的地方。"

说着，全息影像又出现了，画面剧烈抖动，像是在山林间急促奔跑，待画面稳定下来，只见青山之间，烟雾缭绕，我马上想到了赤道王朝的茂密雨林。但是稍加辨别，我便发现这并不是热带雨林，而更像是亚热带的森林。

秦悦这时也看出了端倪。

"没有明显地标，只能看出是……是温带或是亚热带的某座大山。"

"对，我也没有辨认出是哪里？不过别急，你们继续往后看。"

宇文话音刚落，就见山间雾气徐徐散开，不远处的山腰上，一座村寨显现出来。不，准确地说更像是一座堡垒，巨石垒砌的堡垒。我忽然想到了川西的羌寨，那里就是石头堡垒，不过眼前的巨石堡垒样式与羌寨完全不同，周边的景物也与川西大不一样，我正在大脑中快速搜索时，神奇的一幕出现了——画面微微一抖，山腰上的堡垒村寨不见了。我不禁惊呼起来："发生了什么？"

"画面转移了……"秦悦喃喃自语着。

"不，你们注意落脚点并没有改变，但是山腰上的村寨瞬间消失了。"宇文轻声说道。

我的脑中瞬间闪过了袁帅在铁路桥上消失的一幕，接着是宽大、黑暗而恐怖的地下公路，然后是赤道王朝悬崖下翻滚的岩浆，我使劲晃了晃脑袋，眼前还是青山，画面似乎定格了。恍惚间，我听到秦悦轻声的惊叫："又出来了。"

我赶忙聚焦画面正中，那座坚固的巨石村寨仍在半山腰上。

"这……这究竟发生了什么？"

"全息影像从开始到现在，画面都急促而抖动，变化很快，似乎……似乎只有在这里，袁帅像是被定在了这里一样。"秦悦快速地分析。

"而且，居然是停在这种我们无法辨识的地方。这意味着什么呢？"宇文看着我和秦悦说道。

我和秦悦一时也没话说，就这样停留了十多分钟后，那座巨石村寨再次消失了，我们的大脑完全处于宕机状态。画面仍然没有变化，又过了三分钟，巨石村寨没有再次出现，画面终于再次抖动起来，袁帅像是又冲进了密林，他穿行在密林中，时快时慢，当再次冲出密林时，脚下竟是一处悬崖，就在我们还没反应过来时，画面剧烈抖动一下，随后便来到了雄伟的落基山脉。就像宇文介绍的那样，画面又开始不断变化，蔚蓝的大堡礁、印度的神庙，面前的画面就像是被剪辑过的世界著名景点的走马灯，一幕幕恍如隔世，直到最后，我们终于见到了熟悉而陌生的场景——赤道岛的茂密雨林。

宇文终于停下了全息投影，我的脑袋已经饱和，但它还在运转，快速地运转，我马上从后面大段的画面中捕捉到了异样。

"你们注意到没有，当画面穿行于世界各地时，那个……那个村寨又反复出现了几遍……对，我没有仔细数，不是三遍，就是四遍……"

我有些语无伦次，但秦悦和宇文显然听懂了。

"不错，这正是我的最新发现。开始我并没在意这个细节，一直在想袁帅为何会在短期内去了那么多相距甚远又没有联系的地方？他又是怎么实现的？就像刚才秦悦所说，其中一定有什么联系，规律何在？"宇文点头表示赞同地说道。

"你认为这个消失的村寨与袁帅的记忆有密切关系？"我反

问道。

"其他的地点可没有出现那么多次，只有这一处不知名的地方反复出现了五次。而这座山腰上的村寨反复消失又显现……"宇文进一步解释道。

"可……"我打断宇文的话，也激动起来，似乎找到了什么线索，但仔细分析之后，却依然不得要领。

"反复消失的村寨，短时间内去这么多地方，这都是不可能做到的，或许……或许这里面蕴藏一个惊人的秘密。"秦悦皱着眉头忽然说道。

"惊人的秘密？"

"否则，伊莎贝拉和苏必大为何不惜拼上性命都想得到这个记忆芯片……"秦悦像是在回答我的疑问，又像是在喃喃自语。

3

秦悦的话，让我马上想到了刚刚联系我的神秘人，我下意识地拿起手机，打开微信，那个"远方"还没有回我，难道他真的知难而退了？但直觉告诉我，如果他是蓝血团的人，绝不会轻易放弃。

我思虑再三，还是向秦悦和宇文和盘托出了刚才收到微信的事。宇文表示诧异，而秦悦却很淡定。

"我早料到蓝血团不会放弃袁帅。"

"就怕云象也不会放弃。"我不禁脱口而出。

"不管云象，先会会蓝血团再说。"秦悦说道。

"可……可我不打算把袁帅交给他们。"我向两人说出我的想法。

"我也没说要把袁帅交给他们，还是会会这个接头人再说。"

"我已经回绝对方了，他也没再联系我。"

"放心，他们还会联系你的。"秦悦颇为自信。

当天晚上，秦悦留在病房，宇文开车送我回家。下车后，我站在小区大门口，左顾右盼，确认没有异样才缓步走进小区。在小区里七绕八绕了十五分钟左右，又觉得自己太过谨慎，便疾步回了家。

回到家后，我轻舒一口气，瘫坐在沙发里，回想起今天过于惊人的信息量……随后，我忽然想起什么，快速打开微信，翻看之前的朋友圈。我是个喜欢发朋友圈的人，如果那个"远方"早就潜伏在微信里，那这人岂不是对我了如指掌？我不禁浑身一颤，赶忙设定了朋友圈的查看权限，可转念一想，这样又显得太过敏感，不如……不如把"远方"拉黑吧。哈哈哈，想到此处，我又打开了朋友圈的权限，毫不犹豫地把"远方"给拉黑了。

放下手机，忘了这一切，果然睡了一个好觉。这一觉睡到了次日中午，醒来腹中饥饿，正打算拿手机点外卖，就见我的微信又收到了若干条信息，一条条浏览过去，最后一条是一个叫"yuanfang123"的人发过来的："非鱼先生，超过十二小时没有进食，一定很饿吧？我们指定的接头人很快就会在乐基广场地下一层的日料店现身，接头人会说明一切。记住，你没有拒绝的权利，删除我的联系方式更是愚蠢。"

我倒吸一口凉气，蓝血团的人无处不在，他怎么知道我睡到现在，还没吃饭？我本能地环视四周，没有人，我噌地从沙发上蹦起来，仔细检查，也没发现针孔摄像头，打开门，整洁的走廊里也不可能有摄像头，难道他们入侵了物业的监控系统……我的大脑嗡嗡作响，回来又瘫坐在沙发里，再仔细从头到尾、反反复复看了好几遍微信。yuanfang123？这不还是那个"远方"吗？从这条微信看，对方虽然保持克制，但口气明显更加强硬，我没有拒绝的权利。看看已经是午饭时间，乐基广场地下一层的日料店，离我家很近，步行只需十五分钟，看来对方真的对我了如指掌。

我真的不能拒绝吗？如果我就是不出席这免费的午餐，对方能拿我怎样？还有免费的晚餐吗？我瘫坐在沙发里，想忘掉这一切，但巨大的好奇心却让我宛如百爪挠心，蓝血团的对接人会是谁？我认识吗？跟我有过交集的蓝血团成员除了袁帅半死不活，其他人都已经死了，我又回想起昨天的噩梦，三角大厅里那个外国女人，她是谁？我为何会梦到她？难道要和我对接的人是她？

腹中饥饿难耐，我又从沙发坐起来，走到厨房，打开冰箱，发现里面空空如也，要不就去那家日料店看看，那家店口味还不错，我就当是去吃午饭，看看究竟谁会出现。好奇害死猫，或许是因为我对彻底清除袁帅脑中的纳米机器人没有信心……犹豫徘徊良久，我还是穿好衣服，向对方指定的地点走去。当然，以防不测，我在出发之前通知了宇文和秦悦。

日料店的午餐生意一般，只有五六桌客人，我在店里环视一圈，没有单独的食客。看来对方的人还没到，我找到了一处角落里的卡座，点了一份鹅肝寿司，再加一碗拉面，独自吃了起来。直到我把拉面吃了个底朝天，对接的人也没出现。我狐疑地又观察了一番，这会儿日料店里又来了两桌客人，却还没有单独的食客，我拿出手机确认一番，没有新的微信，也没有短信，难道对方在耍我？就在此时，我低着头，却嗅到了一丝奇异的香气，有个人不声不响地径直坐在了我的对面，是个女人，对接的人来了……为了掩饰我内心的不安，我一边调整心情，一边缓缓抬起了头。无论我如何调整心情，当我与对方四目相对时，依然心里一惊，竟然是她！

"夏……"面对美丽的夏冰，我竟然瞠目结舌，说不出话。

夏冰脸上挂着淡定的微笑。

"不错，是我，我没有死。"

这个聪明美丽的女人似乎看透了我的惊慌、不安，甚至还有一丝恐惧。对，面对夏冰，不仅仅是一丝恐惧，她没死……她竟然没死？

"那……那袁教授呢？"

"他摔死了……"夏冰给出肯定的答案。

"可……你……"我依然沉浸在震惊当中，不知该从何问起。

夏冰不等我组织语言，就自顾自地解释起来。

"当时，我为了救你，可是撞向了袁正可，推着他一起坠入荒漠的黑轴，下面果然如那位梅什金所说，是整个黑轴的动力装置，一台完美精致的可控核聚变装置，只不过那台装置早已停止了工作。由于是我撞向袁教授，再加上他运气差了点儿，坠入黑轴的时候，垫在下面的他当场就不行了，而我也昏了过去，但却没死，被蓝血团的人救了。"

我极力使自己淡定下来，大脑开始快速运转，分析着夏冰的话，我不能完全相信她的说辞，但也没有漏洞，我决定开始反击。

"那么说，你就是蓝血团派来的人？"

"应该没有比我更合适的人了。"夏冰淡蓝色的眼睛盯着我，点点头。

怪不得对方那么自信？因为他们有夏冰这张王牌。她是袁帅的女朋友，我没有理由拒绝交出袁帅。我略加思考继续说道："既然你的任务是来接走帅，那么我们就来聊聊他吧……"

"他现在还好吗？"夏冰关切地问道。

"你为什么才出现呢？"我用略带质问的语气反问道。

夏冰愣了一下，随即又淡定地说道："我从荒漠得救后，就失去了自由。"

"哦？谁限制了你的自由？"

"蓝血团。当然也是为了保护我，否则云象也会让我失去自由。"

"你知道云象？"

夏冰点点头表示肯定。

"这是后来有人告诉我的。"

"蓝血团的人？"

"对！"

"你认识伊莎贝拉吗？"

"之前不认识，现在知道她是谁，就是我最早跟你们提到的那个神秘女人。"

"不错，你是说过。你开始不知道袁帅与伊莎贝拉的计划？"

"当然不知道啦。否则……"

我打断夏冰的话，"那么，问题来了，袁帅为何不告诉你，或者干脆把你拉入他们的计划？"

面对我的问题，夏冰怔住了。过了许久，夏冰用略带愤怒的语气问道："你是在怀疑我和袁帅的感情，或者说你认为袁帅并不相信我？"

我撇撇嘴。

"这正是我想知道的。"

"或许……袁帅不想牵扯到我吧……他深知其中的风险，而且你也知道，他们的计划是伊莎贝拉主导的，让不让我参与，恐怕要看伊莎贝拉的意思吧。"

夏冰的话依然滴水不漏。

"那你知道袁帅在荒漠失踪后的遭遇吗？"

"我知道他在赤道岛的遭遇，但是中间那三个月……"

蓝血团没能掌握袁帅在那三个月的遭遇，难道他们要接走袁帅，也是为了弄清袁帅的记忆？想到这里，我的心又沉了下去，我到底能不能相信对面这个女人呢？

4

我警觉地抬头，又扫视一遍日料店里，食客大多已走，只剩下一桌，但不是宇文和秦悦，这俩人跑哪儿去了，我需要他们的关键时刻，给我掉链子。我尴尬地望着夏冰略显淡蓝色的双眸，不知所措，她的眼睛非常美，如宝石般美丽清澈……

"你还没有回答刚才的问题呢。"夏冰打破尴尬。

"问题？什么……问题？"我方寸已乱。

"袁帅现在怎么样？"

"你们不是对我们了如指掌吗？袁帅时而清晰，时而昏迷，大脑中的纳米机器人并没有清除干净……"

"我需要知道具体情况。"夏冰打断我。

具体情况？我还想知道具体情况呢。袁帅到底经历了什么？他的脑中为什么会有那些不可思议的记忆？我反问道："希望你能老实地告诉我，你是出于对袁帅的关心，还是为了他的记忆？"

夏冰怔了一下，接着眼眶湿润起来，"当然是关心袁帅，所以我们才需要知道全部的细节，只有帮他清除脑中的纳米机器人，才能让他恢复健康，蓝血团也有人很关心他。"

"蓝血团也有人很关心他？伊莎贝拉不是死了吗？还有谁？"

夏冰微微转过头，擦拭眼角，没有让泪水流出来，"当然有，袁帅这么优秀的人，有很多人在关注他。"

夏冰的回答模棱两可，却激起了我对蓝血团的好奇心。

"我会带你去见袁帅的，具体情况你可以问医生。不过在这之前，我们还是来聊聊蓝血团吧。"

"你想了解什么？"

"我记得最早去荒原的路上，你第一次聊起蓝血团。"

"那又怎样？"

"所以你应该并不避讳谈论蓝血团。"

"我们蓝血团虽然低调，但行事光明，不像那个云象组织，诡诈阴暗，所以我没什么不能对你说的。"夏冰又恢复了淡定。

"既然如此，那为什么没有对我们提到蓝血团有那么严密的组织架构，直到我们在赤道岛的最后时刻，伊莎贝拉才说她是蓝血团六大枢密之一。"

"这很正常，我加入蓝血团不久，对蓝血团的高层并不了解，所以没有对你说。"

"那么现在呢？"

"现在？因为我得救后，被带到了蓝血团总部，所以……所以这才知晓了蓝血团许多内情。"

"你去了蓝血团总部？那栋三角体建筑？"我心中暗暗吃惊。

夏冰也吃了一惊："你怎么知道……"

"我说我梦里见到的，你信吗？"

夏冰没有回答我，而是反问我，"是袁帅告诉你的吧？"

"并不是，袁帅之前也去过？"

夏冰摇摇头说："他并没有，但伊莎贝拉是那儿的常客。"

"可伊莎贝拉对我说蓝血团是没有总部的。"

"不错，严格意义上来说，蓝血团没有固定的总部，通常总领袖在哪里，哪里就是蓝血团的临时总部。这座三角体建筑完全是由现任领袖耗时多年建立起来的，所以可以暂时作为蓝血团的总部。"夏冰解释道。

"那么你见到了总领袖？"

"我见到了一些人，但包不包括总领袖，我不清楚。"

"你不知道见到的人的身份吗？"

夏冰陷入了沉默，像在回忆，又像是在思考。许久，她才缓缓说道："蓝血团虽然有一套严密的组织架构，但总的来说，这套组织架构是为蓝血团服务的，也是为保卫智慧之轴服务的，所以大多数成员并不认识蓝血团的领袖们，我只能说我见的人中，有蓝血团的高层。"

"智慧之轴？"我再一次听到了这个名字。

"对，我想你们已经多少听说过智慧之轴了。"夏冰的眼中闪过一丝光亮。

"但伊莎贝拉说她也不知道智慧之轴在哪里？"

"是的，这是个秘密！"

秘密？我陷入沉思，夏冰似乎说了不少，但是又像是什么都没说，思考良久，我也不知搭错了哪根筋，突然对夏冰请求道："你能带我去那座三角体建筑吗？"

夏冰一愣，随即摇摇头拒绝："我没有那个权利。"

"那你就有权利带走袁帅吗？"我顶了夏冰一句。

"我想我有这个权利。"夏冰话音刚落，就在这时，突然有两个人冲了进来，我猛地抬头望去，正是掉链子的秦悦和宇文。他们冲到我和夏冰面前，看看我，又盯着夏冰，宇文一脸惊诧，而秦悦只是有那么一瞬的诧异。

秦悦和夏冰就这样对峙着，互相盯着对方看了足有两分钟，我感觉空气凝固了，心中升腾起一种不祥的预感，之前两位美女就经常剑拔弩张，而今天也一定会有大事发生。但让我没想到的是，对峙了一会儿，突然秦悦一把抓住夏冰的手腕，一边压低声音对我说道："袁帅被他们给绑架了。"

面对秦悦突如其来的消息，我心中一惊，猛地站起来，刚想往外走，又回头望向夏冰，夏冰也站了起来，却被秦悦死死摁在原地。秦悦怀疑是夏冰干的？难道我中了她的调虎离山之计……按照我和宇文、秦悦的约定，我们三人轮流在袁帅的病房值守，昨天接替我的是秦悦，然后是宇文，我转向宇文，宇文一脸苦相地说："我……我接到你的消息，就过来了，路上找秦悦汇合，秦悦说我不该来，于是我们回到病房，袁帅已经不见了，护士说刚刚查房时还在呢。"

"袁帅最近昏迷不醒，光天化日怎么能弄走……"

"你不觉得时间太巧了吗？"秦悦打断我的话反问道。

"所以你怀疑夏冰。"

夏冰的手臂都被抓得变了色，她反驳道："如果蓝血团想要绑架袁帅，根本不用如此费事，而且也不会等到今天。"

"你说得有道理。"秦悦逼近夏冰，又冷笑道，"也许你也只是他们的一颗棋子呢？"

夏冰微微一怔，随即摇头道："不，不可能，应该是云象干的。"

我看出夏冰方寸已乱，是因为秦悦那句话，还是因为袁帅的失踪，也许两者兼而有之。我感觉自己的大脑很乱，但我知道因为袁帅的失踪，我和夏冰之间刚刚出现的一点信任也荡然无存了。

5

秦悦与夏冰的争执，引起了店家的注意。最后，夏冰同意跟秦悦走，但不是去警局，而是先到袁帅的病房看看。去医院的路上，四个人都沉默不语，我的大脑高速分析起这突如其来的一切。让我不解的是，袁帅没了记忆，袁教授、苏必大、伊莎贝拉都已死去，袁帅的身世之谜已经解开，袁帅已经没有什么价值了，为何还有人要劫持袁帅？

想到这里，我转而问夏冰："现在你可以告诉我们，蓝血团想要接回袁帅的真实目的是什么了吧？"

夏冰已经恢复了镇定，"我问过蓝血团的负责人，目的无非有两个。其一，袁帅是我们蓝血团的成员，我们有必要也有能力帮他恢复健康。其二，我们也想搞清楚袁帅这段时间经历了什么？或者说云象组织对他做了什么？"

"第二个才是真实目的吧？"秦悦没好气地说。

"可是袁帅已经被苏必大搞得失去了记忆，绑架他又有什么意义呢……"我像是在问，又像是在自言自语。

"如果云象将袁帅作为他们的试验品，那么他们很有必要取回试验品，详细检查他们的试验成果。"夏冰心痛地说。

"所以你推测是云象绑走了袁帅？"我望着夏冰，她沉重地点点头，我到底该不该相信她，理性地讲，我无法完全相信这个女人，但她要是真的一直爱着袁帅……转念一想，现在袁帅又失踪了，或许她会对我们有所帮助。我暗下决心对夏冰说："你知道有个芯片吧？"

夏冰微微点头回应："蓝血团的领袖对我说过，苏必大弄了一个记忆芯片，后来被伊莎贝拉得到，伊莎贝拉死了，记忆芯片要么也毁了，要么就在你们手里。"

"宇文，我们不去医院了，去你那儿。"我转而对开车的宇文说道。

宇文一惊："去我那儿干什么？"

"现在去医院不会有什么收获，不如让夏冰看下袁帅的记忆。"

秦悦打断我呵斥道："你疯了，我们凭什么相信她？"

"那我们还能怎么样？"我怼了秦悦一句，转而望着夏冰说道："如果你还爱袁帅，那么我选择相信你。"

"这么说你们已经看过……看来袁帅的记忆一定有什么问题。"夏冰像是在自言自语。

"你怀疑云象绑架袁帅，也是为了袁帅的记忆？"我反问道。

"这只是我的推测，云象应该并不知道芯片在你们手上。而蓝血团的高层认为袁帅的记忆里一定有重要的东西，就是他从荒漠消失后的那三个月。"

"待会儿你会震惊的……"我说完，车厢里陷入了沉默。一路上，我和秦悦都警觉地注视着车后，从高架桥下来后，秦悦给同事打了电话，吩咐他们调查医院。又指挥着宇文兜了好几圈，在确定没有跟踪后，车才停到了宇文的工作室门口。

关紧大门，拉上厚厚的窗帘，宇文一番摆弄，全息投影又呈现在我们面前。要说效果，这可比昨天在病房看到的好得多。当那些相距甚远、分布世界各地的壮观景象呈现出来时，夏冰也惊讶不已。当时而消失、时而显现的村寨呈现在夏冰面前时，她注意到了某个异常。

放完一遍之后，宇文要去拉窗帘，我示意他不要拉，而是打开了距离夏冰最近的一盏灯。我们四个人围坐在灯前，橘黄色的灯光映照在我们脸上，显得有些诡异，夏冰像是仍然沉浸其中，沉默不语，秦悦率先开口："夏大小姐，都看完了，说说吧……"

夏冰沉吟片刻说："确实很不可思议，如果这就是袁帅的记忆，以人类现有的技术，他无法跳跃式地在那么短的时间内去那么多相距甚远的地方。当然，也不排除有另一种可能，苏必大修改……更准确地说是重新编辑了袁帅的记忆。"

夏冰的话让我们面面相觑："这……这可能吗？"

夏冰摇摇头回道："以我的知识储备来看，就如第一种可能性难以实现一样，这第二种可能性现在也做不到……"

"这不是废话吗？"秦悦没好气地说。

"不，这不是废话。在我们无法解释的情况下，任何可能性都不能排除。"我加快思索速度，向夏冰发问，"你还发现了什么？"

"村寨，山腰上的村寨反复出现了五次。"夏冰果然智商超群，一遍就准确记住了村寨出现的次数。

"对！我们也注意到了，这是袁帅整个记忆中，唯一重复出现的地方。"

"说明这看似杂乱的影像中，实则有一定的规律。"夏冰略一沉吟，"不过更加无法解释袁帅如何能在三个月内，漫无目的地一会儿到这儿，一会到那儿，中间又五次出现在某个不知名的地方……"

"规律……你刚才说的规律很重要。其中一定还有我们没有发现的规律。"宇文补充说道。

"要说规律的话，以我丰富的地理知识，我可以辨认出袁帅记忆中所有的地方，都是有一定知名度的地方，而唯一曾经五次出现的地方，我不认识。"我进一步推测道。

夏冰想了又想，没有说话，而是让宇文又将全息影像放了一遍，当画面第一次停在村寨时，夏冰说道："既然这段画面中出现的都是有一定知名度的地方，那么我想这个反复出现的地方也是某个有名的地方，只是身在此山中，不识真面目。初步判断这个地方应该属于落差比较大的低纬度高山山区。"

夏冰说完，就继续阅览全息投影，很快村寨出现了第二次，当山腰上那座村寨消失又出现时，夏冰突然叫宇文停下来，画面定格在了村寨上。"你们注意到了吗，当村寨消失，又再次出现的时候，画面会剧烈晃动，袁帅像是在密林间奔跑，因此我认为村寨的再次出现或许与观测的角度有关，从不同的角度去观察村寨，会有不一样的形态。"

"这也太诡异了吧，不一样的形态也不会完全消失吧！"宇文直摇头。

"我也无法解释，但这并不是最重要的。重要的是村寨的形状，这个角度能看到什么？"

顺着夏冰手指的方向，此时画面定格的位置应该是一个比较高的位置，俯视对面山腰上的村寨，村寨建在山腰一块相对平坦的位置，巨石垒砌，像一座坚固的堡垒，但慢慢地也看出了一些端倪，重要的是村寨的形状？在夏冰的启发下，我们不约而同地发现了奇妙之处，不禁脱口而出："这……这座村寨的形状是一个十六边形。"

"我想你们已经知道十六边形手环的意义。"夏冰看着我们。

"那这座村寨与蓝血团有关系喽？"秦悦反问道。

夏冰摇头道："现在还不得而知，我们继续往下看。"

宇文继续播放全息投影，当画面一阵抖动后，村寨第三次出现了，夏冰叫宇文将画面定格在村寨的一座碉楼上。我早就注意到村寨的中央有一座高耸的碉楼，显得有些突兀，夏冰指着画面上的碉楼说："不觉得奇怪吗？这座碉楼没建在村寨四周，而是建在中央，它并不是为了防备敌人和野兽的进攻，而是另有他用。"

"瞭望、观星，无非如此。"秦悦说。

"你漏了一样——崇拜！"夏冰肯定地说道。

"崇拜？"

"对！信仰崇拜，就像古埃及高耸的方尖碑。"

"何以见得？"我盯着画面问。

"因为这儿……"顺着夏冰手指的地方，我才看清在高耸的碉楼两侧，靠上方的位置上，凹进去一个十六边形的凹槽，我刚发出惊呼，夏冰又继续说道："从这个角度我们只能看到碉楼两侧，我推测另外两侧也有同样的十六边形凹槽。"

"这代表什么？难道四个十六边形手环原来都在碉楼上？"宇文摇头说着。

"不，现在已经可以确定的是四个十六边形手环最早都出自赤道王朝，后来流散开来，我们在赤道王朝得到一件，蓝血团应该也有一件被奉为圣物，剩下的两件会在哪儿呢？"我略加思索，接着说道："剩下两件或许早已流散出去，而这座神奇的村寨将十六边形手环奉为信仰，加以崇拜，说明这里曾经拥有至少一件十六边手环。"

夏冰点了点头："所以这里才那么特殊，在袁帅的记忆里出现了五次。"

夏冰过人的观察力和分析力，帮我们破解了一部分谜题，但我却兴奋不起来，心脏像是被什么东西紧紧压迫，宇文继续播放全息投影，当那个神秘的村寨第四次出现时，我的内心感到一阵不寒而栗，这个令人恐怖的村寨究竟隐藏着什么秘密？

6

画面重复着前几次的剧烈抖动，恐怖的村寨，消失，又出现，当村寨消失时，我死死盯着山腰的位置，期盼能发现点什么，但除了植被比较稀疏，什么也看不出来。而当村寨显现时，我又死死盯着中心高耸的碉楼，希望能有新的发现……

"看来我们有必要亲自走一趟！"宇文提议道。

"可……可我们根本不知道这是哪里啊？或许它根本不存在于这世上，只存在于袁帅的记忆中。"秦悦皱着眉头说。

"不，我相信这个地方是真实存在的。蓝血团和云象都想知道袁帅的记忆，或许也都与这儿有关。"说着，我将目光转向夏冰。

夏冰一脸淡定，依然盯着画面，直到村寨第四次消失，她才淡淡地说："我好像知道了！"

"哪里？"我们不约而同地问道。

夏冰似乎并不急着回答，她环视我们一圈，才慢悠悠地说道："等那个村寨第五次出现时，你们再仔细看看。"我开始焦急地等待恐怖村寨再次出现，忽然觉得等待的时间竟变得如此漫长，当画面剧烈抖动后，那个神秘古寨又出现在山间。这时，夏冰指着画面边缘的绿色植物说："你们不要把注意力都放在村寨上，看看这些植物，这是云南红豆杉。"

我并不擅长植物学，但宇文很快辨认出来说："对，是云南红豆杉。"

"那这么说，是在云南喽？"我反问道。

夏冰沉思片刻回应："云南红豆杉分布区域不大，主要在云南西北部，还有西藏东南和四川西南，通常生长在海拔两千至三千五百米的高山上。所以这个地方……很可能是……高黎贡山。"

高黎贡山？当听到既熟悉又陌生的名字时，我和宇文并不意外，秦悦却惊叫了起来。我转头盯着失态的秦悦，她疲惫漂亮的脸上，满是恐惧和惊诧，对于秦悦的反常举动，我刚想开口，秦悦却对夏冰质问道："你就那么肯定是高黎贡山？"

夏冰又想了想说："差不多吧。不过高黎贡山的延展很长，所在地域也很大，山脉呈现南北走向，分割开了云南和邻国，是我国与邻国的界山，有许多地方人迹罕至，所以村寨的具体位置，我也不得而知。"

夏冰说完，房间内忽然陷入了沉默，全息投影仍然在播放。过了一会儿，就在整段全息投影都要放完时，秦悦忽然幽幽说道："从赤道岛回来后，我一直在调查一件事——就是我父亲的往事，我对父亲的记忆都停留在五岁那年，那年父亲对我说要去出差，然后……然后就再也没有回来。妈妈对我说父亲是去执行任务时牺牲的，但我这次去拜访了父亲的老领导，才知道父亲并不是执行任务牺牲的，而是……失踪……"

"失踪？"我的心里猛地一惊。

"没错！失踪。父亲独自前往高黎贡山，然后就失踪了。"

"高黎贡山？！"我和宇文，就连夏冰都是一惊。

秦悦痛苦地点点头说："是的，就是高黎贡山。"

我终于明白秦悦刚才听到高黎贡山时为何那么惊讶，事情不会如此巧合，秦悦应该已经知道她的父亲与整件事存在联系，命运正将一切紧密相连。我也知道她内心的抵触与挣扎，同时我的理性也告诉我得走一趟了。

话音刚落，全息投影画面最后一次剧烈抖动，这次抖动比前面的抖动都要剧烈，我的心不禁随着这次抖动，坠入了深渊。袁帅，你究竟还知晓多少秘密？而那座阴森的古寨又隐藏着什么？我环视宇文、秦悦和夏冰，所有人似乎都同意了我的提议，但谁都没有说话。

沉默许久，一阵刺耳的手机铃声惊醒了我们，是秦悦的手机，只听得秦悦不停询问医院那边的情况。通话结束，秦悦放下手机，一脸困惑地说："同事调取了医院的监控，详细查看中午的进出情况，居然没有发现任何线索。"

"这是什么意思？就是说袁帅又消失了……凭空消失？"我惊诧地问道。

宇文也吃惊不小，夏冰则是沉默不语，像在思考。这时，我的手机也响了一下，掏出手机一看，刚才这段时间收到九条微信，五条广告，四条并不重要。那个"yuanfang123"没有动静，我想了想，觉得现在可以试探一下这个蓝血团的外事枢密助理了。于是，我试探着给对方发出了一条微信："我见到了夏冰，但是袁帅却被你们劫走了。"

"我们不会也不屑于用这种手段。我们是派了两个人跟随夏冰准备去接回袁帅，但他们都是专业的医生，不会干绑架的事。"对方回复速度出乎我的意料，似乎他早就准备回答我的质问。

"你让我怎么相信你呢？"面对现在的局面，我无奈地又发了一句。

"秦悦的人不都查过了吗？"对方似乎早已知晓状况。

"你们既然如此神通广大，那就帮我们找出劫走袁帅的真凶吧。"我半调侃地发了一句。

"会的。"对方就发来两个字，这样的回答只让我觉得是在敷衍。

我略做思考，不死心地又给对方发了一条："夏冰怀疑是云象干的。"

这次对方像是消失了，等了五分钟也没回复我。

"你在给谁发微信？"夏冰似乎看出端倪，忽然问我。

"你们的人呗。我问他是云象劫走的吗？"我没好气地说。

夏冰并不急于知道我们交谈的内容，只淡淡说道："他什么都不会说的。"

"那你接到新指令了吗？"我追问道。

夏冰点点头说："我刚接到了新的指令，只有四个字——自由行动！"

自由行动？我心里盘算起来，如果不是蓝血团绑走袁帅，那会是云象组织吗？蓝血团给夏冰的指令意味着什么？她带回袁帅的任务失败了，她没有用了，至少暂时没有用了，所以不管她了，让她自由行动？芯片中的记忆把我们引向高黎贡山，我们接下来就要去那里，可神秘村寨的具体位置却还不得而知，如何去找？夏冰势必会跟随我们，所以蓝血团自由行动的指令，其实就是让夏冰跟随我们。带上她……夏冰究竟是敌是友？我无法肯定，但至少她会对我们有所帮助。想到这里，我直截了当地问夏冰："你要跟我们去高黎贡山吗？"

"去，我当然得去！"夏冰回答得很坚决。

我看看秦悦，又看看宇文，宇文显然很乐意，秦悦似有不快，但她嘴动了动，只问了一句："我们只是猜测那座村寨在高黎贡山，却不知道具体位置，怎么去呢？"

"坐在这里，我们永远不会知道，先去大理，到那里应该会有线索。"

没有反对意见，于是我们分头行动起来，后天下午，直飞大理。

第二章　大理私团

1

之前，我与宇文曾到大理来玩过好几次，当时住在洱海边景致绝佳的民宿，而这次宇文订的则是苍山脚下的酒店，因为我们根本无心欣赏美景。

昏睡一天，到晚饭时，我坐在酒店九楼行政酒廊宽大的阳台上，远处的洱海散发着诱人的光芒，近处的古城灯火通明，我却心事重重，那个"yuanfang123"一直没有回答我的问题，这几天也无任何异常，而我们几个人似乎都心生罅隙。这时，宇文拿着一杯当地啤酒递给我，我连忙摆手推开，瞥了宇文一眼，不禁叹道："现在只有你了。"

"什么意思？发出这样的感慨。"

我撇撇嘴，小声说道："今天路上我问秦悦查到了什么，她却瞪了我一眼，叫我少管闲事。"

"呵呵，什么啊，她上次不是说了，她父亲最后是在高黎贡山失踪的，现在故地重游，哦不，应该叫重回故地，肯定心情不好，你还往枪口上撞。"

"哎……反正这次跟这两个女人同行，够受的。"我不禁嘟囔了一句。

"你说谁呢！"秦悦不知何时出现在我们身后。

"我……"我对秦悦总是有点犯怵，"我是说至今还没有线索，够受的。"

"不是有人说到大理就会有线索吗？"秦悦讥笑我。

我还没说话，夏冰也走过来，说道："一直躺在酒店等是不会有线索的，不如画图。"

说着，秦悦拿出了一沓复印出来的画像。

"我和夏冰今天可没闲着，画出了那座十六边形村寨的图，还有袁帅的肖像，然后打印了数百份，这是最笨的办法，但可能也是最有用的办法。"

"我们从明天起，就拿着这些画像，到古城里打听，也可以贴到一些人流较大的街巷、饭店、酒吧，然后注意观察，应该会有所发现。"夏冰接着秦悦的话说道。

"你们俩一唱一和，什么时候变得这么默契了？"我心中暗暗诧异。

"既然如此，那也不用等明天了，今晚就行动吧，晚上古城里面更热闹。"宇文望着古城方向，似乎早就想出去了。

我犹豫了一下，接过秦悦手中的画像，画得还挺像那么回事儿，十六边形村寨那张，简单明了，主要特征全部呈现出来，最后还加上了一句诱惑性的话语——朋友，你认得画上的村寨吗？如果你对这里感兴趣，或者曾经去过这里还想再去，我们免费邀请你……

当我看到画像最后时，不禁叫了起来。

"为什么最后只留了我和宇文的手机号码？你们的呢？"

"你觉得留我俩的合适吗？"夏冰反问。

"毕竟我们可是女孩子啊。"秦悦附和道。

"就你？还女孩子……"我竟无语，"好，算你们狠！"

就这样，我们四个打算夜探大理古城，一条条街道向人打听，后来发现这样效率太低，就找到一些人流量较大的饭店、酒吧，先跟店家扫听，再把画像贴在店里。一晃三天过去了，收获倒是不少，有价值的却一条没有。我和宇文的手机成天响个不停，有人问我们何时出发，免费带他们去。有人直接就加微信，问我们是不是有什么特殊服务。更多的是恶意骚扰，秦悦和夏冰每天唯一的乐趣似乎就是看我和宇文疲于应付。

我们手中的画像早已全部散发出去。到了第三天晚上，我们分头行动，宇文和夏冰一队，我和秦悦一队，早已疲惫不堪的我拉着秦悦拐过街角，想找一家餐厅或者酒吧休息一下，但今天秦悦却有些反常，走一段停下来，回头看看，又不断扫视周围，我知道她的职业病又犯了，望着街上熙熙攘攘的人群，我可没有反侦察的能力。此时的我饥渴难耐，只想找地方吃点东西，休息一下。我拉着秦悦步入一家餐厅酒吧，据说这是某著名歌手开的，第一天晚上就已经被我们贴上了画像，坐下点餐，秦悦依然警惕地扫视周围的人。

"到这来，就放松放松吧！"我嘴上这么说，但目光却落在了贴在吧台附近的画像上。

"今天我总觉得有点不对劲儿！"秦悦嘟囔道。

"你发现了什么？"

"没有！"

"那不就得了，我们这几天已经够努力了，所谓尽人事、听天命，人事我们尽了，下面就看天命吧！"

当乐队唱出那首熟悉的《吉姆餐厅》时，我点的菜也陆续上来了，我狼吞虎咽起来，秦悦依然四处观察，吧台方向是她唯一的死角。当我吃了半饱时，猛一抬头，昏暗的灯光下，忽然发现吧台附近的画像有些异样。我揉揉眼，慢慢站起身，走近查看，十六边形村寨的画像上，不知何时被人贴了一张二维码。我的脑中猛地闪过刚才的画面，点餐时这个画像上面还没有二维码，就这么一会儿，在我眼皮底下，在我狼吞虎咽没注意的时候……想到这里，我猛地追出了店外，拐过街角，跑到熙熙攘攘的大街上，环视四周，没有异常，倒是有不少人注视着举止怪异的我。

秦悦也跟了出来，当然紧跟出来的还有服务员，估计他们没见过这么没有默契的逃单者。

"你发现了什么？"秦悦追问道。

我快步回到店内，又盯着画像看了看，然后一指上面的二维码，"刚才还没有呢！"

"你的意思是……刚才有人故意贴上去的？"秦悦扫了一下画像上的二维码确认道，"是个人的微信。"

秦悦话音未落，我已经掏出手机，扫了那个二维码，滴的一声，显示出了这个人的信息。这人的号有一长串"A神山旅行 天地任我游"，一般这种A打头的微信号多半是做广告的，"神山旅行"大概是公司或者项目名称，而后面的"天地任我游"才是这个人的昵称。想到这里，我没有急于加这个号，而是转脸问吧台的服务员："刚才看到是谁贴了这个二维码？"

服务员茫然地摇着头回道："刚才店里人多，没注意到有人贴了这个。"

我失落地回到座位上，再无心思吃饭，一边加那人的微信，一边冲秦悦嘟囔道："看来你的直觉是对的。"

秦悦冷笑道："哼，你怎么也疑神疑鬼了，也许不过是个想做生意的野导，你看这个名字——神山旅行，就不像个正经旅行社的名字。"

"不管他是哪路牛鬼蛇神，会会再说。"说罢，我发现那人的微信居然还要认证，一般这种打广告的主儿，都没有开认证，我想了想，打了一行字：你去过十六边形村寨？

等了一会儿，没有反应。

"这像是想做生意的样子吗？"我冲秦悦说道。

又过了一会儿，微信响了，打开一看，那人还是没有反应。发信的是宇文，他发来一个定位，喊我们过去。于是我们结账，匆匆赶到宇文定位的位置，正是古城的中心——五华楼。

宇文和夏冰坐在一张长椅上，看到我们赶来，宇文一指五华楼下电线杆上贴着的一张画像说道："刚才，我和夏冰坐在这里休息，忽然发现画像上贴了张二维码！"

我不禁心里一惊问："是那个'A神山旅行 天地任我游'吗？"

这下轮到夏冰和宇文惊讶了，他们同声问道："你们也加了这个号？"

"还没通过验证。"

"我也是。"

"看来有人要主动联系我们了……"夏冰喃喃说道。

"会是你们蓝血团的人吗？"我反问道。

夏冰摇摇头回道："不好说。或许是我们想多了，只是一个野导游想拉生意而已。"

"我们回酒店等吧。"秦悦警觉地注视着周围，这里游人如织，根本无法辨别。

我们悻悻地回到酒店，那个人一直没有通过验证，冲凉，躺在床上，还是没有消息，难道是恶作剧？不管那么多了，几天的疲劳催生了困意，很快我便在柔软的床上进入梦乡。

2

一觉睡到东方既白,我依稀听到枕头边的手机响了一下,没去理会,翻身继续睡去,但脑中却反复浮现出那座十六边形的村寨。我心里暗骂一句阴魂不散,又翻过身,拿起手机,这个时间收到的信息通常都是广告,没想到竟然是那人通过验证的提示信息,并且对方很认真地回复说:"您好,我见过并且还去过那个村寨。"

我急忙从床上坐起,顿时来了精神,看看还在熟睡的宇文,独自来到阳台上,首先翻看那人的朋友圈,从头到尾,全是转发的各种关于云南旅游的文章,偶尔几张照片,也都是风景照,或是一些无法判断的生活照,几乎没个人照片或是信息,头像也是风景,很像是虎跳峡的景色。

略有失望的我,继续翻看这人的朋友圈,当我缓缓将朋友圈从尾又返回头时,发现就在半个月前,这人发了一篇文章,文章的标题是——《你从未领略过的神迹之旅》。我不禁虎躯一震,连忙打开这篇文章,开篇大肆渲染了高黎贡山的雄奇、险峻、植被多样,配图也都是高黎贡山的美景和各种珍稀动植物。接着文章话锋一转,渲染起了高黎贡山的神秘、人迹罕至,随后我就见到了那座熟悉的十六边形村寨,但文章中只说这座被废弃的村寨保存完好,不知建于何时,又为何废弃,村寨保留着许多复杂难懂的符号,是先民留下的未解之谜,却只字未提村寨会消失的事。我不禁有些失落,或许的确有这样的村寨，但只是招揽游客的景点，仅此而已，可是袁帅的记忆里为何会……我翻到文章末尾，不忘看一眼阅读数，果然不多，只有区区一百零一次……望着远处缓缓升起的太阳，我想了想，故作镇定地回复道："你昨晚忙到那么晚，今天倒起得挺早啊。"

"还好，还好，习惯了……你也挺早！"对方跟我打太极。

"你是导游吗？"

"算是吧！"

"什么叫算是吧？"

"您懂的，我们不属于任何旅行社，只在微信上招揽高端游客。"

"高端游客？"

"没错，我们都是小团，走的是私人订制路线，大多是游客不多的景点，所以我们的收费也会高一些。"

我考虑了一下，决定单刀直入，直奔主题。于是我就发了一条："我对那座十六边形村寨很感兴趣，如果你能带我去，费用不是问题。"

"OK，带你去没问题，不过我们的费用会比较高。"这就开始要钱了。

"多少钱？"

"往返五天，食宿全包，一人五万。"

五万？我以为我的眼睛花了，本以为五六千，最多一万封顶，没想到此人狮子大开口，往返五天，一天就一万啊，这生意也太赚钱了。不过，从往返五天也能瞥见到一点线索，我掩饰住自己的惊讶回道："你当我是傻子，宰客不眨眼啊，一天一万块钱也太黑了吧。就是一路都住五星级酒店，用最贵的越野车，也要不了这个钱吧？"

对方的答复非常淡定："是这样的，先生，酒店、越野车都不重要，我们之所以定在这个价位，主要是因为很难到那里，有很长一段山路是车走不过去的，只能依靠步行，会有一定的危险。所以我也是拿命换钱，费用自然要高一些，但是我保证你跟着我，走的绝对是最便捷最安全的路，绝对是您从未有过的体验，物超所值！"

这人的话让我想起了带我们去荒原大字的那日松老头，当时他也是狮子大开口，心头不免笼罩上了一层阴影，我决定再跟对方讲讲价："我们人多，有四个人，可以便宜些吗？"

"亲，我们不砍价，也没优惠，都是一口价，一人五万，四人二十万。"

对方还挺硬气，罢罢罢，钱不是问题，反正让宇文出就得了，说着我回头瞥了一眼还在熟睡的宇文，但有些问题必须问清楚："除了我们四个，还有别人同行吗？"

"会有的，但我保证是小团，不超过十二人。"

"十二人？有点多啊！"我心里暗暗称奇，还有其他人对那里感兴趣，花五万块钱去冒险？

"真的不多。您放心，到日子，人数不满，我们也会发团的。"

发团？这个词让我想起多年前陪老妈去东南亚的购物旅行团，不禁苦笑起来，日子？

"那我们什么时候出发？"

"你们交完定金，我就告诉你们具体日程。定金我也不多收，十分之一。"

"五千？"

"对，你们四个人就是两万。微信、支付宝、银行卡都可以支付。"

我看了一眼时间，其他人还没醒，为了避免上当，我先给对方微信转了五千块。

"这是我的定金，其他几位的定金等他们醒后，再打给你。"

对方很快就点了收账，给我发来一个谢谢的表情，然后又发了一条微信，这条微信像是早就编辑好的模板："各位朋友，收到此条微信后，请自行前往集合地点，集合地点在贡山县城西郊老教堂……"

下面是一大堆注意事项，气候多变，让大家带好衣服，路上食宿有时可能比较简陋，大家可以自行携带一些方便食品。越看我越来气，一人五万，吃住简陋，我还以为会有房车接送呢。至少也应该是普拉多之类的越野车吧，结果还要我们自行前往集合地点，我赶忙在地图上查了一下，从大理到横断山脉最内侧的贡山县，竟然还要五百多公里。要我们自行前往，这就是一人五万的高级私人订制团？我开始心疼起那五千块钱定金。

心疼之余，我还是不甘心，就又发了信息："你既然人在大理，不如我们一起从大理出发吧？”

对方沉默了五分钟才回道：“五个人，车太挤。我现在已经出发了，你们不要迟到哦。”

最后还发了偷笑的表情符号，我心中暗骂，又拿这人毫无办法，这人难道只是一个野导吗？我又翻开"yuanfang123"的微信，这个号已经多日没有回音，不死心的我又发了一条信息：“我们在大理，马上出发去找那个十六边形村寨。”

没有回复，五分钟、十分钟、一刻钟、半小时过去了，依然没有回复，东方的太阳已经完全升起，阳光洒在蔚蓝的洱海上，我的嘴角露出了一丝苦笑。

3

清晨，我把聊天记录拿给宇文、秦悦、夏冰三人阅览，他们都觉得不可思议，宇文爽快地承担下了路费，大家的心情才有所缓解。我们整个上午都在商量，分析利弊，大家普遍认为这个野导去过村寨，他大概只是想赚钱，也许根本就不知道村寨会消失，否则他一定会在那篇文章里重点描述，当然也有可能是袁帅的那段记忆有问题，村寨其实不会消失。不管怎样，我们可以暂时相信这个人，下午租车，明天一早出发，前往贡山。最后我还是不忘调侃夏冰一句：“这个人不会是你们蓝血团派来的吧？”

夏冰很认真地思索半天才说：“蓝血团的人似乎不会这样行事，

毕竟蓝血团的人都有一个通病，就是傲慢……"

"呵呵，你也不简单啊，能清醒地看到蓝血团的问题。"秦悦冷笑道。

夏冰并没生气，只是淡淡地说："这也是蓝血团衰败的原因吧。"

吃完午饭，我和秦悦去租车，没有太多选择，只好挑了一辆老款的途观来用。又准备了不少吃的，一切准备完毕，我确认下时间是下午五点，说了一句："咱们简单吃点，赶紧休息。明天从这儿开到贡山县城，要十四个小时，所以我们天不亮就得出发，明早五点，对，五点出发，不能迟了。"

次日，天还没亮，我们就告别了美丽的大理，驶向通往贡山的路。只有从大理到永平一段是高速，后边全程都是在横断山脉中蜿蜒盘旋的228省道。在云南的版图上，有一个狭长的怒江傈僳族自治州，从青藏高原奔流而下的怒江劈开高黎贡山与怒山。几千年来，因为高山阻隔，峡谷幽深，这里一直人迹罕至，直到228省道在怒江边蜿蜒而上，勾连起怒江两岸星星点点的城镇。

我们轮流开车，车驶过怒江州首府泸水市时，由于腹中饥饿，我刚想开口提议进市区吃饭，正在开车的秦悦就说道："我们得在天黑前赶到贡山，昨天买了很多面包饼干，大家饿了就在车上吃，没意见吧？"

秦悦说着瞥了我一眼。我当然有意见，但还没等我说出意见，秦悦直接驶过了泸水市区。就这样，秦悦一口气开到了怒江大峡谷旁的福贡县，我看看时间已是下午一点，这回可不能再错过，我摸摸肚子说道："你也开这么久了，下面换我开吧！"

秦悦扭头直接戳破了我的预谋："你是不是又想找地方吃饭？"

"大家都饿了，再说一直坐着也不是事儿啊，还是要休息的。"我一边说，一边给宇文使眼色。

宇文赶忙附和道："是啊是啊，后面进山估计就没得吃了，面包饼干留到后面吃，好不容易到这里了，总要尝尝当地小吃吧？"

我们都把希望落在了夏冰身上，夏冰耸耸肩随意地说："我随便。"我心里一沉就对夏冰挤眉弄眼，夏冰于是又改口道："不过听说福贡县城能看到碧罗雪山，倒是值得一观。"

"对！对！对！碧罗雪山据说是纬度最低的雪山，值得一看。"宇文又附和道。

秦悦估计也是累了，径直将车停在一家饭店门口告诫道："吃饭可以，不过我要提醒你们，越往怒江上游走，路况越差，耗时也就越多，天黑了更是难走，如果天黑还没到贡山，一边是怒江大峡谷，一边是高黎贡山，前不着村后不着店，我可不知该怎么办。"

"放心，我们半小时就完事。我刚才看了导航，从这儿到贡山县还得五个多小时，天黑前我们肯定能到贡山。"

说着，我已经下车进了饭店。店里简单地摆着几张桌椅，老板娘拿着简陋还黏着油渍的菜单，扔到桌上，这地方条件有限，我也没指望能吃到什么好的，不过刚才在路上已经做了功课。于是我直接开始点菜："傈僳族的手抓饭有吗？"

"没有！"老板娘面无表情，话语带着口音，但我分辨不出来是哪里的方言。

"那石板粑粑有吗？"我又点了一道傈僳族名菜。

"没有！"老板娘继续摇头。

我一皱眉头问道："那你们有什么？"

"土豆饭，牛肉米线，汽锅鸡，大救驾。"老板娘机械般地报出菜名。

我一听这都是在云南常吃的菜，没什么吸引力啊，于是我又问道："就没有当地特色的小吃吗？"

"'侠拉'可以尝尝，不过就是要多等一会儿。"

老板娘终于说出了一道我感兴趣的当地名菜。

"那就给我们上个侠拉。"

"要等多久？"秦悦问道。

"说快也快！我马上就给你们做。"

"给我们每人来碗牛肉米线就行了。"秦悦催促道。

"侠拉也要。"我叮嘱老板娘。

"这侠拉是什么东西？"

"'侠拉'是怒族语言，就是用酒煮肉的意思，一般先将鸡肉切碎，用当地特有的漆油煎炒，炒至脆黄时，倒入上好的烧酒，再盖上锅盖煮至酒涨，便可食用。经过这种特殊加工烹饪出来的肉，滋味鲜美，香气扑鼻，甜中带辣，极为可口，在这怒江峡谷中，是滋补身体、强筋健骨的佳品。据说还可以治疗多种疾病，当地生孩子的产妇喝了侠拉，三天就可下地干活……"

"得了，得了，吃完赶紧走人。"秦悦打断我的话，似乎有些烦躁。

等饭的间隙，我走出饭店，见夏冰一个人站在对面，紧贴悬崖，俯瞰脚下奔腾不息的怒江，又回身望向碧罗雪山。她转身的时候，发现我在对面，便冲我招了招手。公路上没有车，我缓步走过公路，来到悬崖边，俯身往下望去。夏冰突然问我："蓝血团的人没再联系你？"

我怔了一下回答道："这个问题该我问你吧？"

"我没接到任何指令。"夏冰喃喃说着，又转身望着怒江对岸的高黎贡山。

"你们那个人没有再联系我。不过……"我欲言又止。

"你是怀疑那个什么'天地任我游'是蓝血团的人？"夏冰真是冰雪聪明。

我也望着对面的高黎贡山答道："是啊，你们那个人似乎就特别善于改头换面。"

夏冰沉默下来，就在这时，微信响了一下，正是那个"天地任我游"。

如果你们今晚到了贡山县，可以入住西郊的老教堂，这也是我们的集合地点。老教堂早已废弃，后被改造成景观民宿，相信一定会给你们带来不一样的体验。当然，如果你们想自行选择住宿，贡山县城内有各种便宜旅馆可供选择。

接着对方又发来一个定位。我打开定位研究了下，似乎离县城不远，于是就直接回复道："我们四人，给我们留两间房。"

"好的。"对方很爽快地回复道。

"其他的团员都到了吗？"我又问了一句。

"都到了，就等你们了。"对方还发了一个勾手指的表情。

这时，秦悦走出饭店招呼我们快点吃饭，我和夏冰回到饭店，四大碗热腾腾的牛肉米线已经端上桌，我狼吞虎咽地吃起来，吃了一半，才注意到店里似乎就老板娘一个人在忙，没有别的食客。此刻，她应该正在给我们烹饪期待已久的侠拉。

我将刚才的微信拿给众人看，宇文喃喃地说道："废弃老教堂……听起来就是让人浮想联翩的地方。当然……我说的是那种恐怖的浮想联翩……"

"废话，明白你的意思。"我将目光转向秦悦。

秦悦则说："我觉得应该谨慎点，按我们这个速度，到贡山也是晚上了，今晚住县城里比较妥当，明天白天再去那个集合地点。"

"但其他人都到了，我们不如今晚就提前熟悉一下。"我说出了我的想法。

"这都是对方的一面之词，到现在我们都没见过这个'天地任我游'，谁知道他是什么目的，有没有其他团员还不好说呢。"秦悦职业的警觉，让我也不得不慎重起来。

夏冰思虑再三，也说话了。

"从对方的信息判断，我倒是觉得不至于那么危险，至少现在还好，他也说我们可以自行选择。"

"对……不入虎穴焉得虎子。"我也来劲了。

秦悦沉思片刻应道："那这样吧，现在这个季节，估计六七点钟天黑，如果我们在七点前赶到贡山，就去老教堂入住，如果晚于七点，我们就住在县城。"

大家达成一致，此时也已经吃饱喝足，但我期待的侠拉却还没上来。我瞧了一眼时间，这顿饭已经吃了四十分钟，我也心急起来，大声催促老板娘，老板娘像是没听见，又或是装作没听到我的催促。就在我失去耐心起身准备走人时，老板娘终于端着一锅热气腾腾的侠拉上来，她依旧面无表情，并不赔笑，只对我们说了句："多喝汤！这汤好！"

我迫不及待地拿起勺子，舀了一碗汤，喝一口，滋味一般，我又喝了一口，仔细品味，鲜美也算鲜美，但也没让我觉得惊艳，又吃了几块肉，那是一种说不出的奇怪味道，不免失望，感叹地说了一句："看来此菜言过其实。"

宇文也表示赞同，这下轮到秦悦数落起我们："我早叫你们不要点这个，你们非要吃，哼！看看时间吧，都快一个小时了，严重超时！"

我将碗里的汤一饮而尽，望着这锅只吃了一小半的侠拉，失望地付钱走人。秦悦非说我和宇文吃过侠拉，就算是喝了酒，不能开车，最后夏冰自告奋勇，驾车驶出了福贡县城。

4

夏冰的车技丝毫不输秦悦，路况要比上午差，但车速依旧飞快，仅仅四个小时，我们就驶过了茨开怒江大桥，贡山县城就在前面不远处了。贡山县城在怒江西岸，也就是高黎贡山一侧，整座县城依山临江，建在半山腰的台地上。

我看了看时间，又望着前方的县城说："虽然午饭耽误了时间，但好在天黑前到了。"

秦悦望着车窗外渐渐黑下来的天色，没好气地说："别高兴太早，天快黑了。"

我打开老教堂的定位，指挥夏冰快速穿过城区，很快就驶出了县城。我偷偷看向秦悦，只见她面色严肃，似有不快。车驶上了一条盘山公路，地势逐渐升高。

"我们像是上山了。"宇文嘟囔着说道。

柏油路很快便被水泥路取代，水泥路似乎是以前的老路，坑洼不平。

"路对吗？"秦悦忧心忡忡地望着窗外。

　　就在身体被颠来颠去的时候，盘山公路似乎到了尽头。我们进入了一片密林，水泥路变成了青石板路，我再次核对对方发来的定位说道："就是这里，快到了。"

　　秦悦看看表提醒我们："已经七点了。"

　　此刻，窗外完全黑了下来，我们还在往密林深处行驶，黑暗层层包裹了我们。我的心也紧张起来，警觉地注视着窗外，石板路还在向密林深处延伸，夏冰将车速降了下来，远光灯照射的前方是无尽黑暗，我不知道这条路会把我们带向哪里，是废弃的老教堂，还是峡谷边的悬崖？车速已经降到二十迈，石板路似乎拐了个弯。突然，前方映出微弱亮光，隐约中有建筑出现在道路尽头。

　　车稳稳停在了建筑前方，我警觉地观察周围。前方的建筑物墙面斑驳，看上去颇有年头，但窗户却像是新换的，正对我们的是一扇巨大的落地窗，虽然拉着窗帘，但依然映出光亮，刚才看到的光就是这里发出的吧。

　　"哥特式建筑……"夏冰仰着头，透过车窗朝建筑顶端望去，体量并不算大的建筑，依然有高高耸立的哥特式尖顶，这是教堂常用的建筑形制。

　　"看来这就是那座废弃老教堂。"宇文也在观察。

　　"一辆奔驰大G，一辆兰德克鲁泽，一辆宝马X7，一辆途乐，都是好车。"秦悦的关注点截然不同。

　　我才注意到就在我们的车旁，停着四辆体型硕大的越野车。相比之下，我们的小途观就……这时，教堂的大门开了，走出来六个人，他们注视着我们，而我们的目光也都聚焦在他们身上，从左往右，依次是两位老者、两个中年人和两个年轻人。

我的神经绷紧了，不知道他们是谁。"天地任我游"是其中哪个呢？我又仔细打量对面六人，两位老者像是两口子，六十多岁的模样，气质装扮像是知识分子。中间两个中年人，男的戴着眼镜，挺斯文的，女的风韵犹存，颇有气质，两人穿着始祖鸟的冲锋衣，貌似情侣款。最右边两个年轻人，也是一男一女，光线较暗，看不清他们的脸。难道这是一家子？我心里狐疑着打开了车门，小心翼翼地走下车，宇文、夏冰、秦悦也走下车来，我们一字排开站好。我刚想开口，却没想到对面竟然不约而同地问道："你们哪位是'天地任我游'？"

我们面面相觑，难道"天地任我游"不在其中？我看对面的几个人都不像是坏人，就反问道："这也正是我们想问的？"

"如此说来，你们也和我们一样，是团员喽？"年轻的女孩走出阴影，声音甜美。

我仔细打量对面的女孩，未脱天真，应该是个大学生，而且多半家境优渥。这时，秦悦率先回道："没错，我们是来参加神迹之旅的。"

对面的人似乎有些失望，男性老者于是招呼我们："那就请进来吧。"

我们互相看看，然后跟着老者步入这座奇怪的建筑。大门之内是短短的甬道，步出甬道，豁然开朗，三层楼高的券顶，依稀还可以看出当年的威仪，礼拜堂的尽头有个巨大的十字架倚着墙半倾倒在地上，墙上的圣像覆盖着厚厚的灰尘……最后进来的中年男人关上了大门，然后朗声介绍道："这里过去是个教堂，F国人建的，你们应该知道，十九世纪末二十世纪初，F国人将云南视为他们的势力范围，所以就有传教士在这建了教堂。"

宇文仰头观察着教堂的券顶感叹道："太不可思议了，虽然我们知道云南有不少当年F国人建的教堂，但没想到他们会深入到这么偏远的地方，几乎是怒江的最里面了。"

宇文用了"最里面"这个奇怪的词，不过想来也十分形象，这里被重重大山阻隔，一边是高黎贡山，一边是怒山，我们一路走来，就像是钻进一条绵延不绝的深谷，径直往里面扎进去……中年男人又介绍起来："的确是不可思议，没来这里之前，我也不知道呢。据说这里被废弃多年，直到最近又被人改造一番，做起了民宿。"

中年男人话音刚落，从东侧的一扇门内又走出了一位五十来岁的女人，女人是民族服饰装扮，一边整理着妆容，一边接着中年男人的话，向我们介绍道："欢迎来到峡谷深处民宿。刚才在准备晚饭，没能出来迎接，你们叫我梅姨就好。"

女人的普通话很标准，我来不及多想，赶忙说道："'天地任我游'跟您说了吗？我们订了两个房间。"

"说过了，你们是先吃饭，还是先去看看房间呢？"女人边说边指向礼拜堂二楼。我这才注意到礼拜堂一楼两侧各有三扇门，二楼两侧也各有三扇门，两侧有木头楼梯通往二楼，我估计二楼的六个房间就是客房，与落满灰尘的圣像不同，两侧的房间与走廊都被粉刷过，米黄色调给人一种温暖的感觉。

赶了一下午路，腹中饥饿，于是我们跟着女店主步入了一楼西侧第一扇门，里面只有一张大圆桌，正好够我们十个人坐下。坐定，那个年轻小伙子开口了："既然大家都是参加神迹之旅的团员，以后几天要朝夕相处，我看咱们有必要认识一下。先自我介绍一下，我叫李栋，来自深圳，研二学生，重度科幻爱好者。"

那个女孩跟着男孩介绍道："我叫潘禾禾，大一学生，我来自杭州。"

按照座次，接下来是那对中年夫妇，不过他们对视一眼，有点迟疑，中年女人沉默片刻才说道："我叫陈辰，你们年轻的可以喊我辰姐，我和老公都是做互联网的，这次从北京来是为了解决一些精神问题。"

"不！是信仰上的危机！"中年男人补充道。

辰姐没有说老公的姓名，但我忽然注意到那位中年男人有些眼熟，"您不会是马宏冰吧？"

中年男人略显尴尬地点点头说："不错，就是我。"

"互联网巨头啊，我们手机里都在用贵司的产品。"我不敢相信，竟然在这样偏僻的地方，能遇见身价几百亿的互联网巨头。好在我们也算见过世面，所以表现颇为淡定，要换在外面，可能就会被人围住拍照了。

辰姐赶忙将话题岔开："这位老先生也很厉害，是我国著名的理论物理学家彭成祖教授……"

老先生赶紧打断辰姐的话："就是一退休老头，什么家不家的。我叫彭成祖，退休前在科学院搞搞理论研究。旁边这位是我老伴。"

彭教授身旁的老奶奶，竟有些羞涩地介绍道："我叫姚敏，从医多年，我和老伴从上海来，我喜欢大家叫我姚大夫。"

看来这六人并不是一家子呀。轮到我们几个了，在宇文、夏冰、我介绍之后，该秦悦了，秦悦当然不会说出她的真实身份。在所有人的目光注视下，秦悦竟然轻描淡写地说了句："我叫秦悦，是他的女朋友。"

听她说完，我惊讶地扭脸看向秦悦，心说你倒是张口就来。宇文和夏冰偷偷暗笑。这时，梅姨端着满满一大簸箕菜走进餐厅，瞬间化解了刚才的尴尬。这一大簸箕有米饭、荞米、烤乳猪肉、鸡肉块、菌菇、鸡蛋、木耳、腊肉、竹叶菜、凉拌野菜、洋芋等各种肉和蔬菜，我一眼便认出，这就是我们中午没吃到的傈僳族名菜——傈僳族手抓饭。

众人看来都饿坏了，除了马宏冰和辰姐拿调羹品尝以外，其他人都直接上手了。只有秦悦依然警觉，她叫住梅姨，看似攀谈，实在套话："梅姨，你们这里生意好吗？"

"怎么说呢，才开业没多久，今天是人最多的一天，六间客房都满了。"梅姨面带喜悦。

"就你一个人忙里忙外吗？"

"还有我的老伴，我们在县城还有房子，他一般负责采买、修补房子，明天上午他会过来。"

"这么大的老教堂改造一下，得花不少钱吧？"秦悦步步紧逼。

梅姨依然面带笑容，"是不少钱，几乎花光了我们的积蓄啊。早年我们出去打工，后来做点生意……"

就在这时，餐厅外突然传来一声巨响，惊得我们所有人都放下手中的饭菜，梅姨也一脸惊慌，赶忙奔了出去。

5

我们跟着梅姨跑出餐厅时，发现原来倚着墙半倾倒的大十字架，重重地砸在了地上，掀起厚厚的尘土……待尘土慢慢散去，梅姨尴尬地看看我们，嘴里嘟囔道："怎么会倒了呢？怎么会倒了呢……"

边说边上前查看，我们也跟了过去，举目四望，门窗紧闭，并且所有窗户都是新换的，没有风吹进来，确实奇怪。我仔细查看，十字架是木制的，倒下的根部已经朽烂，我长吁一口气，拍拍手上的土说："都一百多年了，这个木头里面肯定朽烂了，所以……"

"可偏偏这时候倒下……"姚大夫喃喃说道。

"这里面一定有科学原因。"李栋扶着重度近视眼镜说。

"算了吧!你当是《走近科学》啊。"潘禾禾的话,化解了大家的紧张气氛。

梅姨又检查一遍,无奈地说:"明天等我老伴来修吧,我们其实一直想把十字架竖起来,没想到……今天彻底倒了。大家赶紧回去吃饭吧,凉了就不好吃了。"

既然是虚惊一场,众人又陆续往餐厅走去。我转身刚要回餐厅,却见辰姐和马宏冰怔怔伫立在倒地的十字架前,马宏冰嘴里似乎在喃喃自语,我侧耳倾听,只听到"信仰崩塌"几个字。辰姐扭头,见我注视着他们,她才拉了一把马宏冰的臂膀,转身向我走过来。我心中好奇,正好会一会这位大人物,"虚惊一场,赶紧吃饭吧。"

辰姐很优雅地冲我笑笑,"刚才大家自我介绍,听说你是作家,那个……那个《西夏死书》,我听朋友提到过,等回去一定要拜读一下。"

没想到辰姐会主动提到我的书,我有些受宠若惊:"多年前的拙作,惭愧惭愧。"

"你最近有新作品吗?"辰姐又问道。

"有,这次来高黎贡山,就是为了新作取材。"我编了一个理由。

"哦,很期待啊。"

"你们来高黎贡山,是来旅游吗?"我将话题转了过来。

辰姐微微颔首回应:"算是吧,我们平日满世界飞,确实需要放松一下了。"

"为何选择这里呢？这可不像度假胜地。"

"这里人少……而且……我们也想趁还能动，多爬爬山。"

辰姐的回答看似滴水不漏，但我不会相信的，就在我们步入餐厅时，跟在后面的马宏冰突然嘟囔了一句："这是一次重拾信仰之旅。"

我怔住了。辰姐听到这句话时则皱了皱眉。重拾信仰之旅……是什么意思？还来不及思考，我就被众人招呼，坐下以后，我却没了刚才的食欲，一边吃着手抓饭，一边想着马宏冰刚才的话，信仰崩塌……重拾信仰之旅？

就在我胡思乱想之际，秦悦又开始发问了："大家都加了那个'天地任我游'的微信吗？"

众人频频点头称是。"可是这家伙到现在还没到。"李栋颇为不满。

秦悦转而问李栋："那你是怎么报名参加这个野团的？"

"被那篇文章吸引的……就是那篇神迹之旅。"李栋回忆道。

"但你是怎么知道的那篇文章？"秦悦追问。

"怎么说呢，我在家时，无意中从我爸的手机里看到的……"

"你爸？"秦悦惊讶，所有人都露出了诧异之色。

"是呀……而且我还看到了更多的东西……"

"是那个会消失的村寨吗？"潘禾禾打断李栋的话问道。

　　这句话让所有人都愣住了，我心里暗暗吃惊，看来所有人都知道消失村寨的事，而且也都是为此而来。我偷偷观察众人的神色，马宏冰心事凝重，辰姐只是瞬间脸露惊讶便恢复了淡定，彭教授微微点头，姚大夫皱眉盯着两个年轻人，而李栋则马上点头道："对。太不可思议了。所以……所以我作为重度科幻爱好者，不能不来一探究竟。"

　　"那么小姑娘，你又是怎么知道这事的呢？"秦悦将目光移向潘禾禾。

　　"我妈对我说的……"

　　"那你一个人来这里，得到你父母支持了？"秦悦追问。

　　"那当然，要不我怎么能把家里的X7开过来？"潘禾禾信心满满。

　　"看不出你年纪不大，车技不错嘛。"宇文调侃道。

　　"那是，国外我都开过，这算什么……"

　　秦悦打断潘禾禾的话："那你父母怎么不来？"

　　"他们工作忙，等忙完会来找我。"潘禾禾颇有自信地回答。

　　但她的回答却让我心里升起新的疑云，哪有父母放心孩子独自来深山老林？或许天才可以吧……秦悦又突然转向李栋："你一定是偷了父母的车，跑出来的吧？"

　　"你……你怎么知道……"李栋愣住了。

　　"兰德克鲁泽是你的吧？"

"你……"李栋完全懵了。

我不得不佩服秦悦超凡的观察力和记忆力，她只看了一遍，就记住了每辆车。但秦悦如此锋芒毕露，谁会相信她仅仅是我的女朋友？于是，我赶忙出来打圆场："都研二了，自己出来旅行完全可以。"

李栋点点头予以回应："嗯，完全没问题。"

"好了，那大家就都开诚布公吧。"我环视众人，"辰姐、彭教授，你们也是为了消失的村寨而来吧？"

彭教授和姚大夫点点头，彭教授开口道："我们退休在家闲不住，正好我是搞物理学的，就想来看看。"

辰姐依然嘴硬："我们主要是来旅行的，虽然我们也知道那座神奇的村寨。"

"好吧……我们也是被这座神奇的村寨吸引，然后在大理时，那位'天地任我游'神秘兮兮地加了我的微信。"

"这么说来，大家都没见过这位'天地任我游'？"

辰姐话音刚落，梅姨从外面端着一些米酒进来，招呼大家喝。我便问起了梅姨："您见过那位'天地任我游'吗？"

"'天地任我游'？你说的是张克吧？"梅姨反应了半天，说出一个名字。

"张克？"

"对。就是你们的导游，我当然见过她。"

"他长什么样？"我追问道。

"这……这怎么说呢？"梅姨不太会描述，只是擦擦手搪塞过去，"你们不用着急，今晚吃饱喝足，在这儿好好休息一夜，明天就会见到张克了。你们先吃，我去忙了。"

梅姨说完匆匆走出了餐厅。这时，宇文嘟囔道："明天？他明明比我们早从大理出发，应该比我们先到才对啊！"

众人面面相觑，真是个奇怪的导游，整个团都很奇怪，大家陷入了沉默，默默吃完这顿其实相当不错的傈僳手抓饭，便各自回房休息去了。梅姨带着我们四个爬上楼梯，来到二楼西侧的两间房，上楼梯时，吱呀作响，我瞥了一眼大堂地上的十字架，生怕脚下的楼梯也会朽烂崩塌。

6

我和宇文一间，关上房门以后向屋里张望，房间内设施还不错，一应俱全，只是当我打开卫生间水龙头时，流出了淡黄色的水，而且梅姨之前已经告诫过我们，热水不够，所以洗澡水不够热，如果需要热水，可以到厨房取暖水瓶。

我关上水龙头，不禁叹道："挨着水资源丰富的怒江，却没有干净的水。"

"这也正常，高山峡谷内的水很难利用。"

宇文话音刚落，有人敲门，我们对视一眼，不约而同走过去，打开房门，门外站着秦悦。我不禁笑道："怎么，秦警官想跟我们共度良宵吗？"

秦悦瞪了我一眼，做了个噤声的动作。然后一个闪身，闯入我的房间，我刚想关门，夏冰也闪身进来。我想起刚才的话，不禁脸上一阵发烫。

将秦悦和夏冰迎进房间，我探出头看看，礼拜堂内已经熄灯，只有两侧走廊上的壁灯还亮着，所有房门都关着，侧耳倾听，静得出奇。我关紧房门，看见秦悦仔仔细细把我们房间检查了一遍，然后开口道："你们看出什么来了？"

"出乎我们的意料，那篇《神迹之旅》的文章其实并没有提到村寨消失，所以我本以为那个'天地任我游'，还有这些团员都不知道村寨会消失的事，但从刚才的情形看，所有团员不但都知道，而且他们也是冲这个来的。"宇文首先说道。

"那个'天地任我游'，也就是张克也一定知道，可能梅姨也知道。"我补充道。

"你们说这个张克真的存在吗？"夏冰忽然问道。

"你……你什么意思？"我大惑不解。

"他一直不出现是什么意思呢？而且你们想想一个普通的野导，能组织这样的探险活动吗？"夏冰说出了她的疑问。

"梅姨不是说了吗，明天就能见到这个张克。"

"就怕明天又是一场空。"夏冰皱着眉头。

"不管怎么说，明天就能见分晓，如果这个张克不露面，我们就离开这里。"我略做考虑，做了部署。

"对。如果张克明天还不出现，我们就必须有所行动。"秦悦也赞同我。

宇文开始了分析："我觉得张克应该是存在的，而且他也确实去过那里，只是……只是他可能并没有那么简单，他的目的也不可能仅仅是赚钱。"

"一个人五万，十个人就是五十万，这么多钱还不够吗？他究竟想干什么？"

秦悦接着我的话说道："先不管张克想干什么。我们来分析一下已知的信息，也就是我们今天见到的这些人。六个团员，分别是四组，所以门口正好停着四辆豪车，再从他们的穿着打扮、言谈举止、自我介绍来看，你们有什么想法？"

"他们似乎都很有钱。"我说。

"他们似乎都有些背景。"宇文说。

"他们似乎都是精英，或者来自精英家庭。"夏冰切中要害。

秦悦点点头总结道："你们说的都对。但夏冰说的更重要，再想想我们几个，让我想起了……"

"蓝血团？"我和宇文异口同声道。

夏冰却困惑不已："我也想到了，但他们跟蓝血团能有什么关系？"

"一定有某种联系，只是我们还不知晓。"秦悦肯定地说道。短暂的思考后，秦悦又接着做出补充，"我们再分开看，这四组人各自的目的，虽然他们此行都与消失的村寨有关，但目的恐怕各不相同。李栋比较容易理解，他是重度科幻爱好者，对神秘现象好奇，背着家人偷跑出来。可是潘禾禾却好奇怪，按理说她是女生，年龄又小，也应该是偷跑出来的才对。但她却说得到了家里人的支持。"

"我也想到了这个问题，无非两种可能，一种如她所说，那么我只能说她家里人真的是与众不同，教育方法比较别致，换句话说就是心大。另一种可能就是潘禾禾撒了谎，这个就需要进一步观察。"我分析道。

秦悦沉吟片刻，又说："那个辰姐和马宏冰表面淡定，却心事重重。他们都是名人，百忙之中跑来这里究竟是……"

"信仰！"我打断秦悦说，"我刚才听见马宏冰叨叨什么信仰崩塌，像他们这种人生经过大起大落，功成名就，不缺钱的主儿就缺信仰了。"

"可信仰跟消失的村寨有什么关系呢？"宇文反问道。

"这……这我还没想明白。"

"你们注意到那篇文章的题目了吗？《带你走进神迹之旅》，也就是说张克在故意渲染那座消失的村寨是神迹。或许能跟马宏冰嘴里的信仰沾上边儿。"夏冰分析道。

夏冰的分析有几分道理，但我依然想不明白。这时，秦悦又继续说道："再说彭教授和姚大夫这一对儿，似乎最合情合理，退休，有钱有闲，来旅行玩玩，顺便破解谜题。但是……"

"但是什么？"

"但是他们的年龄与这次的旅行地点实在不符。如果我没记错的话，门外那辆途乐是上海牌照，应该就是彭教授和姚大夫的，你们想象一下这个画面，两位花甲老人，驾驶那么大的越野车，从上海一路开到这里……"

秦悦说到这里，停下来环视我们，我只能叹了口气说："都不是一般人。"

"另外彭教授他们和马宏冰夫妻，刚才并没有说出他们是如何得知消失村寨的。"秦悦补充道。

"我更感兴趣的是潘禾禾与李栋，据说都是从父母处得到的信息，他们的父母又是做什么的？"夏冰说道。

"他们的父母也符合刚才我们说的有钱、有地位、精英。"我肯定地说道。

"那梅姨呢？她就仅仅是开民宿的这么简单吗？"夏冰忽然问道。

大家瞬间沉默下来，面面相觑。我走到窗边，向外望去，窗外是一片密林，黑沉沉的，望不到头，这就是高黎贡山。

夏冰和秦悦走后，宇文很快进入梦乡，而我则辗转反侧，自认为心理素质好的人，竟然也失眠了，并没有噩梦缠绕，就是一直无法入睡。想着这些事，我焦急地等待着天明，等着那个张克的出现。凌晨五点钟时，我打开刚充好电的手机，翻看微信有没有什么回应。张克、天地任我游，这是同一个人吗？他会是怎样的人呢……是留着络腮胡子的壮汉，还是文质彬彬、戴着眼镜的男生？想到这里，我给天地任我游发了一条微信：

——我们昨晚入住了老教堂民宿。你怎么还没到？

这个时间一般人还没起床，不过张克似乎早就起了，不大一会儿，他回复道："我到贡山县城办点事，今天就来跟你们汇合。"

办事？还有什么比我们这个团更重要的？于是我用挑剔的语气问道："我们这五天，从哪一天起算？不会是从住在老教堂这夜就开始算吧？"

等了五分钟后，对方回道："不是的，您放心。我们是从老教堂酒店出发的当天起算。也就是说，如果是由于我的原因，出发迟了，天数顺延。"

从出发当天起算？我心里盘算起来，如果算上折返时间和在村寨逗留时间，那个消失的村寨离这里也就不到两天的路程……张克还没来，今天能出发吗？他要是下午才来……想到这里，我又问道："那我们今天能出发吗？"

"看情况吧……"对方模棱两可地回答。

什么叫看情况？我心中愈发不满："我们还有别的事，不能在这儿耽搁太久。"

"放心，不会太久的。"对方的回答依然模糊。

我转而用另一种形式问道："团员都到齐了吗？"

"到齐了。"这次对方的回答倒很爽快。但对于出发时间却吞吞吐吐，这是为什么呢？作为导游，他应该早就计划好了时间才对。野导看来是真不靠谱……问了几句，非但没解开我的疑云，让我更加郁闷，我这会儿快熬不住了，困意来袭，虽然不知道这个张克何时来。如果他一大早就来，是不是今天上午就要出发呢？那我是睡还是不睡？实在想不了那么多了，还是先去见周公吧。

7

当我醒来时，温暖的阳光透过巨大的马赛克玻璃洒在我身上，暖洋洋的，还想再睡，但确认下时间，竟然已经快中午了，不能再睡了，这种晨昏颠倒的生物钟，必须扭转过来。我跳下床，简单洗漱，穿好衣服后，就打开了房门。

这是第一次在白天打量老教堂，充沛的阳光从礼拜堂头顶的马赛克玻璃上倾泻下来，让整座教堂显得庄严肃穆而又温暖。那马赛克玻璃竟是如此精美，不比我在欧洲见过的教堂逊色。我一边欣赏着马赛克玻璃，一边走下了楼梯，空旷的礼拜堂内不见一人，其他人呢？我依次打开一楼两侧的门，西侧依次是厨房、餐厅、杂物间，而东侧像是员工宿舍，只有尽头一间，阳光充沛的房间里面堆满了书籍，像是一间图书室，而其他人此刻都聚在宽大的图书室内。

"你们都在这儿？"我用目光扫过众人，没有梅姨，也没有彭教授、马宏冰、李栋和宇文。

辰姐优雅地坐在沙发上，手里捧着一本上了年头的书，见我进来合上书，笑着说道："女同胞们都在这儿。"

"就是，你一个大男人睡到现在，赶快出去干活去。"秦悦催促道。

"梅姨老公来了，男的都出去帮她老公找木材去了。"姚大夫摘下老花眼镜说道。

"梅姨想打一个新的十字架竖起来，小号的。"夏冰继续补充道。

"新的？这个老的就不要了？"我有些诧异。

"都烂了，还怎么要，只能当柴火烧了。"潘禾禾不以为然地说道。

"你们见到那个张克了吗？"我又想起了凌晨五点的聊天纪要。

"没有，他还没到。"秦悦语气里显得有些焦急。

"这个奇怪的人，凌晨五点我联系过张克，问他什么时候到，他说的模棱两可，跟我打太极。"

"是不是还有团员没到？"辰姐问道。

"不，我问他了，他说团员都到了。"

"这就奇怪了……"秦悦思虑片刻，"会不会这人就没打算出现？"

"你的意思他是为了骗取我们的定金？"姚大夫反问道。

"这……这不大像吧。梅姨说她和张克认识。"辰姐合上了手中的书。

"好吧。我再去问问梅姨。"说罢,我走出图书室,径直推开老教堂高耸的大门,梅姨和一个黑瘦的中年男人,还有其他几位正从山上下来,马宏冰气喘吁吁,显然平时缺少运动,彭教授面色红润,倒还算淡定。

只见他们拖着两棵不算粗大的树,我忙上前帮他们把树干拖到教堂门口。放下树干,马宏冰直接坐在了地上喘着气:"好……好久没这么累了。"

梅姨前后忙活着,对众人说:"大家辛苦了,都去休息一下,今天午饭会稍微晚点,做好了叫你们。"

马宏冰和彭教授都进去休息了,李栋毕竟年轻,看上去就像有无穷的精力,宇文拉过黑瘦男人介绍道:"这是梅姨的老公,大家都叫他辛叔。"

黑瘦男人终于咧开嘴笑了:"欢迎到我们这儿来,你们就喊我辛叔吧。"

"辛叔,为啥还要重做一个十字架呢?"我有些困惑地问。

"为啥呢?我也说不好,我小时候就见过那个十字架,现在朽坏了,总觉得缺了点什么,所以……所以就想再做一个,大的做不了,就做一个小点的。"说完,辛叔又咧着嘴笑了。

"辛叔还说当年那个大十字架是他爷爷做的。"宇文补充道。

"哦，是吗？那您爷爷一定见过最初建造教堂的F国传教士？"我忽然变得很好奇。

辛叔点点头回应："听我爷爷讲，那是一个白胡子老头。他从南边而来，沿着怒江大峡谷走到这里，他说自己老了，无法再翻越北面和西面的大山，所以就留在了这里，建了这座教堂。"

"无法翻越北面和西面的大山……"我思索着辛叔的话。

"北边是进入藏区的大山，几乎没有路可以走。西边同样是人迹罕至的高黎贡山，也没有路可走，至于东边嘛是怒山，翻过怒山，那边就是丽江，那边同样有F国传教士传教，所以他没有提东边的大山。"宇文自己解释道。

"也就是说他本想一直向北或向西走下去，最后因为身体不支，更是因为路途艰危，他只好留在了这里。"

辛叔接过我的话："不，他其实并没有真正停下脚步。"

"什么意思？他又离开了这里？"我追问道。

辛叔放下手中的活，像是陷入了回忆："爷爷曾经对我说过，那位老传教士边建教堂，边在附近考察。"

"考察？他考察什么呢？"我更加好奇起来。

"考察很多，动植物、水文气象、地理等。哦对了，他还非常喜欢爬山，爷爷跟着他爬过几次山，说那老头岁数不小，却体力惊人，后来爬的次数多了，爷爷总觉得他似乎在找什么……"

"找东西？"

"不，不是东西。那老传教士说他在找路。"辛叔说道。

我心里忽然一阵失落，还以为辛叔能说出什么惊世骇俗的东西。找路？说明这老头并不甘心就此止步，他还想继续向北向西传教。宇文却小声地提醒我："以前的教士大多是博学之人，这位传教士会不会与蓝血团有关？"

"你的意思……"

我刚想说下去，辛叔又接着说道："这山上的许多小路，都是这位传教士开出来的，包括你们要去的地方，原来根本没有路……"

"您知道我们要去的地方？"宇文问道。

"您也去过那里？"我惊道。

辛叔点点头做出肯定回复："我也会跟你们一起上路。没有我，你们恐怕很难找到那座村寨。"

"这么说……这么说那座村寨真的存在喽？"李栋突然说道。

"当然……只是那里很难去，没有我带路，你们根本去不了那里。据我爷爷说，最早的路就是这位老传教士开出来的。"辛叔信心满满。

李栋接着刨根问底地问辛叔，趁他们二人攀谈时，宇文将我拉到一边耳语："这个辛叔会不会就是'天地任我游'？"

"梅姨不是说'天地任我游'是张克吗？"

"可这家伙到现在还不露面。而辛叔又说只有他才能带我们去。"

"或许张克只是组织者，而辛叔才是真正的执行者。"

"看来一人五万，张克也要跟辛叔分钱。"

聊到这里，我转而大声问辛叔："您认识张克吗？"

"当然，她是你们的导游。"辛叔肯定地回答。

"可他怎么还没到？"宇文问道。

"放心，她很快就会来的。"辛叔依然很肯定。

"您刚才说只有您能带我们去那儿，我还以为是张克带我们去呢？"我装作漫不经心地问道。

"我们都去。等这娃到了，我们就出发。"辛叔说完，又抄起斧子再次劈砍树干。

这娃？说明张克年纪不大。辛叔和张克都去，加上他们，就是十二个人了。这时，屋内传来梅姨招呼吃饭的声音，看看时间，已经快一点了，我本来就没吃早饭，现在腹中饥饿，便喊辛叔一起进去吃饭，辛叔让我们先吃，他在厨房吃就行。李栋和宇文先后走了进去，我推开高高的大门，忽然想起什么，回头问了一句："辛叔，您爷爷跟您提过那位传教士叫什么名字吗？"

"提过，但是外国人的名字我实在记不住，好像……好像叫什么朗……什么索瓦什么的。"辛叔努力地回忆着。

弗朗索瓦？这是一个F国人的姓氏，这位叫弗朗索瓦的老传教士会是蓝血团的成员吗？我思忖着，缓步走进礼拜堂，看看倒在地上的朽烂十字架，无奈地摇摇头，跟着宇文和李栋，向餐厅走去。

8

梅姨端上午饭，不好意思地向我们解释："上午光忙着弄十字架了，来不及做好吃的，午饭将就一点，吃点米线吧。"说是将就，但当梅姨把米线端上来时，我还是暗暗称奇，米线盛放在精美的大瓷碗里，一份份新鲜的牛肉和蔬菜分别装在精致的小碟内，完全是大城市饭店的模样，在这穷乡僻壤反而会觉得违和。

不只是每人一份米线，梅姨还上了几样小菜和火腿、熏肉，摆满了整个圆桌。宇文小声对我嘀咕道："这高级定制团，貌似还不错哦。"

"废话，五万呢……"我说着就麻利地将牛肉和蔬菜，还有各种调味料一股脑放入盛放米线的大碗中，搅拌均匀，刚吃第一口，就不吝发出赞美，"这是我吃过最好吃的米线。"

没想到，众人竟纷纷点头，表示赞同，各位都是见过世面的，竟都有同感，我不禁对梅姨的厨艺另眼相看。现在着实后悔昨晚只顾着其他人，没能全身心地好好品尝傈僳手抓饭。

吃完午饭，大家各自回房休息。我在床上躺了一会，想着刚才辛叔的话。说是百余年前，一位叫弗朗索瓦的F国传教士，传教至此，还建造了教堂，然后不断在附近山上考察，找路？难道弗朗索瓦也是在找那座消失的村寨？想到这里，我猛地坐起来，去敲开了秦悦的房门。来开门的是夏冰，而秦悦半躺在床上，见我进来，放下了手中的手机。我简单地对她们说了午饭前与辛叔的谈话内容。秦悦听完直截了当地问夏冰："你们蓝血团历史上有这个弗朗索瓦吗？"

夏冰摇摇头无法确定："我不清楚。你怀疑这个弗朗索瓦当年是代表蓝血团在这儿考察，甚至是为了蓝血团去寻找那座消失的村寨？"

"首先，目前种种线索都表明那座村寨肯定是有，辛叔也说他去过。而辛叔之所以去过，肯定是他爷爷还有那个叫弗朗索瓦的传教士都去过。其次，崇拜十六边形村寨的只可能与蓝血团，或是跟几万年前的闭源人有关。"秦悦分析道。

"按你的分析，那座高黎贡山深处的村寨很可能跟赤道王朝一样，是黑轴文明毁灭后，闭源人留下的遗迹？"我提出了假设。

秦悦点点头表示认可："我是这么想的。"

夏冰却摇摇头，像在回忆："最近几天的收获，我也重新整理了下思路，让我们回到起点。起初，这个消失的村寨是存在于袁帅的记忆中，我就想那无法解释的记忆是不是在袁帅大脑受损后，将过去曾经去过的地方和想象中的地方搞混了。"

"那怎么解释这些人都知道消失村寨的？"秦悦反问。

"这个……这个我不知道，但我觉得这与云象的什么阴谋有关。"

"也可能与蓝血团的什么计划有关。至少到目前为止，蓝血团的影子闪烁其中，而并没发现云象的踪迹，我甚至想过苏必大死后，云象是否还有能力做什么。"秦悦没好气地怼夏冰。

"你的意思云象组织已经不行了？"我反问道。

"根据我的监控，自赤道王朝事件后，云象并没有任何动作。除非……除非真如夏小姐所说，袁帅是被云象劫走的，但目前并无证据。"

"好了，我来找你们不是听你们争辩的，我想说趁那个张克还没到，出去转转。"

"去哪儿？"两人异口同声。

"后面吧，去教堂后面看看。"我指出了方向。

"好吧。我跟你去，夏冰留在这儿。"秦悦用命令的口吻说道。

夏冰张了张嘴，想说什么，却没能说出口。于是，我和秦悦轻手轻脚下到一楼，没看见梅姨和辛叔，也没见其他人。我指着礼拜堂尽头，那一东一西有两扇门，我们先来到东头的门，推不开，像是锁死了。又来到西头的门，我注意到门上的锁是新换的，一推门开了，我和秦悦对视一眼，这扇门并没有锁上。

我俩走出教堂，小心翼翼地绕到教堂后面，惊奇地发现后面竟然有一条石板路，一直通向山里。

"跟教堂前面的石板路一模一样，说明教堂不是终点。"

"不对！等等……"秦悦回头看向老教堂，又望着眼前的石板路，嘴里小声说道，"你没觉得奇怪吗？老教堂正好堵在这条路中间。"

我才注意到老教堂两侧一面山势高耸，另一面也是茂密森林，老教堂正好坐落在其间，挡住了来往去路，"这地方好似一个山口，老教堂正好堵在山口中。"

"这样我们的车就开不进来了，看来只能靠两条腿了。"秦悦边说边往前走。

"你说这是不是弗朗索瓦当年故意为之？"

"当然，老教堂就像是关隘，弗朗索瓦似乎不想让人继续探索，所以故意把教堂建在这个位置。"

"他想守住那个村寨的秘密？"

"可能吧。他很可能是蓝血团的人，来此传教是肩负着蓝血团的秘密使命……"

我们两人正说着，发现脚下的石板路沿着山势似乎拐了一个弯，回头已经看不见老教堂了。又沿着石板路往前走了一段，石板路沿着山势蜿蜒曲折，当我们又拐过一个弯后，耳边突然传来震耳欲聋的声响，我和秦悦都警觉地瞪大了眼睛，但很快我就辨别出来。

"是水声，旁边应该有个大瀑布！"

循着声音的方向，我们小心翼翼地走到石板路东侧的密林中，很快就走到了悬崖边，山下不远处的瀑布，奔涌而下，蔚为壮观。秦悦不禁大声说道："是怒江啊……原来我们一直在半山腰，西侧是高黎贡山，而东侧下面就是怒江。"

"所以老教堂一夫当关、万夫莫开，位置极其特殊。"我也大声说道。

瀑布升腾起的水雾，不断向我们袭来，我们急忙从悬崖边往回走，但让我们诧异的是，仅仅几分钟后，我们就被淡淡的白雾包围了。怎么回事？我狐疑地往四周望去，已经看不清三米开外的景物，秦悦紧紧抓住了我的手。我拉着秦悦向着石板路的方向，快速奔去，可我们在密林中穿行了一刻钟，也没有看到石板路，秦悦赶紧拉住我："不对！我们从石板路走进林子里没走这么久。"

9

我停下脚步，侧耳倾听，此刻瀑布发出的巨大轰鸣声似乎已经远去，我们周围依旧被白色的浓雾包围，好奇怪的地方。我掏出手机，打开罗盘软件精准定位，然后指着西方喊了句："走，往西走……"

我拉着秦悦又向西走了半个小时，地势逐渐升高，却依然没有看见石板路，不过好在雾气渐渐散去，能见度已经提高到十米。

"这说明我们已经远离了悬崖，往西走是对的。"

"石板路呢？这……这地方我们好像没有来过。"秦悦观察着周围。

我们一边说一边继续往西走，登上一座小山丘，我停下了脚步，站在高处向四周望去，虽然能见度逐步提高，但四周视线所及，尽是郁郁葱葱的森林，我仍然无法判断回去的道路。我心里有点慌了，就在这时，秦悦突然猛地拉了我一把。

"你看，那是什么？"

我循着秦悦手指的方向，发现就在不远处的土里，伫立着一块被杂草覆盖的青石碑。是古墓吗？我心中疑惑，走上前去，除去青石碑上的杂草，最后一块足有一米五高的石碑，展现在我们面前。

"这地方自古人迹罕至，古墓可不多，有这么一大块石碑的人一定不是普通人。"

秦悦用几片大树叶抹去墓碑上的青苔和灰土，一行外文出现在石碑上，我仔细辨认一番得出结论："不是英语，应该是法语，弗朗索瓦……德……瓦卢瓦……"

"这就是那位弗朗索瓦神父的墓碑？"秦悦惊道。

"似乎是的，弗朗索瓦·德·瓦卢瓦。"我又连贯念了一遍石碑上的名字，"这个名字很有意思，在F国，名字中间有'德'这个字的，都是贵族，而更有意思的是他的姓竟然是'瓦卢瓦'。"

"这个姓怎么了？"秦悦不解。

"F国在大革命前的最后一个王朝是波旁王朝，而波旁王朝之前的就是瓦卢瓦王朝。"

"也就是说这位弗朗索瓦神父不但是贵族出身，还是瓦卢瓦王朝的王室后裔？"

我点点头确认："是这样的，另外'弗朗索瓦'也与瓦卢瓦王朝历史上最著名的君主弗朗索瓦一世同名……"

"等等，我好像想起来了，弗朗索瓦一世是达·芬奇最坚定的资助者，达·芬奇最后甚至是死在弗朗索瓦一世怀里的。"

我冲秦悦笑了笑揶揄她说："看来最近没少读书啊。没错，弗朗索瓦一世不仅开疆拓土，还热衷于科学艺术，他不仅是瓦卢瓦王朝最著名的君主，也可以说是F国历史上最著名的君主。"

"这样一位出身不凡的传教士，竟在百年前跑到这么荒凉的地方传教？我更怀疑他还肩负着秘密的使命。"秦悦压低了声音说。

我又仔细观察这块石碑，就在姓名下面还有痕迹，轻轻抹去泥土，一行数字逐渐显露出来。

"1848.8.21—19"后面的看不清啊，我去擦拭石碑想看清后边写了什么。

"奇怪，后面……后面怎么看不清了。"

秦悦也蹲下来仔细调查，"会不会原本就没有刻上去？"

秦悦的话点醒了我，我又将下面的泥土抹去，反复查看："果然没有一点痕迹，如果这是墓碑，为何只刻上了生辰，而不刻上卒年？"

秦悦转到石碑背面。

"背面什么也没有，确实奇怪，难道……难道刻碑之人不知道弗朗索瓦的卒年？"

"难道弗朗索瓦并没有死……"我忽然脑洞大开。

"这……这怎么可能？"秦悦眼睛本来就大，这会儿瞪得更大了。

"别慌，我的意思是刻碑的那时他还没有死，所以预先刻了

'19'……"

"后来弗朗索瓦死了，应该刻上他的卒年啊。"

"这个就很奇怪，刻碑之人也奇怪，首先，弗朗索瓦是传教士，墓碑却没有做成十字架；其次，墓碑上只有法语，没有汉字，你说这墓碑是谁刻的呢？"

秦悦想想跟我讨论起来："结合墓碑上没有卒年，我认为可能是弗朗索瓦生前给自己刻的，但是后来不知什么原因，他死后石碑没有刻完，就竖立在这儿了。"

"你说会不会是因为百年前，这里太落后了，村民没有文化，所以在弗朗索瓦死后，就直接用了他身前准备好的石碑……"

"只能这么解释喽。"秦悦无奈地耸耸肩。

"一九……弗朗索瓦生于一八四八年，百余年前，这位不简单的传教士很可能活到了七十岁左右。"我推测出了弗朗索瓦的年龄。

"你说他的坟墓在哪呢？这儿似乎只有他的墓碑。"秦悦忽然说道。

此时，雾气渐渐散去，我发现墓碑周围并无隆起的坟包，没有任何墓葬的痕迹。

"可能就在墓碑下面吧，外国人没有垒土成丘的传统。"

四周的山林寂静无声，我又拿出手机定位。令我诧异的是，我们似乎已经过了石板路，向西走出了两三公里之远。我和秦悦只好按照罗盘的指示，向东折返。走下小山丘时，我回头望去，忽然觉得这座普通的小山丘是如此怪异，也许整座山丘就是弗朗索瓦的坟墓。我们往东走了二十多分钟后，就回到了石板路，石板路另一头似乎依然没有尽头，一直往下延伸，但我们今天已经没有时间往下走了。看看时间，已经三点半，我不禁小声嘟囔道："那个张克也该出现了吧！"

秦悦三步一回头，似乎对这条石板路依旧恋恋不舍。

"也许……也许明天我们就会一直沿着这条石板路走下去。"

我也回头瞥了一眼。

"回头问问辛叔就知道了。"

当我们回到老教堂时，正好四点整，除了马宏冰和辛叔、梅姨，其他人都聚在图书室内。

"张克来了吗？"我向众人询问道。

众人摇头。秦悦不禁焦急道："这家伙太不守时了。"

辰姐笑道："别急，他要赚我们钱，一定会来的。"

我无奈地笑笑，就见辰姐与姚大夫，一位拿出了带来的上好咖啡，一位也泡上了带来的正山小种，甚至还配了一套精美的茶具，再加上梅姨准备的两样当地糕点，图书室俨然变成温暖的沙龙，让我有一种恍若隔世的感觉。我和秦悦稍坐片刻，便告辞出去找辛叔。梅姨在厨房内忙碌，而辛叔则在大门外，忙着他的木工活。

我组织了一下语言，开门见山地直接询问辛叔："辛叔，刚才我俩闲着没事，就去教堂后面转了转，我们无意中看到了一块墓碑……"

"墓碑？"辛叔微微一怔，放下手中的活，抬头看着我。许久，他才缓缓说道，"你说的是那块碑吧？"

"弗朗索瓦传教士的墓碑。"

"对。后面山上是有块碑，只是很多年没人去那里了。你们俩可真能……"辛叔没继续说下去。

"那墓碑上为何没有弗朗索瓦的卒年？"秦悦追问道。

"我识字不多，那上面又是外文，我更不认识了。"说完，辛叔拿起刨刀，继续手里的活。我和秦悦等了一会儿，见辛叔不言语，秦悦刚要开口说什么，辛叔突然又开了口，"你问那上面为何没有老传教士的卒年？因为他根本就没死。"

"没死？"我和秦悦虽然也想到了，但已经否定了这种可能，没想到辛叔居然又说出来了。

"嗯，我也是听爷爷说的。就在百余年前，好像是个冬天，那老传教士又进山里面探路，然后……然后就再没回来。后来人们就在教堂后面，立起了那块碑，碑是老传教士之前就刻好的。"辛叔平静地说道。

"又一个失踪的……"秦悦身体微微颤抖，我知道她肯定想起了父亲。

辛叔的话，倒是破解了我们的疑问，但又让我心里升起了新的疑云。

"那……老传教士应该是在山里遭遇了什么意外……"

辛叔像是并没听我说话，又自顾自地说道："说来也怪，爷爷当时年轻，一直跟着老传教士翻山越岭，但就偏偏那次，老传教士没有带爷爷，爷爷一直也没想明白。"

"或许这就是命。"我说着看向秦悦，秦悦当然明白了我的意思。显然弗朗索瓦是故意不带辛叔的爷爷，因为他这次终于找到了什么。只可惜，他再也没有回来。

10

一直等到天黑，还不见张克，我心里越发焦虑，如果这个家伙还不出现，也就意味着明天我们仍然无法出发。于是我给"天地任我游"发了条抱怨的信息：所有人都在等你了，你还不到吗？

对方没有回复，我焦虑地在礼拜堂内来回踱步，时而也走进图书室看看。马宏冰似乎一直都在房间休息，辰姐、彭教授、姚大夫倒很淡定，李栋和潘禾禾这两个年轻人都有点不耐烦了，夏冰劝我和秦悦冷静，至少表面上装得淡定点。就在这时，秦悦忽然扭头，盯着大门。接着，我听到了汽车的声音，心想有人来了。我和秦悦对视一眼，快步走到大门口，推开大门，外面已经完全黑下来，就在幽深黑暗的密林中，一束光若隐若现，越来越近。果然，一辆大理牌照的老途观停在了我们的面前。

让我诧异的是车上下来的不是一个人，而是两个人，一个年轻的姑娘，扎着干练的马尾辫，皮肤白皙，身着橘红色冲锋衣。另一个男人戴着牛仔帽，帽檐压得很低，看不清面容，却给人一种彪悍的感觉。看来这个男人就是张克，可是怎么又来了一个女的，不是说团员都到齐了吗？

就在我胡思乱想之际，背着包的姑娘，率先走进了老教堂大门。姑娘看着众人笑道："终于跟大家见面了，我就是'天地任我游'。"

"你是张克？"我惊得合不上嘴。

姑娘扭脸冲我笑着说："没错。我本名叫张克，看来大家都对我做了很多功课。刚才有团员给我发微信，催问我怎么还不到？在接下来几天内，我们将朝夕相处，特别是这次旅程条件艰苦，还有危险，大家必须团结协作，互相帮助，所以我刻意留了时间，让大家先互相熟悉一下。"

"我们都快成老朋友了哈！"辰姐呼应道。

我则有些不好意思，但更多的是震惊。张克竟然是女孩子？我一直将张克默认为是糙汉子，回头看去，那位真正的糙汉子正拖着行李进了大门。

"你不是说团员都到齐了吗？那这位是……"

"哦，不好意思，我们又迎来了一位新团员，大家抓紧时间再熟悉下吧。"张克说着做出邀请的手势。

糙汉子依然没有摘下牛仔帽，只是将帽檐抬了抬，满脸沧桑，没有表情，年纪至少有四十多岁，男人很勉强地咧咧嘴说道："我叫巫颂，你们随便怎么称呼都行。我呢，算是个画家。"

男人操着一口西北口音的普通话，但又听不出来具体是哪里的。我们依次自我介绍，巫颂依次跟我们都握了手。轮到我时，我握着他的手只能用"糙"字来形容。简单介绍完毕，梅姨就招呼大家到餐厅用餐了。

又多了两位，餐厅的大圆桌就有些捉襟见肘了，张克让我们挤一挤，最后一共十二个人，终于齐聚在了大圆桌上。晚饭很是丰盛，一大簸箕傈僳手抓饭，里面的肉和蔬菜换了几样，尝了几口，更合我的口味，于是我食欲大开，大快朵颐。

吃到半饱之时，梅姨又端上了一大盘侠拉，并向我们详细介绍起这道当地名菜，众人纷纷下筷子品尝了这道曾让我失望的名菜。宇文吃了一块鸡肉后，眼睛就放出了光，冲我直点头。有这么好吃吗？我将信将疑地举起筷子，夹起一块鸡肉，还没放入嘴中，浓郁的香气就直冲口鼻，再放入口中，细细咀嚼，肉质酥烂，鲜香可口，又舀起一勺汤，酒香扑鼻，喝下去汤汁鲜美醇厚。

"太好吃了，梅姨，你怎么不到城里面开饭店呢？"李栋称赞道。

"是啊，就凭您这手艺，开饭店生意肯定好！"姚大夫也赞不绝口。

吃得差不多时，我发现那个巫颂一直埋头吃饭，并不言语，好奇心促使我试探地问了一句："颂哥，您这次来，不会仅仅是为了采风吧？"

巫颂放下筷子，用纸巾擦了擦嘴，然后平静地说道："当然不是，我想在座诸位都很清楚，我呢，跟大家的目的是一样的。"

我没想到巫颂会这么说，他才刚到，似乎就很清楚每一个人的目的。这时，秦悦开口直接把话挑明："这么说，颂哥也是为了那座消失的村寨而来？"

巫颂微微点头："没错。这几年我的创作遇到瓶颈，一直苦于无法突破，所以我想是我的思想僵化了，或者说被堵住了。"

说着巫颂比画了一个手势，姚大夫似乎看明白了。

"就像血管被堵塞了，需要通一下。"

巫颂轻轻一拍桌子发出赞叹。

"对，姚大夫懂我。"

"所以你想了解不可解释的现象？"辰姐问道。

"其实吧，我认为人类每一种学问，不论是物理、数学、天文，还是文学、史学、艺术，深究下去，最后都会上升到哲学层面。也就是说每一门学科都在用自己的方式诠释这个世界，解释宇宙万物。"巫颂像是打开了话匣子，见彭教授频频点头，他转向彭教授，"就比如彭教授是搞物理的，他就用物理学解释这个世界和宇宙，我呢，是搞艺术的，就是用艺术的方式去解释世界和宇宙，可我对世界、宇宙的思考被局限了，我需要寻求突破。"

"对！巫先生说得很对！所以这也是我来此地的目的。"彭教授点头道。

我心里哼了一声，想不到这个沉默的巫颂还挺会说的。看来团里的人都是为那座神奇的村寨而来，但目的又不尽相同，有纯粹为了兴趣的李栋、潘禾禾，有想解释世界和宇宙的彭教授、颂哥，还有想来重拾信仰的马宏冰、辰姐，当然还有我们几个。

这时，张克端起一碗侠拉说道："咱们明早就要出发了，今晚我就以这侠拉代酒，当然这里面也是有酒的，敬大家一杯，希望我们这次一路平安，顺利返回。"

大家也纷纷举起碗或杯子，一起干了这一杯。张克又对大家讲了一些注意事项，然后大家便各自散去，只等明早集合出发。我看张克和梅姨将巫颂安排在了一楼仅剩的房间。我和秦悦还无心入睡，就叫住了张克，她有些诧异地望着我们两人不解地问："还有什么问题吗？"

"有啊……"我调侃道，"我一直以为张克是个男人，没想到……"

"让你们失望了吧？"张克微笑道。

"是啊，你这么细皮嫩肉的，带我们勇闯高黎贡山，有点失望啊。"我半开玩笑地说道。

"放心吧，亲。明天辛叔会跟我们一起走的，他从小生活在这里，可太熟了，不会有事的……"张克依旧面带微笑，一脸自信。

"你们以前也组织过这样的团吗？"秦悦忽然问道。

张克怔了一下，看看秦悦笑道："当然组织过，不用担心，虽然那是一处难以解释的地方，但并没有什么危险。"

"你会带我们进到那个村寨里吗？"秦悦追问道。

"这个……"张克收起了微笑，"是这样的。我们首先会带你们到达最佳观测位置，也就是会看到神迹的地方。然后就看各自的需要了，如果想深入那座村寨也是可以的。"

"那就是说村寨其实是真实存在的，只是因为一些特殊因素，会造成有时无法观测？"秦悦问的越来越多。

"我的理解是这样的，不过我还是不建议你们深入那座村寨。"张克变得严肃起来。

"你刚才不是说可以深入吗？"

"是可以，但村寨所在的山与最佳观测地点其实隔了一条很深的峡谷，所以想要深入村寨，必须要下到峡谷深处，再登上村寨所在的山，这条路很危险，而且也很耗费时间，所以我不建议大家深入村寨。"

秦悦听完就直勾勾地看看我，我还在想张克的话，没反应过来。张克似乎有些不太高兴："如果你们没什么事，我就先休息了，明天还要早起呢。"

"等等，还有一个问题。"我忽然叫住张克，"在大理的吉姆餐厅，是你往画像上贴的二维码吗？"

"是呀。我看城里冒出不少神迹的画像，就想到可以打个广告。"

"神迹……"我嘴里喃喃自语，那座会消失的村寨，真是神迹，还只是他们炒作的噱头？我和秦悦满腹心事地回到房间，将刚才张克的话告诉了宇文和夏冰。宇文有些不敢相信。

"他们之前也搞过这样的团？"

"做的肯定不多吧。想来这地方的人很少很少。"夏冰思虑着说道。

"好了！都快休息吧，明天一早就要出发呢。"宇文说完，拉着我回到房间，望着洗手间水管里流出的黄水，我实在无心洗漱，今天的水似乎比昨天更黄了。我关上水龙头，脱下外衣，倒头躺倒在床上。

11

一觉醒来，发现自己只睡了两个小时，此时正是零点。我翻个身想继续睡，下午在山上的一幕幕却闪现在脑中，挥之不去。我索性打开手机，刷了一遍朋友圈，无聊之时，忽然想起什么，再次搜索了彭教授。他是我国著名的物理学家，他的研究领域是天体力学、黑洞、反物质等，颇为庞杂，我根本看不懂那些分类。我又搜了姚大夫，才发现姚大夫并不仅仅是彭教授夫人这么简单，她是我国著名的神经外科专家，这让我想起了袁帅的病……马宏冰和辰姐不用搜，因为他们太有名了，网上有各种官方和小道的花边新闻，甚至还有传言说两人的婚姻早已名存实亡，还有传言说马宏冰家暴辰姐，实在是……

想到这里，我又搜了一下新成员巫颂。我对这个奇怪的姓名似乎有些印象，果然搜索到了，出现了七十八万个相关搜索结果。巫颂是一位著名现代油画家，翻看关于他的新闻，他有一幅油画作品曾在苏富比上拍出四千八百万的天价。我对艺术品拍卖还算颇有研究，很快便发现了其中蹊跷，所有关于他的新闻几乎都是三年前的，近三年他就像人间蒸发了似的，没有画展，没有新闻，没有评论，没有拍卖信息。而更让我奇怪的是，即便是他三年前的作品，拍卖纪录也很少，而且除了几幅千万级别的代表作，他的其他作品成交价并不高，而评论界对巫颂作品的评价也极其两极分化，说好的把他捧到天上，称他为艺术天才，我国的毕加索、安迪·沃霍尔，骂他的说他的作品晦涩难懂、不知所云。

看来他说的是实话，他这几年的创作的确遇到了瓶颈。另一方面也说明他是一个真正热爱艺术、对自己创作负责的画家，没有突破就不画，所以作品很少，也不混圈子，这样的画家现在已经很少了。想到这里，我居然欣赏起巫颂来，在网上打开他的几幅油画，抽象的画风也确实晦涩难懂，他那幅创纪录的拍出四千八百万的代表作叫《宇宙边缘 第7号》，整幅作品尺幅巨大，画幅中心是大面积的黑色，黑色外围是一圈白色，白色的外围又是黑色，整幅作品画风诡异，艰涩难懂，根本不知所云。

不知不觉，一个小时过去了，我关上手机，脑中还是不停闪现传教士的墓碑，甚至还有巫颂那幅代表作《宇宙边缘 第7号》，该死……明天一早就要出发，怎么能失眠呢？在床上辗转反侧二十分钟后，我终于放弃了。

从床上下来，蹑手蹑脚打开房门，探出身去，外面很安静，所有大灯都已关闭，只有走廊上的壁灯发出昏暗的光线。我刚想关上房门，突然就在门要关上的刹那，我猛然发现一楼图书室似乎闪过一些光亮。好奇心促使我穿好衣服，走出房门。

我轻手轻脚来到图书室门外，果然门是虚掩着的。我想了想，还是推开了门，图书室的高大书架前，站着一个人，当我看清那人时，心里一惊，居然是巫颂。他见到我，依旧淡定，我注意到他的右手夹着一支细长的香烟，他见我进来便走向桌上的烟灰缸，掐灭了香烟，然后很自然地冲我一摊手。

"搞艺术的，都习惯昼伏夜出，实在是睡不着。"

"我也是啊。巫先生在看什么书？"我见烟灰缸旁边倒扣着一本翻开的书，还是线装本，看上去很是陈旧。

巫颂拿起桌上的书回应道："没想到这穷乡僻壤，竟还有不少好书，这是清代光绪年间刻印的唐代樊绰的《蛮书》。"

我接过书来翻了翻，蜡黄的纸张上，密密麻麻的虫眼，果然是本有年头的古书。

"《蛮书》算是最早记录云南山川地势、风土人情的著作，对于后来者，这可是本必读书。"

"你说弗朗索瓦神父？"

我心里又是一惊："巫先生对这里很熟悉？"

巫颂摇摇头予以否认："也是路上听张克说的。"

"你和张克一起从大理过来的？"我追问道。

巫颂从我手上拿回《蛮书》，走到书架近前，缓缓说道："不，其实这几年我就住在云南，腾冲是个好地方。"

"腾冲很不错，气候宜人，阳光充沛，好吃好玩，我曾经在和顺古镇住过半个月，都不想回去了。"

"哦？看来咱们有同感啊，我这几年就住在和顺古镇，那儿是一个来了就不想走的地方。"

住在和顺？难道张克天不亮就出发，就是去腾冲接这个巫颂？这家伙待遇挺高啊，到腾冲可不顺路，至少要绕道几百公里。于是，我又进一步确认道："所以……张克去腾冲接你……"

"很不巧，我的车前几天出了一次小车祸，出了一点问题。胳膊肘也受了小伤，开不了车。"巫颂一脸无奈。

"哦……"我这才注意到巫颂的左臂有些僵硬，"那您还来……"

巫颂似乎知道我要问什么。

"机会难得啊，这个团可不是随时都有的。"

"你是怎么知道那个……那个神迹的？"

"书上看的。喏，就是那本《蛮书》。"

"《蛮书》？"我有些不可思议，这书我看过啊，但从没注意到有神迹的记载。

巫颂说着，将书放回了书架的高层，书架几乎直顶天花板，我注意到他的个子不够高，踮着脚才将那本《蛮书》放了上去。再仔细观察书架上的书，我才发现这一面书墙从上到下，排列是有迹可循的，越高层的书越老，有发黄的线装本，也有厚厚的大部头外文书，我粗略扫过，多半是清末和民国的书。中层的书也已泛黄，多半是二十世纪五十年代到七十年代的旧书。而下层的书则相对比较新，甚至还有琼瑶的言情小说。

望着高高的书架，想着刚才巫颂的话，我自然而然地又伸手取下了他刚刚放回的那本《蛮书》。此时，图书室的挂钟发出了音乐声，已是凌晨两点，巫颂拉上图书室的窗帘，对我说："你慢慢看，我有些困了。"

巫颂把门从外面带上，我瘫坐在图书室的老式沙发里，翻看《蛮书》，扉页上有一个用钢笔写的外文名字，是弗朗索瓦神父的签名，看来这本书是他的藏书。密密麻麻的繁体字，没有标点符号，还有许多艰涩难懂的词汇，这本《蛮书》成了我最好的安眠药，翻着翻着，我就感到了困意……

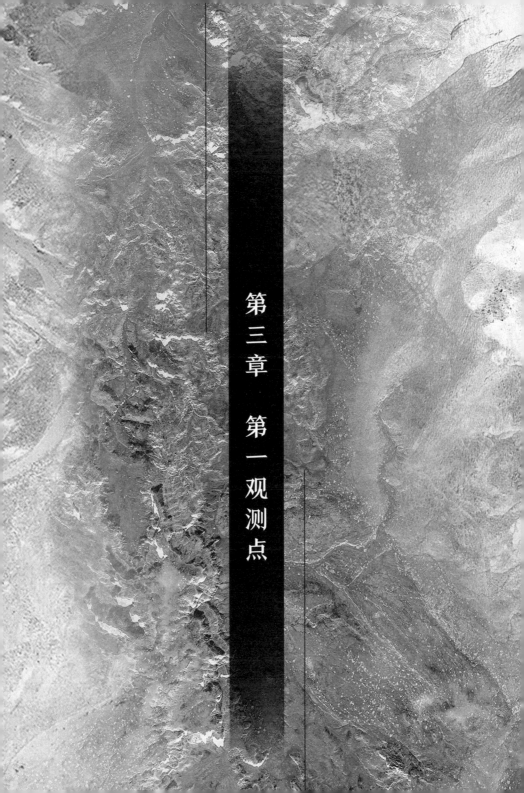

第三章　第一观测点

1

当我再次醒来时，发现梅姨正在拉开窗帘，我昨天竟然在图书室里睡着了。梅姨捡起掉在地上的那本《蛮书》，将书放回原位，然后对我说："快点准备一下，吃完早饭，等会儿就要出发了。"

看看时间，已是早上七点，我赶忙回到房间，收拾停当。众人又聚在了餐厅，每人一碗热气腾腾的牛肉米线，吃饱喝足，张克开始清点人数，共计十一人，算上张克和辛叔，就是十三人。我望着倒在地上的朽烂十字架，不禁皱眉，当年弗朗索瓦神父抛下辛叔的爷爷，难道他是一个人走上了不归路？十三，多么不吉的数字。想到这里，我轻轻哼了一声，我这个无神论者什么时候也变得如此敏感了。

马宏冰问张克："我们能开车吗？"

张克耸耸肩答道："我昨天已经回答过了，从现在开始，我们只能步行，下面所有路都得靠我们的双腿。"

"我们团里还有老人……"马宏冰看着彭教授和姚大夫。

"我们一直都有锻炼，相信不会拖大家后腿。"彭教授打断了马宏冰的话。

张克进一步解释道："不是我不想开车，是条件不允许。大家没有意见，就上路吧。"

马宏冰恋恋不舍地又瞥了一眼外面的奔驰，跟着众人向教堂后面走去。果然，张克和辛叔带队的路线，正是昨天下午我和秦悦探查的路线。从教堂后面的小门出去，沿着石板路一路走下去，我回头看了一下，只见梅姨静静地伫立在老教堂前，斑驳的墙面与梅姨那一身民族服饰，像极了一幅油画。

行了半小时的路，途径大瀑布时，我刚想对大家提起昨天的诡异见闻，却被秦悦狠狠掐了一下。我马上懂了秦悦的意思，但还是不死心地跟上走在最前面的辛叔，压低声音询问辛叔："昨天下午，我们就是在这儿遭遇大雾，然后碰到了那块墓碑。"

辛叔抬头向周围望望，然后继续埋头走路，他过了许久才小声说道："那墓碑我也好久没去了，具体位置我也说不上来，反正……就在这一带吧。"

我无奈地朝西侧的山梁望去，郁郁葱葱，没有一点石碑的痕迹，甚至都没看到那个小土丘。石板路似乎没有尽头，这让我大感意外，小声地对秦悦说道："没想到这石板路有这么长，已经走了一个多小时。"

秦悦拿出电子罗盘定位。

"我们似乎一直在向西走，已经远离了怒江大峡谷。"

就在我和秦悦小声嘀咕的时候，辛叔停下了脚步，回头对我们说："前面石板路被山洪冲毁了，我们要涉水过一条小溪。"

果然，在山势高耸的一侧，大量碎石伴随着溪水滚落下来，不但冲毁了石板路，还随时有泥石流的危险。好在此时不是雨季，否则我们都过不了这一关。众人脱掉鞋袜，卷起裤腿，跟着辛叔小心翼翼地翻过几块巨石，蹚过水量不算大的溪流。

当我再次穿上鞋袜，发现过了这条溪流以后，石板路就变成泥土路了。辛叔依然默默不语，沿着蜿蜒的山路往前走，半个小时后，山路开始变窄。一个小时后，山路上杂草丛生，几乎覆盖了整条道路，要不是辛叔带路，根本看不出这里有路，这说明此处已经很久没人涉足了。

我们在杂草丛生的山路上又走了一个小时，山路变得越来越陡峭，辛叔终于停下脚步，回头冲我们喊道："大家再加把劲，到前面山头上，我们吃午饭。"

不知不觉已经走了一上午，当我跟着辛叔登上前面山头时，前方豁然开朗，站在这个不知名的山头上，可以俯视周围景物，顿时感觉心旷神怡，但是很快我就有些慌了。

"辛叔，路好像没了……"

辛叔一摆手让我们安心。

"别急！有路。大家先吃饭。"

我们出发之前，张克就让我们多带方便食品，此刻每个人的背包都鼓鼓囊囊，只有辛叔的背包内是一袋大米，张克介绍道："辛叔为大家背了一袋大米，咱们这几天，中午就简单吃自带的东西，晚饭辛叔会给大家做米饭，还会就地取材，做一些野味。"

野味？我口中生津，但看看手上的面包等食品，只能硬着头皮吃点，夏冰和姚大夫都拿出自己的吃食给辛叔，很懂人情世故的辰姐却没有动。宇文带了满满一包军粮，拿出一份自热鱼香肉丝饭，打开以后，倒勾起了我几分食欲，至少这是热的，我就管宇文要了一半，将鱼香肉丝饭分食干净。

休整半小时后，辛叔站起身向四周瞭望，然后在荒草中神奇地踏出了一条小路，我们在几乎没过膝盖的杂草中继续前进，很快杂草少了，我们走进了一片杉树林。辛叔的脚步很快，而我们明显体力有些不支，特别是马宏冰和辰姐，落在了后面，张克怕有人掉队，所以留在最后，陪着马宏冰和辰姐。让我有些诧异的是彭教授和姚大夫，这老两口虽然也气喘吁吁，但脚步丝毫不输年轻人。

我们排列成纵列队伍，在杉树林中穿行，能够明显感觉到地势在抬高，所以体力消耗要比上午大得多。又走了两个小时后，我们走出了杉树林，纵列队伍已经稀稀拉拉拖得很长，我和辛叔走在最前面，秦悦、宇文、夏冰、李栋紧随其后，潘禾禾与巫颂在中间，彭教授与姚大夫稍微靠后，而马宏冰、辰姐与张克落在了最后。

辛叔回头看看队伍，终于停下了脚步。

"队伍拖得太长了，这样不安全，大家休息一会儿吧。"

我一屁股坐在一棵巨大的杉树下，大口喘着气，同时对辛叔伸出了大拇哥。

"老爷子，你体力可真好！"

"哼，年轻人，我们从生下来就在这山里走，不像你们城里人细皮嫩肉的。"辛叔说着，掏出一支烟，吞云吐雾起来。

秦悦靠在我身边坐下，拿着电子罗盘看了半天，小声对我说："我们上午一直是向西走，下午折向了西南方向。"

"西南方向？"

"准确地说是西南偏西。"

"这说明什么？"

"西南方向是最近的国境线。"

"你的意思我们正在往国境线走？"

秦悦微微点了点头，我心里盘算起来，这个辛叔和张克究竟要把我们带到哪里？消失的村寨是在境外？张克可从来没跟我们提过啊……想到这里，我递给辛叔一瓶矿泉水问："辛叔，咱们这样走下去，是不是很快就会到达国境线？"

辛叔怔了一下，接过矿泉水，拧开喝了一口，然后平静地说道："不错，我们是在往国境线的方向走。高黎贡山本来就是和MY国的界山，这里山高林密，峡谷纵横，人迹罕至，有时在山上走，很难分清国境线，一不留神就越界了，是常有的事。"

"那我们去的那座村寨要穿越国境线吗？"秦悦追问道。

秦悦的声音有点大，引来了众人的围观，这时候张克带着马宏冰和辰姐从后面赶了过来，她有些尴尬地笑了笑。

"这个问题之前没有对你们讲清楚，也是怕你们有顾虑。你们放心，我们提供的最佳观测地点没有越界，至于你们中有人想进入那个村寨，就正好越界了。"

"这么巧？"我有些诧异。

"也就是说最佳观测点与村寨之间的峡谷是两国边境？"宇文问道。

"可以这样理解，那条峡谷很难走，于是就成了两国之间天然的边界。"张克的话让我将信将疑。

"听说MY国那边不太平，各种势力都有武装，我们如果不小心越界了……"辰姐经过大半天的赶路，已经失去了往日的优雅，面带忧色地问道。

"辰姐，放心，大家都可以放心，MY国北部是不太平，但没游击队会跑到这种地方来，所以即便我们越界了，也不用担心。"张克安慰众人。

我心里不觉又笼罩上了愁云。只有我们几人知道那座村寨的重要性，也许难免刀光剑影，而我们这支旅行团，真的就是旅行团，全团十三人，唯一的武器可能就只有秦悦腰间那支九二式手枪，备弹三十发。

2

我们休整结束，再次出发，呈纵队走出松林，又走进了大片灌木丛。潘禾禾边走边问张克："我们今晚住在哪里？"

张克尴尬地笑笑说："住在一个村子里。"

"村子里？"我惊讶之余不禁又问，"在这深山里还有村子？"

"有啊，很快就会到了。"张克看看天色，又看看时间，"再走一个半小时吧。"

队伍又陷入沉默，通过灌木丛，进入一片密林，地势开始下降。我算了下时间，或许走出这片林子，就到今晚的宿营地了。但通过这片密林的时间，远远超出了我的预期，足足走了两个小时。终于，一大片草地在我们面前铺平了道路，而在草地的另一头，隐隐现出了一些农舍。张克指着前方的农舍，挥舞手臂说道："大家加把劲儿，我们今晚的宿营地快到了。"

是的，我们的宿营地很快就到了，但让我们所有人大感意外的是这里寂静无声，不见人，也不见牲畜，村舍周边还残留有曾经耕种的痕迹。辛叔带领我们来到村中较大的房舍，这是一间干栏式建筑，也就是大家俗称的高脚屋。房舍下用粗树干架空，房舍其实是在二层，这在潮湿的南方村落和东南亚地区很常见。放眼望去，村中的十几间房舍基本上都是干栏式建筑，密集地聚在一起，另有几间距离稍远，看不真切。这里如果不是因为没有人，现在应该炊烟袅袅，颇似一幅油画。

张克看似淡定，我却察觉到了她的不安，她招呼大家聚到大屋前的小广场上。

"大家注意，这就是我们今晚的宿营地。有些简陋，但这已经是我们能提供的最好的住宿条件了。"

"为什么没看到一个人？"李栋问。

"这里原来是一个深山中的小村子，因为距离城镇太过遥远，所以前些年政府出资，将村子整体迁出去了。"张克平静地说。

"原来是个荒村……"马宏冰嘟囔道。

"今晚我们要夜宿荒村了，呵呵……"我半是调侃，半是表达对张克的不满。

张克听出了弦外之音，安慰我们道："放心，这里与世隔绝，很安全。"

"会……会有野兽吗？"辰姐显得很紧张。

"不会，当年人家将村子建在这里，必有其道理，当然会选择没有野兽出没的地方。天黑以后，大家只要不乱跑，听我和辛叔的安排就不会有事。"张克面带微笑，似乎很是淡定。

张克讲话的期间，我注意到辛叔独自推开大屋的门，不一会儿，就见辛叔进进出出，开始忙碌起来，他似乎挺熟悉这里。我走进大屋，才发现大屋中间有一个火塘，上面架着一口大铁锅，辛叔熟练地清洗了大铁锅，然后开始淘米做饭。

张克开始给大家分配房舍，大屋前面的广场上，东西各有两座高脚屋，我、秦悦、宇文和夏冰被分配到东侧的高脚屋；李栋、潘禾禾与巫颂被分配到西侧的高脚屋，但潘禾禾不愿意，她的理由也很有道理，怎么能让一个女孩子跟两个大男人住一屋？我明白张克的本意是让李栋、巫颂保护潘禾禾，既然潘禾禾不领情，那只好彭教授、姚大夫与李栋、巫颂一屋；剩下的三位则与张克、辛叔住在正中的大屋里。

分配完房间以后，张克特别告诫我们："天黑开饭，吃饭前可以自由活动，但不能出村，也不要进入其他房舍，天黑前一定回大屋吃饭。"

我忽然觉得张克这句话，等于是要求大家哪里都别去，因为这么小的村子，其他房舍也不让进，那还有啥可逛的。其他人似乎都挺听话，要么在屋中休息，要么在院子里溜达闲聊，但我和秦悦可不是那么听话的人，我俩放下背包，商量着距离天黑至少还有一会儿，完全可以出去转转，即便不出村，也得在村里溜达溜达。

于是，我们跟谁都没打招呼，便轻手轻脚绕到了大屋后面，后面鳞次栉比地分布着一些农舍，我和秦悦随便走上其中一间，门板已经朽烂，不用推门，就进入屋内，空空荡荡什么都没有，我不禁叹道："搬得够彻底的啊！"

"当然啊，这么偏远的村子一定很贫困，搬走时肯定什么都不舍得丢弃。"秦悦说着走出了这间屋子，站在下面，环视一圈附近几间屋，"你发现没有，这些屋子都比我们住的那三间要简陋。"

我点点头回应："说明那三间屋子有人维护。"

"我现在相信了张克和辛叔之前还做过神迹之旅团，所以他们简单修缮过那三间屋子。"秦悦说着一直往村后的山坡走，眼看就要出村了，才停下了脚步，在村北面最后一排房舍上，可以看清村子的全貌，秦悦忽然一指东边的几间屋子。

"你看那边，那几间高脚屋体量不小，甚至比大屋还要大一些。"

"我进村时就注意到了，那几间高脚屋似乎离村子有些距离。"我也注视着东面那几栋高脚屋。

"走，过去看看。"秦悦说着，便大步往村东头走去。

没过多久，我们就接近了那几栋高脚屋，同样破败，但我注意到这几栋高脚屋比村子里其他房子都要厚实，墙壁是用夯土垒砌的。我小心翼翼地走上二层，推开门，发现里面还残留着许多桌椅，夯土墙壁上还残留着白色的石灰，有的地方似乎还有图案与文字，而其中一面墙壁，竟被涂成了黑色。

"看来这曾经是一间教室。而且当年村里人还挺重视教育，学校建得比其他房子要好。"秦悦做出了判断。

"嗯，看墙上的标语，还是那个年代的。"我指着教室一侧墙上残留的红色标语，细细辨认，一不怕苦，二不怕死的革命精神永放光芒。

"外面也有……"秦悦走出教室，只见对面一间大屋的外墙上也残留着红色标语——插队落户，扎根边疆。

"看来曾经有知青来过这么偏远的……不，不仅仅是偏远，是人迹罕至的地方。"因为我的父母都曾是知青，目睹此情不由唏嘘不已。

"确实难以想象，当时交通更为不便，一个大城市来的知青，扎根在这个人迹罕至的小村子里……"秦悦也感到了震撼。

我们感慨一番后，又仔细查看了每一间屋子，除了更多的标语，没有其他发现。这时，我们已经出来半个多小时，天色渐渐暗下来，我们赶紧往回走去，好在村子不大，也没有昨天的大雾，很快便回到了村中心的大屋。

大家已经围坐在火塘边，李栋看见我们便问："你们又跑哪儿去了？"

我和秦悦还没说话，宇文抢先开口："人家小两口，肯定有些悄悄话。"

宇文替我们解了围，但秦悦脸上却泛起了红晕。我们两人坐下，发现今晚的晚饭就简陋多了，辛叔不知从哪儿搞了一些野菜，再加上带来的火腿和熏肉，与米一起熬了一大锅菜肉粥。虽然简陋，但我吃了一口后，忽然食欲大开，竟连吃三碗，搞不清是肉香，还是那叫不上名的野菜，散发着浓郁的香味，就连挑剔的马宏冰和潘禾禾也吃了两碗，张克看到这一幕笑了。

"怎么样，我没骗你们吧？保证给你们最好的待遇，从未有过的体验。"

大家吃完饭后，又聊了一会儿，便各自散去。回到东屋，我对宇文和夏冰大致说了我们的发现，夏冰却提醒我们道："你们注意到了吗？手机信号已经不太行了。"

我才想起看手机，果然不管是哪个运营商，信号都极其微弱，我试着拨出一个电话，根本无法接通，上网更是奢望，我知道接下来我们就要进入完全与世隔绝的世界了。

3

半夜，有什么声响从远处传来。我慢慢地睁开眼睛，仔细倾听，像是人的脚步声，我猛地坐起身，从门缝向外看去，屋外并没有人。奇怪，于是我壮着胆子，打开屋门，从高脚屋上走下来，置身于小广场上。四下张望，不见人影，但那个细微的声响仍然不断传来，由远及近，越来越近，却始终不见人影。

我的心悬了起来，我循着声音的方向，来到我们所住的东屋后面，什么也没有，再仔细倾听，那声音又像是从西屋后面传来的，走过去，还是什么都没有，这会儿又觉得脚步声在正屋后面，于是我快步过去，正屋后面漆黑一片，没有人。但我分明感觉到那个脚步声就在附近，我猛地扭头，正屋后的山坡上似乎有动静，人影绰绰，这会是谁？大半夜不睡觉，跟我玩捉迷藏。我随着那个声响追了过去，一直登上北面的山坡，再往前走，就快要出村了。可我仍然没有追上那个人影，他似乎总跟我保持着一定距离，时快时慢，却又传来很有节奏感的脚步声。

"千万不要出村！"身后忽然传来张克的警告，我猛地回头，身后并没有人。踌躇片刻，我还是跟着那个声响出了村子。地势越来越高，那个声响不断传来，我却始终没能追上那个人。那个……那是人吗？我忽然有一丝紧张，如果是人，我为何追不上他？想到这里，我提高警惕，不再犹豫，加快速度，快步向前冲去，奇怪的是前面那脚步声好像也加快了速度，我始终没能跟上。我快速在深夜的密林中穿行，手上被看不清的荆棘划破，但始终没有追上前面的脚步声，直到那个声响消失了，我才喘着粗气，停下脚步。

四周被黑沉沉的夜包裹着，让我感到奇怪的是，此刻森林里异常安静，没有夜间动物的声响，甚至连风声都没有……就在我狐疑之时，一阵凄厉尖锐的鸣叫传来，吓得我浑身一颤，浑身泛起鸡皮疙瘩，这是什么？紧接着又是一声，这声响离我越来越近，我惊得不知所措，想跑，但不知该往哪里跑。就在这千钧一发之时，一只手抓住我，拉着我快速向一个方向奔去，这速度让我惊奇，无数的枝丫、荆棘划破我的脸、我的皮肤，前面这人全然不管不顾，只是一个劲儿拉着我往前跑，凄厉尖锐的鸣叫不断传来……终于我们在一道白光闪烁之后，置身在一片白雾当中，那人停下脚步，转过身来，我才注意到竟然是袁帅。

"袁帅……你不是……"

"你们为什么要来这里？"袁帅的语气很严厉。

"为……"

我刚开口，袁帅就打断我："知道这是什么地方吗？"

我茫然地望向四周，心想全是白雾，这……这哪能看出来。

"这是哪里？"

袁帅面对着白茫茫的雾气，坚定地说："这就是第一观测点，也就是所谓的最佳观测点。"

那这里就是袁帅记忆中不断闪现的那个神秘之处？现在却是茫茫大雾，什么也看不清，"可……可什么也看不见啊？"

"山里有雾很正常。"

"可……那个会消失的村寨不会只是……只是海市蜃楼吧？"

"哈哈哈！如果只是海市蜃楼，会吸引那么多人吗？"袁帅笑了。

"那……那会是什么？"

"神迹！"袁帅平静地说。

"哪会真的有神迹？"我摇着头不肯相信。

"不……你要相信，这世上有很多科学无法解释的现象，或者更准确地说是现有科学还不能解释的现象。"袁帅说的话有点绕。

"那也不是神迹，只是我们现有的科学还无法解释。"我还是不肯相信，因为这是我几十年所受教育不能接受的。

"非鱼，你知道为何我们现有科学无法解释吗？"

115

"因为……因为我们还不够发达……"我憋了半天，不知该说什么。

袁帅笑笑否定了。

"因为我们还太低级了。"

太低级了？不知怎的，我感到一阵不寒而栗。这时，突然吹过来一阵寒风，风越吹越大，渐渐地大风吹散了我们周围的雾气，对面山上隐隐现出一些东西，就是那座神奇的村寨吗？我刚想开口说什么，袁帅却对我说道："记住，最多只可在这里观察，绝对不要去第二观测点，不要再靠近一步。"

第二观测点？不要再靠近？"为什么？为……"

我的问题还没出口，这时袁帅脸色大变。同时，那个凄厉尖锐的声响再度袭来，那速度极快，我还没反应过来，一个东西就从身后的白雾中窜出来，撞向袁帅，几乎和袁帅同时消失在我的眼前，坠入无底的深渊。这一切发生得太快，我根本没看清那是什么，也不由得我思考，又有一个东西从我身后窜出，接着我感到撕心裂肺般的阵痛，随后我的身体便被一股巨大的力量推动，裹挟而下，坠入深渊……

我挣扎着坐起来，才发现自己仍在东边屋子的睡袋里，刚才是一个噩梦。我探出脑袋四处张望，宇文在我旁边，那边是秦悦与夏冰，看来一切正常，并无异样。我再看看时间，凌晨两点，这尴尬的时间点，千万可别失眠，我急忙闭上眼，继续睡觉……可刚才噩梦里的一幕幕又闪现在我的眼前，那个凄厉尖锐的叫声是什么？把我和帅推下深渊的又是什么？猿猴？可那东西的速度和精准度远超猿猴。或许……或许这只是梦中不切实际的幻想，想到此处，我的心情稍稍平复。但袁帅的话又是什么意思呢？我来之前曾经反复思考过村寨神奇消失的原因，山中特殊的地形和气候，造成类似海市蜃楼的奇观，是完全有可能的，所以这是我能想到的最科学的判断，但袁帅直接否定了我。神迹？我这样的无神论者是无论如何不会相信的，什么叫我们太低级了？难道那又是黑轴文明闭源人的黑科技？根据我们这段时间的研究，黑轴文明的科技虽然发达，但诸如基因技术、可控核聚变技术等都是人类目前达不到却可以理解并正在努力的方向，黑轴文明的科技并不是玄学，这种类似于神迹的东西实在难以理解。我怎么也理不出头绪，只能强逼自己睡觉。

我努力不去想这些，但大脑不受控制地又闪回到刚才的噩梦中，我和袁帅所在的地方就是所谓的最佳观测点，也叫第一观测点。那就是说还有第二、第三甚至更多观测点，而袁帅最后严肃叮嘱我的那句"记住，最多只可在这里观察，绝对不要去第二观测点，不要再靠近一步"则更像是警告。千万不要去第二观测点吗？第二观测点在哪我都不知道，怎么去呢……

4

后来我实在想不明白，慢慢又有了困意，就在半睡半醒间，我忽然听到了一些响动，像是轻轻的脚步声，其间又夹杂了一两声干咳，难道又是我的梦？我狐疑地翻个身，还是有人的脚步声，我睁开眼，确信自己没有做梦，可能有人起夜，或是有人失眠……想到此处，我闭上眼继续睡去。过了一会儿，这个声响又传过来，我怎么也睡不着了。可恶啊，自从摊上这事，我就没睡过一个安稳的觉，干脆出去看看究竟是谁？

我蹑手蹑脚站起身，没有灯光，摸到门后，刚要开门，忽然又传来清晰的脚步声，明显与刚才的轻声不一样。我心里一激灵，透过门缝，发现潘禾禾从正面大屋走下来，脚下的阿迪鞋踩在正屋的木质台阶上，吱呀作响。而屋前的小广场上，正站着一个人，虽然背对着我，但我还是辨认出是巫颂。他立在广场中，似乎在抽烟，见到走出来的潘禾禾，既没打招呼，又没挪地方，潘禾禾似乎想去屋后，但看到巫颂之后，她径直向巫颂走过去，一直走到巫颂近前，才开口对巫颂说道："我应该喊你叔，还是哥呢？"

"随便你。"巫颂的声音很低沉。

"你出来干什么的？"潘禾禾声音倒挺大。

"……凑巧……回去吧。"巫颂声音越来越低沉，我只能断断续续听到只言片语。

"回去……这么久，怎么可能？"潘禾禾的声音忽高忽低，也没听真。

"那地方……是你能去的……"巫颂的话实在听不清楚。

"我可以。"潘禾禾说完，扭头又回到了正屋。

巫颂仍然伫立在原地，背对着我，一动不动。外面安静下来，就这样持续了很长时间。巫颂仍然站在原地，他怎么了？我心里忽然升起一种不好的预感，与此同时，那个轻微的脚步声又传进我的耳膜，我心里猛地一颤，到底是谁？潘禾禾回去了，巫颂站在原地，一直没挪窝，怎么又传来了脚步声。我仔细分辨，就是之前听到的那个声响，难道又有人来了，还是如梦中一样……我静静倾听仔细观察，一直等了二十分钟，依旧没人出现，巫颂就那样一直站在原地。见鬼，难道巫颂被定住了？我刚想出去一看究竟，忽然那个声响停了下来，我装作起夜，走出房门，巫颂听到响声，回头一看，他一向没什么表情的脸上，显得有些阴沉，很是难看。

"又睡不着？"巫颂先开口了。

"跟昨天一样，睡了一觉，做了噩梦，然后醒了，怎么也睡不着了。"

"噩梦？这鬼地方做什么噩梦都正常。"巫颂的声音很低。

"你也是睡不着吗？"

"也跟昨天一样，跟以往都一样，习惯了晚睡。"

我看看时间，已是凌晨三点。

"现在这个时间，也太晚了，明天还要早起。"

"放心，我的身体可以的。"巫颂脸上露出一丝微笑，显得信心十足。

"你……你还听到别的声响吗？"我试探着问道。

"声响？没有……哦……前面倒是有几个人出来起夜……"巫颂轻描淡写地说。我想了想，还是不要追问潘禾禾与他的对话。这时，巫颂打了个哈欠，冲我摆了摆手，"我也该睡了。"说罢，巫颂走到西屋旁方便了一下，便回屋去了。

我静静地站在广场上，向周围扫了一圈，一切都很正常，宁静到没有任何响动，刚才那轻微的脚步声似乎只是我的错觉，噩梦中的错觉。但我还是不肯相信，于是我没头没脑地绕着东屋、西屋、正屋转了好几圈，没有人，也没有什么动物。

我回到广场上，目光再次扫视各屋，忽然觉得这些屋内正有一双眼睛盯着我……我站在巫颂刚才站的位置，仔细查看，此处并无异常，他为何一动不动在这里站了那么久？他和潘禾禾的对话中提到"你怎么会出现在这里"，难道他们以前就认识？他们的年龄和背景似乎相差挺大，不像有什么交集。而巫颂那断断续续的回答"……凑巧……回去吧"是叫潘禾禾回去？还是说自己要回去，回哪去？还有那句"回去……这么久，怎么可能"，没听清楚潘禾禾说的什么。而巫颂最后说的"那地方……是你能去的……"那地方是指那座消失的村寨吧？没听清前后逻辑，不过也就只有两种含义。算了，只言片语，根本听不出什么。但是，他们却是团里最可疑的两位，潘禾禾这么小年纪，居然跑到这种地方，她说父母支持她，但也有一种可能，她是背着父母跑出来的，世界那么大，有那么多好玩的地方，她为什么偏要来这里？而巫颂就更不用说了，从他一露面就让人心生疑惑。

　　我心事重重地回到西屋，被那个噩梦困扰到天亮。当天蒙蒙亮时，同屋的几位都醒了，我对他们简要说了巫颂和潘禾禾的情况，并没提及我的噩梦，因为我实在无法判定梦境中的一切。我透过窗户发现正屋的门打开了，辛叔已经开始忙碌起来，而西屋则还没有动静。

　　我决定趁这个时候，再去和辛叔聊聊，秦悦跟着我走出了屋，辛叔看见我们，热情地打起招呼说："昨晚睡得好吗？"

　　秦悦笑道："有人睡得不好，净做噩梦。"

　　辛叔看看我们笑道："不用害怕，这里很安全的。"

　　我抓住辛叔的话，接着问道："您的意思，这里是安全的，有地方不安全喽？"

　　辛叔愣了一下，放下手中的活，收起笑脸回道，"小伙子，只要你们跟着我走，就都是安全的。"

　　"我们今天能看到那座村寨吗？"秦悦问道。

　　辛叔点点头给出肯定的回答："如果天气没什么问题，今天中午，最晚下午就能看到。"

　　我忽然有些激动起来，中午就能看到，秦悦也有些激动地发出感叹："这么快？"

　　"嗯，不过要看天气，千万不要有问题。"辛叔说道。

　　"天气能有什么问题？"秦悦又问。

　　"这山里气候多变，什么天气都有可能遇到。"辛叔没开口，张克这时从正屋走了出来。

我想起了噩梦中袁帅对我的叮嘱，于是开口问道："克导，要想看到这座村寨，一共有几个观测点？"

张克和辛叔都是一怔，张克愣了一会儿，才压低声音说道："据我所知，一共有三个比较好的观测点，我们要去的这个是第一观测点，也被认为是最佳观测点。"

"最佳观测点？那么其他两个观测点你都去过吗？"我追问道。

张克脸色变得有些难看，她俯身帮辛叔干活，等了很长时间，张克才像是漫不经心地回我："我还去过第二观测点。"

"哦？第二观测点在哪儿？"我紧追不放。

张克放下手中的活，抬起头，盯着我，脸色越发难看。

"我劝你不要问那么多，我们的行程里只有第一观测点。"

"不去还不能问问啊。"我也收起了笑脸。

"问了也白问。"张克小声嘀咕道。

我刚想发作，就被秦悦使劲拉开了，我嘴里小声嘀咕道："今天中午就到第一观测点，然后就返程，这钱也太好赚了吧。"

秦悦瞪了我一眼，将我拉到东屋后面发出质问："你怎么会突然问起观测点？"

"你想啊，这种情况绝不会只有一个观测点，就好比……好比你看一座雪山，不同的观测点，就会有不一样的景色。"

"说实话。"秦悦掐了我一下。

"好吧，我夜里做了个噩梦……"我将梦中一切内容对秦悦叙述一遍，虽然已经过去好几个小时，但让我诧异的是，梦中的细节，竟是那么清晰深刻。而秦悦听我说完，不禁有些失神。

5

吃过早饭，天已大亮。当巫颂出来时，我发现他竟没有一丝憔悴，沧桑的面容下仿佛是一部永不休息的机器。张克对大家说了今天的计划，众人本来疲惫的身体，似乎都亢奋起来，我们依然按照昨天的队形，离开了这座废弃的村子。我跟在辛叔后从南面走出荒村，南面的地势也是逐渐抬高，当我站在南面的山坡上，回望荒村时，依然觉得这座村子令人恐惧。

翻过山坡，荒村便被遮挡看不到了，我们又置身于无边无际的荒草中。我根本看不出地上有路，辛叔也没有昨天那么迅捷，他走走停停，似乎在不断寻找和修正脚下的道路。大约一个小时后，我们进了一片森林，高大的树木遮天蔽日，与昨天经历的密林有了很大不同，我知道我们已进入群山深处，而这里的某些地方可能从未有过人类涉足。

走着走着，忽然前方高大的树木上闪过几个白色的东西，发出鸣叫，速度极快。我们停下脚步，辛叔很淡定地说："大家别怕，是滇金丝猴。"

"哇……我这次也是为了滇金丝猴而来。"潘禾禾兴奋地掏出单反相机。

123

"到了这里动物好像多了起来……"夏冰指着不远处的密林说道。

众人循着夏冰手指的方向发现，有两只似猫非猫，又比猫大的动物正注视着我们，宇文很快便辨认出来，"这是金猫。一般不会咬人。"

"什么叫一般……"辰姐似乎有些紧张。

张克这时候从队伍后面走过来，"我们现在已经进入到高黎贡山深处，高黎贡山被称为动植物的宝库，这儿有许多全世界特有的珍贵动植物，这也是高黎贡山的魅力所在。辛叔经验丰富，大家只要跟着辛叔，就不会有事，我们一般能碰到的动物都是鸟类或是一些不会攻击人的哺乳动物。"

"听说高黎贡山有云豹，还有孟加拉虎……"马宏冰面露一丝惧色。

辛叔笑道："有是有，但我也是听说老辈人见过，我活了这么大，一次没撞见过。就看你们运气了，呵呵。"

马宏冰没再说话，大家静静地等着滇金丝猴远去，又继续赶路。这一路我们有各种珍贵的动植物相伴，路途还算轻快，两个小时后，我们走出了森林，踏上了一大片的高山草甸。站在山坡上，远处有一汪清潭，煞是好看。我不觉加快脚步，向那清潭走去，可我刚走两步，就被辛叔叫住，"大家注意，前方是一大片高山沼泽。"

沼泽？吓得我赶忙停下脚步，果然脚下已经被我踩出了一个深深的脚印，我回头望着辛叔，投来求助的目光，辛叔走过来，观察一阵后，从背包中拿出一卷麻绳，递给我，"算你们走运，水位不是很高，大家把绳子都系上，跟着我往西走，绕过这片大沼泽。"

我顺着辛叔手指的方向望去，果然西侧地势较高，于是我们系好绳子，跟着辛叔，一脚深一脚浅地在沼泽边缘穿行，有时难免会踩进沼泽中，好在我们都是一条绳上的蚂蚱，只要不是大多数人一起掉进去，就不会有危险。我和宇文各有一只脚陷进了烂泥，拔出来后，脚上一片恶臭，走路也只能一瘸一拐了。

一个小时后，我们绕过高山沼泽，又步入密林之中，我看了一眼时间，日头已近中午，也就是说我们即将抵达最佳观测点。辛叔和张克没有说休息，也没有人要求休息，就连昨日走在最后，体力不支的马宏冰和辰姐，今天也紧紧跟随，生怕掉队。我注意到进入这片密林后，地势越来越低，似乎是在走下坡路，但就在我以为快要接近最佳观测点时，辛叔突然停住了脚步。大家不明所以，也都停下脚步，气喘吁吁地盯着辛叔，辛叔观察了一会儿，对大家说："走了一上午，也走累了，大家在这儿好好休息一会儿，顺便吃点东西。"

"辛叔……快到了吧……怎么在这休息啊……"我喘着粗气问道。

"是啊，不如一鼓作气，赶到最佳观测点，在那儿休息吃饭。"宇文也附和道。

辛叔像是根本没听见我们的话，径直靠着一棵树坐下来，刚想掏烟，巫颂顺手递给辛叔一支香烟，辛叔接过烟端详了一会儿，又放到鼻前嗅嗅，笑道："你这好烟，咱可没抽过。"

"试试。"巫颂不急不慢地给辛叔点上火。

辛叔吸了一口，颇为满足地吐出烟圈，然后才缓缓说道："你们这些后生就是心急。最佳观测点是离这儿不远了，不过前面有一段山路很陡峭，要徒手攀登上去，才能到达最佳观测点，所以让你们在这儿先休息一下，不要到时候掉链子。"

还要徒手攀登，我看看彭教授和姚大夫，还有已经要虚脱的马宏冰、辰姐，就我们这些人能行吗？大家默默地休息，默默地吃了点东西，大约半小时后，辛叔又抽完一支烟后，起身对众人说道："出发，带你们见证神迹。"

一句话又点燃了大家的热情，大家纷纷起身，已经不成队列，簇拥着辛叔，很快走到了森林边缘，当我们步入一条陡峭的小路时，辛叔大声提醒我们："注意安全，你们身下就是万丈深渊。"

我紧跟着辛叔，很快就发现自己正置身于半山腰的悬崖峭壁，脚下陡峭的山路绕着山蜿蜒盘旋，好在这条山路还算宽，离崖边尚有一定距离。我仔细观察，认定这条山路是前人利用原有的山势稍加开凿出来的，说明曾经有人走过，而且在以前还是条相对重要的通道。走出大约五百米，一堵石壁拦住了我们的去路，辛叔回身指着石壁对我们说道："这石壁有三四米高，我们必须爬过去。"

近前观察一番，这处绝壁与山体相连，显然是原来就有的，而在绝壁上，我依稀辨认出有一些可供脚踏的小洞，再次说明这条路是前人开凿的，但这里地处偏僻，开凿之人估计能力有限，所以没有将整个石壁做成台阶，而只是凿出一些可供脚踩的小洞。不过好在有这些孔洞，攀登绝壁的难度比我预想的要降低很多，辛叔没绑绳子，几步就登上了绝壁，我在腰间系上绳子，紧跟着爬了上去，刚一露头，便觉一阵寒风袭来，绝壁上的路变窄了，只有一米左右宽，身旁就是万丈深渊，我凑近往下看了一眼，一阵眼晕。

宇文、夏冰、秦悦、李栋、巫颂先后爬了上来，让我吃惊的是彭教授和姚大夫，也不费力地爬了上来，而潘禾禾、马宏冰、辰姐则成了困难户，张克在下面拖着，众人在上面连拉带拽，总算是把这三位拖后腿的拽了上来，最后张克也上来了。

上来之后，那三位拖后腿的腿都软了，张克让他们转过脸去，不要看悬崖那一侧，辛叔在前面安慰道："坚持一下，只要走过这一段，前面就开阔了。"

"可……可这段有多远……"潘禾禾声音颤抖。

"不远，就三四百米吧！"

辛叔说完，在前面大踏步走着，如履平地，我们全都背过身去，脸冲山体一侧，缓慢蜗行。渐渐地，从悬崖底下升腾起阵阵白雾，也不知过了多长时间，我已经完全看不见辛叔人影，能见度只有十米远，回头张望，我也只能看见夏冰、宇文、秦悦和李栋，后面人也都陷入白雾之中……又走了一会儿，我心里计算这段悬崖绝不止三四百米，应该有一公里左右，终于，这段悬崖走到了头，前面豁然开朗，是一大片山间平地，辛叔此刻正悠然坐在草地上抽烟，长时间紧绷的神经和身体，都已经极度疲劳，我一屁股坐在草地上，然后顺势躺下来，只觉得天旋地转。

又过一会儿，后面的人陆续走过悬崖，全都躺倒在草地上，筋疲力尽。辛叔见状，咧开嘴笑了："你说你们这些城里人，不远万里，又花了那么多钱，冒着危险，好不容易到了，又都趴下啦。"

"到地方了？"

"到最佳观测点了？"众人闻听，全都噌地站了起来，向四周望去。

6

众人站在开阔的草地上，向悬崖方向张望，虽然能见度不算特别差，但悬崖对面毕竟距离太远，被重重白雾笼罩，什么也看不见。大家纷纷向张克和辛叔发起控诉，辛叔掐灭手中的烟蒂，淡定地说道："我早上就跟你们说了，只要天气允许，你们中午就能看到那座神奇的村寨。但是山间气候多变，起雾是最常见的，所以你们今天运气不算好，倒是也不算差。"

"什么叫不算差？我们费这么大劲儿来到这里，什么都没看到，还不算差？"李栋有些激动。

"比你们差的大有人在。雾太大时，由于视野不好摔下悬崖的，还有在林子里迷路陷入沼泽的。总之，你们运气不算差。"辛叔用过来人的语气劝解道。

大家骚动起来，纷纷询问张克，张克只好安抚大家："别急，总的来说，我们还是比较顺利的，所以时间比较富裕。大家可以暂时休息一下，也可以到后面的林子里休息吃饭，等待雾散。"

"如果今天雾不散呢？"李栋追问。

"不散，咱们今晚就可以在后面的林子里宿营，等明天雾散。"张克指着身后的林子做出规划。

我扫了一眼身后的林子，没有之前的森林茂密，林间稀疏，看上去很安静。张克的回答显然不能让大家满意，就连辰姐也放下了一贯的优雅矜持，最后还是彭教授出面安抚众人说："大家稍安浮躁，现在时间还早，我们也都累了，不妨先在这儿休息，等到下午，或许就能得见神迹。如若不行，我们再从长计议。"

大家一时也没有更好的办法，再加上彭教授德高望重，只得暂时安静下来，三三两两坐在草地上，或是到后面的林子里歇息。

我和秦悦、宇文、夏冰，钻进了后面的林子，找到一株高大的杉树，下边刚好有一块硕大的青石，我们几个便围坐在青石边，商量下一步该怎么办。夏冰休息一会儿后，起身向周围张望："我们是看过袁帅记忆的，所以首先我们要回忆下这里是不是袁帅来过的那个地方。"

我又仔细观察周边说了句："看着眼熟，有那么点像。"

秦悦也站起身，在林子里四处观察："袁帅当时好像就是在这片林子里穿行的，你们看这林子里地势忽高忽低，还有许多怪石，所以当袁帅快速在林间穿行时，画面才会剧烈抖动。"

"不过……最关键的是要找到一些重要证据，比如云南红豆杉。"宇文提醒众人。

其实不用宇文提醒，夏冰已经在四周寻找了，很快夏冰便摘了一枝云南红豆杉回来。

"看，那边有好几株云南红豆杉。"

我接过云南红豆杉，仔细辨别，不禁叹了口气："看来就是这里。只是……不远万里来到这里，却不得见真容。"

"等一等！"夏冰说着，很优雅地打开一瓶矿泉水，喝了一口。

我盯着夏冰思虑片刻，决定还是把昨晚的梦告诉她，夏冰在听完我的叙述后，左右张望，见其他人都离我们有一定距离，才开口道："你的梦竟然这么准？真的有第二观测点。"

"我也奇怪。但张克似乎不愿意提及第二观测点，就更别说带我们去了。"我瞥了一眼在草地上休息的张克。

"现在我们要考虑的是，要是下午还看不到神迹，大家肯定会不满，到时我们要怎么办呢？"秦悦盯着不远处的众人说道。

"你说……你说他们知道这个第二观测点吗？"宇文小声反问道。

秦悦想想说："我觉得他们当中肯定有人知道。就像起初我们还以为其他人只是出于好奇，却不想他们竟然都是为神迹而来。"

"我也觉得是，这些人都是有备而来，所以……"

秦悦打断我的话说："那么，下午还看不到神迹的话，大概就会有人提议去第二观测点。届时一定会有分歧，我们要怎么选呢？"

"我当然是想去的，但是袁帅却告诫我千万不要去第二观测点。"我努力回忆着昨晚的噩梦。

"那只是梦。"秦悦小声说道。

"是啊，梦是反的。"宇文也赞同秦悦。

我将目光移向夏冰，夏冰像是在沉思，我接着询问她的意见："你觉得呢？"

"我觉得……我觉得那个巫颂很有意思。"夏冰答非所问。

"哦，他怎么了？"宇文反问。

"从非鱼讲的情况，还有他最晚入伙的情况观察，他似乎比我们知道的更多。"夏冰声音不大，却很坚定。

"就从他半夜失眠和晚到，就能做出判断？"我虽然也觉得巫颂可疑，但并没什么证据。

"直觉，更多的只是我对这个人的直觉。"夏冰笃定地说。

"直觉？你的直觉就这么准吗？"秦悦一脸不屑。

夏冰张嘴还想说什么，就见巫颂朝我们走了过来，说曹操曹操就到啊。

巫颂坐到我的身边，目光仍然注视着悬崖方向，漫不经心地说道："你们说这雾气什么时候能散呢？"

我看了看，虽然现在雾气散去了一些，但能见度仍然只有十几米，想看清对面山上的景物那是绝对不可能的，我不禁轻叹了口气回答："我看没啥希望，现在已是下午，雾气还没散，今天就很难看到了。"

"那你们打算怎么办？"巫颂突然问了一句。

我四下看看众人的表情，不知该怎么回答巫颂的问题，最后还是秦悦反问一句："你有什么打算呢？"

"我？"巫颂摇摇头，"我也没想好，只觉得此地凶险，不宜久留。"

"哦？想撤了？你不想探索人类未解之谜，突破创作瓶颈了？"我调侃了一句。

巫颂苦笑道："还有什么比小命重要呢，如果命丢了，什么探索世界、创作瓶颈，就都是无稽之谈。"

我没料到巫颂过来是跟我们说这些的，他说这些是何用意呢？害怕了，想撤？我隐隐觉得并不这么简单。就在这时，草地那边又起了争执。

7

我们只得过去，马宏冰、辰姐、潘禾禾与李栋都对没能见到神迹颇为不满，与张克交涉起来，彭教授与姚大夫也加入进来，一片混乱。张克只是一个劲地让大家冷静，休息等待，今天不行就等明天。但那几位显然已经渐渐失去了对张克的信任，马宏冰直截了当地说道："你让我们等待，没有问题，可是等多久呢？如果雾气一直不散，我们该怎么办？我甚至有理由怀疑这里是不是所谓的最佳观测点，还只是你胡诌随便带我们来一个地方。"

马宏冰这会儿似乎恢复过来，有了精神，以极佳的口才怼得张克毫无还嘴之力。但他这句话却激怒了辛叔，这可以说是对辛叔职业素养的怀疑，辛叔怒道："你不要胡说，我可以负责任地告诉你，这里就是最佳观测点。"

"在没有见到神迹之前，我不会相信你们的说辞。"马宏冰依然不忿。

就在这时，彭教授忽然问张克："我听说还有所谓的第二观测点。既然这里看不见，我们可以去第二观测点看看。"

我没想到第二观测点竟然是从彭教授口中说出来的。彭教授的话让众人全都怔住了，我不失时机地观察众人脸色，巫颂一如既往面无表情，李栋和潘禾禾表示很惊讶，马宏冰和辰姐也很诧异，但我无法辨别他们是真的诧异，还是装出来的。最后我将目光落在张克身上，张克脸色就像早上一样难看，憋了半天，她摇头道："不，我们的计划里可不包括第二观测点。"

"费用不是问题，我们只想看到神迹。"姚大夫说道。

马宏冰也附和道："是啊，如果有第二观测点，我们不如早点过去，你不就是想多挣点钱吗？你尽管开口，钱不是问题。"

辰姐、李栋和潘禾禾也都附和。这些人都是不缺钱的主儿。只有巫颂一动不动，面无表情地注视着面前这一幕。我没想到会是这样，彭教授似乎比其他人更懂神迹。此时，张克脸色越来越难看，辩解道："费用不是大问题，主要是安全问题，带你们去第二观测点，我无法保证你们的安全。"

"你不是曾经去过吗？"我想起张克早上说的话。

"正因为我去过，所以才知道那里的危险。"张克还是一脸拒绝。

"第二观测点究竟是什么地方？能比这里危险？"姚大夫问道。

"那地方会比这里危险百倍。"张克一脸严肃地说，但她却始终不肯透露第二观测点的信息。

这帮人不依不饶，就连彭教授也追问张克第二观测点是什么地方，最后张克没松口，辛叔却不耐烦地解释道："我跟你们直说了吧，我们现在所处之地是第一观测点，第二观测点就在这座悬崖下面，那儿有个村子，已经算是境外了。"

"这个村子叫什么名字？"李栋追问。

"我叫不出名字，反正我们都把那地方叫'谷底人家'。"辛叔大声说道。

谷底人家？悬崖下面的人？想到此处，我的心里升起一种奇怪的预感。

"不对，这不科学啊，那座消失的村寨在半山腰，第一观测点在正对面，适合观测。第二观测点在悬崖下面，怎么能看到半山腰的村寨呢？"

"我还没说完哩。真正的第二观测点当然不在谷底人家，而是谷底人家村后面的一个地方，具体……具体说来……我很难讲清楚，你们到了那边就知道，也只有到了那边，你们才能明白张克所说的凶险。"辛叔说了半天，我们仍然没有直观的感受。

"谷底人家有人吗？"秦悦忽然问道。

"当然，当然有，那个寨子还挺热闹。"辛叔说。

"既然是个热闹的寨子，怎么还会比这儿凶险百倍？"秦悦不解。

"总之，那地方很邪性。"辛叔的话，非但没吓住众人，反倒引起了大家浓厚的兴趣，纷纷要求他带我们去第二观测点。辛叔看看天，又看看时间，轻叹了口气说："如果要去第二观测点，我们现在就要动身了，晚上才能赶到谷底人家，到那儿住一宿，明早即可抵达第二观测点。"

辛叔松了口，但张克却还是犹犹豫豫，马宏冰直接拿出手机说道："克导，我说过钱不是问题，你也别为难，我马上给你转十万，就算我和我夫人一人再交五万！"

张克瞥了一眼马宏冰，然后尴尬地笑笑："现在没有手机信号，恐怕你有再多的钱，也转不过来吧。"

马宏冰一愣，打开手机看看，果然这里一点信号也没有。马宏冰随后拔下右手的一个戒指，硬要塞给张克："虽然钱转不来，我这儿有颗钻戒，五克拉的，足够支付你去第二观测点的费用了。"

李栋和潘禾禾也说加五万没问题，等回去就给张克，张克沉吟不语，她抬头将目光投向我们四个，我们互相看看，左右为难。其实我比谁都想去，但梦中帅告诫我不要去第二观测点。正在我们左右为难的时候，一直沉默不语的巫颂开口了。

"我劝大家还是不要冒这个险。"

"为什么？"

"你去过那里？"

众人的矛头全都指向了巫颂。

"不，我没去过那里，但是我觉得大家应该尊重辛叔，他是本地人，比谁都了解这里。他说那里凶险，俗话说，不听老人言，吃亏在眼前。"巫颂的理由，显然无法说服众人。

"辛叔都已经答应带我们去了。"李栋反驳道。

"是啊，只要辛叔愿意带我们去，我们就无所畏惧。"潘禾禾倒是乖巧，把辛叔捧起来。

巫颂将目光转移到我身上，我第一次从他目光中读出了恳求，这种目光与他一贯的样子，形成巨大的反差，让我不禁心软下来。我扭头看看秦悦，秦悦似乎不肯放弃，夏冰表面平静，但我也了解她是不会放弃的，所以即便我想退后，也无法说服她们。巫颂似乎看出了端倪，他将最后的希望落在了张克身上，毕竟她才是这次神迹之旅的组织者，但张克貌似被糖衣炮弹击中了，坐在地上，沉思不语，我知道她的心思活动了。众人都将目光落在张克身上，最后张克仰起脸，对众人说道："雾到现在也没散，看这情况明天也是大雾。既然现在大家意见不统一，那么就来个投票吧。"

我心说这不是明摆着的吗？还投啥票。但既然张克这么说了，无人异议，于是投票开始了，李栋、潘禾禾、马宏冰、辰姐、彭教授、姚大夫、秦悦、夏冰都投了赞成票，张克与辛叔不参与投票，我犹豫半天，还是举起了手，宇文也跟着我投了赞成票，这样就剩下巫颂，但让我意外的是巫颂最后也举起了手，李栋于是高呼起来："全票通过，那还有什么可说的，马上出发吧。"

"好，大家再休息一刻钟，准备好就出发，不过我要告诫大家，后面的行程必须听我的，不能擅自行动。"张克叮嘱道。

"都休息这么长时间了，马上就出发吧！"马宏冰变得劲头十足。

大家各自收拾行装，准备出发。我小声问了巫颂一句，"你怎么也举手了？"

"我不举有用吗？"巫颂反问道。

我似乎明白了之前巫颂来和我们攀谈的目的，但他的努力失败了。不到十分钟，大家全都准备妥当，继续按照之前的队形，跟随辛叔，走进了林子。谷底人家，那会是什么样的地方？我一边赶路，一边胡思乱想着。

第四章　谷底人家

1

辛叔带着我们穿过林子，随之就被齐腰深的荒草吞没，辛叔特别叮嘱我们小心。

"大家一定要小心，我们的外侧就是悬崖。"

悬崖？我向两侧望去，哪边是外侧我根本分不清。周围的雾气依然很浓，我们不敢摆出一字长蛇，生怕有人掉队。齐腰深的杂草也说明这里更加荒僻，置身其中，若不是辛叔提醒，我们根本不会想到正在悬崖边行走。

我紧赶两步，跟上辛叔问道："谷底人家在悬崖底下，这么高的悬崖我们怎么下去呢？是不是需要绳降？"

辛叔笑道："怎么下？绕下去啊。这么高的悬崖绳降，你们行吗？不过你倒是提醒我了，我记得最后一段是几十米高的绝壁，没有路可以绕下去。"

"那只能绳降了？"

辛叔点点头说："我也很久没去过谷底人家了，不知道现在那里怎么样？我记得以前绝壁上有藤蔓可以攀爬，谷底人还利用藤蔓做了一个阶梯。"

"谷底人？他们是什么民族呢？"秦悦问道。

"民族？不知道。从没有人给他们命名，他们有语言，没文字，他们自己就管自己叫谷底人。"辛叔说着，停下脚步，再次辨别方向。

"好神秘的人……那他们有什么特殊的习俗呢？"秦悦继续问。

"习俗？他们很落后，用句文词来说，他们还处于原始社会，要说习俗，他们很喜欢文身，还喜欢戴面具。哦，对了，他们崇拜万物有灵，特别推崇巫术。"辛叔说着，推开面前高大的杂草。

"巫术啊……"我和秦悦互相看看，实在不明白这么原始落后的地方，怎么跟黑轴文明扯上边的。

"辛叔，谷底人家除了我们这条路，还有别的路吗？"夏冰忽然问道。

"有，他们有一条通往MY国北部城镇的山路，没有公路。说起来我带你们走的这条道根本就不叫路，基本没什么人走。"

"那也就是说谷底人家属于MY国，他们也主要通过那条山路与外界联通？"夏冰似乎在想什么。

"是的……除此之外，就没别的路了。"

"真是奇怪的人，他们什么时候到这峡谷深处来的，又为什么不迁到外面去呢？"

"我曾经问过他们的头人，头人也不知道他们是什么时候定居在谷底的了，但他又说他们定居谷底至少有上千年了……至于他们为何不迁到外面？头人说是为了躲避战乱，你们也知道MY国那边一直不太平。"

"上千年……"我们都有点不敢相信，在这么恶劣的极端条件下，他们是怎么生活那么久的？躲避战乱？这个理由看似合理，却又太牵强。

辛叔继续埋头赶路，忽然我发现在齐腰深的荒草丛中，出现了许多大大小小的岩石，这些岩石就像从土中生出来，奇形怪状，光怪陆离，宇文惊呼起来："这……这儿居然有一片石林。"

确实很像石林，辛叔见怪不怪，继续赶路。穿过石林后又走出一段，秦悦突然指着前方惊道："看，有石碑。"

石碑？我心里一惊，仔细观瞧，并不是真正的石碑，不禁责怪秦悦："一惊一乍的，这只是一块外形像石碑的石头。"

话音刚落，我就遭到了夏冰的反击："你们注意看，这石头上有字。"

有字？还真是石碑？我赶忙走到巨石下，仰头望去，果然虽经岁月侵蚀，但依然可以看到巨石上被人磨平的痕迹，磨平的巨石从上到下，从右到左，依次写了八个大字，每个字都有一平方米见方——志在四方，扎根边疆。

我不禁倒吸一口凉气，想不到在这么荒绝的山上，竟然还有知青的痕迹。我和秦悦对视一眼，都被震惊到了。其他人也围观着这块巨石发出感叹："这里离昨晚宿营的村子挺远的了，居然还有知青到过，在这巨石刻上这么大的字，真是……"彭教授的眼神有些迷离。

"当年那些知青太不容易了。我和老彭也都当过知青，所以能理解他们。"姚大夫望着石碑说道。

"听说当年上海知青很多都是在云南插队落户？"巫颂忽然在众人身后说了这么一句。

姚大夫回头看看巫颂回道："不错，我和老彭就是在云南落户的，所以我们退休后经常来云南旅行，追忆过往……不过我们是在西双版纳那边落户的，从没来过这里，看到昨晚的村子，再看这个石碑，我们不得不承认这里的知青条件要比我们那儿更艰苦。"

我们在石碑前唏嘘不已，辛叔却催促起来："再不赶路，天黑前我们就到不了谷底人家了。"

大家只好继续赶路，不久之后，辛叔就带我们走出了齐腰深的荒草丛，又钻进一片密林，不过这里的植被已经有了变化，针叶的杉树，变成了阔叶的木兰，说明我们一直在往下走，海拔不断降低，当我们走出这片密林时，地势更低了，四周长满了各种亚热带植物。我不禁对秦悦小声嘀咕道："自从进山以来，从没到过海拔这么低的地方，我们貌似翻越了高黎贡山……"

"不可能吧，这只是高黎贡山里的一条峡谷吧？"

"说明我们快到谷底人家了……"

我正说着，夏冰追上我们说道："你们有没有想过一个问题，刚才我们看到的石碑是知青所刻，他们为什么要跨越山岭，在陡峭的绝壁上刻字呢？"

"谁知道呢，那是个狂热的年代。"我随口答道。

"狂热是狂热，可为什么会在这个位置？"夏冰提示道。

秦悦马上想到了答案："你的意思是那些知青也发现了神秘村寨，甚至……甚至他们发现了村寨的秘密，所以才会刻字？"

"那个村寨根本没人，时隐时现，刻字又有什么意义呢？"我还是不太理解。

"我也没想好，不过……"夏冰略一沉吟，"不过我想可能是知青发现了村寨的反常现象，他们无法用科学的道理解释，又身处这样荒僻到令人恐惧的地方，就只有用刻字来对抗这种神秘未解的恐惧，算是一种心理慰藉。"

秦悦却摇摇头："你不觉得还有一种可能。"

"什么？"我和夏冰不解。

"荒原大字……"秦悦小声说出这四个曾经令我们心惊肉跳的字。

"你的意思知青刻字是为了与对面村寨取得联系？"夏冰陷入了沉思。

"村寨又没人，再说有人也不一定看懂汉字……"我不敢相信。

"那个荒原大字也没考虑外来文明是否能看懂地球人的文字啊？"秦悦的话似乎有几分道理。但我们还来不及多想，就跟着辛叔走进了一片蚊虫飞舞、昆虫横行的世界。

2

辛叔放慢了脚步，仔细观察，然后对我们小声说道："前面就是蚂蟥谷了，所谓蚂蟥谷当然不只有蚂蟥，而是一片蚊虫昆虫聚集的区域。大家把袖口领口都绑好，快速通过，不要说话，以免蚊虫进入身体。还要小心脚边和树上掉下来的蚂蟥，这儿的蚂蟥吸血可非常厉害。"辛叔叮嘱完后，逐个检查我们的自我防护，待大家准备妥当，辛叔一个箭步就冲了出去，我吃惊地望着辛叔敏捷的动作，来不及多想，紧紧跟上，数以万计的蚊虫扑面而来，我们毕竟没有最专业的防护，脸还是露在外面，只能靠速度冲过去。

所有人都以百米冲刺的速度，冲过了蚊虫群，但前面满地的蚂蟥令人作呕，潘禾禾吓得根本不敢下脚，辛叔和张克大声对我们喊道："不要管，快速踩过去。"

秦悦和夏冰倒是镇定，我眯着眼，忍住不断翻上来的胃酸，快速踩过这些蚂蟥，当我们全部冲过这片区域时，潘禾禾和宇文还是中招了！一只蚂蟥从树上垂落下来，掉在潘禾禾的秀发上，秦悦和夏冰忙帮潘禾禾甩掉这只巨大的蚂蟥。而宇文则比较倒霉，树枝上的蚂蟥直接掉进他的脖颈处，当他发现时，蚂蟥已经陷入了皮肤，正在享受他的新鲜血液。我赶忙替宇文脱了外衣，用手去拍蚂蟥周边的皮肤，这是野外对付蚂蟥的正确办法，可这只贪婪的蚂蟥已经深入到宇文的皮肤，无论我怎么用手去拍，蚂蟥就是不掉下来，我方寸大乱，巫颂也过来帮我使劲拍宇文脖颈周边的皮肤，拍得皮肤都红紫了，那只该死的蚂蟥非但没掉出来，还又钻进去了点儿。就在这千钧一发之际，辛叔从背包里掏出了一些白色粉末，喊道："让开！"

巫颂闪开，我抬头就见辛叔将白色粉末撒在那只蚂蟥身上，接下来神奇的一幕出现了，那只已经钻进去大半的蚂蟥扭动身体，竟很快钻了出来，紧接着辛叔使劲儿一拍宇文的脖颈，蚂蟥乖乖掉落下来，"幸亏我带了盐。"辛叔说完，拍拍手。

我当然也知道盐可以对付蚂蟥，可谁也没想到居然能用上。张克安抚众人说："没事了，你们现在理解我为什么不愿带你们去第二观测点了吧！"

"还有多远到谷底人家？天看上去要黑了。"秦悦问张克。

"快了，前面很快就到绝壁了。"张克脸上带着一丝轻蔑，似乎在嘲笑我们这些不知死活的家伙。

才过蚂蟥谷，又要绳降绝壁，想想就心悸不已，但事已至此，别无退路，只能继续前进。很快我们又来到了一处悬崖边，这里已经没有浓浓的白雾，但是光线灰暗，我估计这应该已经是谷底了。

辛叔先在崖壁上凿入铆钉，然后将麻绳系牢，转而问我们："谁第一个？"

众人面面相觑，我不禁问道："难道不是您老人家先下？"

辛叔瞪了我一眼说："这次我最后下，因为我得看着这里。我看就你先下吧。"

"我？"我转身向绝壁下面望去，虽然已不是万丈深渊，但天色灰暗，仍然看不清下面的情形。见我犹豫，张克率先将绳子系在腰间打头阵。

"我先下吧……"

说着，张克就熟练地滑下了崖壁。大约五分钟后，下面传来张克的声音，辛叔快速将绳子拉上来，接下来是秦悦和夏冰，我在夏冰之后，也慢慢降了下去，总的来说，这个高度的崖壁还难不倒我，很快我也降到了谷底。

解开麻绳，四下张望，这里仿佛到了地下世界，光线昏暗，两侧的山体，如被精密机械修剪过，笔直高耸，壁立千仞。抬头望天，天空此刻变成了一条纽带。只有此时，才能分辨出这里并不是地下世界，而只是峡谷底部。

再看周边，张克、秦悦和夏冰在距离我几十米的地方，一字排开，怔怔地站立在那儿，一动不动。怎么了？我活动活动腿脚，朝她们走过去，没走几步，便也定住了。我发现就在离我们不远处的前方，十多个身着兽皮、手持青铜长矛的原始人慢慢地从谷底的阴影中走出来。

这就是谷底人？只见十几个谷底人一字排开，呈扇形慢慢向我们逼近，其中左右两端两人张弓搭箭，中间有一人手持一柄短剑，其余人皆手握长矛，弯着腰，嘴里振振有词地向我们逼近。张克大声冲谷底人喊了两句我们听不懂的话，对面的谷底人却并没理睬她，而是继续向我们包抄过来。

秦悦与夏冰本能地向后退却，张克却一动不动，又提高声音，冲谷底人大喊了两句，对面的谷底人似乎根本没有听明白张克说的话，只是一个劲儿地向前逼近。这时我再看看身后，宇文、李栋也先后滑了下来。他们眼见这番阵势，也不知所措，张克继续用我们听不懂的话与对方交流，对方持剑的人像是他们的头，嘴里一直念念有词，张克对他说了好多，他终于把手中的青铜剑一挥，停下脚步，叽里呱啦地回了张克一句。

说完，持剑者把青铜剑一挥，谷底人又继续向我们包抄过来。看来张克也搞不定这些谷底人，就这样双方对峙着。我们不断后退，谷底人不断逼近，李栋、潘禾禾、彭教授、姚大夫，都已经滑了下来，最后只剩下马宏冰夫妇，而此时，我们已经退无可退，被谷底人压迫在很小的半圆内。

马宏冰重重地摔在地上，伴随着刺耳的尖叫和惊呼，辰姐从天而降，惊得谷底人竟后退了两步，但当后面又赶过来一队谷底人后，他们又合围上来。我注意到这三十余名谷底人虽然身材不高，但各个精壮强悍，身上、脸上布满文身，脸上还用颜料勾勒出一些奇怪的线条，看着甚是吓人。我试图与这些谷底人对话："哎，哥们儿，我们没有恶意，只是借贵宝地路过。"

我冲着持剑的头儿高声喊道，谁料我话音刚落，那头儿手中的剑一挥，谷底人竟都冲我围上来，特别是弓箭手全都瞄准了我，我不禁浑身颤抖，过往的一幕幕如走马灯浮现在我眼前。完了，我今天看来要交代在这儿了，什么大风大浪没经历过，今天栽在这儿，真是阴沟里翻船。眼见一场恶战不可避免，我拿起身旁的一块石头，准备与对方展开肉搏，就在这节骨眼上，辛叔终于滑了下来，他还没落地，便大声用我们听不懂的话，冲谷底人喊话。

也不知辛叔说的什么，就见几个持剑的谷底人凑到一起，合计了一番后，默默地向后退去。并且这些精壮战士像是在前面引路，辛叔跟着他们，很快在峡谷深处转过一个弯，前方豁然开朗，也明亮了许多。我抬头望去，这儿明显要宽许多，而且地势也高起来，不知从何时，我们身旁多了一条涓涓细流，可以想象这条看似温柔的溪流，在雨季会变成一条咆哮巨龙，劈开峡谷，奔腾而去……想到这里，我更不能理解这些谷底人，他们为何要一辈子生活在这阴暗潮湿的谷底？那些战士带我们走上溪流边的台地上，地势逐渐抬高，不远处一座错落有致的寨子影影绰绰，显现在我们面前。

3

我们终于在天黑前迈进了谷底人的寨子。与昨晚宿营的村子不同，谷底人的寨子明显更注重防卫功能，周围用木材和藤蔓搭建起一圈围墙，将整个寨子包裹起来，虽然这样的围墙在我们看来略显简陋，但不可否认在这样荒绝之处，还是能防止野兽袭击，给人以稍许心安之感。

当我们进入寨子后，一条笔直的路直通寨子北面，那里有一座高大的宫殿式建筑，其实也就是一座较大的高脚楼。而在道路两侧则是密密麻麻的普通高脚楼，此时，妇孺老幼纷纷从高脚楼冒出头来，看着我们就像是看动物园里某种动物。其间，人群中还有的人戴着面目扭曲狰狞的面具。秦悦忽然小声嘀咕道："这个寨子人还不少，至少在五百人以上。"

夏冰也点点头，给出了更准确的数字："六百到八百之间吧。"

我不得不佩服这两个理性的女人，都什么时候了还有空数人。我怎么会遇到两个这样的女人。我现在只觉得腹中饥饿，一天都没好好吃东西了，现在只想吃饭，我不禁对辛叔小声嘀咕道："您不是说路上会给我们打野味的吗？"

辛叔瞥了我一眼："哼，现在不用我给你们打了。"

"什么意思？这些谷底人会招待我们野味？"

辛叔点点头说道："会的，一定会让你终生难忘。"

辛叔的话让我憧憬起谷底人的野味大餐，肚中就更饿了。

"您刚才跟他们嘟囔了几句什么，这么管用？张克怎么就不行呢？"

"没什么，我就跟他们说我是你们头人尊贵的客人，我要见你们头人。"

"就这样？"我不敢相信。

"对，就这样。"辛叔面带自信的笑容。

"你们以前就见过？"秦悦问。

"当然见过……"

我们正说着呢，前面的战士纷纷闪开，一位身材魁梧、身披虎皮的壮汉走出了宫殿，向我们快步走来，辛叔见状也快步迎了上去。两人很快拥抱在一起，然后壮汉拉着辛叔就进了宫殿……"看来这位就是头人了。"我小声嘀咕道。

"头人的文身是最多的，也是最强壮的。"秦悦继续理性地观察，不放过任何细节。

此时，外面的天已经完全黑了下来，两名少女引领我们走进宫殿。进入宫殿我才发现其构造并不单一。这座宫殿不是单体建筑，而是工字型建筑，一连三座高脚屋，呈工字型排列，之间有连廊相连，建筑样式很容易就能联想到故宫的三大殿，其进深在中国古代建筑中经常出现。

前面的宫殿宏大，像是头人议事的地方，正对门外的墙上，挂着一个巨大的面具，面具上的鬼神五官突出，面目狰狞，让人看一眼便心里发毛。第二宫殿略小，像是头人的卧室，墙上也挂了一个较小的面具。头人直接将辛叔拉进了第三座高脚屋，也就是第三宫殿，这里也很宽敞，被分割成东、中、西三部分，也像是卧室。我有点懵，这算什么布置？就见头人对辛叔叽里呱啦说了一通，辛叔转脸对我们说道："今晚我们就住在这里，这里被隔成三间屋，就按昨晚那样睡。"

　　众人听到这话，都长出一口气，便各自找地方，卸下沉重的行囊。我注意到这被分割的东、中、西三个屋虽然紧紧相连，但每个屋都对外开了一个门，这也太不私密了……但是转念一想，此处还处于原始社会，没有什么私密可言，再说又没有厕所，要方便不还得出去，所以每边都开了一个门。

　　我放下行李，打开东屋的门，发现外面很像一个花园。我从高脚屋跳下，仔细观察，才发现整个官殿外围还有一圈栅栏，第三官殿除了正门与第二官殿相连，其余三个门都通往这个花园。秦悦也走了出来，我不禁对她叹道："想不到世上还有如此原始的地方。"

　　秦悦没接我的话茬，而是反问了一句："你不觉得奇怪吗？头人怎么对辛叔那么热情？"

　　"我刚才一路上也在想，也不奇怪，这里与外界隔绝，终年不见几个人，辛叔曾经来过，可能还送给他们一些没见过的新奇礼物，所以头人对他很热情，对我们也就热情了。"

　　秦悦低吟不语，我俩绕着这圈栅栏走了一圈，虽然这上面漏洞百出，但毕竟聊胜于无吧。当我绕到官殿大门时，里面传来了辛叔的招呼，我知道开饭了。野味大餐设在第二官殿，所有人围坐在火塘边，两名少女给我们上菜，没有筷子与刀叉，只能用手。第一道菜是一大簸箕像鸡肉的东西，我们都尝了一口，味道还不错，辛叔对我们介绍道："这是白腹锦鸡，真正的野味。"

　　大家一听，纷纷用手将白腹锦鸡分食而尽。第二道菜又是满满一大簸箕像鸡肉的东西，辛叔没说话，用手拿了一块肉吃起来，于是大家也纷纷下手，待大家吃到一半时，辛叔才抹了一把嘴，说道："刚才这道菜是绿孔雀！"

"孔雀？"众人都是一惊，只有巫颂和张克依旧淡定。马宏冰和辰姐一阵阵干呕，潘禾禾都快哭出来了，"孔雀这么可爱，你们怎么可以吃孔雀……"

我虽然也有点恶心，但毕竟在这荒绝之地，能吃到肉已是幸事。我心中暗笑：潘禾禾看似坚强，毕竟还有一颗少女之心啊。

头人见我们这副样子，大惑不解，辛叔于是对他言语几句，头人竟大笑起来，然后使劲儿挥了挥手，两名少女便将这道绿孔雀撤了下去。接着又上了第三道菜，这第三道菜与前两道品相差不多，都是切成块状的肉，烤得黑黑的，看来谷底人只会烧烤这种最原始的吃法啊，不过现代人也很喜欢烧烤，越是原始的吃法就越吃得惯可能是人类的天性。我拿起一块焦黑的肉，放入嘴中，大口咀嚼起来，挺香的，不过却又有些奇怪的味道，我忙跟辛叔确认："这是什么野味？味道还不错。"

辛叔面带笑容道："这是猴子的肉。"

这下几乎所有人都要吐了，就连秦悦都起身，冲到屋外，干呕了半天，夏冰和宇文也是连连恶心，我环视周围，头人对辛叔哈哈大笑，辛叔也只好赔着笑。而巫颂则压根儿没有吃这道菜，看来巫颂一开始就认出了是猴子肉。张克倒还淡定，可能是饿了，她虽然皱着眉头，依然将手里的一块肉吃了下去。

待潘禾禾将眼泪抹干，少女又上了一道菜，这次不是用簸箕盛装了，而是一个很大的陶盆，两个少女合力才将陶盆抬上来，又给我们每人一个小陶碗，这看来是道汤菜。这次头人对辛叔叽里呱啦说了一通后，便起身带着少女离开了，就剩我们十三个人。

辛叔送走头人，回来才对我们说道："这是最后一道菜，大家快点吃吧。"

"不会又是什么可怕的东西吧……"李栋心有余悸。

"我可不敢吃了。"潘禾禾捂着嘴说。

"放心，这就是你们吃过的侠拉！"辛叔说着，自己用小陶碗在大陶盆里舀了一碗，然后享受地吃起来。

巫颂跟着也舀了一碗，只吃一口，便小声赞叹道："真是人间至味。"

"人间至味？评价这么高？"我不敢相信，只当巫颂是在逗我们，随手舀出一碗，只喝了一口汤，只觉味蕾大动，醇香悠长，真是太好喝了，"这……这是什么做的？我……我从未吃过这么好吃的东西。"

"你是饿疯了吧，这能有多好吃。"秦悦不敢相信，也舀了一碗，瞬间她就闭嘴了。

众人于是纷纷下碗，果然是人间至味，连辰姐都赞不绝口。很快一大盆侠拉，竟被我们吃了个底朝天。大家纷纷询问辛叔，这侠拉是什么做的，怎么这么好吃？辛叔抹抹嘴解说道："就是鸡肉什么的，我觉得主要是他们用的酒不太一样。"

酒？我狐疑着看看大陶盆底下还剩的一点汤汁，忽然感到有些醉意。辛叔看看外面，对我们说道："你们今天运气不错，头人很热情，今天他把自己的房子让出来给我们住，这是他们这儿最高的待客标准了。大家吃完就各自回屋，赶紧休息吧。记住，晚上都待在屋子里，别出去乱跑。"

"这鬼地方让我乱跑我也不想。"马宏冰嘟囔了一句。

"明早我们就能到第二观测点吗？"彭教授问。

"没错。第二观测点就在寨子后面的山上。"辛叔肯定地说道。

于是，我们还按昨晚的组合，各自回屋，我们四个聚在东屋，没有一丝亮光，手机也早已没电，这样的夜，我们除了睡觉，还能做什么呢？希望今晚不要再失眠，也不要再被噩梦困扰。

4

秦悦轻轻推醒了我，我嗅到她秀发的芬芳，惺忪睡眼间是她美丽的脸庞，问道："你怎么不睡？"

"我看到后面发出了奇异的光。"秦悦说得很平静，但却难掩内心的激动。

"后面？奇异的光？"我猛地清醒过来。

"对！就是后面，寨子后面。"

"你是说第二观测点？"

"我不确定。但很有可能。"秦悦充满肯定。

我起身走到东屋门口，推开藤条编织的门，向寨子后面望去，果然，那里闪烁着光，一柱擎天，直直地射向天空。那是什么？那光束光彩夺目，绚烂无比，我被那束光深深吸引，痴痴地望着那柱光。

秦悦也像是被那束光吸引，径直走下高脚楼，绕到大门，走出了宫殿大门，我忙追上去，拉住秦悦："辛叔说晚上不能离开这里。"

秦悦收回痴痴的目光，往周围望去，寨子异常安静，没有人出来走动，也没有人被这奇异的光所吸引。"没有人，谷底人都睡觉了。"秦悦忽然说道。

"可……"秦悦不等我开口，拉住我的手，径直向寨子后面走去，她越走越快，追寻着光的方向，我从没见过这样的秦悦，也无法判断我是被秦悦拉着走，还是不由自主地向寨子后面奔去。仿佛有一种魔力吸引着我，我使劲儿晃了晃脑袋，不明白那束光有什么魔力，竟然可以让我不由自主，抑或是……因为秦悦？

仅剩的一些理性，让我观察起周围，昨晚我们从前门进的寨子，从没有来过寨子后面，这里地势要比前面高，错落有致地分布着一些较大的高脚屋，显然这里高脚屋的主人比较尊贵。很快前方露出一扇寨门，应该是寨子的北门，北门关闭着，没有人值守，秦悦走上前轻轻一推，寨门就开了，或许这里与世隔绝，谷底人根本不知道锁为何物？

来不及多想，秦悦已经拉着我出了寨子。寨子北门外隐隐现出一条山路，蜿蜒向上。

"这应该就是通往第二观测点的路。"秦悦判断道。

夜色中，我们快步穿行在这条山路上，一侧是壁立千仞的崖壁，另一侧则是不断抬高的悬崖，幸亏有那束光，照亮了我们前行的路，否则如此深夜，我们根本看不清道路。很快，山路的尽头豁然开朗，平坦的台地上，是一片茂密的亚热带丛林，繁盛的藤蔓缠绕着直径数米的参天大树，而光就从这些参天大树后面射出来。

秦悦终于放慢了脚步，缓缓地绕过一棵又一棵参天大树，一步步接近那束奇异的光。当我们绕过最后几棵参天大树时，那束光照亮了我的面庞，竟让我无法直视，我本能地举起手臂，遮挡住前方的强光。可就在这时，我注意到秦悦并没有遮挡，她似乎无所畏惧，眼睛直直地盯着面前的强光。我刚想喊她，就见秦悦的脸颊上流淌下两行热泪，接着，她的脸起了变化，变得扭曲、狰狞，美丽的脸庞瞬间化作让人作呕的恐怖面容，到最后，秦悦的脸完全变了模样，根本……根本不成人样，我无法描述那是怎样一张可怕的面容，只是突然觉得……她的脸变成了一幅面具，对，谷底人的恐怖面具。

我惊慌失措，一把挣脱秦悦的手，向来时的路奔逃。就在这时，一群同样戴着恐怖面具的谷底人冲上来包围了我。他们呈扇形围上来，跳着癫狂的舞蹈，嘴里高声唱着祭祀的赞歌，慢慢逼近我，我只好转回头，秦悦那张狰狞扭曲的脸直直地出现在我身后。

"不！你不是秦悦！"

我不能接受这个现实，心胆俱裂，不禁大声喊出了声……

当我喊出声时，噌地从地上坐了起来，四下张望，还是在头人的宫殿里。难道刚才又是噩梦？我的叫声惊醒了睡在另一头的夏冰，她也坐起来，在黑暗中望着我。

"你又做噩梦了？"夏冰小声问我。

"嗯……可怕的梦。"我确信我刚才是做了一个噩梦。夏冰没再言语，但我却发现不太对劲儿，"你是被我吵醒的？"

"嗯。"夏冰点点头。

"那他们怎么都没醒？"说着，我推了推身旁的宇文，宇文鼻息沉重，还在熟睡。

我起身又看了看秦悦，刚才梦中秦悦这张美丽的脸居然……我蹑手蹑脚，又来到正屋，所有人都在熟睡，没有声响，死一般沉寂。就在这时，透过栅栏窗，闪过一束光亮，我赶忙跑回东屋，推开东屋的侧门，与梦中一模一样的光，也是从寨子后面山上发出的。

夏冰跟着走出来，吃惊地望着那束光。

"这……这怎么会……"

"和我梦中一模一样……"我痴痴地望着后面的光。

"真的？"夏冰不敢相信。

"也是这样的光，然后我和秦悦去查看，发现寨里的人都在那儿狂舞，像在祭祀。这时候，秦悦的脸突然变得狰狞可怕，就像……就像谷底人的面具那么恐怖……"

"怪不得你大喊了一声'秦悦'……"

我回头看看屋子发出疑问："你不觉得有些奇怪吗？他们怎么都睡得这么沉？"

"可能是晚上的侠拉吃多了，毕竟那是酒做的。"

"那我俩怎么没事？"

"我只喝了一口那汤汁，你嘛，则是被噩梦折磨的。"

我又低头看看手表。

"现在已经快凌晨三点了。"

话音刚落，寨子后面的那束光变得愈发强烈，我跳下高脚屋，径直围着院子栅栏绕到宫殿大门，步出大门，我四下看看，整个寨子异常安静，与梦中几乎一样，寨子后面是一些比较大的高脚屋，我一直走到寨子后面，夏冰也跟了上来。

"你想去……"

"是的，去看看。"说着，我推开了寨门，寨门没有任何锁，连门闩都没有，我和夏冰就这样踏上了寨子后面的山路。

山路不断蜿蜒向上，一侧是壁立千仞的高山，另一侧是悬崖，山路越来越陡峭，地上满是碎石和尘土，我停下脚步，抬头望去，那束光依然耀眼，直直地射向空中，我不禁喃喃说道："那里难道就是第二观测点？"

"看位置像。"夏冰也注视着不远处的那束光。

"我们快到了。"我看看手表，现在正好三点半，我们已经出来半个多小时。

"辛叔叫我们不要擅自行动。张克所谓的凶险是不是与这……这束光有关？"夏冰忽然问道。

"我们已经到这儿了，说什么都晚了。"我加快步伐，继续朝光柱的方向前进。

夏冰也紧跟上来，我们都加快了速度。那束光是那么迷人，就像是有一种魔力不断吸引着我们。我们的步子越来越快，不时抬头仰望，越来越近，前方的路逐渐变宽，我们不知不觉进入了一片茂密的林子，强烈的光照耀着我们前行的路，劈开枝杈和荆棘，我们离那束光越来越近，就在这时，光突然没了。

我和夏冰面面相觑，那束奇异的光怎么突然就没了？周围陷入黑暗，我们无法判断前行的方向，一切都戛然而止……就在这时，我隐约听到了一些声响，乐声？似乎又不是，因为旋律根本不堪入耳，似乎有鼓声，夹杂着一些奇怪的声响。夏冰也听到了这个声响，我们循着声音的方向又往前走了几步，鼓声越来越清晰，继续朝着这个方向走，大约一刻钟后，透过前方的藤蔓枝杈，映出了一些火光。与此同时，我们听到了一阵震耳欲聋的欢呼声，紧接着又是鼓声，如此交替，我和夏冰拨开藤蔓枝杈，终于看清了眼前一幕——谷底人正在头人率领下，围绕着巨大的篝火转着圈，又蹦又跳，他们脸上的文身此刻显得是那么诡异，那么扭曲，让人心悸不已。

"怪不得寨子里那么安静。"夏冰喃喃说道。

"和我梦里几乎一样……"我吃惊地望着眼前一幕。

"难道刚才那束光就是他们发出的？"

"不，他们没有这个能力……篝火……不可能……"我努力使自己保持理性。

"他们好像是在祭祀，只是这祭祀的时间实在是……"

"嘘！他们好像发现我们了。"我发现谷底人似乎停了下来，不唱也不跳了。

夏冰和我都沉默下来，头人和他身旁的另一个身材高大的祭司分开人群，慢慢走向我们，其他谷底人也都朝我们望过来，我感到紧张、窒息，不由自主地向后退了一步，夏冰回头看看我，她的眼神立马变得惊恐。我吃惊地望着夏冰，努力给她使眼色，意思是赶紧撤。但夏冰的面孔愈发扭曲，难道她要像噩梦中秦悦那样……不，不可能，我顺着夏冰的眼神，慢慢扭头，什么情况？我身后是两张面目狰狞的面孔，我吓得立马又跳回夏冰身旁，不，不止两张，茂密的丛林中，闪出七八张面目狰狞的脸，这是鬼吗？还是谷底人祭祀招来的魂魄？那些扭曲的面孔与噩梦中几乎一模一样，在远处篝火映照下，显得更加狰狞恐怖。更可怕的是这些鬼还能移动，就见这些狰狞恐怖的脸慢慢地逼近我，慢慢地，越来越近。我和夏冰本能地又向林子外后退。

"是面具！"

夏冰小声提醒我。

我这才看清原来是八个戴着面具的谷底人，从林子里包围了我们，我和夏冰退出了林子，回到一大片空地上，偷偷观察，这里四面都是茂密的树林，只能看见西侧的林子后面是高耸的山体。而这一大片空地很是奇怪，像是人力修整过的，或是长期被人踩踏的结果，竟然寸草不生。

5

我和夏冰被谷底人逼到了篝火旁，我回身看看头人，不知该说什么，头人却开口了，叽里呱啦说了一大通，然后又沉默下来。我等了半天，以为会有人翻译两句，结果并没有。我和夏冰面面相觑，即便如夏冰一般博学，也不知道谷底人说的是什么。我和夏冰怔怔地站在原地，不知所措，头人见我们没反应，又大声说了两句，紧接着鼓声再次响起，谷底人又躁动起来，忽然两个戴面具的谷底人一拥而上，架住我，我以为这是要玩完，谁想他们竟架着我跟他们一起转起圈，跳起来，人群中忽然又蹦出两个女人，架着夏冰也跳起来。

就这样我们跟着谷底人，绕着篝火又唱又跳，我冲夏冰苦笑，夏冰也无可奈何，不过暂时生命无虞，也让我长出一口气。我们跟着这些谷底人跳了有半个小时，这些谷底人边跳边喊，大半夜不睡觉，似乎有无穷的动力，我忽然觉得有些荒诞。

我偷眼观瞧头人和那个祭司，他俩跪在篝火旁，嘴里念念有词，像是在祈祷，又像是在对其他人发号施令。我再仔细观察周围环境，如果西侧的林子通往山体，那么东侧的林子就通向悬崖，而北面的林子就应该通往第二观测点，难道那束光也是从那儿发出的？此刻北侧的林子却毫无动静，难道第二观测点就是我们现在所在的这片空地？我原有的想法动摇了……我将目光拉回来，仔细观察这片空地，呈不规则圆形，直径至少在六十米以上，这么大一片林间空地，寸草不生，绝不会是自然形成，如果是谷底人踩踏形成，那么说明谷底人经常在这儿举行祭祀活动。辛叔和张克都曾经提到过谷底人崇拜万物有灵，崇拜鬼神，这与人类其他民族早期崇拜几乎一样，只是这里竟如活化石般保留下来了这一切。

我偷偷瞥了一眼手表，这么一顿折腾，已是四点半钟，东方微微有了些许亮色，可谷底人的祭祀狂舞根本没有要停下来的意思。他们边跳边唱，还不停地从陶盆里舀出一种液体，互相喂食，我注意到他们喝了这种液体后，更加癫狂，那是什么饮料？兴奋剂？就在我狐疑之时，身旁的彪形大汉也从陶盆里舀出一勺液体，竟递到了我嘴边，我望着那勺浑浊的液体，有些犹豫，另一大汉不等我犹豫，一把搂住我，强行将那浑浊液体给我灌了下去……辛辣中带着一点臭味，但咽下去后唇齿间又有些微甜，这是什么？是酒还是昨晚吃的侠拉？我搞不清楚，但我觉得昨晚的侠拉就是用这种液体做的，而这帮谷底人又唱又跳，无穷动力或许就来自这浑浊的液体。

夏冰也被身旁两个女人灌了这种浑浊液体，她跟我几乎呈对角线，围绕着篝火转圈圈。当我和她四目相对时，我注意到她也在观察北侧的林子，当我转过去后，我抬头望向北侧林子后面，借着东方的些许光亮，我发现北侧林子里似乎有一座小山，而再往远处看，则被峡谷东侧的悬崖遮挡，什么也看不见。这里观测不到神迹，所以这里绝对不会是第二观测点。理性终于让我做出了判断，那束光也不会是这里发出的，但这里应该离第二观测点很近了。

该死的祭祀没完没了，谷底人好不容易停止了舞蹈和叫喊，歇了没一会儿，头人一声大喝，所有人喝了那种浑浊液体后，又继续跳起来。怎么会这样呢，我和夏冰都快累趴下了，这帮谷底人体力真好，按理说他们在这暗无天日的谷底，营养缺乏，怎么能如此强健？难道天天就靠喝这种浑浊的神仙水？就在我胡思乱想的时候，东方的亮光越来越亮，太阳快升起来了，可这峡谷深处，又能有多少阳光普照呢？

不知道是不是喝了"神仙水"的作用，还是绕着篝火转圈圈转太多了，我开始恍惚起来，只觉得天旋地转，或许这就是谷底人追求的状态吧。夏冰似乎也有些恍惚，不知不觉中，天色已经渐渐亮起来，我感到大脑越来越不听使唤，我想要停下来，但周围的谷底人根本没有停下来的意思，这没完没了的舞蹈祭祀要到什么时候……就在我胡思乱想的时候，突然南面的林子里有了响动，不一会儿，秦悦第一个冲出林子，其他的人也陆续冲出来，秦悦和宇文毫不畏惧，冲进正在癫狂的人群，一把抓住我和夏冰，"你们俩怎么跑到这儿来了？"秦悦关切地问。

"是啊，不睡觉跑这儿来干吗？"宇文也很焦急。

"我……"一时我也不知从何说起。

"巫颂呢？"秦悦又问。

"巫颂怎么了？"我一脸诧异。

"巫颂没跟你们在一起？"这下秦悦懵了。

"我们一觉起来，发现人少了，除了你俩，巫颂也不见了。"宇文解释道。

这时，头人猛地从地上站起来，右臂一挥，谷底人已经被秦悦、宇文冲乱的舞步终于停了下来。

张克一脸惊恐地冲上来，对头人不知道说些什么，头人根本没有理睬，而是大声说着什么。头人显然愤怒了，待他的怒吼告一段落，辛叔才缓步上前，对头人解释起来……张克小声做起了翻译。

"头人愤怒了，头人说他用最好的食物和酒款待了我们，我们却一而再再而三冲撞了他们神圣的祭祀。他可以忍一次，但不能再忍第二次。辛叔在跟他解释我们无意冲撞他们神圣的祭祀，只是因为我们的人丢了，所以冒昧打扰。头人说你们的人如果老老实实待在屋里是不会丢的，丢了只能怪你们自己。"

"巫颂会不会自己回去了？"我忽然想起来他昨天是坚决反对来第二观测点的。

"不会吧？如果回去，他为什么要夜里不辞而别？"秦悦摇着头说。

"那你们怀疑他出事了？"

"无非两种可能，一种他自己去了哪里，一种是他出事了。"宇文小声嘀咕道。

"也可能两者兼而有之，他自己去了哪里，然后出事了。"我推测道。

"就跟你们一样，哼……"秦悦似乎有些不高兴。

"我……我看到了奇异的光……"我不得不简要地对秦悦和宇文说了刚才的经历。

就在我们小声嘀咕的时候，辛叔似乎与头人谈崩了，头人愈加愤怒，辛叔也失去了昨晚对头人的谦恭，两人像是争执起来，我转向张克，她一脸惊慌地说："头人要用我们一个人的血来献祭，以此安抚被激怒的神灵。而辛叔则指责头人绑架了我们的人。"

"看来是谈不拢了……"我转向秦悦，"巫颂是谷底人弄走的吗？"

秦悦没有言语，而是死死盯着辛叔与头人的交涉，随着两人言语越来越激烈，外围那些戴着面具的谷底人战士缓缓抬起了手中的弓箭，而秦悦的右手也慢慢摸到了身后。

6

天色已经大亮，广场上的气氛也凝固到极点，辛叔大声问头人要人，头人也强势地要我们交一个人出来献给震怒的神灵。我向周围望去，没有巫颂，如果此时巫颂突然出现，或许能化解危机。但这只是我的一厢情愿，双方僵持了一刻钟后，巫颂并没有出现，而辛叔与头人的争执已经发展成一触即发的冲突，终于头人失去了耐心，他大手一挥，十几个戴面具的战士张弓搭箭，就要分别瞄准我们，但就在这千钧一发之时，秦悦猛地掏出腰间的九二式手枪，冲了过去，一把勒住头人的脖颈，用枪抵住头人的太阳穴。这一切太快了，也就几秒间，所有人全都愣住了，秦悦冲众人大声喝道："叫你的人把武器都放下。"

辛叔也没料到有这一出，他愣了片刻，随即大声对谷底人翻译一遍，谷底人全都震惊了，那些张弓搭箭的战士纷纷放下武器，但也有人不服，有个谷底人战士一把要去抓身旁的潘禾禾，潘禾禾迅速躲闪，战士一把抓空，他还不死心，又要去抓潘禾禾，秦悦抬手就开了一枪，砰的一声，子弹打在那个战士脚下，他猛地停住，望着头人和秦悦，不甘心地放下了武器。

我迅速反应过来，指着身后的林子，冲大家喊道："快……大家快撤到北面的林子里。"

众人迅速往北面的林子里撤，我赶忙冲到秦悦身旁，帮着秦悦控制住头人，往后撤离。"为什么往北侧林子里撤？"秦悦显然还没辨清周围的环境。

"北面的林子里有座小山，我估计那儿就是第二观测点。"我回头，又向那座小山望去。

"对！而且是一座圆锥形的小山。"夏冰观察得更仔细。

"圆锥形小山？难道是有人造的？"我想到了金字塔，想到了三角体建筑，脑子忽然一片混沌。

夏冰还没说话，辛叔开口说："没错，那儿就是你们要找的第二观测点。只是……"

"只是什么？"我问。

"只是你们现在把谷底人都得罪了。我也不知道该……"

"管他呢，先去第二观测点再说。"我下了决心，然后对辛叔和夏冰说，"你们先走……"

待夏冰和辛叔退入林子里后，就剩我和秦悦架着头人了，谷底人和我们保持着大约三十米的距离，张弓搭箭，紧随而来。我和秦悦对视一眼，秦悦猛地推开头人，然后冲林子外放了一枪，正打在冲在最前面的战士脚边，然后我们疯也似的朝林子里那座小山奔去。

清晨的阳光透过茂密的树冠洒在林间，就像在梦中一样，我拉着秦悦，在茂密的林子中狂奔，无数的枝杈与荆棘划在我们身上、脸上，但我们不敢停下脚步，身后已经可以听到谷底人的追杀声，身旁不断有简陋的箭杆飞过……

前方的林子变得稀疏，夏冰说的那座圆锥形小山逐渐清晰起来。那座奇特的小山上爬满茂密的藤蔓，覆盖着厚厚的苔藓，几棵叫不上名字的小树，歪七扭八恣意生长着。众人围聚在这座小山前，不知所措，李栋率先爬上小山，可是却一脚踩空，滑了下来，马宏冰和宇文也往小山上爬，但小山的坡度陡峭，脚下苔藓湿滑，更重要的是没有树干可以抓，所以马宏冰与宇文也先后滑了下来。

后面的喊杀声越来越响，众人竟无计可施，还是辛叔带着众人绕到小山一侧，不一会儿，大家竟都不见了。我和秦悦赶忙跟上，这才惊奇地发现，小山一侧竟然闪现出一扇门，辛叔正在门后等着我们，我俩来不及多想，只得钻进了这扇小门……一股潮湿霉烂的气息，直冲口鼻。我们逐渐适应了眼前的光线，这才发现原来里面是一个挺大的空间，像是一个山洞，但显然刚才那扇门却不似天然形成，就在我胡乱猜想时，外面传来谷底人的叫骂声和鼓声。

"这就是第二观测点？"李栋四下张望，不敢相信。

"嘘……"辛叔一边倾听外面的声响，一边对大家做了噤声的手势。

大家没敢打开手电，所有人都聚在门口，静静地倾听外面的动静。许久，外面的声音渐渐小了，这时，辰姐忽然幽幽地说道："咱们团里，怎么还有人带着枪啊？"

秦悦微微一怔，知道辰姐说的是自己，她四处瞅瞅有些不知所措，潘禾禾也在一旁反问我："她不是你女朋友这么简单吧？"

秦悦见瞒不过去，干脆拿出了证件，靠在石壁上对大家说道："我是警察，起初是隐瞒了真实身份，但也是为了大家好。"

"那你的目的……"彭教授问道。

"和你们一样，为了所谓的神迹。"

"那你只是代表个人，还是……"

"我们几个是来找人的。"秦悦没有直接回答彭教授的问题，而是直接说出了我们的真实目的。

"找人？"众人诧异。

"我们一个朋友，也是这位夏冰小姐的男朋友失踪了，他最后似乎来过这里。"秦悦简单介绍了下。

张克摇摇头说："最近一段时间没有失踪的登记。"

秦悦看看张克，反问道："你们带的上一个团是什么时候？"

"三个多月前吧。"

"那么再上一个团呢？"秦悦追问。

"这么跟你说吧，因为对神迹感兴趣的人有限，再加上路途艰险，收费较高，所以来这儿的人不多，我们通常三个月才能组成一个团，也就是一年出四次团。"张克做了介绍。

"一年四个团，假设每个团十个人，一人五万，一个团就是五十万，一年就是两百万，你们这个生意挺赚啊。"我给张克算了一笔账，没想到这两人几乎同时瞪了我一眼。

"拿命换钱。现在你知道我为什么不愿意带你们来这儿了吧？"张克一脸不屑。

"那之前的团都很安全吗？"秦悦追问。

"当然，都很安全。"张克当仁不让。

"是在第一观测点很安全，还是一直都很安全？"秦悦的口吻越来越像警察。

"有的团只到第一观测点，也有团到过第二观测点，但都很安全。只有你们，惹出这么多事来。"张克似乎对我们颇为不满。

"是啊，你们两个半夜不睡觉跑出来干什么。这下好了，我们被堵在洞里面，出不去了。"马宏冰也指责我们。

我该怎么解释呢，夏冰则比较淡定。

"我们半夜看到一束光，就在这里发出了一束光，所以才越走越远，跑出来看。"

"光？"众人惊诧。这时，辛叔小声说道："我也曾见过那束光，谷底人很可能是把那束光当作神灵顶礼膜拜。"

"辛叔，我还要问你呢，昨晚你只跟头人说了几句，他们就对我们盛情款待，而今天我们不过是打扰了他们的祭祀，他们就要拿我们献祭，这是为什么呢？"我问辛叔。

辛叔轻轻哼了一声解释道："因为他们把神鬼看得重于一切，你们冲撞了他们最重要的祭祀，神灵就会愤怒，所以他们认为要用你们的血来献祭，才能平息鬼神的怒火。"

"辛叔，他们祭祀时喝的那是什么东西？可以让他们癫狂地不停跳舞？"夏冰问道。

"那东西具体怎么做的，我也不是很清楚。据说是用多种草药拌入木薯中，长时间发酵过后形成的液体，很像是一种酒。"辛叔解释道。

"昨晚吃的侠拉是不是就是那种酒做的？你们好像睡得都很沉。"我想起半夜的情形。

辛叔揉揉太阳穴说："是啊，昨夜睡得都很沉，我想是跟昨晚吃的侠拉有关，因为之前有一次也是这样。"

"可谷底人祭祀用的酒，是越喝越来劲，不是让人睡不醒的。"夏冰提醒道。

"谁知道呢。也许……也许昨天只是太累了。"姚大夫说着，又转向我，"你们几个不是半夜挺精神的，跑出来了，还跑丢了一个。"

姚大夫很少说话，这次却语带双关，让我心里颇为不爽，巫颂，这个奇怪的人，就连他的姓名都很奇怪，巫……颂……他去了哪里？

7

我们在石门后面听了很久，外面逐渐安静下来。我这才从背包中掏出一个手电筒，光柱照射过去，我忽然感觉里面的空间很大，大家互相看看，辛叔也掏出一个电筒，照了过去，然后对我们说："那边有一个大厅。"

"大厅？这……难道是谷底人供奉神灵的地方？"我马上想到了赤道岛上的神庙。

"你糊涂啦，他们只会建造高脚屋，这种石质建筑怎么可能是谷底人建造的？"宇文提醒我说。

就见辛叔从地上搬了几块较大的碎石，堵在石门后面，然后率先向前走去，我也跟了过去，只是一个短短的甬道，前面的空间豁然开朗，而且当我们从短甬道走出来时，一束日光从我们头顶洒下来，并照亮了整座大厅，我只环视半周，就惊奇地叫出了声："三角大厅！这……这么荒绝的地方，怎么会有三角体建筑？！"

"不可思议啊……"宇文也叫出了声。

众人惊叹之余，也纷纷将目光投向我们，彭教授问道："你们见过这个建筑？"

"见过差不多的，没想到这里会有这样的建筑。"我意识到自己过于激动了。

"这种建筑有什么神奇之处吗？"辛叔转而问我了。

我没有直接回答却反问辛叔："这就是第二观测点？"

辛叔点点头说："不过不是在这里面，而是外面。"

说着，辛叔用手指了指三角大厅另一面。我立即就心领神会，那一面墙上应该也有一扇石门，想到这里，我准备过去找找那边的石门，辛叔却叫住我："等等，我不敢保证外面没有谷底人。"

我只好停下脚步，巨大的好奇心把我搞得百爪挠心，但辛叔讲的似乎有道理。安全起见还是暂且不要出去为好。我向后退了几步，正好走到三角大厅的正中心，头顶是一个直径一米的圆洞，光线从圆洞照射进来，照亮了整个三角大厅。我细细观察周边，与赤道岛上的太阳神庙几乎一样，等边三角形，每边呈六十度角，不同的是这座三角体建筑要比太阳神庙小许多，建筑材料虽然也是石块，但要比建造太阳神庙的巨石小一号。综合来说，这就是一座缩小版的太阳神庙。但这里怎么会有三角体建筑？又是何人所建？我回头望着夏冰，也许只有她知道答案，因为我现在已经知道这种三角体建筑来自黑轴文明，而蓝血团似乎知道很多内幕。

夏冰也在注视着这座建筑，表面依然淡定，但我却能感到她内心的惊愕，显然她也没料到会在这里遇到三角体建筑。我们几个谁都没说话，因为不知该从何说起，任何一句话都可能引起其他人的怀疑。倒是彭教授看了一圈后惊叹道："虽然我不是学建筑的，但从力学的角度来说，能建成这样一座三角体建筑，还是在如此荒绝之地，实在是一件不可思议的事。"

"不仅如此，这座三角体建筑的位置也颇为讲究。"马宏冰这会儿兴奋起来，"如果我推测不错，它和老教堂一样，建在半山腰，一面是绝壁，一面是悬崖，它正好挡在通往神迹的必经之路上。"

彭教授点点头表示同意。

"这样的建筑绝对不会是谷底人修建的，实在想不出……难道是弗朗索瓦神父？"

辛叔一愣说道："这……我从来没有想过。因为弗朗索瓦神父最后是独自进山后失踪的，他不大可能一个人建造这么大的建筑。"

"那如果是他教会谷底人……"马宏冰说着自己也不太相信。

"或许这一切都与神迹有关吧。"彭教授想了想又说，"你们想过没有，如果那座消失的村寨真实存在，那么以前可能是有居民的，那儿的居民可不像谷底人这样落后，所以这座三角体建筑也许是他们建的。"

"你们听说过蓝血团吗？"秦悦突然发问，声音震得三角大厅里传来阵阵回声。夏冰更是惊讶得扭头盯着秦悦。

秦悦扫视着众人，我注意到彭教授、姚大夫和马宏冰都有所触动，潘禾禾和李栋则不明所以，彭教授回头看着秦悦，缓缓摘下眼镜问道："姑娘，你为何突然问起蓝血团？"

"因为我怀疑蓝血团与此有关。"秦悦的话更加直接。

张克一脸不解地问："蓝血团？什么意思？"

秦悦没有搭理张克，而是直直地盯着彭教授、姚大夫和马宏冰，显然她怀疑这几位精英也是蓝血团成员，彭教授擦了擦眼镜，再次戴上，平静地说道："我听说过蓝血团……"

"那您作为在国际上都享有盛名的物理学家，加入蓝血团了吗？"秦悦追问。

彭教授笑着否认道："看来秦警官对我做了不少调查啊，不错，蓝血团的人二十多年前就找过我，那时我正值壮年，刚刚在学术界崭露头角。我也承认那时候蓝血团对我有很大的吸引力，那几乎代表着对我的一种认可，但我最后还是拒绝了。"

"拒绝了？"彭教授的话让秦悦和我们几个都有些吃惊。

"对。因为蓝血团派来的几位物理学家，虽然很有名，但我和他们交流后，觉得他们对一些终极问题的看法和研究，与我背道而驰。怎么说呢……"彭教授似乎在组织语言，过了一会儿，才缓缓说道，"那时候我只是朦朦胧胧觉得人类的一些终极问题用物理学或是别的科学无法解释，就像巫颂所说困扰他创作的难题一样，蓝血团的物理学家不能说不优秀吧，但他们无法在这些终极问题上给我答案，让我有些失望。"

"所以您就拒绝了？"夏冰吃惊地看着彭教授，又转向姚大夫和马宏冰。

彭教授点点头继续说道："后来每隔几年，蓝血团就会派人找我聊一聊，越往后派的人名气越大，甚至有一位是被誉为这个世界上最聪明大脑的剑桥大学终身教授，但他们依然无法解开我心中的疑惑，所以……所以我还是拒绝了。"

姚大夫接着彭教授的话说："前几年也有蓝血团的人找过我，不过我和老彭有同样的困惑所以也拒绝了。"

马宏冰扶了扶眼镜，变得有些腼腆："我也是，我在U国留学时，就有蓝血团的人找过我，我和彭教授想法差不多，我不觉得蓝血团有多优越。蓝血团只是传说，看不见摸不着，仅凭联系我的人，我觉得并不足以吸引我加入。后来我回国创业成功，蓝血团的人也来找过我，就像彭教授所说，找我的人越来越有名，却解不开我的一些终极疑问。可能我有点矫情，但我觉得人总是要有信仰的，特别是创业成功后……我也不瞒大家，这几年我上了富豪榜，成了名人，可是我却越来越觉得空虚，失去方向和目标，我关心的几个终极哲学问题一直无法得到答案……"

"所以你就想来看看神迹，寻找一些信仰？"我问道。

马宏冰点点头："没错，就是这样。"

"这世上有很多宗教和思想啊？"我不解地发出疑问。

辰姐答道："我们接触了许多宗教和思想，也包括蓝血团，都无法让我们尊崇和信服。"

辰姐的话让我颇为震撼，原来我以为蓝血团是个精英荟萃的所在，只要是蓝血团看上的人，一定受宠若惊，没想到居然还有人拒绝蓝血团。精英的思想果然比较复杂，也很独立，但问题随之而来，秦悦质问他们是不是蓝血团的人，是怀疑眼前一切都与蓝血团有关，而彭教授与马宏冰都没有加入蓝血团，那么这一切又如何解释呢？

就在我们都陷入沉思之时，两个小孩又闯祸了，李栋不知碰到什么东西，潘禾禾整个人竟然跌落下去，发出了一声惨叫……

8

我惊得心里咯噔一下，本能地冲我们进来的石门望去，生怕外面的谷底人听到声音，破门而入。等到周围安静下来，门外似乎也没有异常，我才跟着秦悦来到潘禾禾跌落下去的地方查看。一段红砖砌筑的阶梯惊现在我们面前，李栋一脸无辜地看着我们解释道："我可什么都没碰啊。"

"你碰了手闸，真是……"宇文想训李栋两句，但没好意思骂出来。果然在三角大厅一侧的石壁上有两根锈迹斑斑的手闸，想不到这个手闸还能用。更想不到的是三角大厅底下还别有洞天。

我回头看看辛叔和张克，他们也显得很吃惊。

"这底下居然还有……"

潘禾禾栽倒在阶梯末端，夏冰和宇文扶起潘禾禾，里面黑漆漆的，就在潘禾禾责怪李栋时，宇文推开了手电，光柱刺破黑暗，直射进去，出现在我们面前的似乎是一条走廊。我和秦悦往前走两步，用手电照射走廊两侧，希望看到什么电源开关，但很遗憾，竟然没有。我们只好将所有手电筒，包括两盏马灯打开，总算照亮了整条走廊，走廊两边的墙体和脚下的地砖竟然是我们以前常见的那种红砖，大家面面相觑，彭教授推断道："看来我刚才的推测要改写了，这种红砖常见于二十世纪后半叶，那时候盖房子、修水渠，都是用这种红砖，现在虽然用得少了，但仍然有很多地方还在沿用。"

"也就是说这三角体建筑不可能是弗朗索瓦神父建的喽？"李栋反问道。

"除非他能活到一百多岁，但这显然不大可能。"马宏冰判断道。

走廊大约有一米五宽，只容两人并排而行，辛叔与张克落在了后面，我对宇文和夏冰使了个眼色，他们心领神会，故意走在最后。我和秦悦走在最前面，彭教授、姚大夫紧随其后，然后是马宏冰、辰姐，再后面是李栋、潘禾禾、辛叔、张克，秦悦又掏出九二式手枪，随着我们不断深入，走廊两边出现了两扇门，只是这门无法与荒漠的基地相比，只是再普通不过的木门，经过多年潮湿腐烂，只是轻轻一推就倒了。

秦悦打开九二式手枪的保险，猛地转身，我俩率先冲进了其中一间。一股霉烂的恶臭，让我一阵反胃，满是灰土的房间，空空荡荡，只有几张同样朽烂的桌椅散落其间。退出来，再闯进对面一间，同样的恶臭，同样的空空荡荡，可就在我们要撤出来时，秦悦突然轻声喊道："等等……"

"怎么了？"我惊讶地问道。

秦悦夺过我手中的电筒，照向对面落满灰尘的墙壁，在光柱的照射下，彭教授依稀辨认出了墙上的文字："滚一身泥巴，炼一颗红心……"

"又是标语？"我惊道。

"这说明整个三角体建筑是一九四九年以后修建的。"秦悦推断道。

"可……可……怎么可能？前天晚上我们宿营的村子是最后一个据点，如果是那些知青修建的，他们是怎么到这里的？又如何开山取石？看那个村子人不多，又能有几个知青建起这样一个浩大工程？"姚大夫不敢相信。

"对啊！不可思议，对于他们，这绝对是浩大工程。"彭教授也说道。

"更重要的是，那几个知青为何要建这个三角体建筑？"马宏冰问道。

"好了，先别乱猜了，这标语并不能说明是知青修建了三角体建筑。"秦悦说道。

我想了想表示认同："对，或许是别的什么人修建的，还有一种可能，这座三角体建筑早就存在，墙壁上的标语只是后来刷上去的。"

"不，这样的红砖很可能就是那个时期的。"彭教授反驳道。

"那也只能说明这座三角大厅是那个时期建的，至于谁建的先别急着下结论。"说完，我率先走出了这间黑屋。

大家恢复安静，继续往前探查，走廊两边又出现了两扇木门，同样朽烂。先进入其中一间，这里面有几张大长桌，长桌上有许多瓶瓶罐罐，我用手电照了照，都是实验用的试管烧瓶之类的东西，有的试管内似乎还残留着一些不明液体。

"看来这是个实验室！"我小声嘀咕着，脑中想起荒漠那巨大的废弃实验室。

秦悦用手电又照射了墙壁上，同样有一句口号标语。退出这间黑屋时，我发现门边有老式的电灯开关，按下去也没有反应，这也在意料之中。步入对面的黑屋，同样有几张长桌，上面除了有一个落满灰土的地球仪，并无他物，就在我要离开这间黑屋时，忽然觉得脚下踩到什么东西，手电筒移过来，发现地上的灰土中竟然埋藏着一本书，还是线装本的书。我拾起来，发现书上并没有厚厚的灰尘，仔细一看，这本书有似曾相识的感觉，我缓缓地读出了书上的两个字——蛮书。

我快速翻看了一下叹道："这……这不是老教堂图书室内那本《蛮书》吗？"

辛叔马上从我手中接过《蛮书》，粗粗翻看过后做出了认证："对，这本书还是弗朗索瓦神父的旧藏，扉页上有他的签名。"

"这书怎么会跑到这里？"秦悦用怀疑的目光环视众人。

我的大脑则开始快速运转，当初这本书巫颂在看，而且他对这本书似乎挺熟悉，想到这里，我问道："巫颂失踪后，你们检查过他的背包吗？"

张克晃了晃她胸前的一个背包。

"这是巫先生的背包，我们已经检查过，除了衣物和个人物品，没有什么。"

巫颂失踪，他没有带走自己的背包，说明他不是自己走的，或者他并没有走远。可是又怎么解释这本《蛮书》出现在这里呢？那天我在图书室的沙发上睡着了，这本书掉在地上，我清楚地记得梅姨来打扫卫生时，将《蛮书》又放回了书架原位，我无法理清这一切，只得对众人叙述起来那天的事。

"那天夜里我睡不着觉，在图书室看到巫颂正在看这本书，我曾经和他聊了几句，他说他了解神迹，是从这本书上看到的。可我后来翻了半天，也没看到有关神迹的记载，后来我就睡着了……"

"那么书呢？"辛叔追问道。

"早上书被梅姨放回书架上了，而且是放回了比较高的原……"

秦悦打断我说："你是怀疑巫颂的失踪和这本书有关？"

"我……"我有些懵，就在这时，正在翻看《蛮书》的彭教授突然叫道："你们看，书这里少了两页！"

我赶忙上前查看，古书上是没有页码的，但顺着彭教授手指的地方，可以清晰地看到有两页被撕去的痕迹……这被撕去的两页难道就是有关神迹的记载？怪不得那天我没看见，可这又是谁撕的呢？巫颂？他去了哪里？这个谜一样的人。

9

我将那本《蛮书》揣进包里，准备有空的时候再研究一下。秦悦提醒我们小心，或许巫颂就在附近，危险也在附近。转过一个弯，又转过一个角度奇怪的弯，前面是一条漆黑笔直的走廊。我心里暗自盘算，三角大厅下面很可能是三条走廊围合成的三角形，我们现在所见的应该是第二条走廊，走了几步之后，两侧又出现了两扇朽烂的木门，步入其中一间，一模一样的标语，一模一样的长桌，长桌上空无一物，倒是另一面墙上，贴着几张图。我凑近仔细观摩，发现是地图，除了常规的世界地图、中国地图、云南省地图外，还有一张MY

国地图，地图下面的小字显示这些地图的印制时间是二十世纪六十年代。

"果然是那个时候……"彭教授喃喃自语道。

"这里……这里似乎应该还有一张地图……"秦悦用手电在墙上晃动，比画着。

我盯着秦悦指的大片白墙，考虑到对称的话，这里的确也应该有过一张地图。我靠近这里，用手电搜寻地上，希望能在地上发现掉落的地图，但是地上除了厚厚的灰土，什么也没有。

我们又来到对面的黑屋，布局相同，不同的是这间屋子的墙上挂的不是地图，而是各种施工图纸，我们凑上去，各自观察，是各种三角体建筑的设计图纸。其中正对着我的墙上，有一张硕大的图纸，是一张完整的三角大厅三维图，让我诧异的是这样一张三维图居然是手绘的，随着手电光柱一点点移动，我忽然瞪大了眼睛，因为就在这张三维图下面有几个落款：

设计：桂肃

绘图：桂肃

施工：贺援朝、朱铭起、张七三

后面还有两个人的名字，但已经模糊不清了。

"桂肃？"这名字我似乎在哪听过。

"袁帅的母亲叫桂颖……"秦悦在我耳畔小声提醒道。

啊，桂颖……桂肃这个名字之所以觉得熟悉，不是因为桂颖，而是……我起来了。

"我国最著名的物理学家不就是桂肃吗？"

我话音刚落，几乎所有人都想起来了。

"是啊。据说他是最接近诺贝尔物理学奖的中国人。"马宏冰说道。

"难道这图纸上的桂肃就是那位著名物理学家桂肃？"宇文不敢相信。

"桂肃那时应该才二十多岁，他好像也当过知青。"

我的大脑快速地搜索着。然后转向彭教授问道："您熟悉桂肃吗？"

"呃……很多年没见到他了，他后来不再参加各种学术会议，总是特立独行……"彭教授似乎欲言又止。

"厉害的人物都这样。我高中时曾为了听桂肃的演讲，从深圳追到北京，又追到新加坡。后来在南洋理工我还向桂老师提了问题。"李栋口无遮拦地说着，一脸回忆的甜蜜。

秦悦却敏锐地发现了问题。

"你们注意到没有，整座建筑设计、绘图都是桂肃，而施工的人似乎……似乎只有五个人。"

"嗯，那么厉害的人也许有什么我们不知道的方法……"

彭教授打断我，像是陷入了回忆。

"如果他们一起搞了十年，你就不会这么想了。比如我在西双版纳做知青，从一九六八年到一九七八年恢复高考，整整十年，我们几个人将一大片荒地，改造成橡胶林。直到今天，那片橡胶林每年出产上百吨天然橡胶。"

潘禾禾可能听得有些不耐烦，回到了走廊那边。不一会儿，我们都听到了一声凄厉尖锐的叫声，所有人都奔了出去。只有我感到心脏一阵疼痛，这凄厉尖锐的叫声与噩梦中的叫声一模一样，那是什么东西发出的可怕叫声？就是那东西把我和袁帅推下了万丈深渊……我忽然有了一种亦梦亦幻的感觉，怔怔地盯着墙上的三维图发呆，直到夏冰拉了我一把，我才跟着众人回到走廊上。

潘禾禾已经被吓得浑身颤抖，她扑在姚大夫怀里，哭泣不止。

"你碰到了什么东西？"秦悦问道。

潘禾禾只是哭，秦悦将手电绑在九二式手枪上，举起枪轻轻向前迈步，大家也都各自找出能用的东西，充当武器，背靠着背，向前缓慢挪动。我站在秦悦身边，手中紧紧握着一根已经半腐烂的木棍。也不知过了多长时间，那个声响没有再次传来，秦悦小声地问后面的辛叔。

"你们知道这附近有什么可怕的生物吗？"

"各种猛兽都有。但……但刚才那声音我也没听过，像是猴子之类的动物，具体是哪种，我说不好。"辛叔小声回答道。

"刚才的声响会不会是上面传来的？"辰姐颤巍巍地猜测。

"不，是前面，就在前面。"潘禾禾这时止住哭声，她和姚大夫被众人围在当中，让她有了稍许安全感。

前面？听到潘禾禾这么说，我浑身的汗毛都竖起来了，紧张地注视着前方，走廊两侧又出现了两扇门，这次我们不敢贸然进入，秦悦让我守在前方，她和宇文很快搜索了两侧的房间。

"跟前面差不多，全是图纸，还有模型。"宇文出来后小声说道。

"模型？什么模型？"我反问宇文。

"地球和各种天体的模型。"宇文随口说道。

各种天体的模型？我脑中马上想到了赤道王朝的九星连珠神庙。继续往前面走，很快我们又转过了一个六十度的拐角，正如我预料的第三条走廊出现了。我们小心翼翼地沿着第三走廊前行，但让我诧异的是，我们走了很久，两边也没有出现小黑屋，这条走廊就只是一条走廊，什么都没有发现。直到我们走到第三走廊的尽头，拐过一个更加离奇的转角，我忽然感到前面的黑暗空间，豁然开朗。

10

所有人都更加小心了，秦悦举枪扫视察看了下这个巨大的空间，确认是个三角形的空间，我推测这是三角大厅底下，看来整个建筑下面并不是简单的三条走廊。当我们进入这个空间后，忽然觉得并不那么黑了，难道有灯？或是外面的自然光线？我和秦悦快速搜索整个空间，发现没有任何窗户或透气口，灯也都打不开，而发光源就在整个空间正中的三角台子上，上面呈列着一大块奇形怪状的东西，彭教授走上来看了一眼，推测道："这个发光体像是某种天然矿石，类似民间所谓夜明珠的东西。"

"这么大的夜明珠怎么会还留在这里？"李栋感到不可思议。

还没来得及细看这巨型发光体，辰姐也发出了尖叫。我们忙奔到辰姐所在的地方，辰姐的手电已经掉落在地上，我蹲下来，捡起辰姐的手电，加上我的手电一起照射，角落惊现一堆白骨。如此阴森恐怖的地方，看到一堆白骨，也难怪辰姐要花容失色了。

我冲秦悦努了努嘴，这是她的工作范围，姚大夫却主动请缨："我来看看吧。"

我给姚大夫打手电，她在白骨堆里翻了一遍，不禁皱眉。

"有某种灵长类动物的，也有人的。"

"人？"所有人都惊愕了。

"没错。我大概拼了一下，至少有三个人，都是青年男性，不过并不是最近的，至少有几十年了。"姚大夫拍拍手，从地上站起来。

大家逐渐分散开来，在这间最大的屋里搜寻起来，李栋和潘禾禾首先在一个靠墙的柜子里发现了三支锈迹斑斑的长枪。秦悦走过去接过枪，端详一番。

"五六式突击步枪，看上去有年头了，不过好像还能用。"

我边用手电照射过去，边对李栋说："再找找看，有没有子弹。"

在我手电的照射下，秦悦看到了枪上面的铭牌。

"六九年生产的枪。我检查过了，没有问题，虽然外表有锈迹，但完全可以用。"

这时，李栋和潘禾禾在柜子下层找到了满满一箱从未启封的七点六二毫米子弹和十多个崭新的弹夹，秦悦打开其中一包子弹，熟练地装进弹夹，示意众人让开，对着石壁就是哒哒哒一梭子，子弹划破黑暗，在石壁上擦出夺目的火花。秦悦又依次试了另外两支，有些吃惊地放下枪说："没想到三支枪都是好的。"

"当年的知青也配枪吗？"辰姐问道。

我拿起一支枪解释道："注意这三支枪的出厂时间，六九年正是国际关系紧张的时候，备战备荒，这里地处边境，给知青配发枪支也是有可能的。"

"但他们好像没有用过……"马宏冰也拿起枪仔细查看，"虽然有锈迹，却没有磨损的痕迹。"

马宏冰似乎很想拥有一支枪，我和秦悦对视一眼，接下来便是最麻烦的分配时间。只有三支枪，理论上应该分给最能用好的人，但又必须考虑平衡，我和宇文都已经历过荒原大字的考验，射击完全没问题，秦悦只分配给我俩一支枪，我当然明白秦悦的意思。另一支枪分给了李栋，小伙子说自己是射击俱乐部成员，当场表演了枪法。最后一支我以为秦悦会分配给辛叔，但秦悦却给了马宏冰，因为马宏冰说自己在U国时有段时间也酷爱射击，突击步枪和手枪都用过。

枪支子弹分配完毕，大家继续散开展开搜寻，很快宇文和夏冰在其中一角发现了几个中号的铁笼子，这款铁笼子让我又想起荒原大字的实验室，不同的是几个铁笼子里空空如也，上面的锁锈迹斑斑。我仔细嗅了嗅，除了潮湿霉烂的气味，并没有动物的气味。我和秦悦又沿着墙壁转了一圈，发现除了我们进来的入口，没有其他出口。我们像是走到了尽头。我站在一张写字台前，不禁喃喃自语："不对啊。刚才那声凄厉尖锐的尖叫究竟是从哪发出的？我们已经走到了头。"

秦悦又开始检查地面，最后也失望地摇摇头。

"下边不会再有空间了。"

就在这时，我注意到站在写字台对面的彭教授身子突然抖动了一下，然后双手支撑在写字台上。

"彭教授，您不舒服吗？"我关切地走过去。

彭教授低着头，像是抽泣起来，我站在彭教授旁边，才注意到就在彭教授手边，写字台上有一副落满灰尘的眼镜，还有一沓稿纸，稿纸上密密麻麻用钢笔写满了汉字、英文和各种数字、符号。

我伸手拂去文稿上的灰尘，见文稿上字迹工整，煞是好看，文章的标题是《用力学验证三角体建筑的可能性》，标题下面的署名赫然是桂肃。我粗略翻看一下，不禁感叹道："原来整个三角体建筑只是桂肃他们几个知青的练习作品。"

"练习作品？"众人围拢过来。

"对，文章开头说他们几个建起这座三角体建筑，只是为了验证这种建筑的可能性……"

189

"就为这个？不可思议。"马宏冰不敢相信。

"知青的生活是很苦，也很无聊的，所以他们干这个也不奇怪。"辛叔说道。

"可他们的建筑材料从哪里来？"宇文问。

"文章里写他们就地取材。"我翻看着已经残破不全的稿纸。

"就地取材？工具机械呢？"宇文又问。

"上面没有细说。"我越翻看越感到不可思议。

"先抛开这些不说，问题在于他们为何要在这个位置修建？"马宏冰似有所指。

"你的意思……"

马宏冰看看大家说："显然他们是为了神迹。建在这里，既可以挡住外来的人，也包括那些谷底人，又可以近距离观测神迹。"

马宏冰的话让大家都陷入了沉思，只有李栋反问道："那你的意思是桂肃他们也是为了神迹喽？"

"那当然，否则他们吃饱了撑的，翻山越岭跑到这边来，搞这么大动静。"马宏冰坚信自己的推断。

我注意到大家说话时，彭教授始终背对着我们，我又问了一句："彭教授，您没事吧？"

彭教授像是刚平静过来，缓缓转身，取下眼镜，擦拭镜片，然后对我们说道："我现在终于可以确定，写这篇论文的桂肃就是我的导师桂肃，也就是你们口中著名的物理学家桂肃。"

"您的老师？"所有人都惊诧不已。

夏冰忽然问了一句："听说桂肃很早就不再带研究生了？而且您的岁数好像跟他相差不大？"

彭教授微笑一下，说道："他后来是不带研究生了，甚至不再参加学术会议，很少抛头露面，但他曾经带过研究生，我就是他带的最后一届博士生，至今想起来如果没有恩师，我也不会有今天。本科毕业的时候家里困难，希望我早点出来工作，是恩师资助了我，让我继续读他的研究生。至于年龄……年龄从来不是问题，因为……因为他是天才。"

"天才？"

"嗯，恩师只比我大几岁，和我一样耽误了整整十年，但他后来参加高考，只用两年就完成了本科课程，得到保送研究生的机会，只用一年就完成了研究生课程，然后被公派去U国留学，他在普林斯顿也只用一年就拿到了博士学位。他的导师霍克教授非常欣赏他，后来他进入霍克的实验室工作了两年，霍克就向学校推荐他为教授了。回顾普林斯顿的整个历史，这样的情况都是没有过的，但就在这个节骨眼上，恩师却决定回国，回国后他成了我们学校最年轻的教授与博士生导师。"彭教授越说越激动，仿佛又回到了过去的岁月。

"所以他虽然只比您大几岁，却能成为您的导师……"夏冰也难掩震惊之情。

"没错。我的同学中甚至有跟恩师同年的，但我们都很尊敬他。"彭教授从我手中又拿回稿纸,恭恭敬敬地放进自己的包里。

"那他后来为什么不再带学生了,过起像是……隐士一般的生活?"夏冰继续追问。

"我也不太清楚,那时候我们朝夕相处,恩师与所有学生都关系融洽,只是他性格有些孤傲,也很正常,天才嘛,脑中所想的东西不是我们所能理解的。我当时和他聊天,就觉得他有些焦虑,但又不明白他为什么焦虑。我们这届毕业后,他就不再带研究生了,但他仍然会给本科生开一门课,后来他开的课也越来越少,只是偶尔会在各地做些报告,至于恩师为何会这样,我推测是因为他觉得没有人能理解他吧,不能理解他高深的理论。他表面上对所有人都很客气,但我还是能感觉到他与学校和学术界的人都格格不入,或者说他根本瞧不上那些人。"彭教授做出了他的推测。

彭教授话音刚落,我们身后忽然传来姚大夫的声音:"好了,大家先别顾着聊了,你们来看看这个。"大家循声望去,就见姚大夫在地上竟然拼出了一具基本完整的灵长类动物骨架。

11

我走过去低头仔细观察,发现这具骨架似乎比一般的灵长类动物都要巨大,不禁问道:"这是什么动物?"

姚大夫沉吟片刻解释道:"像是某种猿类,但我毕竟不是搞动物研究的,说不好啊。"

秦悦盯着看了半天。

"体型巨大，如果是猿类，一定是最大的那种。"

"现今地球上最大的灵长类动物是非洲大猩猩，直立起来高有一米八，体重可达两百公斤，不过那玩意儿在非洲。"宇文介绍道。

"这家伙体型差不多得有一米八，难道这是一具大猩猩的骨架？"秦悦不解。

"不好说，或许……"姚大夫欲言又止，她将目光移向一直没说话的辛叔。

辛叔盯着地上的骨架，像是受到了惊吓，瑟瑟发抖，我从没见过辛叔这样，半晌，辛叔才颤巍巍说道："我……我从小就听爷爷和山里的老人说，茫茫的高黎贡山里，生长着一种……一种巨大的猴子，它们可以爬到很高的树上，比所有猴子都要迅捷，比所有猴子都要强壮，可以轻松击败各种野兽，而再优秀的猎人也无法打中它们，爷爷说它们就是这片大山的精灵，我们人类只是外来者，那些精灵才是这座大山真正的主人。"

"对啊……我也听家里老人说过，而且老人反复告诫我们，天黑后千万不要进山，只是……只是已经很多年没有人见过这种猴子，大家都以为它已经灭绝了，所以才敢……"张克补充说道。

"那辛叔认为这骨架就是传说中的大山精灵喽？"我反问道。

辛叔双手合十，并不回答我的问题，而是嘴里念念有词，像是在念经超度亡魂……随着辛叔嘴里不断念出的咒语，刚才那凄厉尖锐的声音又在我脑中响起，让我心悸不已。秦悦再次检查了一遍这些骨架，看看手表："我们已经下来快两个小时了，上去吃点东西吧。"

于是，大家恢复下来时的队形，往外走去，一切都还算顺利。二十分钟后，我们重新回到了三角大厅。大厅内很安静，我和秦悦靠近进来的石门，静下来侧耳倾听，外面也很安静，看来谷底人已经撤了。我们回到大厅时，就见李栋和宇文在潘禾禾指挥下，将通往地下的大门关闭，堵死……众人看着他们堵死大门，这才安心坐下休息。可是还是没有找到巫颂，却又添了凄厉尖锐的叫声，还有那巨大的动物骨架，让我不觉心烦意乱，好在唯一的收获是发现了桂肃的线索。彭教授似乎还没有平复下来，他独自在三角大厅里踱步，不时抬头观察，像是在欣赏一件杰出的艺术品，毕竟这是他恩师的早期杰作。我和秦悦走到夏冰和宇文身旁坐下，拿出背包里的面包，刚想啃两口，夏冰忽然大声问道："彭教授，我有些问题想请教您。"

彭教授停下脚步，回头微微一笑："哦，夏小姐，有什么问题就问吧？"

"那么直说了吧，您这次来云南，并不仅仅是为了一睹神迹吧，和您的恩师有莫大关系吧？"夏冰也问出了我心中的疑问。

彭教授似乎早有准备，他找到一处干净的地方，正对着我们坐下来，缓缓说道："你说的既对也不对，前两天就对大家说过，我和老伴都曾在西双版纳下乡，所以退休后经常来云南旅游。当年我在恩师门下读研究生时，恩师对我提到他也曾在云南下乡插队，于是我们就聊起了各自下乡的地方，当然恩师说的不多，只跟我说他下乡的地方是荒绝之地，紧邻国境线，我问他是哪里，他用手在地图上指了下贡山县西边，紧邻国境线的地方，我当时对这里完全没有印象，所以也就没当回事，但是……但是我至今依然清晰地记得，恩师后来对我提到他下乡的地方是个神奇的地方。恩师的话激起了我的好奇心，于是我追问恩师，他又说了一句——那里是会让你对毕生所学产生怀疑的地方。"

"对毕生所学产生怀疑的地方？"大家似懂非懂。

彭教授又继续说道："后来，我又找机会问起恩师下乡的地方，他沉默良久没再说话。就在我要放弃的时候，他忽然反问我相信有神的存在吗。我搞了这么多年科学研究，当然不相信什么神，恩师笑笑，我至今都记得他那天的笑容，奇怪的笑容，然后他又说了句'有时候科学也是一种迷信，不要太迷信了'。"

"神的存在？科学也是迷信？"众人依然似懂非懂。

宇文喃喃说道："据说有些尖端的科学家最后都怀疑起自己的研究，桂肃大师估计就是这样的人，他为何后来不愿抛头露面，因为他的学问越是高深，就越是怀疑自己，怀疑这个世界，以至于他觉得科学也是一种迷信。"

"换句话说，宇宙万物有许多现象，用科学始终无法解释，恩师看到了这层，所以告诫我们世上也许真的有神，而不要太迷信科学。"彭教授说出了自己的理解。

"太不可思议了，这世上最聪明的大脑，最著名的科学家竟然……竟然不再相信科学，而相信神！"李栋一脸震惊，似乎三观已经被颠覆。

"看来我这趟来对了，或许我可以找到让我心安的信仰……"马宏冰念念有词。

"你们不觉得桂肃说出这些话，与他在这儿的十年生活，与所谓神迹有密切关系吗？"秦悦反问众人。

彭教授点点头，并没有看秦悦，而是对夏冰说道："所以夏小姐，你现在明白我为什么一定要到这里来了吧？"夏冰像是在思考，她默默地点点头，却不想彭教授突然反问，"夏小姐，我都说这么多了，你该说说你了吧？"

"我？我有什么可说的？"夏冰从沉思中惊醒，听到彭教授的发问，有些不知所措。

"那天在老教堂见到你，我就对你很感兴趣，你虽然比不上我的恩师，但也算是位少年天才吧，年纪轻轻就拿到了麦克阿瑟天才奖，你不想跟我说说蓝血团吗？"彭教授盯着夏冰，仿佛有一种直击内心的力量。

12

大家都将目光移向了夏冰，夏冰显得很不自在，我刚想给她解围，她自己却开口了，"没错，我是蓝血团的成员。我来这里的目的也很简单，寻找我的男友，他也是一位天才，也是蓝血团成员，就是这样。至于彭教授您既然提到了蓝血团，那我们就来聊聊您的恩师桂肃大师与蓝血团的关系。"

"哦，这正是我想知道的。"彭教授眼中闪过一丝光芒。

夏冰看看彭教授，又环视众人，她似乎在准备措辞，但让我们没想到的是，她开口就说道："桂肃是蓝血团东方区的领袖，而且很早以前就是，一直到现在都是，甚至桂家一直垄断着东方区领袖的职位。"

夏冰的话让彭教授和我们都很震惊，"桂家？东方区领袖？"

"是的，桂肃的父亲桂豹变就曾经长期担任蓝血团东方区领袖，桂豹变去世后，另一位大师曾短暂担任过东方区领袖，再后来就是您的恩师。"夏冰语速很快，显得有些激动。

"桂豹变？"彭教授像是陷入回忆，许久，他缓缓点头，"对，恩师的父亲就是桂豹变，他是我国著名的国学大师，堪称一代宗师，少年成名，曾经名动天下。"

"嗯，就是国学大师桂豹变。"夏冰停下来，又像是在组织语言，她突然转向我和秦悦说道："你们已经知道袁帅、伊莎贝拉、苏必大和蓝血团的关系了吧？"

我刚听夏冰说出桂肃是蓝血团东方区领袖时，就将很多事联系了起来。

"伊莎贝拉临死前曾经说苏必大原名桂霜，这么说来，苏必大就是桂肃与桂颖的弟弟，他后来背叛了蓝血团，并且极力反对白乐山与姐姐桂颖的婚姻。"

夏冰像是陷入了回忆，喃喃说道："我也是这次回蓝血团总部才了解的，刚才听彭教授这么一说，我才恍然大悟。蓝血团最高职位是总领袖，另有副领袖一人，在总领袖无法履行职责的时候代理总领袖的职务。然后就是七个大区的区领袖和副区领袖，桂肃就是现任东方区的领袖。"

"七个大区？"我忽然觉得信息量有点大。

"是的，伊莎贝拉之前已经被推举为北美区的副领袖，但是她为了复仇，拒绝了地位崇高的北美区副领袖的职位，依然担任更利于她调查的监察枢密一职。更有意思的是，蓝血团的高层告诉我，这些年来，伊莎贝拉一直在反映东方区的问题，特别是桂家的问题。"

"桂家有什么问题？"秦悦问。

夏冰摆摆手没有直接回答："这不重要，我在蓝血团看到过有关记录，伊莎贝拉主要是讲桂家出了叛徒，那个苏必大的真实身份就是桂霜。因此，这个桂肃也不值得相信，应该把他从东方区领袖的位子上撤下来。但是总部是这么回复她的，首先没有证据证明苏必大就是桂霜，其次也没有证据表明苏必大对蓝血团的正义事业构成了威胁，所以无法接受伊莎贝拉的建议。"

"那赤道王朝的事件已经完全证明了伊莎贝拉所说的都是事实，蓝血团也该采纳她的意见了吧，而且桂肃作为性格孤傲清高的大师，怎么会赖在这个位子上呢？以他的性格应该主动辞职才对。"我反问道。

夏冰摇头道："没有，桂肃没有辞职，他对蓝血团总部说不管苏必大是不是桂霜，桂霜都已经与他、与桂家断绝了关系。所以他清者自清，不会辞职，也不能辞职，如果他辞职了，也就是说明他真的与叛徒有关联。"

"可是他不辞职，其他人也不会服他啊？"宇文问道。

"是的，所以这些年东方区的工作进展很是糟糕。蓝血团的组织架构并不依赖于最聪明、专业领域最强的人，而是会优先考虑有热情、乐于奉献、擅长管理，又有一定名望的人，所以很多在各方面颇有建树的人，并不能成为蓝血团的领导。桂肃虽然在学术上是大师级的，但并不擅长管理，也没有足够的热情处理蓝血团的工作。"夏冰介绍道。

"那蓝血团高层为何不撤了他？"秦悦问道。

"因为蓝血团的高级职位一般是终身制，除非领袖和副领袖犯了重大过错和罪行，或者自己辞职，否则这个职位就是终身。"夏冰解释道。

"那就只能让桂肃一直当下去喽？"

夏冰点点头回道："嗯，这也是蓝血团虽然庞大，精英汇聚，但是往往行事僵化，动作迟缓的原因。尽管伊莎贝拉不断提意见，副总领袖还有领袖助理都想拿掉桂肃，可却没有办法。"

"领袖助理是什么职位？"

"领袖助理本来只是协助总领袖和副总领袖工作的人，但却非常重要，位列中枢，掌握机密，一般都是由总领袖和副总领袖最信任的人担任，枢密处和其他蓝血团的办事机构都在其领导下行事。我去总部的时候，接待我的也是领袖助理。"夏冰停顿一下，又继续说，"除了领袖和领袖助理，还有两个重要的职位——首席科学家与副首席科学家，这两个职位的选拔与领袖略有不同，担任这两个职位的人必须是天才中的天才，但又要能忍受孤独寂寞，不能抛头露面，因为他掌握着蓝血团最重要的智力储备。"

"天才中的天才，那会是什么人？"我大惑不解。

"据说桂肃就曾希望自己能转任首席科学家，但是有比他更天才的人，一直担任这个职务……"

彭教授打断夏冰的话："那会是谁？"

夏冰微笑道："我们还是继续聊聊您的恩师吧，刚才您说桂肃在普林斯顿才干两年，很有希望晋升教授时，突然选择了回国。我马上就明白了其中原因。"

"是因为桂颖和白乐山的事……"我也想到了这个。

夏冰点点头，"因为他必须回国来处理弟弟桂霜闯下的大祸。桂霜害死了白乐山，也就间接害死了姐姐桂颖，人伦惨变，可想而知桂肃那时的心情，至于桂霜为何反对姐姐与白乐山的婚姻，我还不得而知。"

"有没有一种可能，不仅仅是桂霜反对，而是整个桂家反对，桂肃也有份，只是最后推出桂霜来抵罪。"秦悦大胆推断道。

"不，这不可能，恩师不是那种人。"彭教授虽然不知道我们说的是什么事，但依然坚定地为恩师辩白。

夏冰无奈地耸耸肩，对秦悦说："这只是你的猜测，没有证据。但我推测桂肃的回国，再加上后来他的低调行事，慢慢退出学术圈，很可能都与当年的案子有关。"

夏冰的话，让大家陷入了沉思。桂肃慢慢走下神坛，从迷雾中渐渐清晰起来，可我却觉得桂肃的形象在脑中依然有些模糊。

13

大家吃完午饭，互相之间的不信任不但没有消除，似乎还加深了。秦悦与夏冰的身份让其他人敬而远之，而我们对彭教授则起了疑心，我们四个几乎被众人孤立，辛叔与张克也不跟我们说话了。

秦悦和宇文盯着我，我只得干咳两声，对大家说："现在外面谷底人应该不在了，既然这里是第二观测点，我们也该出去看看了。"

说罢，我起身向进来的石门走去，辛叔却叫住我："别从那个门走。"

我回头发现辛叔手指着另一个方向，我脑中快速判断了一下方位，辛叔所指的方向是临近峡谷的方向。只见辛叔走到那一面石壁下，慢慢在石壁上摸索，终于他停下了摸索，使劲儿在石壁上一推，又一扇石门转动了。

我急走两步，跟着辛叔走出石门，瞬间被峡谷中的大风吹得睁不开眼。待大风停息，我听见了水声，只是这儿的水声远没有怒江的咆哮。石门外是一个平台，平台一边完全被藤蔓碎石覆盖，没有路，而朝北的一边则有一条小路沿着三角体建筑，曲折向前。

我们踏上这条曲折小路，辛叔走了几步便停住脚步。我发现就在辛叔身旁，竟然有一座桥，一座滑索桥！只是这座桥早已断裂，只剩下粗粗的滑索留在岸边，锈迹斑斑。这种滑索桥在西南地区的大山中常常被用来输送货物和人员，但它并不是真正意义上的桥，只是两道滑索，人要抓紧滑索从对岸滑过来。我走到岸边向下望去，幽深的峡谷让我不寒而栗，不敢想象当年人们是如何从对岸，在没有任何保护措施的情况下滑过来的。我不禁叹道："桂肃那些知青就是用这道滑索过来的。"

众人啧啧赞叹，秦悦却一声不吭，跨过铁链，走到岸边，提起滑索，使劲儿往上拉，"你要干吗？小心……"我关切地说道。

秦悦没有吭声，我只好过去帮她，两人一起把断裂的滑索拉上来，秦悦仔细查看滑索断裂处，不禁心生疑惑："这么粗的铁链是如何断裂的呢？从断口看，像是被融化的。"

"融化？你的意思是被火烧过？"

秦悦又拿起铁链细细查看："铁链上似乎并没有火烧的痕迹……"

"这说明什么？"我不理解。

"说明铁链滑索是在短时间内遭受某种高温影响断裂的。"夏冰忽然在我身后说道。

秦悦看看夏冰称赞道："还是夏博士见多识广。那你能看出这滑索桥是什么时候断裂的吗？"

夏冰只是看看断裂的悬索铁链，说道："从铁链锈蚀的程度判断，滑索桥的断裂应该是近几十年的事，也就是说当年桂肃他们很可能就是从这儿渡过峡谷的，至于后来为何断裂，又是怎么发生了短时间的高温，我就不得而知了。"

"短时间的高温……"我稍加思考，"莫非是被什么武器击中？比如炮弹什么的。"

秦悦摇摇头否定道："不像，一般被武器击中，断口不是这样的形状，而且断裂处会留下炸药的痕迹，但这滑索桥的断口，包括铁链上都没有发现炸药的痕迹。"

"那会是什么？"

"我更关心的是这座滑索桥建于何时。"秦悦将目光转向夏冰。

夏冰却耸耸肩，将视线转向我："这个问题……你得问非鱼啊。"

"喂喂……这滑索桥又没什么特别的特征，叫我怎么判断年代，除非……"我说着又拿起铁链，从断口处的延展方向搜寻，一直追寻到铁链尽头的岩壁，也没发现任何蛛丝马迹，于是我又拽起另一根铁链，从头到尾，仔细勘查，终于在铁链的尽头，摸索到一些凹凸不平的痕迹，我忙趴下来查看，铁链下面赫然出现一行非常小的字——大清光绪三十四年，暨西元一千九百〇八年造。

"找到了，滑索桥是一九〇八年造的。"我马上又想到了什么，眼前忽然一亮，"也就是说很可能是弗朗索瓦神父修的。"

辛叔听到我推断，皱了皱眉，摇头叹道："我之前就发现了断桥，但从没听老人提到过这里有桥，更没提到弗朗索瓦神父还修过桥。"

"除了弗朗索瓦神父，还会有谁呢？"我的话让辛叔哑口无言。

宇文却好奇地问："不管是谁造了这桥，在当时那个条件下，都是大工程啊，这地方人迹罕至，又为何要造这座桥呢？"

"为了神迹呗……"我脱口而出。

"那就对了，我早就怀疑弗朗索瓦神父在山里找路，就是为了找通往神迹的道路，说明在很早以前就有人知道并发现了神迹，谷底人所崇拜的神灵，也很可能与神迹有关……"宇文推测道。

"可……可弗朗索瓦一个外来者，又是如何知道神迹的存在呢？"我疑惑不解。

"这就要问问蓝血团了。"彭教授忽然开口道。

我心里一惊，夏冰盯着彭教授，彭教授沉吟半晌，缓缓说道："如果弗朗索瓦神父是蓝血团的人，这一切不就解释通了。蓝血团是个古老而强大的组织，弗朗索瓦神父虽为神父，却崇尚科学，他加入蓝血团，无意中了解到神迹的存在，而后自愿来东方传教，深入荒绝之地，寻找神迹……"

按照彭教授的话，弗朗索瓦的生平都清晰起来，但这只是他的推断。辛叔听我们在这议论弗朗索瓦，明显不耐烦了，"你们还想不想看神迹，现在雾气散了，都快点吧……"

说着辛叔继续沿着曲折小路前进，小路沿着三角体建筑一个六十度的角，很自然地转了个弯，前方豁然开朗，正值午后，没有雾气，青山峡谷全都展现在我们面前，神迹？我却一点没有看见，辛叔踏上前方的一处青石砌筑的平台，轻出一口气说："这就是第二观测点。"

所谓的第二观测点是一个平台，三个锈迹斑斑的支架上，架设着一部有年头的大型望远镜。大家纷纷掏出自己携带的各种望远镜，向着他们判定的方向搜寻起来。

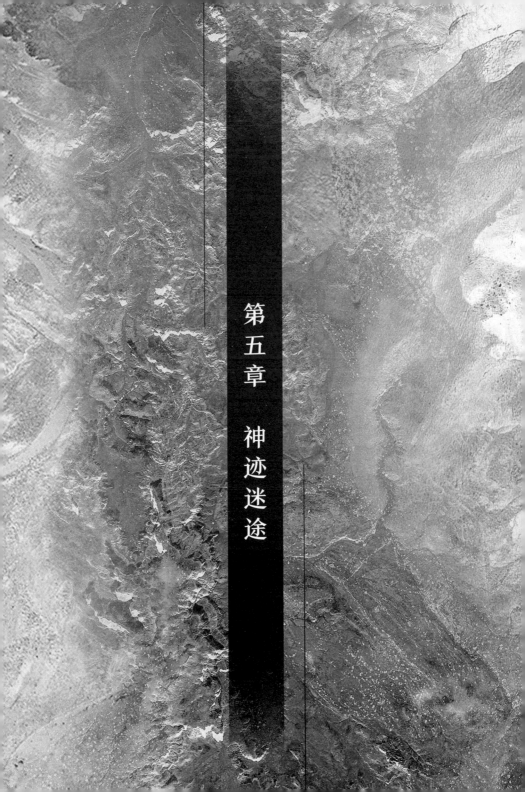

第五章

神迹迷途

1

大家端起望远镜，望向山间，张克与辛叔没带望远镜，但他们向众人指出了神迹的方位。我们四人只携带了两部望远镜，遵循女士优先的原则，我和宇文只好凑到平台上的大型望远镜前，没想到这台望远镜外部已经锈迹斑斑，却依然可用。

"这其实是一架哨所望远镜，可以放大四十倍。"我一边用哨所镜观察，一边小声嘀咕道。

"别废话了，看到了吗？"宇文则不耐烦地催促我。

放大四十倍的话，就能清晰地看到远处山崖上的一切，慢慢地，慢慢地，望远镜一点点从左往右，从右往左，树木、杂草，甚至偶尔跳跃而过的猴子，都被放大，真真切切地展现在我的眼前，但就是没有发现那座村寨，也没有任何的建筑。我反反复复，来来回回，看了好几圈，不禁皱眉道："看不到神迹啊……"

"让我来看看……"宇文已经等得不耐烦了。

我被宇文粗暴地推开，失望地看看其他人，大家经过一轮观察，不约而同地放下望远镜，失望之情都写在脸上，秦悦看看我感叹道："奇怪，什么都看不见。"

"你们谁看见了？"我问其他人。

放下望远镜的人都失望地摇着头，辛叔倒是急了。

"你们怎么会看不见呢？这是很好的观测位置，我肉眼都能看见啊。"

说着，辛叔和张克都开始忙活起来，我手搭凉棚，顺着辛叔手指的方向，仔细搜寻，慢慢地，慢慢地，就在正对着我的半山腰的悬崖边缘，一座建筑若隐若现，不知是角度不同，还是因为……总之，当那座建筑被我视觉捕捉到时，却感觉与我最初在全息投影见到的完全不同，但差别在哪里却也表述不清。悬崖峭壁、半山腰的位置、一样的建筑样式、高高的像方尖碑一样的塔。到底哪里不一样呢？观测角度？我双眼死死盯着悬崖上的建筑，这就是所谓的神迹？平淡无奇，可随着时间的推移，怪异的感觉袭遍我的全身，眼前的村寨慢慢地变得那么雄伟，那么震撼，那么不可思议，它根本不是一座普通的村寨，而更像是一座城堡、一座宫殿……

我不由自主地扭头环顾秦悦和夏冰，她们也看向我，从她们的眼神里读出了和我一样的感受，我使劲儿揉了揉眼睛，这是怎么回事？可以放大拉近距离的望远镜观测不到，而我们的肉眼却能清晰地看见，更不可思议的是那种感觉，一座悬崖上巨石垒砌的村寨，看似普通无奇，怎么会生出那样的感觉？就好像看到了世界奇迹的震撼。我猛地晃晃脑袋，一把夺过秦悦手中的军用高倍望远镜，对准神迹的位置，仔细观察，一切都更加清晰，树木、植被、小动物，甚至天空中的白云，可……可就是那个位置，本该是村寨的位置什么都没有。我不敢相信，又用望远镜搜索其他地方，我担心我看错了。

我徐徐放下望远镜，宇文也失望地从哨所镜前站直身子，他也什么都没看见，其他人也纷纷抱怨、感叹、不解……我猛地又端起望远镜，向着神迹的位置望去，反反复复，什么也看不见，而放下望远镜，反倒能清晰地望见那座村寨。夏冰小声说道："袁帅记忆里的那个景象，一会儿能看到村寨，一会儿看不到，是不是因为望远镜？"

我猛地一怔也反应过来："你的意思是当他拿起望远镜的时候，村寨消失了，而放下望远镜时，村寨又出现了。"

"不，不是的，画面里的其他景物并没有改变。"秦悦努力回忆着全息影像里的画面。

秦悦似乎说得有理，但又如何解释眼前的现象，难道这真的是神迹吗？我偷偷观察其他人，三五成群，也都在窃窃私语，只有辛叔和张克似乎如释重负，望着远方出神。过了一会儿，两人先后双手合十，微闭眼睛，嘴里开始念念有词，看来他们真的把这现象当作神迹顶礼膜拜了。

我又反复试验了几次，猛地拿起望远镜观测，又猛地放下用肉眼观测，每次都是这样的结果，反复多次之后，我似乎有了判断。

"为何用望远镜观测会出现这样的现象？望远镜是个光学产品，

所以这种现象其实是光学问题。"

说罢，我将目光落在彭教授身上，他毕竟是物理学教授、知名学者，其他人也将求助的目光投向彭教授，彭教授放下望远镜，眉头紧锁，像在思考。许久，他缓步走到我身旁的哨所镜后，又用哨所镜仔细观察了一会儿，才缓缓说道："非鱼说的好像有点道理……"

我们等了半晌，彭教授的话像是说了一半，没下文了，什么叫好像？什么叫还有点道理？我不禁又问道："彭教授，我们这些人当中，您的物理学造诣最深，您倒是说两句啊。"

彭教授看看我，眉头依然紧锁地说："我虽然是搞物理的，但对光学没有太多研究，所以不好说。为今之计，只有一个办法，就是去那儿看看，更近距离观测，才有答案。"

"您的意思是我们去那个村寨？"宇文问道。

彭教授点点头，马宏冰马上跟着说道："对啊……既然好不容易来这里了，不如直接去看看。"

李栋和潘禾禾也来了劲头，我看看马宏冰涨红的脸，想想昨天在山里长途跋涉，累得那个熊样，简直判若两人。我再看看秦悦和夏冰，她俩没有急于表态，但我知道她们一定也想去，再看辛叔则双眼微闭，眉头紧锁，一直在念经，只有张克马上表明态度："不行，我把你们带到这个第二观测点已经冒着很大风险了，你们不用给我加钱，只求你们赶紧回去，否则我们就超期了。"

超期？我知道我们和张克的约定是往返五天，但现在谁还记得这个？马宏冰马上又打出糖衣炮弹，"只要你带我们去，我个人就给你加五十万！"

在网上的传闻中，马宏冰是个一毛不拔的主儿，怎么现今如此大方了？我转向张克看她反应，只见她还是摆手拒绝："我和辛叔也没去过神迹，所以我们真没法带你们去。"

没想到张克竟扛住了糖衣炮弹的攻击，我还真是小瞧了她。此时，彭教授开口了。

"既然有第一观测点、第二观测点，那么有第三观测点吗？"

彭教授的话让空气瞬间凝固了，张克半张着嘴，欲言又止，半天没说出话来，最后还是结束了诵经的辛叔扭头对我们说道："我不会说谎，的确有第三观测点，就在那儿。"

说着，辛叔抬起右手，指着神迹的位置，众人顺着看去，我不禁惊道："您是说第三观测点就是那座村寨？"

辛叔似笑非笑，微微摇头说："不，是离神迹最近的一处悬崖，那里突出的岩壁，离神迹很近，是最佳的观测位置。"

"那你们怎么说第一观测点是最佳位置呢？不是骗人吗？"潘禾禾问道。

辛叔看看潘禾禾叹道："小姑娘，那不是骗人，那是为大家安全着想。第一观测点位置很好，离外边的世界最近，最省事，最安全，唯一不好的就是雾比较大；第二观测点雾少，但从低往高观察，离得比较远；只有第三观测点离得最近，雾也少，是最佳观测位置，但那儿也最危险。所以我们才说第一观测点是最佳观测点。"

"最危险？第三观测点还有什么危险？"我望向辛叔手指的位置，隐隐约约似乎看见了那块突出悬崖的岩壁，"我看咱们这条小路，沿着悬崖可以一直上去，似乎没什么大的危险。"

"辛叔你去过第三观测点吗？"秦悦忽然问道。

辛叔脸上的肌肉微微动了一下，像是陷入了回忆："去是去过……那条山路看上去是没什么危险……可……"

辛叔欲言又止，我问道："那还怕什么？"

我们见这位老向导沉默不语，又将目光转向张克，张克连忙摆手拒绝："第三观测点我也去过，但我劝你们不要去。"

"你们既然都去过，还有什么危险呢？"

"是啊，你劝我们不要去，总要说出理由来啊！"

"看上去也不远，就是一段山路，还能有什么危险？"

大家七嘴八舌，忽然又意见统一起来，都想去第三观测点看个究竟。此时，那个唯一的反对者巫颂，此刻又在哪儿呢？

2

大家七嘴八舌，张克一时间也抵挡不住，沉默的辛叔终于开口："我很难用语言跟你们形容那种感觉，途中可能是没什么危险，路也不算远，只需三四个小时即可抵达，第三观测点那也没什么，但我要说的危险，恰恰就是因为第三观测点最大的优势。"

"最大的优势？"众人不解。

"第三观测点最大的优势就是离神迹很近，这也是最大的风险。当我站在第三观测点时，整个人都会沉浸在一种神奇的感觉中，一种很难用语言形容的感觉，就像是……像是真的有神存在，你会怀疑……怀疑你这辈子所有的知识、所有的经验、所有的一切，直至怀疑自己，怀疑自己的记忆、自己的精神、自己的肉身……总之那种感觉奇妙极了，你会感觉美妙，但也会感到痛苦、恐怖、疑惧、惊骇、焦虑、慌张，曾经有人受不了这种感觉，坠入谷底，粉身碎骨，所以我劝你们还是不要去为好。"辛叔像是在解释，更像是一场动情的演讲。

所有人都怔住了，但在短暂的沉默后，大家似乎被辛叔的演讲激起了更大的兴趣，毕竟这一行人都不是普通游客，若是普通游客可能会被吓退，这群人可是一个比一个生猛。辛叔无奈地望着张克，张克不由自主地向后退了一步，马宏冰最为疯狂，甚至喊道："我加一百万，就带我们到第三观测点，让我体验一下你说的那种感觉。"

"是啊，我们费这么大劲来这里，不就是为了神迹吗，既然都走到这一步了，不能半途而废啊。"辰姐也附和道。

"没错，如果发生什么意外，我们自己负责，跟你们没有任何关系。"李栋一边说，一边还不死心地用望远镜观察。

张克和辛叔无奈地看着众人，最后辛叔只得允诺："好吧，咱们说好，就带你们去第三观测点，只到第三观测点，发生任何意外后果自负。"

张克看看天色说了一句："今天是去不成了，大家今天晚上就在这里好好休息，明天一早咱们就早点出发，争取当天回来。"

大家纷纷表示同意，就又从小路返回三角大厅。我看看手表的时间，现在是下午三点半，离日落还有一段时间，便没有急于回去。猛一回头，忽然发现秦悦不见了，刚才她走在最后，怎么这么一会儿，人就不见了？我马上想到了失踪的巫颂，心里不禁一沉，赶忙返回沿着小路向前走去。绕过三角体建筑的另一个六十度角，我忽然发现秦悦竟然一个人靠在石壁上，刚想过去，就见秦悦身子微微颤动，似乎在哭泣。

我没贸然走过去，而是轻声问道："你……怎么了？"

秦悦看我过来，赶忙拭去眼角的泪水，直到走近秦悦，才发现她手里拿着一个绿色皮子的笔记本，看样子有些年头了，秦悦抬头看着我，将手中的笔记本递给我："我……我刚才在三角大厅一个石缝里发现了这个，一直没来得及看……"

我接过绿皮子笔记本，笔记本被雨水侵蚀过，已经皱皱巴巴，很多页的字迹也已模糊不清，笔记本皮子上面还别着一杆英雄牌钢笔，也已锈迹斑斑，朽烂不可用。这种绿色皮子的笔记本和钢笔，一看就是二十世纪八十年代的产品。我怀着浓厚的兴趣翻开了笔记本，扉页上是四个钢笔写的大字——"工作日志"，下面有三个较小的字，读作"秦天锡"，这名字怎么这么熟悉？好像在哪听过这个秦天锡，我猛地想起来，双手竟也有些颤抖起来："这……这是你父亲的日记本？"

秦悦痛苦地点点头："看来父亲确实来过高黎贡山，而且最后就是在这儿失踪的，否则他的日记本怎么会留在这里呢？"

"那下面的白骨……"我猛然想起了三角大厅下面发现的白骨。

秦悦闻言猛地站起来，但随之又克制住自己，缓缓靠着石壁坐了下来。我也挨着秦悦坐下，再次翻开日记本，翻看起来，上面字迹密密麻麻，几乎每天都有记录，但每天的记录都很简单扼要，有时就一行字，毕竟秦天锡是名警察，不是文人。日记本是从一九八六年的秋天开始记录的，我很快就发现了我感兴趣的内容。

1986年10月4日 阴

白乐山妹妹曾经给我提供了一份关键证据，是白乐山临死前一段时间的毛发和指甲，以及她对白乐山死因的推测。她认为白乐山是中毒而亡。我不得不承认白乐山的妹妹和她哥哥一样，是位天才，她独自通过显微镜和各种分析手段，检测出白乐山有中毒症状，并写出了长达七十八页的检测报告。但可惜的是因为白乐山坠崖后，尸体高度损毁，又正值盛夏，被草草火化，所以我们根本没来得及取样，也根本没想到白乐山会是中毒而亡。如果白乐山妹妹的推测属实，那我们的工作就有了重大漏洞。这几天我的内心一直隐隐不安，不知该如何处置……

我看完这段，与秦悦对视一眼，她慢慢从刚才的情绪中平复过来说："我们已经知道白乐山妹妹就是伊莎贝拉，她给我父亲的那份重要证据其实就是白乐山的毛发和指甲。"

"以当时的技术手段，仅通过毛发和指甲就能断定白乐山是中毒而亡，未免过于武断吧？"

"但后面所发生的事已经证明，伊莎贝拉的怀疑是对的。"秦悦无奈地摇摇头。

我继续翻看日记本，后面多是秦天锡记录的其他案件，直到半年后，又有这样一条日记。

1987年5月8日 阴

研究了白乐山妹妹提供的材料，她在材料中认为白乐山临死前中了一种非常少见的慢性毒药，她也无法证实究竟是何种慢性毒药。现在我也不得不怀疑白乐山的真正死因是中毒，而非坠崖。当然，起初怀疑是有人推他坠崖的推测，也还不能排除。但非常棘手的是被人推下悬崖没有证据，中毒也缺乏足够的证据，因为之前白乐山的尸体草率被火化，限于技术手段，我无法进一步取证，更无法找出真凶，心中愤懑不平，下班后与德明小酌。

我看完这段便皱起眉头："你父亲没有放弃啊，他用半年时间研究伊莎贝拉提供的材料，也开始怀疑白乐山是中毒而死。而且他一开始就怀疑白乐山是被人推下山崖的，这就比其他人强得多啊。"

"我父亲是个聪明且执着的人，这是他唯一也是最后一个破不了的案子。"秦悦的话语透着自豪，却又带着淡淡的忧伤。

3

我继续翻看秦天锡的日记本，很快就有了一条新的相关记录。

1987年6月18日 大雨

今天白乐山妹妹又冒着大雨来找我，催问我案子的情况，她几乎每个月都来催问，虽然不胜其烦，但心中未免愧疚，我无言以对，不知该如何回她，尴尬推诿之后，送走她。望着白乐山妹妹雨中单薄的背影，内心备受煎熬，晚与德明再饮酒。

"又出现了德明？"我扭头看着秦悦。

秦悦平静地说："德明就是我父亲的老同事，也是他最好的朋友，我得到的线索都是他告诉我的。"

"你刚才说你父亲是很执着的人，这个伊莎贝拉也不逊色，一直找你父亲催问，你父亲那段时间备受煎熬啊。"

秦悦没再说什么，我继续往后看，时间来到一个月后。

1987年7月22日　大雨

快下班时，白乐山妹妹又来局里，还是催问她哥哥案子情况，这次她很激动，非要我给她一个说法。我实话实说，说她提交的证据还远远不够，只能等将来技术手段进步，才能有新的结论，现在无法证实白乐山死于他杀，更无法找出真凶。白乐山妹妹越来越激动，跟我反复纠缠至七点半，局里许多人围观，最后还是德明极力安抚，并开车将她送回家。

1987年7月23日　小雨

因为昨天白乐山妹妹的事，被领导批评，内心备受煎熬。下班后与德明喝酒。

"连续两天的日记，足见你父亲当时也很痛苦，老是借酒浇愁啊。"我说着看向秦悦，而她像是陷入了回忆的旋涡。

过了许久，秦悦才说："虽然父亲的印象在我心里已经有些模糊，但我记忆中的父亲一直是个阳光的人，很少喝酒，只有逢年过节，家里来人的时候才会小酌两杯。"

我又翻过几页，很快又有了新的日记。

1987年8月3日　多云

还在为白乐山妹妹的事煎熬，但今天我惊讶地发现，白乐山妹妹提供给我的那份材料竟然不见了，我一直锁在办公桌里，一周前还曾经翻看过，怎么会不翼而飞了呢？抽屉的锁并没有被撬过，我百思不解，跟德明说了这事，他想了想，反而跟我说这样正好，叫我对白乐山妹妹说材料丢了，这样可以让她死心。内心纠结，工作至凌晨。

"仅有的一条线索断了，这也是伊莎贝拉恨你父亲的原因……"

"可她不知道我父亲有多痛苦！"秦悦突然打断我的话，情绪又激动起来。

待秦悦情绪稍稍平复，我才说道："抽屉没被撬过，材料不翼而飞，那内部人作案可能性很大啊。说不定……说不定就是那个德明。"

"别胡说！不可能，就算是被人盗走，也不一定是内部人，那时候条件差，锁都很简单，就算……就算是内部人干的，也不可能是德明叔叔。"

"但关键是德明给你爸出了个主意，现在看来这是个馊主意。"

"馊主意？"秦悦有些恍惚。我只好继续往后翻看。

1987年8月14日 阵雨

白乐山妹妹又来局里了，万般无奈下，我只好告诉她证据丢了。白乐山妹妹几乎疯癫，在雨中破口大骂，说要到上级领导那儿告我。后白乐山妹妹晕倒，被送到医院。我被局领导批评。

1987年8月29日 阴

白乐山妹妹出院后，不断向上级告状。我被局领导再次批评，并勒令写检查，停职一个月。愤懑。与德明饮酒。

"果然……果然是个馊主意。伊莎贝拉要疯了。你爸爸也被停职了。"

秦悦瞪了我一眼，什么也没说。接下来停了一个多月，可见秦天锡的心情有多糟糕，直到一个多月后，他才又记了一条。

1987年10月14日 阴

因为白乐山妹妹不断上告，我的处罚从停职一个月，变成了停职半年，看来我的职业生涯已经岌岌可危，每日唯一可以让我开心的事，就是女儿一天天长大。

接着又是长达三个月的开天窗，直到第二年春节前。

1988年元月21日 晴

我已无所事事小半年，马上就是春节了，德明今天告诉我，白乐山妹妹后来突然不再上告了，可能是死了心。并让我做好准备，春节后就可以重回岗位。今天算是近半年来唯一高兴的一天，带女儿买新衣服一套。

读到此处，我对秦悦说道："如果到这里结束，以伊莎贝拉死心收场，或许就不会有后面的事……或许你爸爸就能陪你长大……"

秦悦默不作声，我继续往后翻，春节期间日记挺多，写的都是一家三口走亲访友，出去玩的事，只有3月2日提到过工作——依然没有等到归队的命令，内心焦躁不安，不知该如何是好。悦悦在幼儿园得大红花一朵。

直到我看到4月初的一条日记。

1988年4月5日 晴

最近身体越来越不舒服，德明推荐给我一位老中医，今天在老中医那调理，无意中听到云南有一种神奇草药，量少可入药，量多则可慢性中毒。

我不禁眼前一亮感叹道："神奇草药……云南……所以你父亲独自来云南来找那种神奇草药了？"

"不，不会那么简单。"秦悦摇着头，翻过一页，就看到了下一篇日记。

1988年5月17日 多云

今天收到一封信，很意外是白乐山妹妹寄来的，信中她已平复许多，对我提到了她的怀疑，她认为桂颖的弟弟桂霜有重大嫌疑，但他人在U国留学，我又停职在家，无法进一步调查。我按照信上的地址给白乐山妹妹回信一封，讲明了我最近对神奇草药的研究，虽无更多进展，但她是天才，可能会有突破。

1988年6月20日　多云

白乐山妹妹又给我来信，让我意外的是她这次的寄信地址竟然是U国G州，不知我上次回信她收到否？她去那边难道是为了调查桂霜？信中她并未多说，只说暑假期间桂霜会回国探亲，希望我能调查桂霜行踪，并给我留了她的通信地址和一个联系电话。

"这篇有点意思，伊莎贝拉又主动联系你父亲，并说出了自己的怀疑对象，我们现在已经不得而知她是如何调查的。但她在信里很明确地希望你父亲趁着桂霜回国时调查他。"

"这两篇让我感兴趣的是伊莎贝拉有没有收到我父亲的信，如果她收到的话，也许就不会对我父亲有那么深的误解。"秦悦失望地摇摇头。

4

我又继续往下翻看，日记本中间有几页污损不清了，直到七月初。

1988年7月5日 晴

我决定接受白乐山妹妹的提议，虽然我知道这么做是违反纪律的，但我还是要调查清楚这一切，以求心安。通过德明提供的信息，后天桂霜将在上海入境。今晚一家三口出去吃饭，告诉悦悦爸爸要出差一段时间，悦悦抱着我又哭又闹，直至深夜，不舍，但我还是决定启程。

秦悦看到这里，又抽泣起来："我……我还记得那天的情形，那是我最后一次和爸爸在一起，爸爸说要去很远的地方出差，我就害怕极了，抱着爸爸不让他走。我就一直抱着爸爸睡着了，第二天等我醒来时，爸爸还是走了……"

"你爸爸不仅是个执着的人，也是一个责任感很强的人，他完全可以不管……"我也不知该如何安慰秦悦，只得继续阅读下面的记载。

1988年7月7日 多云

抵达上海，让我诧异的是，桂霜入境后并未在上海住宿，也没回家，而是直接买了次日飞往云南昆明的机票。我赶紧托人帮忙也买了同航班机票。在机场凑合一晚，不知这小子去云南有何目的？

1988年7月8日 晴

抵达昆明，桂霜入住酒店，便在市内游玩，我给家里和德明挂了电话，报平安。

1988年7月11日　晴

一连几日，桂霜天天在昆明或周边地区游玩，无所事事。

一连三篇，但记载却很简单，我不禁也疑惑起来："桂霜回国不去探亲，就直接来云南游山玩水，这不合常理啊？"

"所以他回来一定有目的。"秦悦一把拿过笔记本，有些激动地翻看起来，后面连续几页都已被破损，看不清楚，直到七月下旬。

1988年7月23日　多云

一路颠簸，跟随桂霜来到极其偏僻的贡山县，入住县招待所，我担心会被他发现，因为来这里的外地人不多。用县招待所电话给德明打电话，德明劝我放弃。又想起白乐山妹妹所留电话，但未拨通。

"这是我父亲与外界最后的联系，他给德明叔叔打了长途电话，他又想起来给伊莎贝拉打个电话，这个电话没打通，如果打通，伊莎贝拉可能就会知道更多的线索，也知道我父亲没有放弃，仍然在调查，可惜……"秦悦情绪依然有些激动。

"这或许就是天意，当时通信条件很差，在偏远县城想打国际长途是很难的事。"

"桂霜为何来这里？肯定是为了神迹而来。"

"那又怎样，他哥哥早就知道了神迹，或许他只是因为好奇来看看。"

"没那么简单。"秦悦说着翻到后一页。

1988年7月24日 多云

化妆后，随桂霜进入高黎贡山，不敢跟他太近，走了不少弯路。夜宿荒野，更觉桂霜有问题，他独自来此荒僻之地，绝非旅行，奇怪。

1988年7月25日 多云有雾

我已完全不知身处哪里，叫不出周边的地名。桂霜用滑索渡过峡谷，我犹豫再三，也用滑索过了峡谷。可能已经越过了国境线。我依然不清楚桂霜此行的目的，但我在这里发现了一座奇怪的三角体建筑，今晚夜宿此地。

1988年7月26日 晴

早上我看到了不可思议的一幕，至今不明白那是什么。桂霜昨晚竟然连夜上山，我为了安全起见，没有上山，现在天快黑了，不知道今天他会不会下山，否则我很可能跟丢他了……

又是一连三篇日记，虽然简略，信息量却不小，秦悦又往后翻，日记本后面就没有记录了。

"看来父亲是七月二十六日或者二十七日出的事。"

"你父亲进山的路线跟我们差不多，唯一不同是那个时候滑索桥还在。"

"我觉得……滑索桥的断裂很可能与桂霜有关。"

"他？为什么？"

"就是直觉。"秦悦焦虑地来回翻看最后两页日记，"没有更多的信息，但至少我知道父亲曾经到过这里，他也看到了神迹。最后两天他是住在三角大厅里的，日记本也是他有意藏好的。"

"他为什么不带着日记本继续……难道意外发生在这里？"我站起身，扫视周围，覆盖着厚厚苔藓和藤蔓的石壁、茂密的林子、通往神迹的崎岖山路，还有那不可思议的一幕。

秦悦也站起来，望着通往神迹的崎岖山路说："桂霜怎么敢连夜上山？他似乎很着急。"

我茫然地摇摇头："可惜他已经死了，通过最后一篇日记可以看出，你父亲没有跟着他连夜上山，而是一直在这里等到第二天傍晚桂霜也没有下来，再后来你父亲就发生了意外……"

秦悦打断我说："无非两种可能，其一，我父亲后来上山，遭遇意外；其二，桂霜下来后，杀了我父亲。"

"还有一种可能……"

"什么？"

"灵长类巨兽……"

秦悦扭头看向我，哭红的眼眶里充满恐惧。就在这时，我们身后忽然传来宇文的声音。

"神迹怎么不见了！"

我和秦悦扭头朝神迹的方向望去，此刻，天色已经暗下来，但山上景物依然清晰，下午我们用肉眼能看到的那座村寨，此刻却消失了。我不敢相信，又举起望远镜，仔细搜寻观察，从神迹的位置到周边山林，再放眼整个视野所及之处，我认真搜索了一遍，却什么都没看见，没有任何人工建筑。没有阳光，峡谷中的风吹拂过来，我感到了阵阵寒意。

宇文这一声喊，将众人都吸引了出来。大家又拿出各式装备，搜寻那座神秘的村寨，可这次不论是用望远镜，还是用肉眼，都见不到村寨了。宇文推测说："不同观测手段，不同时段，村寨都会有不同的观测结果，真是不可思议，可能还真是跟光学有关。"

大家都把目光投向彭教授，彭教授紧锁眉头，放下望远镜摇了摇头，"不，我现在无法判断，我只能说这不是海市蜃楼，多半与光的折射没有关系。神迹……果然是神迹，它挑战了我几十年的科学经验。"

李栋觉得很兴奋，拿着手机不停地拍照片，还拍视频。目睹过这一切的大家，心情复杂，不知是该高兴，还是该感到恐惧。

很快夜幕降临，四周全都黑了下来，我们只得撤回三角大厅，为防意外，我们又仔细检查了一遍三角大厅，并将几扇石门从后面堵死。做完了这一切，大家才稍稍心安。今晚没有美食，只能用携带的应急食品充饥。当众人吃饭时，我提议道："虽然咱们堵上了大门，但这里毕竟不安全，巫颂又失踪了，今晚我们不能都睡觉，必须轮流值夜。"

虽然有人不情愿，但在这样的环境中，没有人敢拒绝。于是我们十二个人被打散编成了三组，上半夜不会有什么危险，于是让李栋、潘禾禾、马宏冰、辰姐一组；凌晨时分由宇文、夏冰、张克和辛叔接替；后半夜则是我、秦悦、彭教授与姚大夫四人。

今天虽然没有前两天赶路那么累，但在不断的惊吓之下，消耗了很多心力，不久就有人进入了梦乡，我看着马宏冰这一组，心里一百个放心不下，但架不住周公的召唤，很快便闭上了眼睛。

5

凌晨两点半的时候，我被秦悦叫醒，迷迷糊糊地睁开眼，周围一片黑暗，气氛诡异，以为是另一个世界。眼前的秦悦，让我马上想起了昨夜的噩梦，直到秦悦轻轻拍了一下我的脸，我才渐渐清醒过来，似乎是轮到我值夜了。

我坐起来，扫视周围，上一组的人都已经睡下，彭教授和姚大夫还没醒，毕竟他们都是上了年纪的老人，就让他们多睡一会儿吧。我和秦悦两个人就足够了。伸了几下懒腰，打了几个哈欠后，我摇摇晃晃地站起来，秦悦已经在三角大厅内巡视了一圈，见秦悦走回来，我就知道平安无事，便又一屁股坐了下来。

我和秦悦就这样在黑暗中四目相对，静静坐着，我可以感觉到她的心跳和呼吸，除此之外，在这荒绝之地，一切都像是静止了。一个小时过去了，彭教授和姚大夫依然没有醒来，我刚想起来去看看，突然，一个熟悉的声音传来，凄厉而尖锐，吓得我一屁股又坐回原地。

秦悦猛地睁大眼睛，我静下心来仔细倾听，又是一声，吓得我心惊肉跳，但仔细辨别就会发现，这声音距离我们较远，像是从遥远的地方传来，是地下，还是山林？高黎贡山的精灵……秦悦慢慢站起身，走到通往滑索桥的石门后面去听，这会儿又没了声音。我也跟了过去，附耳倾听，外面似乎很是安静，就这样静静地在石门后面听了近半小时，既没有可怕的猿声，也没有谷底人的狂欢。

一直站着让我的腿有些麻木，我忽然产生了一个大胆的想法。

"现在已经四点了，天也快亮了，不如我们出去看看。"

"看什么呢？"秦悦居然没有反对。

"看看夜晚的神迹，看看谷底人今晚有没有狂欢，再听听那个可怕的猿声。"我一口气说出了几个理由，都足以让一般人心惊肉跳。

秦悦沉吟片刻，看看时间，又看看三角大厅内熟睡的众人，竟然同意了我的想法。于是我们蹑手蹑脚，搬开石门后的石块，然后小心翼翼地推开了石门。呼啸的山风吹灌进来，我俩赶忙走出石门，回身又关闭了石门。

四周除了山林的风声，非常安静，谷底人没在今夜祭祀狂欢。我俩又来到下午观测神迹的望远镜前，举目远望，一片漆黑，黑色的森林，死寂的峡谷，让人心悸。当我的目光移向神迹的位置时，果然还是漆黑一片，什么也看不见，秦悦则举起了军用望远镜，我知道那是带夜视功能的，秦悦刚看了一眼，双手便微微颤抖了一下。

"怎么？你看到了？"我的心里也是一紧。

秦悦举着望远镜，观察许久，才慢慢说道："不可思议的压抑……与下午感受到的完全不同。"

"压抑？神迹又出现了？"我已经迫不及待想拿过望远镜。

秦悦没说话，又观察了一会儿，才将望远镜递给我。我接过望远镜的时候，竟然发现自己的手微微颤抖，不至于吧，咱也是见过大世面的，怎么会被这破寨子吓倒。但当我在望远镜里再次发现那个村寨时，心里不禁一沉。绿光中的神秘村寨又出现在凸出的悬崖上，静寂、黑暗、没有一丝亮光，给人以沉重的压抑感。过了许久，我缓缓地说道："晚上就能在望远镜里看到了，这到底是怎么回事？"

秦悦摇摇头说："没有规律，有时肉眼能看到，望远镜看不到；有时望远镜能看到，肉眼则看不到；还有时肉眼和望远镜都看不到；也可能有时肉眼和望远镜都能看到。夜晚与白天也毫无规律。"

"不会！一定有什么规律，只是我们观测的次数和时间不够，还有观测的方式，观测的位置、角度，观测的设备。我是无神论者，我相信科学，只要满足我刚才说的某种条件，一定能发现其中的规律。"我的声音并不大，但在空寂的峡谷中竟传来了些许回声。

我慢慢地放下望远镜，眼睛仍然望着神迹的位置。只有一片漆黑，什么也看不见。我无法断定此时是因为黑夜看不见神迹，还是肉眼看不见神迹，我们忽然觉得自己变得渺小，开始怀疑几十年积累的知识和信仰，这……这究竟是怎么回事？我使劲儿晃了晃脑袋，突然，就在神迹的位置射出了一束光，就是昨夜我们见到的光，我和秦悦都惊讶得张开了嘴，不知该如何诉说那一刻的感受。

随着光柱，我们缓缓地仰起了头，光柱直直地射向漆黑的夜空，刺破苍穹，仿佛有一种坚定而持久的力量，让人感到神奇而诡异。我极力控制自己猛地低下头，将目光落在神迹的位置，光柱应该就是从那里射出来的，可在光束映射下，那地方什么也没有，没有村寨，没有神迹……我又拿起望远镜，在夜视的绿光下，那座村寨就静静地伫立在山崖上，光柱从它顶上射出。

"看来夜晚和白天是反过来的，白天望远镜看不到，肉眼可以看到；夜里望远镜能看到，而肉眼则看不到。"我快速做出判断。

秦悦此时也控制自己将视线移回来，一把从我手中夺过望远镜，仔细观察良久，才缓缓问道："这就是你们昨夜看到的光柱？"

"对！就是这光柱，当时并不知道是哪里发出的，现在看来应该就是神迹那里发出的。"我努力回忆着昨夜的情形。

"为何辛叔和张克从来没跟我们提过光柱？"

"可能他们也是白天观测的，从未在晚上看过。"

"神迹……你怀疑是光学问题，夜晚神迹的显现与消失，是否与这个光柱有关呢？"秦悦问道。

"不，不好说！"

"我现在理解昨夜你和夏冰怎么会……我还误会你了，按说像夏冰定力那么强的人会被你带跑一定……"

"这光柱……似乎有种力量，让人不由自主……"我忽然想起下午辛叔说的话，"或许就像辛叔说的，神迹会让人产生一种奇妙的感觉，而这光柱也是神迹的一部分。"

就在我俩沉浸其中时，突然从峡谷旁的森林里传来一声凄厉尖锐的叫声，吓得我俩浑身一颤，不约而同地循声望去，就见伴随风声，峡谷旁的树梢剧烈晃动起来，秦悦的右手本能地去摸腰间的枪，但就在她还没摸到枪时，又是一声凄厉尖叫，这声音似乎离我们更近。秦悦右手拔出手枪，左手抱住了我。

我也本能地抱住了秦悦，两人就这样盯着那片树林，风越来越大，越来越多的树木随风摇曳，秦悦突然小声斥道："你抖什么抖？"

"我没抖！"

"明明你在抖！"

"是不是地在抖？"我忽然觉得大地在颤抖。

"地在抖？"秦悦和我几乎同时向后退了一步，难道那个灵长类巨兽出现了，会是什么玩意儿？黑猩猩？已经灭绝的巨猿？还是我们完全未知的生物……我俩直直地盯着崎岖的山路，足足有七八分钟，直到山风渐息，树林安静下来，山路上什么也没有。就在这时，从我们后面传来一阵奇怪的旋律伴随鼓声。我和秦悦对视一眼，马上明白谷底人又跑出来祭祀狂欢了。腹背受敌，进退失据，我们只好快速返回三角大厅内。

直到我们再次关上石门，狂跳的心脏才渐渐平复下来。抬头望去，三角大厅内有了些许亮光，彭教授和姚大夫两人起来了，借着些许亮光，我忽然觉着这三角大厅是唯一安全的地方，它像一座堡垒，也像……一座坟墓。

6

姚大夫略带歉意地说："不好意思啊，我俩可能这几天太累了，没有准时起来，平时我们还挺习惯早起的。"

我看看手表，现在已近五点。再过不久，天就要亮了。秦悦将刚才我们在外面的经历讲给彭教授和姚大夫，两人都陷入了沉思。彭教授开口道："就像非鱼说的，一定有规律，只是我们观测的样本不够多，观测设备也不足，只要满足某种条件，一定能发现其中的规律。"彭教授说完停顿一下，忽然又接着说道，"当然这一切都是基于对科学的信仰。"

基于对科学的信仰。我心里一沉反问道："难道彭教授您对科学的信仰也动摇了？"

彭教授沉默下来，姚大夫却说道："我们搞了一辈子科研，怎么会动摇呢？"

看着沉默不语的彭教授，我不知该说什么，这该死的鬼地方，如果这一切都只是一场梦，该多好。但我知道如果是那样，就更不正常了。我们四个人默默地坐了一会儿，马宏冰、辰姐、辛叔、夏冰都醒了，李栋、潘禾禾、张克、宇文也被叫醒，大家听说了我们的遭遇都很惊诧，李栋紧紧握着手中那支已经锈蚀的五六式突击步枪。

大家简单地吃过早饭，辛叔率先推开石门。外面天色已大亮，但却起了白雾。众人收拾妥当，鱼贯而出，步至第二观测点，又纷纷向神迹的方向眺望。举目望去，光柱没了，白雾笼罩了峡谷上方，潘禾禾一边举着望远镜，一边对我说道："什么都看不到了，望远镜看不到，肉眼也看不到。"

"早上有雾，不具备观测条件。你们听，谷底人的祭祀狂欢还没结束，咱们快点上山吧。"伴随着谷底人祭祀狂欢奇怪的旋律和有节奏的鼓声，我们按照前两天的队形，走上了悬崖边的崎岖山路。

说是山路，其实根本没有路，只有杂草、荆棘、碎石，以及随时可能从山坡上滑落下来的泥石流。我和辛叔依然走在最前面，我背着那支五六式突击步枪，步履沉重，才走了几百米，便已气喘吁吁。我停下来，边喘气边回头望去，三角体建筑已经离我们很远，这几百米几乎都是在爬山，此刻我们已经渐渐被浓雾包围，看不见悬崖下的峡谷，辛叔不断提醒我们小心，向上要小心泥石流，向下要小心悬崖深渊。

如此强度的攀登又持续了半个小时，脚下的山路终于平缓下来。在这样的山路上，没法坐，没法靠，甚至不敢伸展一下身体，休息也就是停下脚步，站在山路上仰着头，观察着可能会随时滑落的碎石，然后大口喘气。

沿着稍微平缓的山路又走了半小时，山路变得稍宽，但我们仍然不敢有丝毫松懈。停下休息五分钟后，继续赶路，没走多远，从峡谷上方吹来一阵山风，我们头顶的树木在风中不停摇曳。辛叔突然停下了脚步，对我们做了一个噤声的手势，我警觉地从背上取下五六式突击步枪，缓缓地举起枪。

随着我的枪越抬越高，伴随着山风，我嗅到一股腥臭气味，脑中立马浮现出那具巨大的骨架，耳畔又响起了凄厉尖锐的叫声，身后的队伍开始骚动，我则极力使自己冷静下来，一动不动，瞄准着前方的白雾。

山风越来越猛，头顶的树干拼命摇晃起来，那股腥臭味越来越大，可并没有什么东西穿透白雾，扑向我们。我不敢有一丝懈怠，仍然稳稳地举着枪，秦悦也举着九二式手枪从后面走过来。这时，辛叔缓缓蹲下身，并示意我们也蹲下来，秦悦见我一动不动，身体僵硬，轻轻拍了拍我，我才慢慢地蹲下来，因为长时间举枪，我的手臂开始麻木，双手开始微微颤抖……

就在我快支撑不住的时候，从前面的白雾中猛地又响起一声凄厉尖叫，这次离我们更近。紧接着树林里整个骚动起来，鸟叫、麝鸣，还夹杂许多我无法分辨的声音。我举枪的手愈加颤抖，枪口已经微微向下，李栋赶忙从后面赶上来支援，我回头看看，马宏冰举枪对着后面的山路，正面最多只有三支枪的火力。

在这样的绝壁上狭路相逢，决不能让那怪物突破前线，两长一短的武器必须死守正面。就在我胡思乱想的时候，山风慢慢吹散了一些白雾，伴随着山风我嗅到更加浓烈的腥臊味。突然一群惊慌的猴子冲出白雾，速度极快，从山路上，从身旁的绝壁上，从头顶的树上，铺天盖地，向我们袭来。一声枪响划破天际，我扭脸看是李栋，他的情绪几乎崩溃，率先扣动了扳机，就在我犹豫的瞬间，一只猴子劈头盖脸冲我袭来，准确地说是撞过来。我终于扣动扳机，哒哒哒，哒哒哒一阵点射，两只猴子应声倒地。

一切都发生在一瞬间，等辛叔反应过来，他大叫道："别，别开枪！它们只是猴子……它们是大山的精灵，别开枪！"

但他的喊声很快被猴群的尖叫与枪声淹没。从天而降的猴群迅速窜入队伍，守在后面的马宏冰除了对天上胡乱开了几枪后，便对窜入队伍的猴子不知所措。我给宇文使了个眼色，宇文赶忙冲到退伍后面，从马宏冰手中夺过枪，小心点射，哒哒哒，击毙了一只冲入队伍的猴子，然后又挥舞枪托，将冲入队伍的另外两只猴子打下山崖。

李栋只是拼命地对着前方开枪，虽然也击毙了多只冲过来的猴子，但命中率实在不高。

"打准点儿，省点儿子弹！"我冲李栋喊道。

话音刚落，一只猴子突然从天而降，落在了李栋后背上，李栋惊恐地大叫起来，手中的枪也哑了火。他拼命地想用枪拍打后背，但是够不到，我赶忙上前帮忙，刚举起枪，准备用枪托拍向李栋后背，谁料那只猴子突然蹿过来，竟趴上了我的后背！我使劲晃动身体，猴子却牢牢抓住我的衣领，晃动间，猴子还在我脖子上抓出一道血口，钻心疼痛过后，秦悦大喊一声："别动！"一声枪响过后，背后的猴子应声倒地。

还不停地有猴子袭来，我们自然地做了分工，李栋向前展开火力网，我和宇文不断挥舞枪托，将闯入队伍的猴子拍下山崖，秦悦则精准打击，连续击毙从天而降的猴子，总算是稳住了阵脚。渐渐地，从山路上冲过来的猴子变少了，但所有人都不敢松懈，依然警惕地注视着前后左右，还有头顶。我们静静地伫立在狭窄山路上，空气仿佛凝固，也不知过了多长时间，风停了，辛叔一头栽倒在山路上。

7

我和秦悦赶忙冲过去，扶起辛叔，张克也从队伍后面跑过来，辛叔嘴里不停地在喃喃自语："不要开……开枪……你们打了大山的精灵……会有报……报应的，神迹……我们……我们也会遭报应的……"

张克给辛叔喝了点水，但辛叔不知是刚才受惊过度，还是怕遭报应，嘴里不断地小声叨叨。反复叨叨地就是那两句话。第一句话好理解，我们打了猴子，猴子是大山精灵，我们会遭报应……可第二句话是什么意思？什么叫"神迹我们会遭报应的"？

我和秦悦对视一眼，秦悦也觉出了问题："辛叔，刚才我们是迫不得已！"

"不管怎样，都会遭报应的……"辛叔似乎稍稍恢复了。

"那我们刚才怎么办？跳崖让猴？"李栋依然没有从刚才的恐惧中走出来。

辛叔翻着眼睛看看李栋，说："小伙子，你会遭报应的。"

李栋刚想发作，就被我拦下来："辛叔，您刚才说的第二句是什么意思？什么叫神迹我们也会遭报应的？"

辛叔沉默了一会儿，我以为他不想回答这个问题，不料他突然说道："其实我不该带你们来这里，因为你们登上这里就已经侵犯了神迹，现在又动刀动枪，都怪我太贪心，想多赚钱。"

"所以神迹会报复我们？"

"一定会的。"说完这句，辛叔就一直坐在山路上，一动不动，我忽然觉得我们这一行人，堵在陡峭山路上，有些诡异。我看了一眼手表，已经上午九点半了，再不走恐怕中午到不了第三观测点，天黑前也就撤不回山下了。

我不信邪，现在我眼中只有前方："辛叔，如果有报应，也和你无关，都是我们要来的，报应要来就报在我的身上。"

辛叔抬头看看我没说话，他的眼中竟然写满了恐惧，我无奈地对众人说："咱们必须在中午前赶到第三观测点，不能在这儿停留。"

我和秦悦估算一下，前方大概也不需要辛叔带路，他害怕就让他走在最后吧。我顺便对宇文和夏冰使了个眼色，于是我们的队伍变成了我和秦悦在前，李栋、彭教授、姚大夫、潘禾禾、马宏冰、辰姐在中间，张克、辛叔、夏冰和宇文走在最后，马宏冰手中的枪也很自然地交到了宇文手中。

我们又在山路上静静等待了几分钟，此时大山和峡谷重归平静，甚至连风也静止了。

"还指望风能吹散大雾呢。"我小声嘀咕了一句，重新上路。

"结果风吹来了猴子。"秦悦也小声嘀咕道。

"那个家伙为什么没有出现？"

秦悦明白我指的是什么，她抬头看看前方，浓雾之下，依旧什么都看不见。我虽然心中焦急，但走得却很慢，因为危险并没有解除，那个灵长类巨兽就在我们附近，随时可能从浓雾中杀出来，秦悦走在了前面，我赶忙紧赶两步，追上秦悦。

"你说辛叔为什么那么恐惧？不就是几只猴子吗？"我小声地问道。

"可能只是山民的信仰吧。就像有人要来这里寻找信仰，谷底人信仰万物有灵……"秦悦正说着呢，突然停下了脚步。

我在后面，马上警觉地举起枪，但是过了一会儿，秦悦也没有举枪，而是缓缓低下头，她的目光最终落在了脚下。我也朝秦悦脚下望去，除了一些碎石并没有什么异样。我又凑上前一步，仔细朝秦悦脚下望去，我觉出了一些异样。秦悦脚下的石块几乎全部碎裂，而且不是那种从山上滚下来的碎石，而是刚被什么重物踩压，形成的小颗粒碎石，甚至有些碎石已成齑粉。再把视线放大，我猛地瞪大了眼睛，忽然感到心脏被什么东西重击了一下，整个人都怔住了，秦悦蹑手蹑脚地向后退了半步，一个硕大的脚印出现在我们面前。

往前方地面望去，还有另一个硕大的脚印，我和秦悦对视一眼，马上明白了这是什么，刚才那两声凄厉尖锐的叫声就是从这里发出的，那个灵长类巨兽也许就在这里。秦悦缓缓地掏出枪，后面的人也看到了巨大的脚印，队伍里开始骚动，李栋颤巍巍地又举起了枪……

时空再次静止，这一次没有风声，也没有凄厉尖叫，我们就这样举着枪与白雾笼罩的山路对峙，仿佛是在与空气对峙。就这样我们静静地与空气对峙了十分钟，我忽然觉得有些可笑，就在我的双手又开始颤抖时，秦悦用命令口吻小声说道："保持队形，缓步前进！"

于是我俩举着枪，率先跨过巨大的脚印，以最慢的速度在山路上前进。我做好了随时遭遇怪兽的准备，山路上又出现了巨大的脚印，越来越多的大脚印，但当我们以蜗牛般的速度走出百余米后，大脚印却消失了……

我和秦悦终于放下了枪，因为长时间举枪，加上恐惧紧张，我俩的双手不停地在微微颤抖。李栋也几乎虚脱，彭教授扶住李栋，他才没有倒下。我注意观察着最后出现的大脚印，有些杂乱，脚下的石块碎裂得更为严重，姚大夫仔细看过后紧锁眉头："是灵长类动物的，很像某种猿类，但……但据我所知，世界上现存的猿类中，不会有如此巨大的脚印。"

"这鬼地方说不定会发现新的物种呢。"我说道。

"就算这里有尚未发现的猿类，也不该有这么大的脚印。"姚大夫很笃定地说。

"会不会……"马宏冰走上来想说什么，但支支吾吾半天他才继续说下去，"你们知道高黎贡山，包括MY国北部群山与青藏高原相连的吧，你们也都听说过西藏雪人的传说吧？"

"我听说在喜马拉雅山东南部的密林中，有人目睹过雪人。"潘禾禾惊叹地说道。

"雪人？"我也听过这个传闻，但我并不相信，"就算这里与喜马拉雅山是相连的，但……这里海拔较低，也不符合雪人出没的条件。"

"你们别瞎猜了，警报没有解除，继续前进，说不定……"秦悦话没说完，但我们都明白她的意思。

大家继续在陡峭山路上前进，我们的速度比刚才稍微快了一点，但仍然属于龟速。我和秦悦走在最前面，警觉地注视着一切，前方山坡上碎石不断滚落下来，秦悦示意我们停下，待泥石流稍微稳定，我们又快速通过危险路段。奇怪的是大脚印似乎消失了，那灵长类巨兽也没有出现。我们又走过一段陡峭山路后，前面的路忽然宽阔起来，也平坦了许多……

8

又向前走了一会儿，雾气稍稍散去一些，此刻我们正处于一个颇大的平台。时间已是中午十一点半，难道我们抵达了第三观测点？我狐疑地又向前走去，秦悦指了指白茫茫的前方，我明白她指的是神迹的方向，当然我们谁也不敢肯定，只能估算着神迹的位置，但我们什么也没看见。

见大家都已筋疲力尽，秦悦便让大家先休息。我径直朝辛叔走过去。

"辛叔，我们是不是已经到了第三观测点？"

辛叔背对着我坐在地上，面朝着上来的山路，小声地说："我也没来过几次，现在又都是雾，说不好啊。看时间差不多应该到了。"

张克坐在辛叔身边，回头说道："应该……应该快到了。你们一定要小心。"

看着辛叔和张克的模样，又听到张克说要小心，我忽然觉得有些怪异，一路上辛叔和张克都是信心满满，一副自己是东道主的样子。即便是面对谷底人也无所畏惧，怎么今天如此胆怯呢？我狐疑地又向周围观察，我以自己多年的专业素养判断，雾气正在散开，而且散开的速度正在加快。不一会儿，我感受到了微风，四周的白雾也被吹散了，我们所处的平台竟然远超我的预期，足有数百平方米之大。

大平台上布满碎石和杂草，活生生地不毛之地。周围相当安静，除了些许风声，没有动物的嘶吼，连鸟儿的啼鸣都没有……这也说明了我们所处之地的海拔高度。夏冰此时走了过来，低声说道："这儿应该就是第三观测点了。"

"哦？你怎么知道的？"

秦悦和宇文也凑了过来，夏冰小声说出自己的推断："首先是我计算过了，我昨天下午在第二观测点，估算了第三观测点的高度和距离，今天早上出发时我就在计算，应该就是这儿了。其次是辛叔曾说第三观测点那种诡异而美妙的感觉。"

"你有那种感觉了？"秦悦问。

夏冰摇摇头说道："还没有，但我有一种预感。"

"预感那种感觉就要出现了？"我话音刚落，从峡谷上方吹过来一阵狂风，风越来越大，所有人都莫名兴奋起来，随着这阵大风，笼罩在我们前方的浓雾正在快速散去。我看看时间，接近正午十二点，仰头观望，今天会是个好天气，正午的太阳就在头顶，强烈的阳光穿透浓雾，正缓缓洒在我们所在的大平台，洒在我们的身上。

风越来越大，当手表上的指针指向中午十二点时，我们周围的浓雾竟然褪去大半，与此同时，李栋和潘禾禾发出了尖叫。

"神迹！神迹！"

彭教授和姚大夫也发出了啧啧赞叹，而马宏冰与辰姐则干脆跪伏在地。我的视线缓缓从空中移回了前方，就是刚才秦悦手指的地方。我们判断的没错，就在那里，离我们不远的悬崖边缘，那座黑色的巨石村寨显露在我们面前。此刻，在正午强烈的阳光映射下，村寨显得是那么庄严，那么神奇，那么不可思议。它完全不似巨石垒砌的普通村寨，它更像是一座巨大坚固的堡垒，坚不可摧。又像是一座宏大的宫殿，金碧辉煌。这……这太奇怪了，没有金色，全是黑色的巨石，为何会有金碧辉煌的感觉？难道……难道它并不是巨石垒砌，而是什么特殊材料？我马上想到了荒漠的那种黑色玻璃，可是黑色玻璃也并没有金碧辉煌的感觉。我的大脑愈加混乱，这究竟是什么？到底是怎么回事？

我不由自主地举起胸前的望远镜，朝着不远处的村寨望去，心里猛地一坠。这……这不可思议的一幕再次出现。望远镜里依旧什么也没有，只有一大块平地，就像我们脚下这块平台一样，杂草在风中摇曳，没有任何东西。怎么可能？毕竟我们在第三观测点，毕竟这里比前两个观测点都要近，而且可以说是近在咫尺……我猛地放下望远镜，巨大的黑色村寨就在面前，如此反复数次，皆是如此。最后，我绝望了，我放下望远镜，扭头怔怔地看着秦悦，又转向夏冰和宇文，我们全都震惊了。而其他人也都是如痴如醉地瞻仰着，只有辛叔和张克依然背对着我们，只是偶尔回头看上一眼，什么都没有说。

　　第三观测点的大平台上，鸦雀无声，所有人都静静地伫立在原地，没人走动，没人坐下，所有人都直勾勾地望着那座不可思议的黑色建筑，这就是神迹的力量吗？半小时很快过去了，正午的阳光驱散了周围的浓雾，那种奇怪的感觉渐渐传遍了全身，疑惧、痛苦、恐怖、惊骇、焦虑、慌张，所有不好的感觉迅速占据了大脑，又传遍全身每一块肌肉、每一条血管、每一根毛发。但当我望着神迹时，又有一种温暖的感觉，缓缓地、慢慢从每一个毛孔进入我的身体，再通过血管、神经传遍整个身体，太奇妙了，当这两种对立的感觉同时进入我的身体时，这种从未有过的感觉太奇妙了！即便是在黑轴，我也从未有过这样的感觉！

　　就在我享受感觉到不知所措的时候，马宏冰和辰姐从地上站起来，缓缓向神迹方向走过去，我刚想提醒他们前面是悬崖，就发现彭教授和姚大夫竟然也缓缓地走向前方，接着是李栋、潘禾禾，然后宇文和秦悦也朝神迹走去，我急忙拉住秦悦，却被秦悦拖着向前走去……不……不是秦悦，而是我自己，我不由自主地也向神迹走去，越靠近神迹温暖的感觉越强烈，疑惧、痛苦、恐怖、惊骇、焦虑、慌张，那些负面的感觉越来越淡。

　　我猛地拉着秦悦往后退去，忽然疑惧、痛苦、恐怖、惊骇、焦虑、慌张，那些负面的感觉显著增强，我扭头看见夏冰落在最后，辛叔和张克依然背对着我们，我忽然明白了什么。我松开秦悦，又向前迈步，温暖的感觉逐渐增强，我又向前迈步，然后一把拉住宇文，我还想去拉其他人，但理智告诉我：不要再往前！不要再往前！

我拉着宇文往后连退两步，两种对立的情绪、感觉笼罩着我，宇文慢慢挣开我的手，与秦悦直直地定在原地，我扭头看向夏冰，她在不停向后退，拼命抗拒，脸上写满痛苦的表情，我注意到夏冰也已经退到了悬崖边缘，究竟是怎么回事？我回忆起辛叔的话，忽然明白了第三观测点的凶险，这里没有猛兽出没，也没有谷底人的攻击，但这里离神迹太近，而神迹就是最大的凶险。人在这里会被两种感觉笼罩，越往前越温暖，人们会不由自主地往前走去，如果你意志力强大，往后退去，就会忽略第三观测点是山崖的事实。前面是悬崖，后面也是悬崖。夏冰不愧是闭源人基因携带者，意志力非常强大，但她的抗拒换来的却是神迹的惩罚，就在我想提醒她的那一刻，夏冰一脚踩空滑下了山崖……

9

我急忙转身猛地跨出一步去抓夏冰，幸亏夏冰的右手抓住崖壁拖延了几秒。我才赶得及一把抓住夏冰的右臂，另一只手刚想去抓夏冰的左手，但眼前忽然一晕，只觉天旋地转，上半身失去控制前倾下去，而夏冰的身体此时已经脱离崖壁，悬在半空，只靠我的手与崖壁相连，如果我支撑不住，我们就会一起坠入万丈深渊。

就在我们即将滑向深渊时，忽然觉得这一幕是那么荒诞，我多么希望只有梦里才会出现如此荒诞的情景，像那些噩梦一样快点消散。

但峡谷中吹来的冷风告诉我，这不是噩梦。绝望之间，双腿感受到了来自两个方向的力量，我挣扎着几乎悬空的上半身回头望去，秦悦和宇文分别死死地拽住了我的两条腿。若是没有他们，我和夏冰已经坠入深渊。

两人拼命把我往上拉，撕裂的疼痛让我联想到了五马分尸。我不禁使出浑身气力大喊一声："你们朝一个方向拉。"汗水从我的手臂上渗出来，慢慢滑向我的手，夏冰的手与我的手越来越湿润，越来越湿滑，我感到了她在下坠……

"使劲拉啊！"我又喊了一句，但我知道仅凭秦悦和宇文的力量，最多只能拉住我，想将我和夏冰一起拉上去，几乎是不可能的。

我绝望地凝望着夏冰，她就要坠入深渊，她这次还能大难不死吗？我能清晰地看到悬崖下尖锐的峭壁，巨大坚硬的碎石，还有夏冰求生的本能。我知道她不想死，她还想见到袁帅，所以她不想死。

就在我绝望的时候，忽然感到拉拽的力量增加了。

"坚持住！"低沉但坚定的声音，是辛叔的声音，这老家伙终于过来了，我还以为他彻底放弃我们，见死不救呢。我浑身的肌肉似乎都在被撕裂，但我确实被拽上去了一点，我死死抓住夏冰的手，带着她往上拉。我的身体又被往上拽了一点，此刻，我的身体已经不属于我，麻木伴随着剧痛与撕裂，随着身体不断被往上拉，也感知到了更多的力量。

我被慢慢给拉了上去，但不断渗出的汗水，让我的手从夏冰的右臂不断滑落，夏冰露出了绝望的眼神，我不敢直视她，只能尽自己最大的力量挽救她，把她拉上来。我闭上了眼睛，任凭全身肌肉的撕裂，我在不断上升，夏冰的手却在不断滑落，就在我要彻底绝望的时候，夏冰爆发出一声撕心裂肺的叫声，我猛地睁开眼睛，就见夏冰不知从哪儿爆发出的能量，竟使劲将自己的身体撞向岩壁，然后迅速伸出左手，死死抓住了一块凸出的岩壁，我麻木疼痛的右手忽然感觉轻松了许多……

就在此时，张克探出身体，抛出绳子。夏冰用尽了全身力气，挣扎着抓住了绳子，张克那边使劲发力，而我这边的秦悦、宇文、辛叔也使出全力，终于将我给拉了上来。接着，大家又一起将夏冰拽了上来。

我们几个全都累得趴在悬崖边缘。宇文、夏冰、我、秦悦一字排开，大口喘着粗气，仰望天空，辛叔和张克也累得瘫坐在地上，我望着白色的天空，忽然觉得天空纯净得那么不真实。我稍稍喘过气来，不禁对辛叔说道："您说得对……第……第三观测点凶险……"

"早跟你说了，你们不信……"辛叔点燃了一支烟。

"可您……您也没说是这样啊……"

"我也说不好咧！"我注意到辛叔说这话的时候，依然是背对神迹。

我忽然想起其他人，猛地用力想坐起来，只觉全身酸痛，忽然想到苏东坡的那句"长恨此身非我有"啊。我支撑着身体坐起来，就见其他人仍然直愣愣地站在面对神迹的地方，他们和悬崖保持着安全距离，并没有再往前走，几个人时而很享受地望着神迹，时而互相小声交流，他们那样子就像是跪在神像前的虔诚宗教信徒，那场面肃穆、庄严、虔诚。

我不禁喃喃自语道："往前走，美妙的感觉越来越强，不会坠崖，反而没有危险。而向后退，那些负面的感觉越来越强，反而有坠崖的危险。"

"反抗的惩罚……"夏冰躺在地上幽幽地说道。

反抗的惩罚？夏冰的话让我心头一震，难道真是神的安排，神会眷顾崇拜者，而反抗者将会遭遇惩罚，凶险降临。

"不，我不相信……我不相信这世上有神的安排。"我忽然想到了黑轴、闭源人？夏冰的反抗最激烈，因为她携带的闭源人基因最多，我背对着神迹小声说道："我想到了黑轴和闭源人。"

秦悦马上明白了我的意思："你是说所谓神迹其实是一座黑轴？"

宇文摇头反驳道："可黑轴不是这样，也不是这种感觉。"

"那会不会是别的黑轴文明遗迹？"秦悦小声问道。

夏冰有气无力地回道："你们……你们想想黑轴的感觉，和……和这里不一样。"

我明白夏冰的想法，向她做出了解释："你们想想那个黑轴，我和夏冰是闭源人基因的携带者，所以身体条件可以安全进入黑轴，但普通人进入黑轴，则会有不适感。而刚才的一切已经说明，现在的感觉恰恰与黑轴相反。"

"相反？"秦悦和宇文一脸困惑。

"对啊……夏冰和我的闭源人基因，做出了反抗行为。尤其是夏冰，她的反抗最激烈，我想这是基因的本能。"

"本能？所以这里与闭源人基因相克？"宇文似乎明白了我的意思。

"你这么说也可以。相克，所以神迹绝不会是闭源人的作品。"我进一步解释道。

宇文和秦悦也坐起来看看神迹，又对我说："那他们几个都不是闭源人基因携带者吗？"

"说不好……但夏冰和我……"

我还想说什么，张克却突然说道："下雨了，马上又要起雾了！"

果然，刚才还是晴空朗日，这会儿天却阴下来，山上淅淅沥沥下起了小雨，峡谷里也渐渐升腾起雨雾。不远处的神秘村寨逐渐变得模糊起来，很快就淹没在雨雾中。李栋和潘禾禾率先跑了回来，接着是彭教授和姚大夫，最后才是一脸幸福的马宏冰与辰姐，他们几个似乎对于刚才悬崖另一侧发生的事一无所知，当我简要说了两句后，几个人都是一脸惊诧，我还想继续说出我的推断时，被秦悦拦住了。

秦悦狠狠地掐了我一下，然后对众人说道："接下来大家想怎么办？"

"一切都应了我说的，你们还不赶紧下山？"辛叔小声说道。

"是啊，你们要看的都看到了，第三观测点也来了，趁现在时间还早，赶紧下山吧！"张克催促道。

但他们话音刚落，马宏冰第一个跳出来反对："不……既然来都来了，我们要去神迹看看。"

"什么？"张克面露惊诧。

"克导，你去过神迹吗？"辰姐问道。

张克怔了一下，又支支吾吾起来："那……那地方不能去。"

彭教授也赞同马宏冰的提议："已经很近了，我们就去看看吧。"

"是啊，我刚才感觉还好，没有什么危险。"姚大夫说着给夏冰看了看皮外伤，"没事，夏冰肯定是没留神才滑下去的。"

夏冰动了动嘴，想说什么却没说出口。宇文似乎是怕了，提出异议，我心里赞同宇文，但巨大的好奇心又促使我没有说话，李栋和潘禾禾也赞同去神迹。张克与辛叔说什么也不想去，马宏冰又使出了金钱炮弹。

"去吧，我再加五十万，不，一百万怎么样……"

马宏冰明显很兴奋，张克又犹豫起来，辛叔还是直摇头："这不是钱的事……"

这时，姚大夫对众人说道："咱们还是一起行动比较好，毕竟那大脚怪就在附近，随时可能出现。"

姚大夫的话绵里藏针，看似对所有人说的，其实是在逼迫辛叔和张克，张克听完与辛叔耳语了两句，此时我忽然觉得张克与辛叔已经失去了神迹旅团的领导权，至于领导权归于谁，不知道，反正大多数人的目标都很明确，就是不远处的那座神秘村寨，也就是所谓的神迹。

最后张克、辛叔还是妥协了。就在双方交涉期间，时间已近下午两点，这雨虽然不大，但没有一点要停的意思，如果我们这时出发，今晚就能在神迹那里过夜了……想到这里，我心头不免笼罩着一丝不祥的预兆。

我们检查了补给，幸好我们携带的电池与食品还够，枪支弹药虽然损耗了不少，但也还够防身。我们继续按照上午的队形，穿梭在蒙蒙细雨中，离开了让我恐惧的第三观测点，沿着崎岖山路，向更让我恐惧的神秘村寨进发。

从第三观测点望去，看着离神迹很近，但实际走起来，距离和时间都超出了我们预期。绵绵细雨不断，雨雾虽然不像早上的白雾那么浓，但也让我们无法得见神迹。队伍保持着沉默，一路上几乎没有人说话，除了细微的雨声和我们的喘气声，也没有别的声响，动物似乎都消失了，周围异常安静，给人一种身处幻境的感觉。走了大约一个小时，我们仍然没有看见那座黑色的村寨，我不禁疑惑起来。

"如果神迹其实并不存在，或许我们也许已经走过了神迹的位置……"

走在最前面领头的秦悦回了下头，没有说话，继续向前走去。我则向后瞧瞧，没人回答我的疑问，我只好紧走两步，跟上秦悦。又走了约半个小时，秦悦终于停下了脚步，嘴里喃喃说道："它真的存在……"

我也停下了脚步，就在我们的前方——凸出悬崖的平地上，那座黑色的村寨静静地伫立在雨中，庄严而肃穆，压抑而阴森。

第六章　古寨幻行

1

雨，越下越大，云雾缭绕间，一切都显得那么不真实，当我们站在村寨的前方，切实的存在感已容不得质疑。黑色巨石垒砌的外墙，足有二十米高，几乎看不出缝隙，也看不出是用何种黏合剂粘连。我急切地靠近这些黑色的巨石，不由自主地伸出手，慢慢地，慢慢地触摸到黑色石壁，这是什么？全息影像里出现的黑色巨石，从远处观测也像是黑色巨石，但当触摸到黑色石壁时，我不禁产生了疑虑，我开始质疑这到底是不是石头？外部异常光滑平整，质感也很奇怪，与我见过的矿物都不同，难道不是石头，而是某种金属物质？也不像啊，我同样没见过这样的金属物质，玻璃？橡胶？我将能想到的材质全都想了一遍，仍然无解。

"像是某种高分子材料……"夏冰一边摩挲着石壁，一边喃喃说道。

"高分子材料？"众人不解。

"这绝不是天然材料，也不是单一材料，我推测是一种高分子复合材料。"夏冰进一步解释。

"很像是纳米级的高分子复合材料。"彭教授给出了专业的回答。

大家安静下来，彭教授和夏冰的推断，让所有人都不得不考虑神迹到底是什么？原本看上去只是黑色巨石垒砌的石寨，怎么现在成了纳米级高分子复合材料？这意味着什么？"那……那也就是说，这座石寨的建造者并不是古人？"秦悦打破了沉默。

"会是现代人所为吗？"李栋问。

我和秦悦对视一眼，又看了一眼我们几个知道内幕的，大家都联想到了黑轴文明。这种材料虽然不是建造黑轴的那种黑色玻璃，但很可能是黑轴文明的产物。我小声嘀咕道："你们有那种不适感吗？"

"没有啊！"宇文似乎在回忆。

"这明显不是黑轴。"秦悦推断道。

"好奇怪啊，是不是现代人所为呢？"我提高了嗓音。

彭教授摇头说道："这里人迹罕至，怎么会是现代人干的呢？另外，就算是现代人，我也不知道怎么能生产出这种材料，然后搬运到这里来，再建起这座宏大建筑？"

"那就是外星人的杰作？"李栋忽然脑洞大开。

"外星人？"彭教授眉头一紧，然后喃喃说道："那就是另外一个世界了……"

马宏冰突然开口道："我不信什么外星人，如果外星人降临地球，那么他们一定比我们先进很多倍，他们也一定有办法与我们联系，但并没有。近年来，UFO的目击事件已经越来越少，说明随着科技发展，认知提高，很多以前被认为是外星人的事件，现在都被排除了。"

"那你说这是什么？"我反问道。

马宏冰一脸虔诚，发出神圣的感叹："这是神的杰作！"

"说是神迹，你还真以为是神造的啊？"我没好气地怼了马宏冰一句。

谁料，马宏冰也没退让。"这世上还有很多无法解释的事，比如过去被认为是外星人做的一些事，其实都是神的所为。"

"你说的神是佛祖、上帝，还是玉皇大帝、关二爷呢？"我继续对他发起质疑。

马宏冰严肃地说："神不在于名字，也无关宗教，所谓的神是冥冥中凌驾于凡人之上的、比人高级许多的某种……某种……某种力量。"

马宏冰憋了半天，当他说出"力量"这个词时，大家表情复杂，我们几个当然不信，但辰姐不断点头。张克和潘禾禾居然也表示赞同，彭教授和姚大夫沉默不语，辛叔面无表情，只有李栋皱着眉头，又反问了一句："那……那这种力量究竟是什么？不是外星高等级文明，那是大自然的力量，还是我们科学没有达到的高度？"

"不，不是大自然的力量，也不是科学没有达到的高度，你说的这种情况，通过人类的努力，是可以认知和达到的。而我所谓的'神'，所谓的'力量'，是人类无论通过何种努力都难以企及的。"马宏冰进一步阐释他的观点。

我认真听了一遍，感觉到他的观点似乎已能自成体系，不禁心里一沉。

"想不到你这样搞技术的企业家，也不相信科学了。"

"不，我仍然相信科学，我刚才说了通过人类的努力，是可以认知世界的，也可以通过技术的进步改变许多事情，但是都有维度的。在科学之上，是有科学难以企及的天空，就是我说的神。"马宏冰不断完善他的理论体系。

我扭头转向彭教授，彭教授也在倾听马宏冰的话，但始终没表态。马宏冰还想说什么，我打断他的话。

"马大神，那你说我们现在怎么办？跪下来磕头吗？"

"不，当然是进去，进去瞻仰神迹。"

"可是，门在哪里？"我走过来时，并没看到石寨上的大门。

马宏冰后退几步发出建议："我们先顺时针绕着走，如果没有门，再逆时针绕一圈。"

我也后退几步，左右观望，好像也只能这样办了。我们按照顺时针方向，绕着石寨转圈，步行了数百米，目及之处还是一模一样的黑色巨石，没有大门，但我还是注意到了一些变化，每走大约几十米，石壁上就会出现一道棱。而在石壁上方，像是另一圈石壁，每隔几十米，会凸出来一块。我一边继续向前走，一边在思考着石壁的规律。

终于，我们走到了悬崖边，依然没有看见石寨的大门，我往前探身望去，只觉一阵凉风灌进衣服里，再看脚下的万丈深渊，不禁瑟瑟发抖，我回过头来对众人说道："这边已经到头了，还没看见大门。"

"或许……或许这高等级文明的建筑，就没有我们人类那样的门。"李栋说出了他的看法。

他的话倒也提醒了我们，黑轴就不是一般的门……想到这里，宇文不露声色地说道："你说的是这个意思吗？"

宇文说着，一头撞向了坚固的岩壁，我都替宇文疼。只听轻轻一声闷响，宇文纹丝不动地贴在石壁上，石壁并没有像黑轴那样起变化，仍然结结实实地伫立在我们面前。宇文缓缓转过身，耸耸肩发问："要不你来试试？"

李栋傻呵呵地还真去试了试，然后挠头说道："奇怪，那怎么进去呢？"

"有没有这样的可能？整个建筑的立面就进不去，是实心的。"姚大夫问道。

实心的？不可能，因为在袁帅的记忆里，可以清晰地看到立面有一个庭院，中央伫立着塔，或者是方尖碑，这时辛叔终于开口："里面不是空心的。"

"哦？你们曾经进去过？"姚大夫反问。

"不，要不是因为你们这群疯子，我从未来过离神迹这么近的地方，更没有亲手触摸过神迹，最多就到过第三观测点……至于我为啥说里面不是空心的，是因为在第一观测点，也就是峡谷对面观测时，可以大概看到里面的样子，里面有一个挺大的院子，院子中央还伫立着一个碉楼啥的东西，我也说不好那是什么。"辛叔努力回忆着。

与袁帅的记忆一样，此时张克也补充道："因为第一观测点比神迹海拔高，能看到全貌，所以最初才对你们说那是最佳观测点。"

我朝着峡谷对面望去，大山完全被雨雾笼罩，什么也看不清。我扭头冲马宏冰说："你说说神为何不让我们进去瞻仰呢？"

"一定是我们还不够智慧和勇敢。"马宏冰此刻变得与之前判若两人。

"那就按你的智慧，咱们再逆时针走一圈。"说罢，我们继续绕着巨石环行，我不断注视着身边石壁的变化，心里暗暗估算，大约六十米，石壁上出现一道棱，石壁由此拐了一个弧度不大的弯，而石壁之上那一圈石壁，也是大约六十米，凸出来一角，而在下层石壁出现棱时，上层石壁则是凹进去的。我一边走一边计算，当我们回到起始的位置时，我忽然想通了，就小声对秦悦他们说："从外围看，整座石寨分为上下两层，每层都是十六边形。"

夏冰也看出了规律加以回应："是的，而且，两层十六边形石壁正好处于交错状态。"

"的确像黑轴文明的产物，黑轴文明似乎对十六边形与三角体有一种特殊的执念。"宇文小声说道。

"可这座建筑不是黑轴，它又是用来干什么的？还时而消失时而出现？"秦悦问道。

"先找到入口再说吧。"说着，我加快了脚步，又过去了一刻钟，我们终于以逆时针方向也走到了悬崖边，依然没有发现大门或是任何入口。我不禁紧锁眉头，又向悬崖边的石壁望去，只有那一侧的石壁还没勘察，因为它距离悬崖太近了，从我站的位置看过去，那里似乎只能紧贴石壁才能过去，不能有一丝懈怠，稍有不慎就会坠入悬崖。

2

我观察许久，转身向马宏冰耸耸肩。

"看来你的智慧不能带我们进去。下面就要看你的勇气了。"

"你……你什么意思？"马宏冰似乎明白了我的意思。

"要想知道神迹上有没有入口，我们只能继续沿着悬崖走过去，完整地绕神迹走一圈。"说罢，我就开始整理衣服，戴上手套，准备继续往前走。

马宏冰面露惧色，但他这次也没后退，说了一句："走就走。"

"还是这样吧。先派一个身手好的系上绳子，过去看看，如果有入口，其他人再过去，如果没有就没必要大家都冒险了。"辛叔建议道。

大家表示赞同，于是一致推选了我。为什么是我啊？总之我还没反应过来，就被秦悦和宇文用绳子套住了。不由分说，他们就把我推向悬崖。我使劲儿呼吸了一口悬崖边的冷气，踩上了石壁与悬崖边狭窄的小路。

石壁极其光滑，完全没有能抓的地方，而身后的悬崖寒气逼人，根本不敢往下看，也不能往下看。面对黑色的石壁，我横着身子走过去，一步，两步，三步……我迈着极其微小的步伐，一步步如蜗牛般缓慢地爬过去，唯一让我心安的是腰间的绳子。面前的石壁似乎有神奇的魔力，中午和夏冰一起坠入悬崖的一幕幕不断再现，我闭上眼睛，继续蜗牛速度一样的横移，也不知过了多久，当我的掌心和额头满是汗水时，突然听到秦悦的呼喊。

我猛地睁开眼睛，原来是秦悦在问我有没有大门。哪有什么大门，眼前仍然是黑色石壁，不过……不过脚下似乎起了变化，脚下变得宽敞许多。石壁与悬崖的距离至少有两三米了，我终于可以放心大胆地迈开脚步，仔细观察，这侧的石壁与之前我们看到的一模一样，没有分别，仍然没有入口。就在我绝望之时，脚下变得坚硬起来，我低头望去，并不是黑色巨石，而是一些裸露的岩石，继续向前走，岩石越来越多，而且似乎有规律，也很平整。当我将视线再次移向前方的石壁时，黑色的石壁终于有了变化，一座长方形的大门出现了。

我吃惊地走过去，仔细观察，大门没有门板，也没有曾经有过门板的痕迹，就这样静静地敞开着。里面黑漆漆的，光线昏暗，看不清楚，我没敢贸然进入，而是一边解开绳子，一边冲秦悦喊道："有大门了，你们都过来吧。"

没等多久，秦悦率先往这边走来。此时的我，怔怔地望着峡谷对面，想着为何大门会在这里，百思不得其解。秦悦走到我的旁边，也很吃惊地感叹道："难道当年峡谷上方有一座桥，峡谷对面是一条大道？"

"这是常规推测。"

"那不常规推测呢？"

"不常规推测就是大门的朝向或许是会变化的。"我也是胡乱猜的。

"你们的脑洞都挺大啊。"秦悦话音刚落，马宏冰和辰姐迫不及待地过来了。随后大部队也陆陆续续过来了。

所有人都吃惊地望着悬崖边的大门，我向辛叔问道："这儿原来有过桥吗？"

辛叔摇了摇头："从来没听说过这儿有桥。况且……况且对面山上也没有像样的大路。"

"那就很奇怪了，大门怎么会开在这里？既不方便，还很危险。"秦悦说着，就朝着悬崖的方向移动过去。

"小心……"我上前拉住秦悦，悬崖下面一股对流直冲面门，让我心惊肉跳。

秦悦倒很镇定地继续说："正对大门的断崖处，没有什么建筑痕迹。"

"还有更奇怪的呢。"我指着大门对众人说，"没有门！"

"可能以前的门板朽烂了。"宇文这样说道。

我又仔细检查了一遍："我反复确认过了，没有任何安装过门板以及门轴的痕迹。"

"神的宫殿，你们就不要用世俗的方法研究了。"马宏冰有些不耐烦地闯进了大门，辰姐也匆匆跟了上去，这两人似乎很享受整个过程。

辛叔抬头看看这大门也说道："天快黑了，今晚我们要在这里面过夜了。"

"在这里面过夜？"我嘴里喃喃自语，也抬头看了一眼大门。这座平淡无奇的城门却让我心生畏惧。我跟着辰姐迈步走进大门，就在身体完全进入大门的那一刻，脚下像是一脚踩空，坠入了万丈深渊。

我惊出一身冷汗，本能地伸出双臂，想去抓什么东西，但够不到任何的东西。就在我几乎要喊出救命的时候，我惊奇地发现自己并没有坠入深渊，我的双腿正稳稳地站在门内的黑色石板上。

这是什么？噩梦吗？我吃惊地看看身后的众人，又看着前面的马宏冰与辰姐，他俩似乎也刚刚经历了同样的体验，满脸惊恐地看着我，我使劲儿掐了自己一下。钻心的疼痛表明这并不是错觉。再仔细看脚下，确实踏在了石板上，我狐疑着轻轻抬起腿，向旁边踩了下去，同样踩在了结实的地面上，又向前迈了半步，同样是结实的地面，刚才那种可怕的感觉没有了。我还不放心，又高高地跳起，重重落下，依旧没有异常。

"你在搞什么呢？"后面的人看我不正常的举动，还以为我疯了。

我停下来想提醒其他人小心，话到嘴边又缩了回去，"没什么，我随便活动一下。"

宇文和李栋紧接着步入大门，两人的神情比我还夸张，李栋差点把自己绊倒，后面的人似乎瞧出了端倪，秦悦厉声问道："到底怎么回事？"

"你们进来就知道了。"我回道。

秦悦和夏冰小心翼翼地迈步向前，两人的表情和动作已经说明了一切，后面几位也都如此。待所有人都走进门里，我才开口道："怎么样？刚才刺激吗？"

"这……这是……"就连沉稳的秦悦也莫名惊恐。

宇文趴在地上，又敲又捶。

"跟黑色巨石一样，坚固稳定，严丝合缝，地砖之间看不出任何黏结痕迹。"

大家还沉浸在刚才的惊恐体感中，但一种摆脱恐惧、重获安全的感觉又迅速传遍全身，两种感觉交织在一起，我忽然意识到神迹似乎还能影响甚至控制人的情绪。我转身看向秦悦，只见她紧锁眉头，似乎也意识到了什么，或许现在下结论还早。我向前方看去，前方并不是期待中的庭院或广场，仍然是黑色的石壁。面前的石壁向左右两边延伸，与外面的围墙几乎一模一样，也有上下两层，虽然还看不到整体，但能判断出内圈的石壁也是十六边形，上下两层的十六边形石壁同样处于交错状态。我望着这没有任何线索的黑色石壁，有些头疼。原以为找到石寨，就能解开许多未解之谜，谁曾想石寨竟然是这个样子。

3

面对黑色的石壁，我无奈地转向马宏冰揶揄他："依您的智慧来看，我们现在该怎么办？天快黑了，我们找到了神迹的大门，可还是进不去啊！"

马宏冰驻足观察许久，指了指左侧，"我估计内圈与外圈结构一样，也应该有个门，但门的位置很可能与外圈的大门相反，所以我们还是先按顺时针走，大概可以找到内圈的大门。"

大家也没有别的意见，于是我们就沿着内圈石壁，向顺时针方向绕圈。虽然地面平整，但我们仍旧小心翼翼，大约走出几十米后，马宏冰停下了脚步。就在我们前方，内圈与外圈石壁中间的大围廊处，伫立着一座黑色建筑，与石寨一样的材料，唯一不同的就是这座建筑的样式。

"像是一个房间……"宇文在我身旁小声嘀咕。

确实很像房间，这座奇怪的建筑正对着我们的方向有一扇长方形小门。我从背后摘下五六式突击步枪，小心翼翼地靠近小门。里面黑漆漆的，什么也看不见，夏冰打开手电筒，帮我照射进去。

"好像什么都没有？"说着，我已经走进了小门，内部是四方形的空间，四壁是与外面一样的黑色巨石，一尘不染，空空如也。

大家就像旅游团一样，依次进去参观一番，又退出来，大惑不解地互相问道："这房子是做什么的？"

还是夏冰率先看出了端倪，提出观点："你们注意到没有，房间虽是正方形，但从外面看却是菱形。"

我也注意到了异常，绕着小黑屋转了两圈，确认不是幻觉才喃喃道："这不符合建筑的规律，哪有菱形的建筑？就算有，内部为什么要做成正方形？"

"必然有其特殊的含义或者用途吧？"李栋问道。

"都说了，神的智慧我们凡人不懂。"马宏冰依旧归结为神的智慧，他继续沿着内圈石壁前进，我们只好跟了上去。

继续走了几十米后，前方又出现了一个小黑屋，同样材质，同样空空如也，内部同样是一个四方形的空间，面积也差不多，不同的是整座建筑，从外面看是一个圆形。继续前进，几十米后，又出现了一个一模一样的小黑屋，所不同的依然是建筑的外观，这次是一个椭圆形。

外面的雨一直在下，天色越来越暗，我们不禁都加快了步伐。依然每隔几十米，就会出现一间小黑屋，材质一样、空间一样，只有外形不一样。像是三角形、梯形、五角形、六角形、月牙形等，直到前方出现了正常的建筑，我们才停下脚步，终于等到正方形的建筑了。

我踏入建筑里四处观看，与之前的建筑一样，也是正方形的。我不禁感叹道："这地方，总算有个正常的了。"

"这些小黑屋看来并不是住宿用的，而是为了某种特殊需求建造。"宇文推测说道。

"什么特殊需求？"我反问道。

"难道是祭祀，或者与神沟通？"

谁也说不出个结论，就在这时，我又往前走了几步，发现在内圈的石壁上，赫然有一扇门，与外圈大门一模一样的长方形石门。石门依然没有门板，也没有镶嵌门板的痕迹，我迈步走进石门，这次没有一脚踏空，坠入万丈深渊的体感，取而代之的是缓缓起飞，升入空中的感觉。这坠落飞升两种感觉的反差，让我惊诧不已，再看自己的双脚，完全没有变化，稳稳地踩在黑色地砖上。

大门里侧也不是庭院，而是圆形的巨大空间，像是客厅，依旧空无一物，但却给人以富丽堂皇的感觉。走进富丽堂皇的客厅，吃惊地仰望屋顶，黑色的屋顶闪出金黄色的星光。

"这一切都太神奇了……"李栋不禁说道。

"那星光是什么？黄金吗？"潘禾禾仰着头，望着星光，如痴如醉。

"你们进门的时候有感觉吗？"彭教授环视大家问道。大家不约而同地点了点头，彭教授接着说道："这地方似乎一切都是相对的，不同的感觉交织在一起……而在内圈与外圈之间的小黑屋你们不觉得像是钟表上的整点标识吗？"

"您的意思整个建筑像是钟表？"

"我不敢肯定，只能说是有点像吧。"

"不，不会是钟表那么简单，如果是钟表，那么指针呢？"我反问道。

"指针？"夏冰想想说："石寨中心的碉楼不就是指针吗？当阳光照射下来，就很像是古代计时用的日晷。"

"你觉得这么神奇的地方，会用如此原始的计时方式吗？再说没有阳光的时候，比如现在，要怎么确认时间？"我反驳道。

马宏冰又催促道："神迹不用乱猜，我们赶紧趁天黑前赶到碉楼吧。"

我观察着整个圆形大厅，正对内圈大门的那面石壁外面，应该就是石寨中心的院子，可是石壁没有门，二楼有一圈围廊环绕，围廊上均匀地凿开了长方形的窗户，是唯一的光线来源。而圆形客厅两侧又是一条大走廊，我不禁有些头晕。

"这地方怎么都是一圈圈的，跟我们想的完全不同。"

"你们以为是什么样的？"张克忽然问了一句。

"以为里面是一户户大山人家，从远处看这种建筑结构与土楼类似，但内部却完全不同，更加奇怪的是，石寨里这些圈的大门都没有开在一个方向，从外面进来岂不是很不方便？"我回忆着全息影像中的石寨说道。

"也许……也许神本来就不想让人进来呢？"潘禾禾颤巍巍地说道，她似乎感到了恐惧，比之前都要强烈。

"你不是说门的位置会变吗？也许有什么机关可以让门转变位置。"秦悦回复我说。

"我早就看过了，石壁平整光滑，什么都没有啊。"

彭教授接着说道："这是我要说的另一个问题，整座建筑很奇怪的一点，大山里的建筑阴暗潮湿，长期无人居住早就会遍布青苔、杂草。建筑本体也会年久失修，但石寨却没有一丝青苔和杂草，建筑也没有任何风化。但……"

"所以这儿会不会是外星人的基地或者飞船？根本就不是人类的建筑？"李栋打断彭教授的话惊道。

"请让我把话说完，你们再发表意见。"彭教授环视大家，又说，"但是整座建筑又不像是新的，给人以一种陈旧的感觉。如果是外星人的飞船和基地，恐怕会更新一点，除非……除非是远古时代就坠落在地球的飞船。"

彭教授的话让我想起了黑轴，我思考了一会儿还是没说出黑轴文明，只是小声地嘀咕："或许这是地球上曾经存在过的高等级文明产物。"

别人还没说话，马宏冰却跳出来怒斥："什么高等级文明？如果有，那么就是比我们高几个维度的神，我们在他们面前，一文不值……地球上的所有智慧、财富、制度，在神面前都不值得一提。"

271

马宏冰说完就径直向左手的大走廊奔去，我注意到这又是顺时针的方向。大走廊应该是围绕中心院子而建，与内圈外面的围廊一样，呈不规则的圆形，很可能也是十六边形。我不时抬头望向二楼的围廊，生怕上面有什么东西冒出来伏击我们。

整个大走廊里静得可怕，脚步声传来的阵阵回响，很是沉闷，似乎不像是踩在坚实的石板上，而像是踩在泥土上。我们沿着大走廊行至约四分之一的路程，前方又出现了一个大厅。与前一个不同，这次是方形大厅，大厅内空无一物，阴森恐怖。我们不敢久留，继续前进，很快我们又走了约四分之一，前方的空间豁然开朗，并且透出了亮光。

4

光线聚集之处是宽敞的圆形大厅，虽然外边阴雨绵绵，但当我们迈入大厅的时候，暖意便迅速传遍全身，圆形大厅的一侧有一扇长方形大门，果然通向石寨中央的庭院。我们小心翼翼地进入庭院，发现整个院子呈不规则的圆形，我仔细数了一圈，是十六边形。十六边形的广场，直径有一百多米，当然最吸引我的还是广场中央伫立的那块形似方尖碑的碉楼。

"这是碉楼？塔？还是碑？"秦悦仰头望着。

"碉楼，你们发现了吗？好像能够上去，很像是瞭望塔，而下面……"说着，我就发现碉楼的另一侧有一个很小的门洞，"喏，碉楼里面应该都是楼梯，可以从那个小门进去。当初刚知道石寨的时候，我就记住了这个碉楼，觉得像是川西的羌寨，甚至怀疑在云南西北部也有类似羌寨的碉楼建筑，毕竟从地图上看，这里距川西也不算远。"

"那只是从地图上看不远，其实隔着千山万水。"夏冰的话很有道理。

"这显然不是什么羌寨。"彭教授喃喃自语道。

我迫不及待地仰头往碉楼顶部望去，那里应该有十六边形标记。阴雨绵绵，光线昏暗，我的目光慢慢移动，仔细搜寻，突然在碉楼顶部闪过几道光，就像进入圆形大厅时看过的，碉楼顶部泛起了一些金光，熠熠生辉，那里是一个标准的十六边形，而且我有强烈的预感，这个特殊形状的东西，与在赤道岛上发现的十六边形手环有什么联系。我仰着头，绕着碉楼转了一圈。果然，碉楼四周各有一个十六边形标记，这意味着什么？整座石寨处处都有十六边形，难道神迹真的是黑轴文明闭源人的杰作？

大家都发现了那些十六边形标记，彭教授他们几个也在窃窃私语，不知有何高见。但现在首要的任务是要在天黑前登上碉楼，我估算了下碉楼高度说："碉楼目测足有六层楼高。我说的六层楼可不是一般居民楼的高度，而是按照石寨的高度算的。"

我们围着碉楼转了一圈，最后决定由我和秦悦上去探查一番。秦悦举着手枪在前，我紧随其后钻进了碉楼下的门洞，我想把五六式突击步枪举起来，但门洞内过于狭小，步枪根本施展不开，我只好放弃这个念头，抽出五六式突击步枪的刺刀，握在手中。

里面黑漆漆一片，完全不透光，我们举着两支电筒照过去，这比我去过的川西羌寨碉楼要狭小得多，只有螺旋向上的阶梯，不断通向上面。我顺便观察着脚下，这边的阶梯、墙壁材质，都与石寨的建筑材料一样，只是切割得更小，我们在里面不停地转着圈。

"几圈了？"我问道。

"我也有点儿晕，七八圈了吧。"

"怎么还没到顶上？"

"闭嘴。继续爬。"

我们就这样继续攀爬着漆黑的旋转楼梯，我这次暗中计起数来，又爬了八圈后，我累得扶住墙壁大口喘气："怎么……怎么还没到顶？"

"从外面看……也就是六层楼，但里面相当狭窄，也不知道走几圈是一层楼。"秦悦也累得够呛。

"那也差不多了。而且……而且你感觉到没有，里面似乎缺氧。"我呼吸都困难了。如果是在其他地方，即便一口气爬二十层楼，我们两个也都没什么问题，绝不会像现在这样气喘吁吁。

秦悦喘着粗气，胸部上下起伏，她仰头向上边望去，依然一片漆黑，没有亮光可循，我稍稍缓过劲儿来说："我走前面看看。"

"你走前面又能怎么样？"秦悦冷笑道。

　　我和秦悦在狭窄的阶梯上，费了半天劲儿才交换了位置。擦身而过的时候，秦悦问道："会不会外面的天已经黑了？"

　　"哪有这么快。你该发挥点想象力，我们会不会进入了一个时空隧道……"

　　"什么？时空隧道？"秦悦明显有些惊慌。

　　"我们也许就会这样一直留在碉楼里，前面看不到出口，也回不去，或者一起前往十万年前的黑轴文明。我俩会被困在一起，命中注定。"我故意开了句玩笑。

　　"胡说！"秦悦显然已经从刚听到时空隧道的震惊中缓过来。

　　"等会儿你就会知道，我说的都是事实。"说着，我继续向上攀爬，一圈又一圈的，又爬了八圈以后，依然没有看到亮光，我开始有点慌张了。我不敢相信，也不肯认输，使出浑身力气，快速又向上爬了五圈，依然没有光透进来。我绝望地停下脚步，一屁股坐在阶梯上，秦悦跟着我爬上来，眼里也露出绝望之色。

　　"怎么办？还没到头！"秦悦很少慌张，缺氧环境加上快速攀爬，终于让她体力不支。秦悦身子微微晃了一下，我怕她一头向后栽下去，就在我想去拉她时，就见秦悦身子又向前晃了一下，然后重重地朝我扑过来，一头栽倒在我身上。

　　我刚站起来的身体，被秦悦重重一压，一阵剧痛袭来，我就瘫在了阶梯上，双手本能地抱住秦悦，将她缓缓接到我的怀里。我们剧烈地喘息着，碉楼里的氧气似乎越来越少，我轻轻呼唤秦悦，希望她不要昏睡过去，秦悦缓缓睁开眼睛，看着我说："我……我太累了！爸爸……"

秦悦唤着爸爸，又闭上了眼睛，我大声呼唤秦悦，声音在黑暗的碉楼里传来沉闷的回响。也不知过了多久，我抬头望去，发现头顶出现了一束光，微光似乎是从外面透进来的。

"悦，快醒醒，看，天亮了！"我大声呼唤着。

秦悦终于微微睁开了眼。此时，我感觉体力正在渐渐恢复，虽然还是缺氧，但光亮就在前方了。秦悦挣扎着从我怀中坐起，我架起秦悦，支撑着站起来，往头顶的光亮继续攀爬，一圈、两圈、三圈、四圈，跌跌撞撞爬了四圈，那束微光依然是微光，阶梯依然没有尽头，光亮始终是那么微弱……

我不信邪，又继续向上攀爬。一圈、两圈、三圈，微光似乎变亮了。我和秦悦像是见到曙光一般，几乎用尽全力，加快脚下的步伐。就在这时，一瞬之间，光消失了。周围的黑色石壁也不见了，脚下的黑色石阶梯也不见了，这……这是发生了什么？我们瞪大双眼，惊恐地望着周围的变化，是噩梦吗？不，梦境绝没如此真实，我和秦悦完全悬在高空，我本能地去抓秦悦，却没能抓住她的手。

碉楼，那个曾经让我们窒息，带给我们恐惧的黑色密闭空间，瞬间消失得无影无踪。我和秦悦从高空开始急速下坠，我的心重重地沉下去，看来这条命就要交代在这荒绝之地了。但是我不甘心，不甘心就此放下秦悦，我猛地又睁开眼。没错，碉楼不见了。不消片刻，我和秦悦就会重重地落在地面，摔得粉碎。

我还在拼命挥舞双手，想抓住什么东西，但除了空气，什么都没有。我想抓住秦悦的手，但秦悦已经在我之前跌落到了地上，我不忍向下看去，闭上了眼，几乎与此同时，我自己的身体也重重地摔在了地上。

5

周围一切都静止了，没有声音，甚至连风都停止了流动，我大概是来到了另一个世界。不知过了多久，我缓缓地睁开眼睛，眼前赫然是一张张熟悉又陌生的面孔。有宇文、夏冰、辛叔、张克、彭教授、姚大夫、马宏冰、辰姐、李栋和潘禾禾，所有人围成一个圈，像看动物一样围观着我，我扭头再一看。秦悦躺在我的身边，睁大眼睛，注视着我。

刚才明明跟秦悦一起掉下来了，这是怎么回事？这是另一个世界，还是……我猛地从地上坐起来，活动一下身体，不疼，我没感觉到疼痛，从那么高的地方摔下来，怎么会不疼呢？看来我是死了。我赶忙又扭头看看秦悦，她的身体看上去没有外伤，我就又在秦悦身上一顿乱摸，直到秦悦惊叫起来："干吗？你还没摸够啊！"才停下手来。

我一下子蹦了起来，分开众人，怔怔地望着院子中央，原本伫立在这里的碉楼不见了，就如字面所说的不见了。我不敢相信，也不肯相信，赶紧急走几步，找到院子中央的位置，碉楼本该在这里。我又仔细查看地面，发现什么痕迹也没有，一点瓦砾碎石都没留下，只有几块标准的黑色地砖。我又拍打了几下自己的身体，没有伤痛，秦悦也没有受伤，甚至连皮外伤都没有。我傻傻地望着众人惊讶道："碉……碉楼不见了？"

彭教授瞪着我，也吃惊地说道："是……是的，在……在我们面前，就……就这样消失了。"

"但……石寨还在？"

彭教授点点头："说明……说明神迹还可以局部消失。"

"这就完全不是观测角度能解释的了。"夏冰说道。

"你们刚才在碉楼里发生了什么？怎么那么长时间还没有爬到上面？"宇文问道。

"可怕……太可怕了……刚才…我们在碉楼里怎么也爬不到尽头……"我对众人说起在碉楼里的恐怖经历。

众人听完也是一阵唏嘘。

"似乎有人并不希望我们登上碉楼。"我若有所思地说。

"那是神的旨意。"马宏冰说道，"肯定是神在拒绝我们登上碉楼。"

"碉楼上有什么秘密？神为什么不希望我们登上去呢？"宇文反问。

"更不可思议的是你们……"姚大夫惊诧地看着我和秦悦，"你们居然没有受伤。"

"是的，我都没感觉到疼。"我又活动了一下身体。

姚大夫又仔细地帮我和秦悦检查一遍，确实没有伤筋动骨，甚至连皮外伤都没有。姚大夫一边检查，一边摇头："难道你们刚才在碉楼里攀登了那么久，都没能登顶，是因为……因为你们根本没爬上去？所以你们也并没有从真正意义上的高处坠落……"

"那……那我们气喘吁吁爬了那么久，是去哪了？"我不理解。

"不，他们是从空中坠落的。我们亲眼所见，你们也都看见了吧。"夏冰说道。

"是啊，我感觉是从很高的地方坠落，甚至是比碉楼还高的高度。"我用手比画着。

就在我们百思不得其解的时候，天色已经渐渐暗了下来，雨仍然在下，没有要停的意思。辛叔摆摆手埋怨道："叫你们不要来，你们偏来。现在天黑了，我们今晚怎么办吧？"

辛叔此刻一副束手无策的样子，彭教授指了指刚才我们走出来的圆形大厅说："你们注意到没有，刚才的圆形大厅里挺暖和的，而方形大厅则阴气逼人。"

众人纷纷点头称是，夏冰说道："这地方的诡异之处除了消失，似乎还可以影响甚至控制人的情绪。"

彭教授点点头提出假设："如果我推测不错，绕着里面的大走廊继续走，在南侧还会有个方形大厅，然后会一直绕回到我们进入内圈建筑的那个圆形大厅。方形大厅是不适合过夜的，我们只能在东侧和西侧的圆形大厅选择一个过夜。"

"那就选这间吧。"秦悦似乎已经从刚才的惊魂中缓过劲儿来，指了指我们面前的圆形大厅，"这间便于我们观测，我倒要看看碉楼还会不会出现。"

我、宇文、夏冰和李栋马上点头赞同，彭教授与姚大夫思考片刻后也表示赞同，其他人也都没有意见，就是马宏冰嘟囔了一句："神不想让你看见的东西，怎么也看不见。"

没有人理睬马宏冰，大家回到了东侧的圆形大厅，那股温暖的感觉慢慢流遍全身，甚至我们被雨淋湿的衣服，也很快就干了。我仰头仔细观察这座圆形大厅，顶部若隐若现，闪出金光，那究竟是什么呢？转头看去，通往院子进出口就这么敞开着，两侧的大走廊也没有任何遮挡，但圆形大厅却是那么温暖，这难道与屋顶若隐若现的金光有关？想到这里，我的目光落在了二楼的回廊上。一路走来，我们发现每间大厅都有一座楼梯可以通往二楼回廊，整座石寨，现在只有二楼回廊还没去过……

秦悦他们也在观察二楼的回廊，我抬起手臂指着大楼梯说："二楼回廊还没去看过，谁跟我去看看？"

秦悦这次没动地方，宇文自告奋勇，李栋和潘禾禾也想去。因为有了前车之鉴，每迈出一步都异常谨慎，当迈上第一个台阶时，我反复试探、踩踏，甚至蹲下来，敲了又敲，确定这些黑色岩石没有异常，才敢迈出第二步。就这样，宇文三人都跑到了我的前面，眼见他们几个已经接近二楼回廊，我不觉也加快了脚步，就在这时，悲剧再次上演，就在宇文一条腿刚要迈上二楼回廊的瞬间，他脚下……哦，不，是我们脚下的大楼梯突然消失了。

我们几个的身体瞬间悬在了半空中，尤其是宇文他们三人，从比我更高的地方向下摔去。当我确信自己已经落地的时候，狂跳不止的心脏才慢慢恢复，我从地上坐起向周围望去，大楼梯消失了，就像碉楼一样，整个……完全……全部凭空消失了。地面、大厅，其他地方也是一样，仍是同样尺寸的黑色地砖。除了我们四个人，地上没有任何东西，没有一丁点儿碎石或是瓦砾……

所有人都惊呆了，这一次大家都确信了。"天啊，这……太可怕了！"见多识广的夏冰也被震惊到了。

彭教授和姚大夫紧锁眉头，不知所措。辰姐花容失色，竟抱着马宏冰的腰。马宏冰震惊之余，再次虔诚地跪下来，喃喃自语："我说过，神不想让你看到的，你怎么也看不到。"

辛叔竟也一屁股瘫坐在地上，张克紧张地躲在秦悦身后。我再扭头看向宇文他们，他们就像我刚才那样，坐起来后，茫然若失地看着自己和其他人，然后检查身体状况，惊奇地发现自己没有受伤，甚至一点疼痛都没有。宇文惊恐地蹿了起来，连续拍打自己，一脸匪夷所思的表情。

"这……我……我竟然没受伤？"

"怎么样，现在你们相信了吧？我和秦悦从碉楼摔下来就是这样。"说着，我转向姚大夫，"您认为他们刚才没有登上楼梯吗？这次大家都是亲眼所见。"

姚大夫失神地望着眼前一幕，无助地摇摇头，不置可否。就在这时，秦悦突出人群，径直向潘禾禾走去。

6

潘禾禾一脸震惊地坐在地上，秦悦突然迫近她的身后，上下摸索半天，竟然从潘禾禾的身边找出一块石板，然后回到大厅中央说道："也并非没有收获。我刚才觉察到潘禾禾身后的地面上闪过一丝金光。"

"这是什么？"所有人的好奇心都被调动起来。

大家围拢过来，发现这块石板很薄，尺寸、厚度都接近平板电脑，甚至更薄，但又不是什么平板电脑，看上去就是一块石板，材质与建筑石寨的石材相近，但无论是什么，仅凭这个厚度的切割工艺，就足以让我们所有人惊叹。我接过石板仔细观察，也没有发现秦悦提到的金光，只得尴尬地看向大家。

"或许这只是一块与屋顶材质一样的石板……"我嘴里喃喃自语道。

说着，我的手指不经意地划过石板。秦悦突然叫出了声："看，上面有字……"

我惊讶之余，右手迅速在石板上划去，三行熟悉的符号就闪现出来。宇文没有忍住，脱口而出："黑轴文字！"

"这……这是什么？"其他人都很震惊。

宇文简单地介绍了几句黑轴文明和闭源人，但显然其他人对此将信将疑。此时，夏冰已经读出了石板上的三行黑轴文字："我们的试验失败了，我们的生命结束了，我们的文明也行将灭亡。"

只有短短三句话，但信息量却非常的大。我们的试验失败了。什么试验？难道整个石寨，或者说神迹都是闭源人失败的试验品？第二句我们的生命结束了。为什么试验失败，生命就要结束？什么试验会夺人性命？更可怕的是第三句，我们的文明也行将灭亡。黑轴文明的灭亡难道与神迹有关？与某次重大的试验有关？

"你翻译的准确吗？"

我抬起头寻求夏冰的答复。

"我们的试验失败了，我们的生命结束了，我们的文明也行将灭亡！"夏冰又肯定地读了一遍，"没错，就是这三句话。"

这三句平铺直叙，简洁明了，就是闭源人说话、书写的风格。从字面意思分析，明显是递进关系，也就是因为试验失败，导致参加试验的人都死了，最后也预示着黑轴文明即将灭亡。这究竟是怎样重大的试验？我百思不得其解，不禁喃喃自语道："要是袁帅在这里就好了。"

此时，秦悦向彭教授问道："您觉得会是什么试验呢？"

彭教授也有点不明所以，他扶正了眼镜说道："我不知道你们说的什么……什么黑轴，至于说这神迹是什么试验，我也说不好。毕竟这里的一切都过于怪异，挑战了我们现今的学术和认识。我倒是可以从我的研究方向给你们分析一下，但说实在的，我自己也没搞懂。"

"好吧，早就想听您的分析。"李栋兴致勃勃地说道。

于是，众人围在圆形大厅的中央，席地而坐。彭教授缓缓说道："起初，当我知道神迹的时候，曾经用光学因素来推测神迹的现象。但当我昨天在第二观测点第一次观测神迹时，我最初的想法被推翻了，这显然不是光学现象。我昨夜思考了一夜，想到了德国著名物理学家海森堡的测不准原理。"

"测不准原理？"李栋显然听说过，当他听到彭教授提到测不准原理时，惊得从地上跳了起来，"我……我刚才也想到了测不准原理。因为我们观测设备不同，观测角度不同，观测时间不同，都会造成观测主体发生变化。"

"不错，你是个擅于思考的年轻人。"彭教授用赞许的目光打量李栋。

"彭教授，据我所知，海森堡的测不准原理似乎只适用于观测微观世界的粒子，而并不适用于像石寨这么宏大的建筑吧？"夏冰反驳道。

彭教授同样用赞许的眼光打量夏冰，"不错，夏小姐，测不准原理是量子力学的产物，并不适于解释我们今天所见到的一切，所以当我今天真真切切触摸到神迹时，我的头脑又混乱了，测不准原理显然无法解释眼前的一切。"

"那么，彭教授，你应该相信神吧？这与您研究了一辈子的科学并不矛盾，人类用科学解释这个世界，解释宇宙万物，但在人类无法用科学解释的领域，就必须相信神。他高高在上，注视着我们这些可笑的人类，就像……就像那句古老的犹太谚语说的'人类一思考，上帝就发笑'！"马宏冰不失时机地说道。

"为什么就不能是人类文明出现之前的高等级文明的遗产呢？他们的科技比我们发达，文明程度比我们更高。"夏冰与马宏冰针锋相对。

"比我们高怎么还会毁灭？我相信即便在我们现代人类之前，地球上有过其他文明，也绝不会比我们文明程度高。"马宏冰反驳道。

"我们已经有许多事实可以证明。"夏冰虽然满腹才学，却并不长于辩论。

"就那什么黑轴文明？"马宏冰面露轻蔑之色，"你们自己看看，看看这伟大的神迹，如果这是你们所谓黑轴文明的试验品，那他们的文明得比我们高多少？你们……你们别看我是搞实业的，现在还是亿万富豪，但我以前……也像李栋这样喜爱物理学和天文学，曾经对宇宙万物都充满好奇，也乐于去思考，直到今天，我仍然有着成为伟大物理学家的梦想。网上那些人整天攻击我，我根本不屑一顾，对我而言，什么创业、赚钱都不值一提。我感兴趣的还是探寻事物的本源，不要以为我不懂，测不准原理为什么测不准？观测手段、测量设备等都不是关键问题，关键问题是维度，我们是低维度的人类，所以我们只能在我们的空间内观测宇宙万物，而神则在高维度的世界，俯瞰芸芸众生，所以可笑的人类，不管做什么，不管如何努力，都只能观察到神安排你们观察的一切，而神不想让人类发觉的，任由你们如何努力，都是徒劳。"

马宏冰越说越快，越说越激动。他的话语在圆形大厅内传来阵阵沉闷回响，让我们一时插不上话。夏冰张了半天嘴，也没说出什么，辰姐紧接着马宏冰的话开口说道："就像以我们的角度看蚂蚁，蚂蚁所能认知的世界就那么一点，蚂蚁永远达不到我们人类的视野。因此，我和老马很早就在考虑人类终归还是渺小的，在我们之上还有更高的维度，那个维度的人，嗯，暂且称作人吧，比我们所能认知的世界要宏大得多，所以他们就不再是与我们一样的人，而是神。"

马宏冰是名人，我也知道他的生平，不禁心生感叹。此人少年成名，也是天才，而且如此聪明的他竟然也会怀疑人类的科学。夏冰终于忍不住了，反驳道："好，你可以不相信黑轴文明，那我们就来说说人类本身，我们人类已经可以发射飞船，进入太空，可以登陆月球，并向各种空间发射探测器；我们人类也可以钻探地球内部，达到一万多米；我们人类也制造出了深潜器，可以潜入海洋底部；我们人类还研究了动植物与人类自己，基因技术突飞猛进。马先生，您能告诉我，你所谓的神究竟在哪儿呢？"

马宏冰口才极好，夏冰的反驳显然难不倒他，马宏冰微微一笑说："如果让你们这些俗人都看到了，那人类岂不是跟神处在一个维度了吗？就像我们现在……各位也都有着一流的人类大脑，但你们谁能解释清楚神迹？解释这一切是如何发生的？如果你们非要用人类已知的科学解释大楼梯和碉楼消失的现象，那我也可以猜测一下，这大概是时空变化造成的，至于具体怎么回事，夏小姐，你能说得清吗？不，你说不出来吧，时空概念本身就是维度方面的事，与我们处于不同的时空，所以我们才无法观测他们，而他们却能随时观测到我们，就像我们继续着这样无聊的讨论，神见了只会嘲笑我们幼稚。"

夏冰竟被马宏冰怼得一时语塞，大家只得将目光移向彭教授，希望这位著名的物理学教授，能给我们一些提示，但显然这让他有些为难。

7

彭教授明显感受到了压力，他的额头上竟然渗出了几滴汗水。许久之后，彭教授才开口道："我想起了我的恩师，他曾经反问我的那句话——你相信这世上有神吗？"

彭教授说完环视众人，我不禁心生失望，没想到彭教授也发生了动摇，马宏冰显然更来劲了，他激动地一边击掌一边畅言："是啊，你们可以不信我的，但桂肃大师的话得信吧，他是彭教授的恩师，比我们这些人不知道聪明多少倍。大家都喊我神童、天才，但桂肃大师是我最为推崇和佩服的科学家，他都曾经怀疑过，你们……对了，彭教授，桂肃大师好像当时还对你说了一句什么……"

"有时候科学也是一种迷信，不要太迷信了。"彭教授像是在喃喃自语，重复着当年桂肃大师的话。

"没错。你们这些从小对科学感兴趣，长大后钻研科学的人，自以为掌握真理，并准备随时捍卫真理，但其实你们……你们有没有想过……"马宏冰激动地望着我们，"你们有没有想过，其实我们对于科学的执着，不也是一种迷信吗？跟宗教信仰和习俗传统并没什么两样。"

马宏冰的话让大家都沉默下来，我看看其他的人，希望他们能反击马宏冰。但宇文像是在思考什么，默不作声。夏冰则是被马宏冰激怒了，尤其是当他和彭教授提到桂肃时，夏冰激动地张开嘴，最后却又闭上了嘴。目前处在这样复杂神奇的环境中，连我们自己都难以解释这一切，又怎么去反驳马宏冰，说服其他人呢？而马宏冰所说的，虽然我并不相信，却也不得不承认他的这套理论有他自己的道理。

我极力使自己安静下来，从头思考这一切。石板，以及那三行黑轴文字，都说明这里与黑轴文明有关，与闭源人有关。但他们在做什么试验呢？而试验又是如何影响了黑轴文明的历史进程？我怎么想也想不出来。这时，秦悦看向我们问了一句："石板上第二句，说'我们的生命结束了'，那曾经来做试验的闭源人的尸体呢？"

秦悦的话提醒了我。我们一路勘察，根本没见到任何骸骨，我还记得在赤道岛上探险时曾经发现过闭源人后裔的骨架，巨大醒目，但这里并没有。我缓缓站起来，再次向周围望去，只有安静、神秘的巨大空间。手表上的时间已是晚上八点，张克和辛叔两人似乎对我们讨论的话题并无兴趣，或者根本听不懂，辛叔斜倚在地砖上，双目微闭，似乎就要进入梦乡，张克则心不在焉，东张西望。我向大家提议说："既然谁也说服不了谁，那咱们就休息吧，累一天了，有吃的赶紧吃，明天咱们就准备下山了。"

"下山？"马宏冰与夏冰听到这个词，同时反问道。

其实我也没决定，只是故意试探大家，辛叔听到下山两字，立马睁开了眼，"是啊，你们该看的也都看了，我还从没带过像你们这样的团……这样近地触摸过神迹，你们还有什么不满足的？"

"我们还想多感受一下神迹。"马宏冰与辰姐一脸不舍。

"那你们感受吧，我要下山了，大脚怪说不定什么时候就会冒出来。"辛叔又提到了大脚怪。

马宏冰还想说什么，张克忙出来打圆场。

"好了，好了，在这地方什么都没准，明天怎么办，咱们明天再说。现在首要问题是度过今晚，咱们背包里的食物也不多了，还是得省着点吃。今晚就在这里休息，谁也不准出圆形大厅。"说着，张克看向我和夏冰，似乎是在警告我们，接着又说，"我提议还是按昨晚那样分成三组，轮流值夜，大家意下如何？"

众人面面相觑，谁也没有异议，各自分开以后就在圆形大厅内寻找自认为安全的地方休息。我、秦悦、夏冰、宇文四个，自然凑到一起，我还在想石板上的字，而秦悦显然在想她刚才的问题。就在这时，夏冰忽然抬头问秦悦："你刚才不是问那些闭源人的尸骨吗？那你有没有想过，弗朗索瓦神父很可能曾经找到了这里，那他的尸骨呢？还有……还有你的父亲……"

秦悦的身子微微一怔说道："或许……或许我父亲的尸骨就在山下三角体建筑下面。"

我的眼前闪过了那几具白骨的影像，然后说："不，那几具白骨应该不是你父亲，按照日记的记载他应该上山来了，发生意外的地点也该在山上。"

我见宇文一直低头不语，使劲儿踹了他一脚，问："你怎么不说话？想什么呢？"

这家伙才仿佛如梦初醒，"我……我在想马宏冰的话。"

"你难道也被他给洗脑了？"

"不！我是受他启发，在想石板上那三行字。"

"启发？"我们齐刷刷地盯着宇文。

宇文想了想就说："你们想啊，马宏冰说能建神迹的人要比我们现代人类先进得多，从我们已知黑轴文明的技术判断，的确比我们要发达，比如基因重组技术、可控核聚变技术，但这些技术我们现代人类也在做，假以时日，这些技术我们也都能掌握。那么究竟有什么，是我们人类现阶段还无法企及的呢？"

"我觉得现代人类无法企及的并不在技术方面，而在于近半个世纪以来，我们人类理论基础的停滞不前。你们还记得苏必大，也就是桂霜在赤道岛说的话吗？我们的星球已经几十年没有过真正的创新和突破了。"我回想起苏必大的话。

"是啊。从量子力学被提出以后，人类就再也没有真正的创新和突破，朗道就曾反复感叹自己晚生十年，错过了量子力学最辉煌的时代。即便像他那样的天才，错过了量子力学的黄金时代，也无能为力。因为比较容易突破的理论都已经被前辈们突破了，而剩下的都是更加困难、很难突破的问题。"

我点点头认同道："那会是什么呢？"

"其实彭教授刚才已经说了，就是测不准原理。我仍然认为神迹的消失是观测的问题。"

"观测问题？碉楼和大楼梯本来就不存在？"我陷入了沉思。

"我们还是回到一开始的问题，闭源人究竟要搞什么黑科技，最后失败了呢？这项科技一定很重要，重要到如果不成功人就要死，文明就要灭绝。"

"你想出来了吗？"秦悦问。

"我想这个试验关乎黑轴文明的存亡，它的科技含量一定很高，可以说几乎就是最高的科学。我们已经知道黑轴文明晚期的危机，闭源人的保守封闭，造成闭源人与开源人旷日持久的战争。那么这项试验一定可以制止这场战争，让闭源人再次获得绝对优势。"宇文说到这里，停了下来，大概他也就想到这些了。

夏冰忽然幽幽地说道："闭源人也可能没有研究能够获得绝对优势的东西，而是想要逃离。"

"逃离？"我们几个都吃惊地看着夏冰。

"是啊。当然是建立在闭源人对黑轴文明已经绝望的前提下，可以推测当时地球不仅仅陷入闭源人和开源人的战争，气候也在急剧变化，再加上闭源人的超前科技对地球产生的破坏，黑轴文明已经不可持续。在这个时候，闭源人开始建造黑轴，黑轴是保存闭源人文明的最后堡垒，那么他们会不会还想过要逃离呢？"

夏冰的声音最后越来越小，但我似乎听明白了。"你的意思是当闭源人在黑轴文明面临危机的时候，做了两手准备，一方面利用现有科技大规模建造黑轴，以此维持黑轴文明；另一方面他们也在探索新科技，企图逃离地球，去寻找其他适合居住的星球？"

"这只是我瞎猜的……"夏冰咬着嘴唇，不置可否。

秦悦听得似懂非懂，问："你们还是先想想明天该怎么办？我们就这样下山吗？"

"我现在好想回去。"宇文喃喃自语道。

"马宏冰和辰姐肯定不会下山；彭教授和姚大夫似乎也意犹未尽；李栋和潘禾禾则是墙头草，摇摆不定；倒是张克和辛叔他们一直说不愿再往前走，刚才也说想要早点下山，可是他们却一直跟着我们行动。"我分析了一圈。

"废话，马宏冰不停地加钱，他们能不跟着我们吗？"秦悦似乎洞悉人性。

"咱们明天还是见机行事吧。"夏冰说道。

"我还在想那个巫颂，他去了哪里呢？"我又想起那个失踪的人。

"或许明早他就会出现的。"宇文说完，困倦来袭让他打了个哈欠，此时圆形大厅传来了轻微的鼾声。我侧卧在黑色地砖上，竟然一点都没觉得冰冷坚硬，甚至还很温暖柔软，我不停地在黑色地砖上来回摩挲，那个手感太不真实，太过神奇，或许在梦里我会遇到什么……

8

一阵冷风将我从梦中吹醒，我微微睁开眼，亮光直刺我的双眼，我揉了揉惺忪的睡眼，慢慢地坐起来，惊诧地发现我居然躺在荒野中，不，准确地说是悬崖边的荒野中。这是哪儿？我努力辨认周围的环境，心里猛地一沉，使劲儿掐了自己一下，疼痛让我清醒地意识到这不是梦，不是梦……可是眼前的一切却像噩梦。因为石寨不见了，神迹也消失了。

其他人都慢慢苏醒过来，吃惊地望着眼前的一幕。我们现在露宿的荒野，正是昨夜我们宿营的圆形大厅位置。现在什么都没有了，那个楼梯、圆形大厅、走廊都没有了，整个石寨都不见了，难道这一切真是神的安排。

淅淅沥沥下了一天的雨终于停了，峡谷中不断升腾起阵阵白雾。现在已是早上六点，昨夜睡得真好，大家似乎睡得都挺好。不，不对啊，值夜的人呢？我刚想喊值夜的人，忽然想起按照分组，我、秦悦、彭教授、姚大夫是最后一组，但我们三人睡了过去，就连向来警惕性超强的秦悦也才刚刚睡醒，迷迷糊糊地问道："昨夜……昨夜怎么了？"

众人坐起来交流之下，才发现昨夜第一组人睡了以后，第二组人和第三组人压根儿就没起来，我努力回忆着昨天发生的一切，但没有什么值得回忆的。我们找到悬崖边的大门，进入石寨，又发现一些奇怪的小黑屋，紧接着进入内圈，我和秦悦从碉楼上摔下来没有事，后来大楼梯垮塌下来，我们发现了一块石板，石板上的黑轴文字……一切似乎都记得，但一切又是那么遥远，仿佛是多年以前片段式的尘封记忆。再看向周围的荒野，这种不真实的感觉，让我甚至产生了怀疑，我们昨天真的进入了神迹吗？

所有人脸上都写着疑惑，秦悦忽然猛拍了我一下，吓得我差点儿坐在地上。

"夏冰不见了……"秦悦的语气中透着慌张。

张克清点人数，又少了一位，只剩下十一个人。这次消失的是夏冰，我们马上就忧心忡忡起来，不停地冲着荒野和峡谷呼喊夏冰的名字，除了回声，还是回声。我怔怔地环视众人，问道："后来就没人醒过吗？"

大家面面相觑，都在摇头。宇文沮丧地嘟囔："我还说巫颂也许会自己回来呢，没想到夏冰又丢了。"

"不是丢了，是消失了，不声不响地随着神迹一起消失了。"我纠正宇文道。

"神迹和夏小姐一起消失，说明了什么？"马宏冰又开口了，他紧张中竟然还带着兴奋，"这更应验了我昨晚说的，我们只是低维度的蝼蚁，本来神并不关心我们，但因为我们进入了神迹，所以我们昨晚所说所做的一切，都被神所注视。夏小姐的言论让神不高兴了，神也不想再让我们探查神迹，所以就让夏小姐和神迹一起消失了。"

马宏冰话还没说完，我一个巴掌就拍了过去，"放屁！就你说得最多，神要烦也烦你了，怎么不把你带走。"

马宏冰被我打得站立不稳，幸亏有辰姐扶住他，辰姐毕竟还是有涵养，没上来和我撕扯，而是苦口婆心地发出威胁："你们年轻人就是缺少信仰，昨天的经历已经说明了神的存在，你也要小心，神在上面看着你呢。"

我冷笑了两声，想说什么，但又不知该说什么。我看看剩下的两人，再瞧瞧脚下的荒野，这片荒野没有多少杂草，昨天的雨滋润了脚下的土地。我突发奇想地打开背包，取出工兵铲，开始向下挖起来。掘地三尺，我要看看究竟有什么神迹，如果石寨是真的，就不可能没有一点地基或是建筑痕迹。但事实敲打了我，我们几个年轻人选了两个点，轮流挖掘，其中一个挖到约三十厘米，就挖到岩石了。另一个挖到约四十厘米，也遭到了岩石的阻挠。

彭教授赶紧劝阻道："悬崖边水土浅薄，继续挖是没有用的。"

秦悦、宇文、李栋都停下了手中的工兵铲，我还想再找一处挖掘，但显然已经不抱希望，我失魂落魄地站在悬崖边，大口喘着粗气。过了一会，我回身望着众人问道："你们现在都相信有神吗？相信这一切都是神的所为？"

马宏冰和辰姐脸上露出一丝得意的微笑，其他人默不作声。许久，彭教授开口道："我昨晚又思量一番，如果从物理学的角度，唯一可以解释神迹的可能，就是……"彭教授明显有些犹豫，又等了半分钟后才说，"唯一能够解释神迹的就只有宏观量子态。"

宏观量子态？我听说过这个词却又不甚了解。李栋听后却惊呼起来："对！对！昨天彭教授说到测不准原理的时候，我也想到了宏观量子态，神迹现象，似乎……似乎只能用宏观量子态解释，神迹是存在的，但因为我们的卑微弱小，所能观测到的就只能是这样，一会儿能看到，一会儿又消失。"

彭教授接着又说："在来这里之前，我就一直在想，会不会有一种更高维度的生命？我们这个世界所有的物质，只不过是他们为传递信息而创造的介质。微观粒子的测不准原理，其实只是因为他们把信息调制在更高频率和更小的空间。就好像我们在电线上传播方波，频率达到GHz（千兆赫兹），但是有一种低级生物，在他们的世界，对于时间的最高分辨单位就是秒，那么无论他们如何测量和分析，都只能得到随机电压的结论，看不见GHz频率下二进制代码所蕴含的信息。"

　　彭教授的话我大概能够理解，我更加失望了。彭教授竟然也赞同马宏冰的理论了，虽然他在用科学分析。彭教授停顿一下，接着说："有时候当我思考到终极问题时，我觉得我们就是低级生物。我们所谓的概率波、电子云、测不准原理，其实都是时间和空间基本维度受限的结果。如果我们可以克服这一点，以极小的空间和时间尺度来观察氢原子的核外电子，或许它的震荡是非常有规律的，隐藏着更高维度世界的秘密。"

　　马宏冰听了彭教授的话，更加兴奋起来。

　　"对。彭教授是从物理学的角度说明了我的理论。宏观量子态以现在人类的水平，根本无法实现，那么神迹是谁建造的呢？就是神，在神的视野里，我们都是微不足道的蝼蚁，所以无论我们如何努力、如何观测，都只能看到时而消失、时而出现的神迹。"

　　我的心里担心着夏冰，再加上彭教授已经倒向马宏冰，以我现有的认知水平，根本无法反驳他们。我站在悬崖边，峡谷中升腾起的白雾越来越浓，直到我们完全被浓雾包围。

9

　　眼前浓雾缠绕，辛叔不禁骂道："该死，刚才就该下山去。"

　　"不，我们不会这么早就下山的。"马宏冰说道。

　　"那你想干什么？"辛叔反问。

　　"我……"马宏冰一脸兴奋，对神迹恋恋不舍，但他似乎也不知道留在这里还能做什么。

"我们还是在这儿等一等吧。"秦悦用严肃的目光扫视众人一圈继续说，"雾散以后下山安全一点，而且再等等夏冰，或许她就在附近。"

大家也没有更好的办法，纷纷散开，席地而坐。就在这时，一声凄厉尖锐的嚎叫刺破浓雾传了过来，震撼着我们的耳膜。

所有人都猛地站了起来，紧张地注视着周围，但谁也不知道那传说中的大脚怪在哪里？浓雾没有一点儿要散的意思，大家就这样面面相觑。紧张了近十分钟后，又先后缓缓坐下，我还没坐下，突然那凄厉尖锐的叫声再次传来。这次大家有了准备，秦悦和辛叔都指向了浓雾，所不同的是，他们竟然指向了两个不同的方向。

其他人也都有着各自的判断，我与秦悦判断的方向一致，于是一起注视着西北方向，随着又一声凄厉尖锐的叫声传来，我和秦悦同时举起了枪。宇文和李栋也举起了他们的武器，只是他们对准的又是另外两个方向……李栋举枪的双手瑟瑟发抖，随着时间一分一秒过去，宇文也开始颤抖，周围又安静下来，除了我们的呼吸声，没有一丝声响，连风声都没有。我举枪的双手也开始麻木，李栋和宇文已经缓缓放下了枪。就在这时，那凄厉尖锐的叫声刺破浓雾，从辛叔刚才指的方向传来。对，我没听错，因为这次的声音离我们更近了。

我们还来不及反应，那个怪物突然从浓雾中杀出，速度极快，一下就撞翻了举起枪的李栋和宇文，我和秦悦急忙调转枪口。我看见一团黑色的东西直扑而来，速度之快根本来不及扣动扳机。慌乱中，我赶忙下意识地躲过，就在那个瞬间，我的五六式突击步枪的枪尖被一股巨大力量扫了一下，接着握枪的双手一阵剧痛，虎口震裂，枪就飞了出去……

枪在半空中画出一道优美的弧线，然后落在了靠近悬崖的位置。与此同时，秦悦扣动了扳机，砰砰两枪，那暴怒的怪物转向秦悦冲了过去。怪物身形巨大，动作却很敏捷，秦悦枪法极好，却没能给予怪物伤害。幸好秦悦躲闪及时，怪物没能抓到秦悦，没错，怪物的动作是抓。这怪物像是猴子，却比猴子大了数倍，像猿，但又比猿要敏捷许多，更奇怪的是它的动作像人类，这是什么怪物？比人强壮，比人敏捷，又有人的动作，如果它还有人的思维……我不敢想下去，赶忙冲到悬崖边拾起我的枪。

此时的我双手红肿，不停颤抖。宇文和李栋已经瘫倒在地。

"那是什么怪物？"我向众人喊话。

辛叔几乎跪了下来，"那是大山的神灵，不能杀它。"马宏冰见状，也和辰姐跪下来，嘴里念念有词。

"那我难道等死吗？"我怒喝道。

"你见过如此强壮，如此敏捷，又像人一样的生物吗？"马宏冰反问道。

我愣了一下，又听他喃喃自语。

"这是神派来惩罚我们的。"

潘禾禾和张克也盘腿坐在地上，嘴里念念有词。

"喂，你们就在这儿等死吗？"我冲他们吼道。

秦悦猛地拉我，做了一个噤声的手势，然后又指着一个方向，我已经完全辨不清方向，上次我和秦悦都判断错了方向。是我们判断错了，还是在极短的时间内，大脚怪改变了位置？没来得及多想，怪物再次冲出浓雾，这次没有叫喊，而是直接冲了出来，秦悦又判断错了方向，怪物几乎是从相反的方向冲出浓雾。彭教授和姚大夫就在其攻击路径上。眼见两个老人就要惨遭怪物撞倒碾压，砰砰两声枪响，怪物发出一声嚎叫，改变方向，径直向秦悦冲过去。秦悦早就做出了反应，迅速射出两枪，甚至超过了怪物的速度，至少有一枪击中了怪物。怪物恼羞成怒，不管不顾地冲向秦悦，秦悦直接向我这边奔过来。我心里叫苦，不明白为什么要往我这儿跑，大脑一片空白，但求生的本能促使我快速举起枪，虎口还在疼痛，双手依旧颤抖，却并不妨碍我扣动扳机，几乎就在怪物冲到我面前时，枪口喷出火舌，却毫无精准度。但这一顿乱射还是阻挡了怪物的攻击，大脚怪一声长啸，改变路线，它变换路线之快，动作之迅捷远远超出我的想象。

暴怒的怪物快速改变路线，一头撞倒了彭教授，顺带着一把抓起坐在地上的潘禾禾。伴着惊叫和哭闹，潘禾禾被大脚怪抛到半空，又稳稳接住。我调转枪口，对大脚怪一顿猛射，大脚怪号叫着，丢下潘禾禾，再次冲向我。我似乎掌握了大脚怪的攻击习惯，毕竟它没有人类聪明，更何况以我的智慧已经发现了他的行动规律。就在大脚怪冲到我近前时，我敏捷地一个侧扑，绕过它强壮的身体，它的动作太猛，来不及掉头，又冲进了浓雾中，周围再次安静下来。

"那究竟是什么东西？"秦悦小声问我。

"从体型和动作来看是灵长类动物，但我从没见过这么强壮、敏捷，又像人类的灵长类动物……"

姚大夫打断我，忽然说："从动物的外形看，像是长臂猿。"

"长臂猿？长臂猿哪有这么大的体型？而且长臂猿常年居住在树上。"我搜索着大脑中的记忆。

"所以……所以这是一种尚未发现的猿类。它有巨猿的强壮、长臂猿的敏捷、人类的动作，甚至是人类的思……"姚大夫还没说完，大脚怪又冲出浓雾，几番交锋，我慢慢冷静了下来，这怪物比我强壮，比我敏捷，但它绝没有人类的思维。枪打不准，即便打中了皮糙肉厚的外皮，几颗子弹也不起作用，不如……想到这里，我端起枪点射几下，吸引大脚怪过来。果然，大脚怪就向我冲来，我颤抖着双手继续射击，但射出的子弹根本没有准心，我吸引着大脚怪往悬崖边冲来。没错，悬崖才是我的目的，就这样且战且退，快速退向悬崖边，悬崖底下不断升腾上来的白雾，完全笼罩了悬崖边缘，辨别不出边界，这就是我要的效果。我回头瞥了一眼，大概算出离悬崖边的距离不会超过五米。再近点，三米。这个距离以大脚怪的重量根本无法改变方向，也刹不住。

我终于停下脚步，背后就是悬崖，背水一战，我用尽全力控制弹道瞄准大脚怪，也的确打中了几发。大脚怪发出一声疼痛的号叫，然后猛地捶地、加速，向我冲来，越来越近，我不断地扣动扳机，直到打完了一个弹匣，双手不停颤抖。千钧一发之际，我根本没时间换弹匣，但这已不重要，我用自己做诱饵，引诱大脚怪靠近悬崖，速度越来越快。五米、四米、三米、两米、一米……就在大脚怪快要撞上我时，我猛地向侧前方扑了过去。

10

正如我计划的一样，大脚怪刹不住，惨叫一声之后，冲入悬崖边的浓雾。我翻滚一圈后站起身来，壮着胆子来到悬崖边，往下看去，确认大脚怪确实掉下去了，才稍稍心安。我赶忙去查看众人伤情，潘禾禾只是擦破了点皮，但她惊吓过度。李栋没什么伤，倒是宇文好像被大脚怪撞坏了，碰下肩膀就痛得大叫，失去了战斗力。我拾起宇文的枪，看看众人。我不想给辛叔，马宏冰肯定也不想用枪，我就将枪交给了彭教授。

经过这番折腾，已接近上午十点，浓雾没有一点儿要散去的意思，雨反而又淅淅沥沥下起来。我们仍然不知该往哪去？秦悦催促道："赶紧离开，此地不宜久留，搞不好还有其他的大脚怪。"

"是啊，通常猿类都是群居。"姚大夫也说道。

"所以我们得赶紧撤离。"

"往哪儿撤？"我问秦悦。

　　秦悦拿出指南针判断方向，突然从峡谷下方又传来了凄厉的嚎叫。接着，脚下的大地微微颤抖了一下。我暗叫不好，难道那个大脚怪还没死？我不禁想赶紧远离悬崖向后退去，大地微微颤抖了几下，大脚怪又突破浓雾冲了出来。我怔怔地瞪着大脚怪，不敢相信眼前这一幕，这家伙怎么又从悬崖下面上来了？难道它没摔下悬崖？我不由自主地又往后退了半步，或者……或者面前这只并不是刚刚坠下悬崖的那只。

　　好不容易建立起来的信心，瞬间就崩塌了，我大叫一声举起枪，冲着大脚怪射击，大脚怪毫不在意，猛地跃起躲闪来自前方的攻击，我赶紧对秦悦和其他人大喊道："撤……快撤……我来掩护……"

　　"你……小心……"秦悦说完，就跟李栋一起架起宇文，向后退去。我且战且退掩护大家，直到又打完了一个弹夹，恐惧让我不停地后退，我的双手越发颤抖，但我强忍剧痛，努力从背包掏出一个弹夹，抬头确认大脚怪的动向，剧烈颤抖的双手却怎么也装不进弹夹，大地仍在颤抖，腥臊的气味突入鼻腔。我知道它要来了，当我再次抬头望向大脚怪时，咔嗒一声，弹夹插了进去。与此同时，大脚怪已经冲到了我的面前。我刚举起步枪，大脚怪就一挥掌，一下抓住了枪尖，我只感到双手一阵剧痛，然后整个人似乎都要被它举起来了。

　　"放手！"身后传来秦悦的声音。

　　我才反应过来赶紧松开手。然后重重地摔在地上，刚想要爬起来，就见大脚怪掰断了枪，朝我砸了过来。我赶紧在地上翻滚一圈，躲了开来。大脚怪随后杀到，就在它要抓住我的时候，一梭子弹打来，大脚怪发出怪号，丢下我向我的身后奔去。大脚怪溅起的泥水，几乎让我失明，我辨不清方向，匆匆爬起来，擦拭着眼中的泥水，随之向后方的浓雾中撤退。

眼睛逐渐恢复视力后，我发现刚才开枪的是彭教授和李栋，他们成功吸引了大脚怪，然后迅速撤出战斗。大脚怪暴怒地在浓雾中搜寻。此时的我手中已经没有武器，只能后退，我尽量让自己不发出声音，退进了浓雾中。我知道大脚怪就在附近，甚至可以嗅到它身上的腥臊气息。我已经完全没有了退路，也辨不清方向，其他人都不知奔向哪里，想到此处，我感到了恐惧与绝望。

此时的我只能借着浓雾的掩护，蹑手蹑脚地与大脚怪玩躲猫猫，还要祈求雾气不要散去。随着时间一分一秒地流动，大脚怪的气味渐渐远去，我心里稍稍淡定，动作幅度也加大起来，快速向某个方向退去。我只知道这不是来时的山路，也不是悬崖，虽然脚下杂草丛生，毕竟还能下脚，好几次都被前方突然出现的树木拦住去路，但好在能够绕过去。在草丛中狂奔了半个多小时，周围的环境也没有什么变化。等到雾气稍稍散去，我停下脚步再次观察周围，仍然无法辨认。这里不是来时的山路，好像在悬崖相反方向。昨天一路上来，山路西侧都是险峻的高山，如果我是在悬崖相反的方向，应该遇到高山才对，可是走出这么久，还在平地上狂奔。难道我还没走出去，只是在原地打转？想到这里，我又紧张起来，又祈求这片浓雾能尽快散去，但又想到大脚怪就在不远处，还是盼望浓雾不要散去吧。我已经完全被矛盾与焦虑支配。

我不敢在一个地方停留，就算放慢速度，也要继续向前走，不知道这片荒草地通往哪里……杂草越来越高，我跌跌撞撞在雨雾中又艰难前行了半个小时，前方忽然出现了一片醒目的红色。是大树杜鹃吗？我吃惊地望着面前的大树杜鹃，发现半径至少在三米以上，高度接近三十米，我从未见过如此巨大的杜鹃，斑驳的树干饱经沧桑，树枝上开满了美丽的红色杜鹃花，至少有上万朵。就在这大片的红色下坐着一个人，是秦悦。我停下脚步，吃惊地欣赏着美景，恍惚间忘记了身处险地，这是多么不真实……

雨雾渐渐散去，我缓缓走过去，秦悦也看到了我，她指了指身后，我注意到她身后站着李栋。李栋的外衣几乎被扯成了布条，他虚弱地靠在树下，大口喘着粗气。

"其他人呢？"我问秦悦，目光又在大树杜鹃周围游走。

"没……没看到。"秦悦也累得够呛。

"你不是跟彭教授在一起吗？"我转而问李栋。

"后来……后来我被那怪物抓住，彭教授开枪救了我，再后来……再后来怪物就把我抛下来，去追彭教授了……"李栋缓缓睁开眼睛说道。

"我一路并未看见彭教授和姚大夫，想也知道他们凶多吉少……"秦悦低声说道。

李栋失望地点点头，又闭上了眼睛。

"那……其他人呢？宇文没跟你在一起吗？"我不死心地又问秦悦。

"我和李栋赶回来救你，就把宇文托付给马宏冰了。"

"马宏冰，这家伙能逃得掉吗？"我心里一沉，为宇文的安危担心。

"放心，干架不行，求生应该还行，说不定他们已经下山了。"秦悦说道。

"下山？估计辛叔、张克也下山了，毕竟他们路熟，一打起来，那两个人就跑了。"我颇为不满地说道。

"希望他们都下山了……"秦悦说着，扶着树干站了起来。

"那我们这是在哪里？"我困惑地再次观察周围。小雨一直下着，浓雾却在缓慢散去，时间已近中午，腹中饥饿，但现在根本不是吃饭的时候，我们必须尽快撤到安全的地方。

"方位上我们是在往西走。"秦悦也在观察周围。

"但西侧应该是高山啊。"我费解地望着前方，随着浓雾散去，前方依旧是杂草丛生的平地，再向两侧望去，影影绰绰像是高山。

"我们似乎走进了一条山谷。"秦悦点点头道，"峡谷上方的山谷。说……说不定继续往前走可以翻过这座山。"

我观察完周围，无奈地注视着面前美丽的大树杜鹃。

"现在也只能这么办了。"当指针指向正午十二点时，我们三个人互相搀扶着，继续出发。我回头又望了一眼大树杜鹃，美得不似人间，我多么希望这噩梦赶紧结束。

我们三人在荒草里又走出数百米，忽然发现山谷似乎改变了方向，回头望去，那株醒目的大树杜鹃已经不见了。我和秦悦对视一眼，觉得前方可能有什么，就继续往前走。山谷越来越窄，又走出数百米，浓雾渐渐散去，忽然一段锈迹斑斑的铁丝网不合时宜地出现了。

我发现这铁丝网早已废弃，破烂不堪，有的地方甚至已经整个倾倒，铁丝网上有一扇锈死的门，但这并不妨碍我们从旁边的大洞进入铁丝网。放眼望去，铁丝网内的情形与外面并无两样，我甚至怀疑这里才是铁丝网外面，而刚刚神迹所在的地方是铁丝网里面。

"这……竟然会有铁丝网？"我嘴里喃喃说道。

"看上去很有年头了。"秦悦判断道。

"会不会与那些知青有关？"我想起山下桂肃的杰作。

"有可能吧，不过这铁丝网究竟是想圈住神迹的秘密，还是有什么不可告人的用途？"秦悦也想到了这层。

我又看了一眼铁丝网上的门，门上面没有锁，所以无法判断出铁丝网的真正目的。我使劲儿推了几下铁门，已然锈死，推不动。

我无奈地又检查了一遍，向两人说："不管那么多，往前走走看再说。"

我们尽量不留下痕迹，小心翼翼地朝山谷深处走去。浓雾渐渐散去，我们的可视距离也越来越远，渐渐地，前方的风景有了变化。

第七章　又一座石寨

1

山谷中出现了一些田垄，还有一些青砖。我停下脚步蹲了下来，捡起一块碎裂的青砖，观察许久，递给秦悦，说："和山下三角体建筑用的红砖不同，要早于那个年代。"

"那就不是桂肃所为了……"秦悦喃喃说道。

我又往前走了几步，登上一处略高于地面的田垄，小声说道："这里似乎曾是农田，有人在这里种植过东西。"

"就是说有人在这里生活过喽？"秦悦问。

我在雾中又走了几步，青砖越来越多，甚至出现了一堵已经倾倒的矮墙。李栋好奇地紧走几步，有些兴奋地说："这又有建筑了，会不会是桂肃他们曾经在这儿住过？"

"不，这不是人住的地方，像是圈养什么东西的地方。"我细细查看后说。

"如果这里有田地，也圈养过动物，那么说明这里曾经有人长期居住，甚至是不少人长期居住。"秦悦推测道。

"不是桂肃，更不可能是谷底人，那会是谁？"李栋小声嘀咕道。

"弗朗索瓦吧……"我和秦悦同时想到了那位再没有走出大山的神父。

就在我们嘀咕的时候，随着雾气慢慢散开。就在距离我们不远的地方，神迹又出现了。

我们都被吓了一跳，不约而同地向后退了半步。没错，就是神迹。黑色的石寨静静地伫立在山谷深处，虽然离得已经很近，但我还是拿起望远镜望过去，仔细观察，不是陡峭的悬崖边，确实是山谷深处，不过我还是觉出了一些异样，不禁喃喃自语道："这石寨似乎有点不一样……"

"貌似比神迹要小。"秦悦也察觉出了异样。

"不仅仅是规模小，整个质感都不一样。"我喃喃说道。

"可……可从外形上看，石寨与神迹一模一样啊，一样的黑色石块，一样的十六边形，也是两层。"李栋指着前方的石寨说道。

我慢慢放下望远镜，细细回味看到神迹时的体验，再看眼前这座石寨，完全没有之前初遇神迹时的那种感觉。眼前的石寨不仅仅小了一号，而且完全没有神迹的体感，完全没有那种感觉。我不甘心，又猛地举起望远镜，望远镜内的石寨很清晰，同样的黑色巨石、同样的十六边形、同样的样式，但就是没有那种看见神迹的感觉，或许得走近才……忽然我在望远镜内看到了两个人影，那两个人站在石寨不远处，也在观察着石寨，这是谁？从穿着上看，像是彭教授和姚大夫，他俩也逃进山谷了吗？刚才怎么没看到他们，还走到了我们前面……

"彭教授和姚大夫。"秦悦也发现了他俩。

"过去看看吧。"说着我们几人就向山谷深处的石寨走去。一路上并没有路，深一脚浅一脚穿行在杂草丛中。我忽然有些恍惚，神迹若隐若现，这座石寨不会也若隐若现吧？等我们走到近前，又消失不见。彭教授和姚大夫会不会也只是幻觉？

在荒草丛中走了半个小时，那座黑色的石寨真的出现在我们面前。彭教授和姚大夫似乎是听到了响动，站在石寨门口，望着我们。李栋和秦悦走了过去，而我则愈加恍惚，我小心翼翼地观察周围，生怕面前的一切都是虚幻，石寨、彭教授和姚大夫，甚至周围的景物都是虚幻，也许我们所处并非山谷，而是悬崖边，一脚踩空，便会万劫不复。

我小心翼翼地迈开腿，每往前走一步，都反复踩实地面，姚大夫看到我有些滑稽的样子，笑道："这里我们都走过，没有危险。"

"没有危险？"我抬起头，看看面前的石寨，又看看姚大夫和彭教授，"这地方又出现一座石寨，本身就是危险。"

李栋观察良久，忽然转身问道："神迹会不会是因为某种特殊的光学现象，反射的其实就是这座石寨？"

彭教授摇摇头否定道："我在神迹就说过了，神迹不是因为光学因素形成的，如果折射的是这座石寨，那我们在悬崖边也不可能真切地进入神迹内部，因为它不会真正存在。"

姚大夫又接着说道："我们刚才已经大致分析过，这座石寨比神迹要小，大约是神迹一半的比例，而且材质也不一样。"

李栋语塞，嘟囔道："不都是黑色的石头吗？"

"确实不一样。"秦悦仔细摩挲石寨的石壁，继续说，"我们面前的石寨应该是就地取材，就是附近的黑色岩石开凿出来，而所谓神迹表面上看是黑色巨石，而我认为其实根本不是，只是我们不知道那种物质是什么。另外从建筑工艺上来说，这座石寨与神迹也不一样，你看这里，能明显看出粘连的痕迹。"

顺着秦悦手指的方向，我看见石寨石块与石块的接合处隐隐有黏合的痕迹，虽然看不出用的是什么黏合剂，但明显与神迹不同，神迹的巨石之间没有发现任何缝隙和黏合剂。秦悦接着说："不仅仅是黏合的痕迹，这座石寨有年头了，巨石之间长出了杂草，潮湿的地方也生出了青苔。"

我也注意到了这座石寨底部的青苔和杂草。

"而且它是有地基的。"

"或许这就是你所谓的质感不同。"秦悦说道。

"不仅仅是质感不同，它……它完全没有那种感觉……"我说不出什么感觉，但秦悦他们都懂了我的意思。

"那么为何山谷里会有这样一座缩小版的假神迹呢？"李栋问。

秦悦却转开了话题问彭教授："您二老是怎么找到这里的？"

"我遭到大脚怪的袭击，扭伤了脚，幸好当时有雾就躲进雾里，又正好碰到老伴儿。老伴儿劝我赶紧下山，于是我们就向下山的路摸索，却误入了这条山谷，就这样一直摸到了这里。"彭教授依然心有余悸。

我这才注意到彭教授走起路来一瘸一拐的。

"你们看见那株巨大的大树杜鹃了吗？"

彭教授与姚大夫面面相觑，似乎根本不知道我在说什么。

"没，没看见什么大树杜鹃。"

我心生疑惑，如果彭教授和姚大夫也逃入山谷中，怎么会没看见那株大树杜鹃？因为雾太大，还是因为山谷很宽？我寻思着不得要领，李栋已经摸到石寨的大门口，我忙叫住李栋。

"小心！"随即我又转而问彭教授："你们进去了吗？"

彭教授摇摇头。

"我们没敢贸然进去，只是绕着这座石寨走了一圈，与神迹的结构一样，十六边形，两层楼高，只有一边开门，而且如果我没看错，这门的朝向也是东方。"

"这么奇怪……本来神迹就够神奇，又冒出一座缩小简化版神迹更是奇怪。"我说着走到石寨的大门前，同样没有门板，与神迹一样没有装过门板的痕迹。我小心翼翼地走进大门，惊奇地发现里面的结构与神迹一模一样，也分为内圈与外圈，内圈与外圈中间是一条围廊环绕，内圈同样是二层楼高，只是这座石寨的层高明显要矮于神迹，与我们一般的居民楼差不多，所以这座石寨远没有神迹高大庄严。

秦悦、李栋、彭教授和姚大夫跟着我走进了石寨，我们沿着内圈与外圈中间的围廊，按照顺时针方向前进，不多一会儿，一座小黑屋出现了，这已经在我意料之中，外面不同的形状，里面都是不明用途的小黑屋，一路走下去，当我们绕着内圈走到一半时，内圈的大门出现了。

　　2

我们五人面面相觑，一切形制都与神迹相同，但又都不一样。最明显的就是内圈的大门，内圈的大门居然出现了门板。我使劲儿推了推内圈大门，厚重的大门动了几下，但没被推开，李栋上来想帮我一起推，我拉住他说道："没用的，里面有门闩。"

"门闩？"大家都愣住了，李栋反问道："难道里面有人？"

我凑近两扇门板中间的门缝往里边看，黑洞洞的，虽然是白天，但没有一丝光亮。蛛网密布，一股潮湿腐烂的气味直扑耳鼻，这也是神迹没有的，神迹崭新而敞亮，没有蛛网，也没有任何虫类。

"有人吗？"李栋居然冲着门缝大声呼喊起来。

我推了李栋一把。

"别把大脚怪招来。"

李栋停下呼叫，四周又恢复安静。我仰头望向狭窄的天空，现在差不多是午后时段，由于阴天的缘故见不到阳光，而雨越下越大，不知道其他人都逃到山下了吗？还是会有人……我狐疑着又朝门缝里望去，现在无法判断这座石寨建于何时，更无法想象大门后的门闩是谁锁上的，里面的人又去了哪里。这时，秦悦一把夺过我手里的五六式突击步枪喊道："都往后退。"

李栋拉着我向后退了两步，就听砰砰几枪，秦悦枪法精准，大门后的门闩从里面断开。李栋迫不及待地又去推大门，这次大门很轻松地推开了，门轴吱呀作响，提示着这里与神迹的不同。但让我恍惚的是，当我走进大门时，这里的圆形大厅与神迹一模一样，只是小一号。我注意到同样有石砌的楼梯通往二楼围廊，不禁浑身一颤，在神迹大楼梯上突然摔下来的画面又闪现在脑中。再仰头向圆形大厅顶部望去，不见点点金光，回头望向大门外，仔细感受，并没有温暖的感觉，一股凉风从门外灌进来，稍稍吹散了里面积累的潮湿霉烂气味。

李栋、彭教授和姚大夫已经按照顺时针方向沿着内圈的大走廊绕圈，秦悦赶忙拉着我跟上众人。我愈加恍惚，这是怎么回事？一路沿着大走廊，来到北面的方形大厅，又转到东面的圆形大厅，东侧的圆形大厅有一座大门，通往石寨中央的大院子，与神迹不同的是这座大门也有门，不过门闩在大厅这侧，彭教授与李栋很轻松地抬起门闩，打开了大门。石寨中央的大院子正中果然也伫立着一座高耸的碉楼，仰头望去，碉楼顶上清晰可见十六边形标志，只是这座碉楼比神迹的碉楼也小了一号。

我们几个在院子里散开，仰头观察碉楼。这时，在神迹碉楼里的那个奇特体验，迅速闪过我的眼前，这碉楼也会突然消失吗？我不由自主地向碉楼走去，这是为什么？巨大的好奇心，还是因为……就在我走到碉楼底下时，秦悦叫住了我。我回头看她面色有些沉重，她对碉楼的恐惧比我更深，我们几个商量一番，还是决定由我和秦悦登上去。做好准备之后，我端着五六式突击步枪走在前面，秦悦跟着我，钻进了狭窄的碉楼，因为比神迹的碉楼小一半，所以这座碉楼内部更为狭窄，盘旋而上的楼梯几乎只能容一人攀爬，里面的空气有些沉闷，但让我意外的是我们爬了十圈后，并没有窒息的感觉，似乎上面有新鲜的空气源源不断输送进来，果然，又爬了几圈后，上面投进了亮光，看来快到顶了。

果然，在我们又往上爬了四五圈后，一束强光照进碉楼，我们已经爬到了碉楼顶端。碉楼顶端更是狭小，我和秦悦两人站立，几乎就无法转身，我举目远眺，虽然雾气散去不少，但能见度依然有限，最远也只能看到石寨周围的山谷。山谷、石寨外圈、内圈，再向碉楼下看去，彭教授、姚大夫、李栋三人都清晰可见，我再次估算了碉楼的高度，大概八到十层楼高。我见并无新的发现，便退下来，让秦悦独自在碉楼上观察，秦悦观察良久，也没看出什么异常，只说了句："这座石寨一定与神迹有什么联系。"

"可我们看了一圈，只能看出这是一个粗糙拙劣的山寨版神迹。"我的声音在回旋楼梯内传来阵阵回音。

"不，这不是一个粗糙拙劣的山寨版。"秦悦停顿一下，从碉楼顶端下来，小声对我说，"如果这是弗朗索瓦神父建的，你还会认为这是粗糙拙劣的山寨版吗？"

"弗朗索瓦？"

"对，除他之外，我想不到还有谁。"

"以他一己之力吗？"

"很可能并不是一己之力。但以他当时的条件，能建成这座石寨已属不易，所以我以为这绝非是粗糙拙劣的山寨版，而很可能是他拼尽全力建的。"秦悦说道。

"为什么？他为何要拼尽全力，建造这座石寨？难道他也信奉所谓的神？"我不理解。

秦悦没有回答，我俩默默无声地走下了碉楼。彭教授和李栋都迎上来，问我们在上面看到什么，我失望地摇摇头，"只能看到这座石寨周边，再远的地方全是雾。"

"如果没有雾，或许能看见什么……"彭教授喃喃自语道。

"哦，彭教授，您觉得能看见什么？"秦悦反问道。

"我有一种预感，这座石寨和神迹有某种联系……"我觉得彭教授说了一句废话，可接着彭教授又说了一句，"我觉得这座石寨应该离神迹不远。"

"为什么？"秦悦追问。

"感觉，只是感觉。"彭教授说道。

我仰头看看头顶的十六边形天空建议道："看来今晚我们得在这

座石寨过夜了。也不知道其他人怎么样了。"

众人看看头顶，又看看这座寂静、阴森、恐怖的石寨，不知该如何是好。就在这时，秦悦突然疾走几步，大步朝圆形大厅走去，我忙跟上问她："怎么了？"

"好像有人。"秦悦说着已经冲进了圆形大厅，并拔出了九二式手枪。

我回头看了一眼李栋，李栋似乎心领神会，也举起五六式突击步枪，紧跟上我。我跟着秦悦步入圆形大厅，大厅内空无一人，秦悦站在大厅中央，仰头看看圆形大厅顶部，又看看二层的围廊，最后她的目光落在了通往二层围廊的楼梯上。

3

秦悦举枪快速冲上楼梯，我则是想起了在神迹圆形大厅楼梯崩塌的一幕，但又想到这里不是神迹，也跟着冲上去。每一层台阶都很结实，当踏上二楼围廊时，我仍然不自觉地回头确认一眼楼梯的状态，李栋也跟上来，黑色巨石砌筑的楼梯依然稳固地伫立在圆形大厅中，没有坍塌，没有消失……

就在我恍惚之时，秦悦和李栋已经不知道跑哪去了，我只得加快脚步。围廊有一定弧度，我紧跑了几步，总算追赶上了秦悦和李栋。我记得刚才是沿着围廊往南走，一直走下去的话，南面应该还有一座方形大厅。不过还没看到方形大厅，秦悦就放慢了脚步，前面二层的围廊竟然断了，不，准确地说是到了围廊的尽头。

我也停下脚步，吃惊地望着前方，前方是一面石壁。

"这似乎与神迹不一样，神迹的二层围廊应该是完全联通的。"

"神迹的二层围廊我们也没上去……"李栋说道。

秦悦没说话，只是握着枪警觉地往前迈了半步，确定周遭安全后，又往前迈出半步，如此三番试探后，秦悦突然转身，枪口对准了围廊内侧。我被惊讶到了，那边有什么呢？我靠近了些才发现围廊内侧的石壁上有一扇门。

彭教授和姚大夫也赶了上来，吃惊地望着眼前的小门，"这……这里面有房间？"

"也许是通向哪里？"李栋小声说道。

秦悦依然没说话，一直举枪对着门，我发现这是扇木门，门上有锁，锁上锈迹斑斑，似乎多年没人打开，早就锈死了。这里面会有什么？我一愣神的工夫，砰砰两声，秦悦已经打碎了门锁，大门吱呀一声开了。

一股浓烈的潮湿腐朽气味直冲出来。我们本能地向后退去，秦悦退后两步，依然举枪对着门口。这么浓的气味，加上锈死的锁，表明这里面不会有人，那么刚才秦悦发现的是什么？我回头望去，二楼的围廊与一楼的大走廊上，空空如也，根本没有什么人。

此刻，秦悦已经率先闯入门后的空间，我也跟着走了进去。里面的霉味依然很重，呼吸艰难，我捂着口鼻，观察着门后的空间。这是一间石屋，靠内侧的墙壁上部，有一扇石雕的棱窗，外面的光线照射进来，让我们心里稍稍安定，也借着这光亮，看清了石屋内的陈设。石屋挺大，陈设简单，靠里面有两张木床，木床落满灰尘，看样式也有年头了。外侧靠棱窗下面是一条长桌和几把椅子，而在椅子后面，地上还有一个炭盆，炭盆内的灰烬上，同样落满了灰尘。

"这石屋很多年没人进来了。家具陈设似乎是民国……"

话没说完，彭教授、姚大夫和李栋几乎异口同声地说道："弗朗索瓦神父……"

我和秦悦对视一眼，然后冲大家点点头。

"不错，从一进到这座石寨，我就想到了弗朗索瓦神父，除了他还会有谁会来这里？"

"可……可弗朗索瓦神父怎么能凭一己之力建起这座石寨呢？"李栋不敢相信。

"问题是他为何要建这座石寨？"彭教授小声说道。

我没法回答他们的问题。我忽然发现靠近木床的地方还有一个炭盆，我盯着炭盆看了一会儿，忽然觉得脚下的炭盆有些异样。我蹲下来，伸手在炭盆里翻找，这才发现落满灰尘的炭盆里，残留的不仅仅是灰烬，还有一些没烧完的木炭与纸张。

秦悦也发现了炭盆里的异样，她蹲下来，仔细翻找一番后，拾起两张残留的纸。

"看吧，这可不是用来烤火的废纸，也不是一般的文字。"

　　我接过纸张的手有点颤抖，因为我已经看到了残卷上的符号，那是一种我不认识，但却极为熟悉的符号——黑轴文字。我没料到这里会出现黑轴文字。我和秦悦又在炭盆中翻找一番，发现了一个奇怪的现象，炭盆中残留的纸张上，竟然都是黑轴文字。至于写的什么，我们不得而知，因为我们当中唯一能识别黑轴文字的夏冰不在。

　　李栋也在另一个炭盆内发现了大量没有烧尽的纸张，我过去一看就发现这些纸张上都是黑轴文字。

　　"这是什么？"李栋问道。

　　"这都是黑轴文明的文字。"我小声地说道。

　　"黑轴文明？"

　　"对。就是昨天我对你们提过的黑轴文明，只是你们不相信。"我又补充道。

　　彭教授拿起几张纸，仔细看看，反问我道："黑轴文字？你认识吗？"

　　我摇摇头回道："只有夏冰认识黑轴文字，不过她失踪了。"

　　彭教授放下残卷，拍拍手说："这上面的文字与神迹石板上的文字是很像，不过我昨天也说了，黑轴文明可能只是你们一厢情愿想象出来的，你们仔细想想，这种我们不认识的符号，会不会是高维文明的杰作呢？他们此刻可能正在看着我们。"

　　说罢，彭教授紧张地盯着不高的天花板看了半天，又走到棱窗边，向外张望，仿佛我们只是蝼蚁，有个神正在高处俯视着我们。我的思路则开始快速运转起来。

"我坚信我们的发现，黑轴文明曾经在这个星球上存在过，只是后来消亡了。并没有什么神，也没有什么高维度文明，我们并不是蝼蚁。如果之前我们的推断没错，这座石寨是弗朗索瓦神父的杰作，那么黑轴文字的发现就解开了许多谜团。"

"哦？什么意思？"众人一头雾水。

秦悦向众人解释起来："就是说如果弗朗索瓦神父曾经住在这里，那么他很有可能是蓝血团的人。"

"蓝血团的人？"彭教授和姚大夫很是惊诧。

"没错。你们可能并不知道，先哲创立蓝血团的一大目的就是寻找并保存黑轴文明的高科技。黑轴文明毁灭后，仍然有少量闭源人幸存下来，他们与现代人类的祖先通婚，这些闭源人后裔的基因就在我们现代人类中繁衍传播，蓝血团在招募人员时，首先招募的就是携带有闭源人基因的人。我们已经知道弗朗索瓦出身高贵，不远万里，深入高黎贡山，在这荒绝之地，他绝非传教那么简单，他不停地在大山里探路，我想为的也不仅仅是科学考察，种种迹象表明，弗朗索瓦神父深入大山的目的，就是为了神迹。而现在我可以进一步推测弗朗索瓦很有可能是肩负蓝血团的使命而来的。"秦悦说出了自己的推断。

"没错。没有蓝血团的支持，弗朗索瓦神父仅凭一个人，无论怎么样，都不可能建起这座石寨，并在此展开研究。"我说着走到棱窗前的长桌前，长桌上空无一物，但长桌两侧各有四个抽屉，抽屉并没有锁，我拉开了右侧的第一个抽屉。

4

第一个抽屉里面灰尘略少，满满一抽屉的资料和地图。我拿起最上面一张地图，翻开查看，是一张一九二九年绘制的云南省地图，上面分别用中文和西方文字标注了地名。虽然没有写明神迹字样，但我很快就找到了位置，因为那里绘制了一个十六边形的符号，我找遍符号周围，没有任何标注和说明，不禁皱起了眉头。

"一九二九年，对于中国和整个世界，都是大混乱的时代。上面的文字除了中文，还有一种西方文字，但不是英文，也不像是法文，更不是汉语拼音……"

"是拉丁文。"彭教授认出了地图上的西方文字，"我也并不太懂拉丁文，但因为工作关系，曾接触过，拉丁文是西欧最古老的文字，也被西方认为是最准确、最高雅的文字，直到今天，西方许多科学术语仍然使用古老的拉丁文。还有就是教会的官方语言一直都是拉丁文。"

"对，罗马教廷一直在用拉丁文，弗朗索瓦虽然是F国人，但更是教会的人，所以他会使用拉丁文，这更说明了弗朗索瓦曾经来过这里，并且建造了这座石寨……"我说着不禁又重新打量起这间石屋，仿佛在这里可以穿越时空，与弗朗索瓦神父重逢。

秦悦指着地图西北角的十六边形标识说："显然这幅地图不是通

用的，而是这里的主人有目的地绘制的。"

"当时这里还没有被命名，所以就做了一个标记。"

说着，我又打开了抽屉里另一幅地图，这幅是比例尺约为一比十万的地形图，同样绘制于一九二九年，我一眼就看出来这幅地图绘制的正是神迹附近的地形。

"看来弗朗索瓦非常专业，这幅地形图上将我们经过的地方都绘制出来了。看啊，当时峡谷上方就有滑索桥。"

"再仔细看看，有没有我们没发现的地方？"彭教授催促道。

我的目光最后落在神迹的位置，这里详尽地画出了一个十六边形，与神迹的位置完全吻合，李栋忽然指着十六边形标记说："这里，这旁边有文字。"

我也看到了十六边形标记一侧有淡淡的，像是铅笔写的文字，仍然用了两种文字，繁体中文和拉丁文，我不禁喃喃地念出了那两个繁体中文——"神迹"！

"对，拉丁文也是神迹两个字。"彭教授辨认出了那模糊的拉丁文，不禁有些兴奋，"这再次验证了，弗朗索瓦就是为神迹而来，而且他当时已经把这儿命名为神迹，说明他也认为这是神的杰作。"

"或许'神迹'这个词就是弗朗索瓦最早命名的，毕竟他是个神父。"我反驳道。

"你刚才不是说弗朗索瓦是蓝血团的人吗？"彭教授反问道。

我有些语塞地辩解道："或许……或许'神迹'只是弗朗索瓦起

的代称。并不能说明什么。"我又从抽屉里翻出一些地图，其中有两张十六边形建筑的图纸，虽然两张图纸很像，但我还是一眼就能分辨出来，绘于一九二九年的那张是神迹的图纸，而绘于一九三〇年的那张则是我们身处的石寨的图纸。

"看来如我们推断的一样，这两张图纸的绘制时间，说明这座石寨是弗朗索瓦仿造神迹所建。"

"还是看不出仿建的目的是什么吗？"彭教授问。

"或许只是为了论证神迹建筑样式的可行性。"我边说边在图上来回寻找，希望发现蛛丝马迹，但让我失望的是图纸上除了数字和建筑形制，没有任何文字。

秦悦指着图纸上那些数字说："虽然没有文字，不过……不过这些数字还是透露了一个信息。这些数字显然记录的是神迹的建筑数据，也就是长、宽、高。与另一幅图纸对比着看，我发现咱们之前推测的这座石寨是按照二比一的比例仿建的，其实并不正确，弗朗索瓦建造的石寨与神迹的比例是零点六一八比一。"

听到这个数字以后，我也开始呼应起了秦悦："不错，是黄金分割比例。"

彭教授仔细对比了两张图纸的数值，也点头道："确实如此，所有数值都是按这个比例，说明弗朗索瓦神父是有意按黄金分割为之。"

"这比例除了美观，有什么玄机吗？"李栋问道。

彭教授摇摇头，没说话。于是秦悦继续说道："还有一点，绘于一九二九年的神迹图纸上，那些详细的测量数据是怎么得出来的？像我们昨天那样，神迹一会儿出现，一会消失，弗朗索瓦要如何测量？"

"难道那会儿神迹不是这样？"李栋不解。

"还是可以的，就是需要时间，弗朗索瓦长时间驻留此地，就有时间慢慢测量了。"我想了想回道。

"但如此繁巨的测量工作，光靠他一个人可完成不了。"秦悦说道。

"他肯定有帮手……或许就是山下那些谷底人。"李栋猜测道。

"谷底人采石、干活可能还行，测量、建造恐怕做不到吧？"我摇头否定了李栋的猜测。

右侧第一个抽屉已经翻找完毕，我又拉开了右侧第二个抽屉。首先出现的是一个挺大的十字架，十字架配有链子，显然这是佩戴在胸前的。十字架旁还有几支钢笔和几瓶防蚊虫的药水。我拿起十字架仔细端详，当我反过来在十字架后面摩挲时，一行微小的刻字出现在十字架底部，我大概辨认出了上面的文字，但我还是将十字架递给了彭教授，彭教授摘去眼镜，辨认半天，终于念出了上面的文字——"弗朗索瓦·德·瓦卢瓦。是拉丁文，弗朗索瓦神父的名字。"

"这是他佩戴的十字架。我们之前的推断都是对的，这座石寨就是弗朗索瓦神父所建，而这个石屋很可能是他最后的归宿。"我盯着眼前熠熠生辉的十字架。

秦悦从彭教授手中接过十字架，仔细端详之后，不禁眉头一皱发出疑问："你们不觉得奇怪吗？这十字架做工精巧，而且是镀金的，应该是弗朗索瓦神父随身之物，为何会丢在这里？而没有与他一起……或者说他最后就在这里……"

我们心里一惊，不约而同地向周围望去，空空的石屋还会有什么？弗朗索瓦的灵魂难道正游荡在石屋内……我又将这间石屋内的陈设扫视一遍，除了长桌，就是两把椅子、两张床和两个炭盆。我盯着两张床，忽然觉得床有些异样，我走到床前，两张床都很整齐，上面的铺盖依然整齐地铺在床上，就像是主人晚上还会回到这里就寝。真是奇怪，这里的陈设似乎说明除了弗朗索瓦神父，还有一个人曾经居住在这里，会是谁呢？他的助手，还是爱人？在这里陪他走完了最后的人生旅程。

5

秦悦似乎发现了什么，她走过来一把掀起床单，灰土一下就被扬起，我们赶紧后退半步，等到尘埃落尽，我发现床底下有个落满尘土的皮箱子。打开皮箱，一套灰色的袍子叠得整整齐齐，放置在箱子上层，下面是一些已经霉烂变质的衣服，我将袍子放在地上铺平展开。秦悦上下打量一番后说："这是传教士的袍子，看来是弗朗索瓦神父的衣服。"

"皮箱内的衣服还有一套发霉的西服，所有的衣服特征都表明是西方人的所有物。"我补充道。

秦悦又走到内侧的床边，掀起同样整齐的床单，在床下又出现了一个皮箱子。里面同样有一件传教士的袍子，不过袍子下面的衣服就与前一个箱子大不相同了，一件笔挺的中山装，还有两件中式长袍，我不禁说出了心里的疑问："这屋子里似乎曾经住过两个人……"

"一个是弗朗索瓦，另一个像是一个中国人。"秦悦也这样推测道。

"弗朗索瓦的助手也是一个传教士？"姚大夫疑惑地看看这些霉烂的衣服。

"还是从这些抽屉下手吧，也许很快我们就会知道答案了。"

彭教授说着拉开了右侧第三个抽屉，竟是满满一抽屉的书，第三个和第四个抽屉较大，抽屉里的书足有几十本。我和彭教授、姚大夫分别拿起几本书翻看，这些全是外文书，我看不懂，只能简单翻翻，彭教授却很认真，许久他才合上手上的书。

"这里的书有英文的，也有法文的、德文的，如果这些书都属于弗朗索瓦，那么他就不仅仅是位神父，他完全可以算是一位物理学家，比如这本是狄拉克的《量子力学原理》，而且是一九三〇年的初版。"

"初版？一九三〇年？"我接过这本书来翻看，纸张已经泛黄，但从装帧和手感都能判断出这是本很新的书。

"对，狄拉克是量子力学的奠基人之一，他在一九三〇年发表了最重要的著作《量子力学原理》，这正是当时的初版书。"彭教授介绍说道。

"也就是说弗朗索瓦差不多在发布的第一时间就得到了这本书，简直……简直不可思议？谁能想到在这荒绝之地，竟然与当时最前沿的科研保持同步。"我吃惊地看着手里的书。

"还有这本，是我早上提到的德国著名物理学家海森堡的论文。"彭教授挥着手中一本书说道。

"海森堡测不准原理。"

"对，这是海森堡于一九二七年提出的，当时他才二十六岁。"彭教授说道。

"那真是个伟大的时代，人才辈出，天才的大脑碰撞出量子力学，爱因斯坦、狄拉克、海森堡、薛定谔、玻尔、居里夫人、玻恩……"

彭教授打断我的感叹，继续说道："还有这位泡利，这本书是泡利为德国《数学科学百科全书》写的长达二百七十三页的关于狭义与广义相对论的词条，该文直到今天仍然被认为是阐述相对论最经典的文献。而我手上这本，其实并不是书，而是一份油印的材料。"

"说明当时在这里获得这些物理学前沿的书籍资料并不容易，所以弗朗索瓦油印了一份。"我接过这份材料翻了几页，上面许多字迹已经模糊。

"也说明弗朗索瓦非常热衷当时的科学发展，渴望了解更多的物理学发展状况，无论什么样的材料，只要有用，他都要尽力搜集到。"彭教授说道。

"这儿的书与老教堂图书室里的书风格不一样啊，弗朗索瓦似乎把最重要的书都带到了这里。"秦悦总结性地说道。

我点点头回道："可……可是辛叔的爷爷似乎并不知道弗朗索瓦在山中干了什么。"

"这……这有两种可能，一种是弗朗索瓦神父所做的一切都是秘密进行的，他不希望辛叔的爷爷知道，但是这样也不合常理，因为他需要帮手，按照辛叔的说法，他爷爷年轻时一直跟着弗朗索瓦神父，应该是弗朗索瓦信任的人。"

我听秦悦说到这里，眼前一亮说道："还有一种可能，就是辛叔撒谎。他爷爷完全知道弗朗索瓦在做什么，甚至参与了整件事。"

"甚至这里住过的另一人就是辛叔的爷爷。"秦悦的假设很有意思。

我想着秦悦的话，又伸手拉开了右侧第四个抽屉，这个大抽屉里是许多科研仪器，还有一台打印机，我随便拿出一台显微镜。

"德国蔡司的，一九二三年出厂。"

"这进一步验证了我刚才的推断，弗朗索瓦不仅仅是位科学爱好者，更是一位实践者。"彭教授说着，又在这个大抽屉里翻找了一遍，才缓缓关上抽屉。

当彭教授关上右侧第四个抽屉时，秦悦已经拉开了左侧的第一个抽屉，里面满满当当，全是纸张。掸去浮尘，上面密密麻麻写满了外文，彭教授拿起一沓看了看介绍说："用法文写的一篇关于量子力学的论文，而且……看，这里有署名。"

我顺着彭教授手指的方向，发现了那个熟悉的名字——弗朗索瓦·德·瓦卢瓦。虽然我们已经推测出这里是弗朗索瓦神父最后的落脚地，但当他的姓名在文稿上出现时，我还是心里被什么东西撞击了一下，莫名有些紧张和兴奋。我从抽屉里又拿出一份文稿，上面都是隽永的书法体法语，我看不懂上面的内容，但翻到后面，几乎每一页都有弗朗索瓦绘制的图和表格数据，不用问也知道，这又是一篇论文。我翻着这厚厚的论文，很难想象在如此艰苦的条件下，一个白发苍苍的老人如何在这里奋笔疾书，用钢笔写出这么厚的论文。

彭教授边看边不住地摇头，我们都用好奇的目光注视着他，当他放下手中的文稿，马上又从抽屉里拿起一份文稿来看，彭教授脸上露出越来越震惊的表情。最后，当他把手上这份论文放在桌上时，他的身子微微晃动了一下，姚大夫赶忙扶住他。彭教授的双手支撑在长桌边，许久，才缓缓说道："太不可思议了，这……这简直是一次重大的发现。我刚才看的两篇论文都出自弗朗索瓦神父，一份写于一九二七年，一份写于一九二九年，两份文稿都与量子力学有关，里面提到的论点和推论，后来都被学界所证实，但……但都是由其他的物理学家提出并论证的。"

"其他的物理学家？您的意思是弗朗索瓦早于那些伟大的物理学

家，就已经提出了许多著名的理论？"我大概听出了彭教授的意思。

彭教授沉重地点了点头表示确认。

"所以……所以我感到震惊，这简直颠覆了我的三观。弗朗索瓦神父除了是位传教士，更是一位科学家，一位非常了不起的科学家。就这几篇论文提出的那些推论，完全可以与那个时代的任何一位伟大科学家媲美。"

我也吃惊不小，虽然早就推断出弗朗索瓦是位热爱科学的实践者，也想到他很可能有蓝血团的身份，但彭教授将他抬到了这么高的地位，甚至与那个伟大时代的群星们一样闪耀，还是让我非常震惊。这时，秦悦忽然发问："您看仔细了吗？会不会论文的日期不准确？"

彭教授又仔细查看了论文的写作时间，并指给我们看了论文后面的引用文献。

"从论文本身和后面的引用文献来看，论文的写作时间肯定没有问题。一九二七年写成的这篇论文，后面没有晚于一九二七年的引用文献，一九二九年的这篇同样也没有晚于一九二九年的引用文献。"

秦悦没话说了，我再一次感叹道："弗朗索瓦神父可不仅仅是热衷科学的爱好者，他就是一位伟大的物理学家。"

"再说大点儿也不过分，如果他将这几篇论文发表，他就是那个伟大时代最耀眼的学术界明星之一。可是……可是这些论文为何被锁在这里，不见天日？"彭教授皱起眉头，无法理解眼前这一切。

"你们有没有想过，这里条件简陋，又与世隔绝，弗朗索瓦怎么能有这么高成就的？"姚大夫问了一句。

彭教授接着说道："这也是我百思不得其解的地方。"

"只有一种可能，就是因为神迹。"秦悦坚定地说道。

"神迹？"彭教授喃喃念着这个名字，忽然，他眼前一亮，"难道弗朗索瓦神父是天才，不，不，不仅仅是天才，我的恩师桂肃算是天才，他要比桂老师的成就高得多，他会不会是得到了神的启示？"

彭教授也越来越相信马宏冰所说的那套，我无奈地看看秦悦，秦悦也无可奈何，姚大夫这时也说道："或者……或者他本来就不是人类？"

姚大夫越说越悬了，弗朗索瓦神父不是人类？难道他就是上帝？我摇着头，不肯相信，但彭教授受到姚大夫启发，也赞同道："或许他是外星人，也可能是高维度的人。所以他并不屑于发表这些论文，因为这些对于人类最前沿的发现，不过是他们早已掌握的雕虫小技。"

我还是晃着脑袋戏谑道："怎么可能，如果弗朗索瓦是外星人或者什么高维度的人，他会用钢笔在这样的纸上写东西？"

彭教授和姚大夫对我的问题保持了沉默，而李栋则说道："至少说明弗朗索瓦神父能写出这么高水平的论文，能有如此成就，一定与神迹有关，很可能他在这里接触了高维度的人，也可能接触到了神。"

李栋此时比彭教授和姚大夫还更清醒一点，彭教授又继续翻看抽屉里的纸张，几乎全是外文写成的论文。彭教授越看越觉得不可思议，最后他几乎是瘫倒在桌边，喃喃自语道："这里……这里肯定有神。"

秦悦保持着最清醒的头脑，她将彭教授翻看过的论文一份份整理好，然后提出了一个最关键的问题："彭教授，您翻看一遍了，这里面有阐述神迹……或者解释神迹的论文吗？"

彭教授像是被电击了一下，猛地站起，又疯狂地在秦悦整理好的论文中翻找，当所有论文散落一桌时，彭教授才又瘫坐在椅子上，失神地望着我们，喃喃说道："没有，没有一篇提到神迹……怎么会这样……"

我也感到困惑，写了这么多论文，为何没有关于神迹的，既然弗朗索瓦神父能有那么高的成就，与神迹有关，他又怎么会只字不提神迹？我不敢相信，随意地拿起几篇论文，翻看一番，忽然，我瞥见脚边的炭盆。

"或许……或许最重要的论文都在这里了。"

6

众人的目光随着我一起看向炭盆，我再次蹲下来，仔细检视炭盆中被烧毁的残页。上面的黑轴文字依然可见，我却无法辨识，如果夏冰在就好了。

"你是说关于神迹的论文都被烧掉了？"秦悦向我问道。

"我并不认为弗朗索瓦神父是什么外星人，也不是什么高维度人，他是位天才没错，同时也是一位闭源人基因的携带者、蓝血团的成员。他来这里传教，表面上是教会的安排，而更有可能是受蓝血团的指派，来这里寻找神迹，并展开相应的研究。我也赞同他在物理学领域有很高的造诣，显然与他在这里的研究有关，至于神迹如何帮助了他，给他启发，我们还不得而知。抽屉里的论文大都是用他的母语法语写成的，少部分用的英语与德语，但都是一般的论文，而关于神迹的研究，他很可能是用黑轴文字写的，并且最后烧掉了这些论文，至于他出于何种目的烧掉这些最重要的论文，我们恐怕只有找到他人才能知道了。"

"找到他人？"秦悦反问。

"对，你们不觉得奇怪吗？这里的一切，抽屉里的论文和书籍，床铺和箱子里的衣服都井井有条，门也是从外面锁上的，当年弗朗索瓦离开这里时，似乎就像平时一样，不慌不忙地离开，如果不是这两个炭盆，我甚至认为他很可能遇到了意外。但这两个炭盆里面没烧完的残页，似乎又预示着弗朗索瓦离开时还是颇为匆忙的。是什么促使他临走时必须烧毁这些黑轴文字书写的论文？又是什么让他没等残页烧完，就匆匆离开？"

"一定发生了什么，导致……导致他的最后时刻不在这里。"秦悦推断说道。

我也点头表示同意，谁料彭教授却说："或许他对神迹的研究是秘密进行的，当神知晓后，他只能销毁这些论文，但还是被神惩罚了。"

彭教授现在说出的话，已经完全不像一位物理学家的言论。我无可奈何地摇摇头，又回到长桌边，拉开了左侧第二个抽屉。抽屉里面有个精致的手炉，还有一个砚台和一方用了一半的墨，以及三支不同粗细的毛笔，另外还有一些针线和不少银圆。我拿起一枚袁大头说："这里风格完全不同，中式的文房四宝。至于这钱让我想到了另一个问题，弗朗索瓦神父在这里进行长期的研究，还建了这座石寨，一定要花不少钱，他的经费很可能是蓝血团提供的。而这些留下的银圆，更加奇怪，弗朗索瓦离开这里，衣服没带，地图没带，论文没带，钱也没带。"

"说明他们并没走远，或者说他们离开后并没有出山。"秦悦接着我的话给出结论。

"看，这是什么？"李栋忽然在众多的物品下面发现了一本书，不，不是书，是本绿色封皮的相册。

我们都如获至宝，这个时候，照片是最直观的证据。李栋颤抖地翻开相册，第一页几张泛黄的黑白照片，拍的全是高黎贡山的景色，再往后翻，连续几页都是如此，也略有侧重点，比如有的是一些植物特写照片，另一些是高黎贡山动物的照片。李栋不禁加快了速度，眼见相册就剩最后三页时，倒数第三页的相片，终于不太一样了。倒数第三页，是六张景致一模一样的黑白照片。

"似乎是在第二观测点拍摄的。"

"对。位置略有不同，但差不多就是那个位置，朝山上拍摄的神迹。"秦悦指着照片跟我讨论道。

"可……可六张拍摄角度一模一样的照片上，什么也没有啊。"李栋困惑不已。

我仔细调查每一张照片，确实六张一模一样的照片，上面都没有神迹，但我马上意识到显然这不是同一时刻拍摄的六张连拍。

"以当时照相的珍贵，不会是六连拍。虽然照片是黑白的，又已经泛黄，不过仔细观察，还是可以看出来这六张照片是在一天当中不同时段拍摄的，显然，这是拍摄者有意为之，他要拍的目标显然是神迹，可是不同时段拍的六张照片上都没有拍到。"

"或许还有另一种可能，拍摄的时候是能看到神迹的，但却呈现不到照片上。海森堡的测不准原理，神不想让我们拍到神迹，不论你如何坚持，如何努力，都是徒劳。"彭教授又提示起了我们。

我赞同彭教授前半句，但仍然无法认同他的后半句。我又将目光移向相册倒数第二页，这页上同样是六张一模一样的黑白照片，显然是在第三观测点拍摄的，同样是在一天当中不同时段拍摄的，同样六张照片都没有拍到神迹。我不禁轻叹道："看来这是弗朗索瓦对神迹最初的研究记录，虽然没拍到神迹，他也将这些照片珍藏在相册里了。"

"这也说明所有摄影器材和手段，对神迹都不起作用。想想我们的相机与手机，也都没有成像。"秦悦又看了看手机的相册。

说话间，李栋已经翻到了相册的最后一页，这一页也有六张黑白照片，让我大感意外的是，这六张照片与前面大不一样，其中前四张照片拍摄的似乎就是我们所处的石寨，我仔细辨认后更加确认了这一点，"没错，拍的是正在建筑中的石寨。"

"可惜这几张照片中虽然可以看到石寨的建设场景，甚至还能看到几头骡子，但没有人。"李栋说道。

"最后两张终于有人了。"我指着最后两张照片说。最后一页第五张照片上面出现了三个人，中间高个老头，高鼻深目，须发皆白，身着传教士的袍子，显然这个人就是弗朗索瓦神父；他左手边站立一个人，个子不高，皮肤黝黑，穿着当地民族服饰，看年纪大概二十岁出头；而弗朗索瓦神父右手边站立的那个人，个头挺高，皮肤白皙，看年纪也就二十岁左右，也穿着传教士的袍子，但五官却是中国人的相貌。

这时，秦悦率先指着照片上几个人说道："看来这就是弗朗索瓦，他左手边的这个人，看上去似乎……似乎与辛叔有几分神似。"

"确实有点像，年龄也差不多，看来这人就是辛叔的爷爷。"我也看出了端倪。

"那就奇怪了，你们看这照片的背景就是正在建设的石寨，如果这人是辛叔的爷爷，那就是说他也参与了弗朗索瓦的探险计划，为何辛叔的爷爷会跟辛叔说弗朗索瓦进山后失踪了？"秦悦指着照片后面的背景说道。

"要么他爷爷为弗朗索瓦保守秘密，要么就是辛叔骗了我们。"李栋说。

"或许他是为他爷爷保守秘密吧。这个人很神秘，我们至今不知道他是谁，但我想他就是一直陪伴弗朗索瓦的那个人，这里的一些私人物品还有那个皮箱里的中式衣服，都应该属于这个人。" 我指着照片上另一个人提出自己的观点。

李栋指着最后一张照片说："他确实很重要，看最后一张照片只剩下他和弗朗索瓦了。"

最后一张照片的背景变了，像是在悬崖边，弗朗索瓦和那个年轻人坐在草地上，举止随意，两个人都很放松。我不禁喃喃自语道："对，这个人一定很重要。"

"不，照片上还有一个人。"秦悦忽然说道。

还有一个人？我盯着最后一张照片看了半响，这才发现就在两人身后的草丛中，还坐着一个人，这人离弗朗索瓦他们有些距离，拍的不是很清晰，但细细观察，仍然能看出这人皮肤黝黑，是一幅东方人的面孔，正扭头注视着前方。

"或许是当地向导……或者工人？"

"不。虽然不太清楚，但可以看到他穿着是白色的衬衫，肩上搭着的应该是西服。" 秦悦指着照片上那个模糊的人说道。

"西服？"我们都感到惊讶。

"所以你们想想，那个年代，在这荒绝之地，穿西装的人会是当地向导或者工人吗？"秦悦补充道。

"那这人又会是谁？"我忽然又是一片迷茫。

"其实也不奇怪，弗朗索瓦当年在这里进行了长时间的研究，绝不会就他自己。"彭教授指着照片上的弗朗索瓦神父说道。

"对啊！如此深入的研究，应该集合许多人……许多天才才对。可为什么没有留下任何信息，以至于今天我们依然对神迹如此无知？"我撑着脑袋陷入了沉思。

李栋似乎还不甘心，又翻找了第二个抽屉，他似乎希望再找出什么相片，但最后什么也没有。李栋不甘心地拉开左侧第三个抽屉，里面也是满满一抽屉书，与右侧第三个抽屉不同的是，这里的书大多是中文书，大多是《徐霞客游记》《梦溪笔谈》等涉及科学方面的书，我粗粗翻了一下，没有发现什么有价值的线索。

"看来这些书属于照片上那个中国人。"

说到这，我关上了第三个抽屉，又拉开第二个抽屉，翻开相册最后一页，抽出最后两张照片，装进我的背包里。

只剩下最后一个抽屉，李栋毫不犹豫地打开左侧最下面的大抽屉，里面放着一些植物标本，拿出这些植物标本，下面还有一个木盒，李栋漫不经心地端出木盒，一把抽开木盒上的盖板，一个还粘连着皮肉和毛发，巨大细长的黑色手掌出现在木盒里。毫无准备的李栋被吓得魂飞魄散，手里的木盒也掉落在地上。

姚大夫一眼就认出了掉在地上的手掌。

"这是一种拥有极像人类手掌的动物，很像是长臂猿的手掌，但是……但是又要比长臂猿的手掌大而长。"

"大脚怪！"我们几乎同时想到了那个让我们恐惧的怪物。

"看来那个时候弗朗索瓦就发现了大脚怪的存在，并且还捕杀了一只。"我拾起地上的怪物手掌，重新装进木盒里。

姚大夫又说道："很奇怪的是这木盒里的手掌没有腐烂，而是呈干尸状。按理说这里潮湿多雨，应该早就腐烂才是。"

"这儿谜团太多，解开了一些谜团，却还有更多的谜团。"我边说边将木盒放回抽屉里，外面的光线已经开始黯淡，我环视这间石屋，如果不是厚厚的灰尘，这里的一切都像是昨天主人刚刚离开，他们去了哪里？为何再也没有回来？他们重要的东西为何都留在了这里？难道他们有更重要的东西已经带走？想到这，我不禁恍惚起来，就在这时，石屋外面传来了一声沉闷的巨响。

7

听到那一声巨响，我们所有人都瞪大了眼睛，秦悦第一个举枪冲了出去。我倾听之下判断那声音就在附近，就在二层回廊，或者是院子里，我猛地爬上长桌，从棱窗向院子望去，院子里淅淅沥沥下着雨，没有人。我赶忙跳下长桌，端起突击步枪，跟着秦悦冲出房门，李栋也要跟出来，我回头对李栋命令道："你们留在这里，不要动。"

我跟上秦悦沿着二楼围廊跑了几十米，前方的秦悦突然停下脚步，她警觉地扫视着围廊和一楼的大走廊，又猛地抬头望向头顶，什么都没有。我缓步走过去，小声提醒秦悦："也许只是什么小动物碰翻了什么。"

"什么小动物？碰翻了什么？"秦悦依然保持着高度警惕。

"或许是风？"我也警惕地往楼下张望。

秦悦没有说话，我们一直沿着二楼的围廊溜到北侧的方形大厅，然后从这儿的楼梯下来，再沿着一层的大走廊往回走，一刻钟后，我们回到了圆形大厅。这时，外面已经完全黑下来，我抬头望望二层的石屋。

"看来今晚只能在那间石屋里过夜了。"

我们两人回到石屋，李栋正紧张地端着枪守在石屋门口。我拍拍他的肩膀以示鼓励。

秦悦回身关上了房门，然后示意我和李栋将长桌堵在门后，待做完这一切，我心里才稍稍稳定。又是筋疲力尽的一天，我和秦悦倚着墙瘫坐在地上，算算时间，今晚已是进山的第五个晚上，原本按照张克的行程安排，今晚就该走出大山，回到老教堂客栈，没想到如今却待在这么个鬼地方？更让人不安的是明天还不知道会怎样，如果一直找不到下山的路，该怎么办？这山谷通向何方呢？或许可以一直走出大山，当年弗朗索瓦和他的助手，就是从这条山谷一直走出了大山，他们或许并没有死在这里……但转念一想，我心里不禁一沉，或许当年弗朗索瓦和他的助手还是死在了这里，秦天锡也死在了这里，还有所有上山的人都没能再走出去，可有一个例外，桂霜！

我胡思乱想着，腹中饥饿，但包里带的吃食已经快光了。此时，李栋翻找一遍自己的背包，里面除了一块小面包，已经空空如也，李栋狼吞虎咽地吃下面包，竟被噎住。我忙给他拍背，费了老大劲儿，李栋才慢慢缓过来，一向自信的小伙子这时流下了两行泪水，哽咽起来，"早……早知道我就听父母的话，不……不来这里了……"

刚听到这话时，我没在意，因为李栋早就说过他是不顾父母反对，跑出来参加神迹之旅的。李栋反复叨叨，我心里一阵烦躁，可我忽然想起了什么，便问李栋："你父母都是做什么的？他们反对你来这里，他们了解这里吗？"

李栋慢慢止住了泣声，"我父母最初都是学物理的，所不同的是我父亲偏向于理论研究，他的研究方向是天体物理。我母亲偏向于实用领域，她搞的是材料科学，后来我母亲的科研成果转化为一家企业，所以……"

"所以你们家还挺有钱的。"我调侃李栋道。

李栋苦笑两声，"那又怎样？钱在这里是最没用的。"

"能告诉我你父亲的名字吗？"我将话题拉了回来。

李栋愣了一下，犹豫片刻还是说出了父亲的名字。

"你们可能听过，我的父亲叫李樊。"

这名字如此熟悉，我马上在我的记忆中搜索到了这个名字，吃惊地扭头看着李栋，"你是李樊的儿子？"

秦悦似乎还没反应过来，向我投来询问的目光，我转而对秦悦说："李樊是著名的天文学家和物理学家，曾经提出过几个著名的假想和推论。"

彭教授也听到了我们的对话，过来盯着李栋打量一番，"我说怎么看你有些眼熟。原来你是李樊的儿子，那你小时候我还抱过你。"

"我……我没什么印象了。"李栋对我们的反应有些不知所措。

"你当然没印象了，你那会儿还小。以前我开会出差，还经常能碰到你父亲，这几年退休了，和你父亲见面的机会就少了，算算也有四五年没见他了，你父亲最近还好吗？"彭教授拍了拍李栋的肩膀。

"他，还好！身体没什么问题，就是整天鼓捣他的那些研究。"李栋答道。

"他以前就这样，废寝忘食啊，比我们疯。"彭教授像是陷入了回忆。

"不过……"李栋欲言又止，"不过最近几年他愈发孤僻，问他研究什么，以前他还是很乐意跟我聊聊的，现在完全不告诉我。"

我和秦悦对视了一眼，秦悦马上问道："难道你父亲也在研究神迹？"

李栋也是一愣，他怔怔地盯着我，许久才缓缓说道："我……我不确定，但……但他是知道神迹的。当我向父母提出要参加神迹之旅时，平时不怎么管我的父亲马上强烈反对，我现在还记得他当时的反应，忧心、焦虑、不安，又有些恐惧和愤怒，我从未见过他这样。"

"所以你判断他是知道神迹的？那他具体跟你说什么了吗？"秦悦追问道。

李栋失神地摇摇头说："他也没具体说什么，就是告诉我不能去，不要参加这个神迹之旅，他越是这么说，我越是感兴趣。"

"那你出来后，与家里联系过吗？"秦悦又问。

"我只……只接了我妈两个电话。"

"哦，那我们再说说你母亲，你母亲知道神迹吗？"我转移了话题。

"我想……我想她也应该是知道的，因为她也反对我去，只是……只是不像我爸那么激烈。"李栋回忆道。

"你刚才说你母亲的科研成果后来转化为一家企业？"我继续问道。

"安虎超导……你们听说过吗？"

"原来你妈就是安瑚啊，我前两年还买过安虎的股票，那跌的叫一个惨。"我冷笑了两声说道。

"嗯，这几年公司发展是不太好……"

我打断李栋的话，说："那你妈就没跟你提到神迹的凶险吗？"

"噢，后来在电话里，我妈反复叮嘱我，那地方远远看看就回来，不要靠近。"

我看看其他人，这句话已经说明李栋的母亲应该对神迹了解不少，甚至曾经来过这里。李栋的情绪渐渐平复下来，我也靠着石壁闭上了双眼，但这几天所经历的一切，不断闪现在眼前，根本无法入睡，我睁开眼睛，盯着屋顶，从李栋的叙述来看，这个神迹之旅真的不简单。

8

也不知过了多长时间，我一扭头忽然发现秦悦不见了，刚刚她还依偎在我身旁，怎么这会儿就不见了？恍惚之间，我摇摇晃晃地站起身，发现其他几人也不见了，我的四周依然是黑色石壁，还是弗朗索瓦的那间石屋吗？我推开门，走了出去，走下楼梯，来到圆形大厅，空无一人，我沿着大走廊向前走去，这是向哪个方向走，我已经分辨不清。我摇摇晃晃地向前走了几十米，突然，寂静阴森的大走廊上出现了一个灰白色的幽灵。我浑身一颤，惊得我赶忙停下来，揉揉惺忪的睡眼，这才看清，对面并不是什么白色幽灵，而是一个穿着传教士袍子的人，那人背对着我，当他缓缓转身时，我不由自主地向后退去……

宽大的斗篷下看不清对方的面容，我感到从身体内扩散开来的恐惧，这是人是鬼？我紧张地又向后退去，待对面那人缓缓褪去头上的斗篷，我这才看清那人苍老的面容。"弗朗索瓦……神父……"我不禁失声叫了出来。

那人脸上露出一丝难以捉摸的笑容，缓步向我走来，我继续向后退却，对面这人的相貌与照片上的弗朗索瓦确实一模一样，但……但又显得要苍老，难道他没有死，一直活到了今天？这不科学，如果弗朗索瓦活到今天，至少要一百五十岁了，不，除了闭源人后裔，绝对不可能。闭源人后裔早就消失了，在现代人类文明出现之前，就彻底消失了。在这阴森寂静的大走廊里，面对弗朗索瓦因为苍老而扭曲的面孔，我感到深深的恐惧，我一连后退了十几步，才背依一根石柱站稳，壮着胆子问那人："你……你是弗朗索瓦神父？"

那人又露出惨淡的微笑，点点头说："对，我就是弗朗索瓦。"

他说的是一口有些生硬的中文，但我完全能听懂。

"你……你没死？"

"为何要说死？"弗朗索瓦说话间，轻轻扬起了手臂，"你跟我来！"

你跟我来？这四个字他说得是那么生硬，却像是有某种魔力，我竟不由自主地跟随弗朗索瓦向大走廊前面走去，弗朗索瓦只是不停地往前走，并不回头看我，他似乎断定我会跟着他走。我回头看看后面，并没有其他人。我为何要跟着这让我恐惧的老头走？我想停下来，却发现双腿根本不听使唤。慢慢地，慢慢地，我发现身旁的石壁有些异样，大走廊也很奇怪，不，这不是我们身处的那座石寨，我辨认出来，这是神迹里的大走廊。我怎么来到了神迹里，是什么时候来到了这里，我完全没有印象。

我一直跟着弗朗索瓦走在大走廊里，我的速度很慢，很慢……可当我稍稍加快了速度时，猛然发现大走廊两边的石壁突然起了变化，石壁上，还有屋顶上都出现了画面，这……太神奇了，石壁上难道原来就有画？但显然我看到的不是画，石壁上的画面更像是全息影像，一幕幕展现在我眼前，让我身临其境。这些全息影像，是一幕幕人间惨剧，战争、杀戮、地震、灾荒、瘟疫、海啸、火山喷发，简直就是炼狱。这身临其境的全息影像让我产生了重度不适，我尽量直视前方，不去看两边和头顶的石壁，但很快我发现这是徒劳，地面上也出现了画面，更加逼真，更加如临其境。我不敢停下脚步，只想赶快逃离这一切，可我越是加快脚步，这些影像就越是真实。

终于，我无法压抑内心的恐惧，冲前面的弗朗索瓦神父大喊道："你，你为什么给我看这些？"

弗朗索瓦停下脚步，回头望着我说："不，不是我给你看这些，而是它们本来就存在于这里。"

"你……你是说神迹的石壁上都是有画的？"我反问道。

弗朗索瓦又笑了笑，"画？请不要用人类的认知来看待这一切。"

"那这是什么？"

弗朗索瓦轻轻叹了口气，"这是黑轴文明的末日。"

"黑轴文明的末日？"

我马上想起了在荒原大字的中央实验室，那个叫梅什金的推断。

黑轴文明晚期，由于各种原因，自然灾害频发，闭源人和开源人旷日持久的战争，最后的末日……我忽然明白了，刚才看到的一切并不是现代人类的历史，而是黑轴文明的历史。

"你给我看的，是黑轴文明的末日？"

"对！当数万年前，我的祖先开始建造这座伟大的宫殿时，它们就已经被记忆在这里，墙壁上、屋顶上、地板上，我们所经历的苦难，希望后人还能够看到。"

"这……这是什么黑科技？可以这样。"

我仍然沉浸在强烈的不适中，但我似乎明白了什么。

"神迹难道就是闭源人用来记录自己历史的载体？"

弗朗索瓦笑了起来，笑声在大走廊里传来阵阵回响。

"你还是太保守了，你们现代人类把这个叫神迹，既然是神迹，又怎么会仅仅是记录历史的载体。"

"那它是什么？"

"是闭源人一次伟大的尝试，也是最后一次伟大的尝试。"弗朗索瓦提高了嗓音。

"但是最后它失败了。"我想起了石板上的黑轴文字。

弗朗索瓦脸上的笑容凝固了，他那深邃的目光盯着我，许久才又缓缓说道："你说的不错，这项伟大的尝试最后失败了，所以我们的文明也就毁灭了。"

"闭源人最后想用神迹对付开源人？"我的大脑已经被撑满，完全不够用，只能胡乱猜测。

"不，对付开源人并不重要，重要的是如何挽救这个伟大的星球，重要的是当这个伟大的星球不再伟大时，我们该怎么办？"弗朗索瓦说得很慢，声音也很低，但却很坚定。

我大脑快速运转着，如何挽救这个伟大的星球？如果不行，该怎么办？

"如果我们的星球不再伟大，最好就是移居到其他适宜的星球上。现代人类也在为此努力，难道神迹是一艘宇宙飞船？"

弗朗索瓦摇摇头反驳道："你的脑袋还是没有跳出现代人类的那点科技，为什么非要是飞船？"

什么意思？可我还来不及反应，神迹忽然发生了变化，我身边的石壁开始缓慢转动起来，不，不仅仅是石壁，我脚下的地面，还有……还有屋顶都开始转动起来，我吃惊地望着眼前的一幕。

"这……这是怎么了？"我冲弗朗索瓦大叫道。

但弗朗索瓦只是微笑地看着我，并没有回答我的问题，这种转动越来越快，但让我更加惊诧的是，虽然周围的石壁和脚下犯人地面在转动，但我的双脚依然稳稳地站在地面上，我也似乎并没有移动位置。就在我不知所措的时候，一阵沉闷的巨响传来，紧接着我就发现神迹二层的旋转似乎停了下来，但很快二层的旋转又加快了，只是这次二层是在向相反的方向旋转。对，没错，二层和一层是在向完全相反的两个方向旋转。

　　我感到头晕目眩，神迹原来可以旋转，大走廊是在内圈，那么神迹外圈也应该可以转动喽？我不知道这样的旋转会发生什么？会把我带向哪里？就在我胡思乱想的时候，一抬头，弗朗索瓦竟然不见了。他何时走的？我竟然完全不知道，以他刚才那么慢的速度，怎么会……我感觉自己的大脑就要被撑爆了，大走廊还在不停地旋转，速度越来越快，一层与二层两个完全相反的方向，我感觉大走廊此刻就像是一台精密的机器，不，是一台快速旋转的绞肉机，说不定很快我就会被卷进去！

　　我的双腿发软，感觉自己再也不能支撑，恐惧和眩晕让我不顾一切地在大走廊上放声大喊起来，"弗朗索瓦……弗朗索瓦……"

　　9

　　我浑身颤抖一下，从噩梦中惊醒，发现自己仍然躺在石屋里，彭教授和姚大夫靠着对面的石壁躺着，而李栋和秦悦则被我刚才的动静惊醒。秦悦依然保持着高度的警惕，站了起来，到门后巡视了一番，见没有什么变化，才回到我身旁坐下来，压低声音说道："又做噩梦了？"

　　"对。我梦见了弗朗索瓦，梦见你们都不见了，我在神迹里见到了弗朗索瓦。"

　　"弗朗索瓦？"

　　"一个神秘的老头……"

我说着抬起头，忽然瞥见月光从棱窗照射进来，外面的雨好像停了。我刚想起来爬到棱窗上看一眼，突然李栋一把抓住了我，我扭头看李栋，李栋的目光却死死地盯着石屋的里面，我和秦悦对视一眼，循着李栋的目光向石屋里面望去。他在看什么？最里面的床，还是床下？床和床下面都检查过了，还能有什么……慢慢地我发现李栋目光聚焦的并不是床，也不是床下，而是石壁，从棱窗透进来的月光，洒在石壁上，我忽然也发现石壁上有些异样，石壁上似乎有一条很长的弧线，不，还有符号。

我和李栋几乎同时奔到石壁前，静静地注视着石壁，外面的月光越来越明亮，石壁上的刻画越来越清晰，慢慢地，慢慢地我发现内侧整面石壁上出现了几道完整的圆形，在圆形内勾勒出的图案正是十六边形。

"内外两圈，十六边形，这不是神迹的结构吗？"我不禁失声叫了起来。

秦悦也走过来，伸出手在石壁上摩挲。

"像是铅笔画上去的，已经有些模糊了。"

"怪不得不注意就看不到呢。"李栋嘀咕道。

我们的声音也吵醒了彭教授和姚大夫，他们也走过来，吃惊地望着石壁上的图案。"这……这上面好像还有数字。"彭教授指着石壁上一处说道。

我也发现了数字，越来越多的数字和符号。

"像是在运算，还有方程式……彭教授，您能看懂这些运算吗？"

"字迹有些模糊了，看明白需要一些时间……"彭教授戴着眼镜，仔细辨认着石壁上的符号和数字。

"看这里，似乎有箭头。"秦悦指着最外围的十六边形圈说道。

我注意到不仅秦悦手指的地方，在外圈内侧和外圈外侧，内圈内侧和内圈外侧都有箭头出现，所不同的是外圈内侧与外圈外侧的箭头相反，而内圈内侧与内圈外侧也是如此。这些图案、箭头、数字和符号，代表着什么意思？彭教授嘴里喃喃自语，时不时探出手臂，在石壁上比画。我忽然又想起了刚才的噩梦，梦里的场景在脑海中不断出现，神迹旋转起来，难道神迹真的可以旋转？

我退后一步，整座石壁上的图案都显现出来，彭教授还在计算，但显然没有那么多时间给他。此刻，棂窗透进来的光越来越亮，我和秦悦互相看看，马上意识到了问题。这不是月光，月光绝不会如此明亮。那么这投射进来的是什么？

我和秦悦几乎同时奔到门后，搬开门后的长桌，然后奔了出去。李栋、彭教授和姚大夫也跟着走出石屋。外面死一般沉寂。只有我们的脚步声，我想到了石寨中心的碉楼，于是拉着秦悦奔到圆形大厅。大厅通往院子的门敞开着，被呼啸的风吹得阵阵作响，当我俩站在院子里时，一道强烈的光束从我们头顶略过，我俩都怔住了，回头看李栋和彭教授、姚大夫都愣在门口，进退维谷，他们似乎不敢再往前走，因为他们也看到了头顶掠过的光束。

在谷底人家第一次看到山上光束时，还不觉得怎么样，但当这光离我们如此之近时，我忽然觉得这光束是如此明亮，如此不可思议！在这荒僻之地，除了月光，哪里来的强光？我仰头望着天空，雨停了，大风吹散了雨雾，碉楼显得那么突兀高耸，对，到碉楼顶上看看。想到这里，我拉着秦悦就往碉楼里面跑，一圈又一圈的回旋楼梯，不断通往上面，就像通往天国的阶梯，这种美妙的感觉慢慢笼罩了我。记不清爬了多少圈，呼啸的大风灌进来时，我俩来到了碉楼顶端。

没有浓雾，也没有云层，今夜的天气非常好，而这光束又照亮了周围。我们很快就被眼前的一幕震惊了——神迹就在离我们不远的地方，它没有消失，就那样静静地伫立在悬崖边。一束绚丽夺目的光从神迹中心射出来，直刺苍穹。我从未见过如此神奇的光，它与我曾经见过的光都不一样，不似自然界中的光，也不似任何人类制造出来的光，或许是我孤陋寡闻，或许是我身不由己，那神奇的光束让我如痴如醉，我扭头看看秦悦，发现秦悦的眼中满是明亮，她不由自主地抓紧我，也深深陶醉其中。

许久，秦悦喃喃说道："真是奇怪，原来我们离神迹是如此之近……"

"是啊，我记得早上我们明明走了很远，才找到这座石寨。"我回忆着早上的情形。

"所以彭教授他们反倒走在了我们前面。"秦悦说着又朝碉楼下望去，李栋、彭教授、姚大夫也走到院子中央，仰头望着。

"你们看到了什么？"李栋冲我们大声喊道。

"光！神迹中发出了一束光。"我回应道。

"不，不是一束光。"秦悦突然拉了拉我，我顺着她的目光望去，我发现就在旁边的山上，平直地射出另一束强光。这光束没有神迹的光束强烈，也没有那种难以名状的神奇感官体验，这束平直的光很奇怪，它没有射向天空，也没有倾斜角度射向周围，而是平直地——准确地说是略微向下地，射向神迹的位置。

"这束光就是刚才照进石屋的光，神迹的光柱是一直向上的，不可能照进院子里，更不可能照进石屋。"我快速判断着。

"这束光是射向神迹的，而且是射向神迹正中心，就是那个让我俩摔下来的碉楼。"秦悦观察着。

"前几天我们看到的就是这束光，让谷底人顶礼膜拜的也是这束光，这束光有什么神奇之处呢？"我死死盯着神迹中射出的光束。

"山上射出来的光又是从何而来呢？"秦悦回头往山上望去，却看不清发光源。就在这时，神迹似乎有了变化，不可思议的变化。

10

我俩完全被眼前的一幕震慑住了，就见神迹外圈的十六边形开始缓慢转动起来。没错，我没看错，是转动起来。缓慢转动了一会儿，又减速停下，接着，外圈上面一层的十六边形开始反方向旋转起来，让我更加吃惊的是速度，当上下两层开始反方向转动的那一刻，它们的速度迅速达到了令人吃惊的程度。以我的知识，我无法想象人类现有的任何机器能达到这个运转速度。就在我震惊不已的时候，神迹内圈的上下两层十六边形也开始反方向旋转起来，它们的速度比外圈更快。

秦悦失神地望着神迹问我："这……这是什么？"

"弗朗索瓦曾经带我来过……就，就是这样。"噩梦中的一幕又闪现在眼前。

"难道……难道这样的高速旋转与神迹消失有关？"秦悦话音刚落，神迹忽然就停止了旋转。

我俩就这样怔怔地望着不远处的神迹，忽然一阵风吹过，回神的我一把拉住秦悦。

"我们去看看。"

"现在？"

"对。趁现在有光的时候。"

"你说那天……那天我们夜宿神迹时，是不是也有这样的光？"秦悦忽然问道。

我愣了一下回忆着。

"不，应该没有，我没听到任何声音，也没有看到光。"

"后半夜我们都睡着了，当然没看到光，至于声音，你听神迹刚才的高速旋转有声音吗？"

秦悦的话让我又是一怔，一般来说机械越是高速旋转越会发出声响，转速越高噪音越大，但刚才神迹的超高速旋转时并没有听到什么声响。我努力回忆着之前的噩梦，当我身处大走廊，神迹超高速旋转起来时，完全没有声响，太……太神奇了。不过那是梦，或许刚才神迹的旋转是有声响的，只是声音没那么大……满脑子的疑问，我不再多想，拉着秦悦不顾一切地冲下碉楼，也不理李栋他们，一直向石寨外面奔去。石寨就是一座缩小版的神迹，也如迷宫般让人头晕，我生怕这座石寨也像神迹一样，突然超高速旋转起来，把我们困在其间。又担心我们在石寨里跑着跑着，这里变成了神迹，就像噩梦中那样。

石寨并没有变成神迹，也没有旋转起来，它就是一座石头砌筑的建筑。我不停地朝石寨大门奔去，终于我们奔出了内圈，又在外圈的围廊下狂奔，我心里愈发焦急，既然我们离神迹是那么近，我们必须去神迹看看，看看那里发生了什么，它为何会深夜发光？所有的问题充斥着脑海，或许很快我们就会有答案。

当我们终于冲出石寨大门时，神迹的方向依然亮如白昼，那就是指引我们的灯塔，不需要犹豫，也不需要恐惧，因为我忽然觉得我很快就能解开神迹之谜。也许所谓的神迹，只是某些人的魔术，大型实景魔术，哈哈，自从进山以来，我的内心第一次被信心填满，我扭脸看看秦悦，秦悦直直地望着神迹的光柱，眼中也写满了自信。

我还从未如此清晰地观察过这个山谷，并不长的峡谷，树木也并不茂密，为何昨天会走那么长时间？唯一的解释是浓雾，浓雾让我们在山谷中迷失了方向，绕了大圈子，而彭教授和姚大夫很可能走的最短路线到达了石寨。我们奔出铁丝网，寻找着昨天看见的那株大树杜鹃，结果并没有看见，我完全记不得这条山谷的景象，就像是第一次走进这里。

大约二十分钟，我们已经接近神迹，夜里从外面观察神迹的全貌，又是另一番神奇的感受。神迹外面是如此的黑暗、压抑，而里面的光却是那么夺目、耀眼而温暖。我和秦悦停下脚步，静静地观察着面前的神迹，此刻神迹没有转动，就跟我们第一次见到时一样，安静地伫立在悬崖边。我走过去，一直走到神迹的石壁前，弯下腰仔细观察，神迹就像是扎根在土里和岩石里，根本看不出底下有什么机械装置，我探出手去摸神迹底部。

"小心！"秦悦在身后发声提醒我。

"没事，根本看不出这东西能转动。你说这一切是不是幻觉？"

"你是说神迹根本没转动，只是我们的幻觉？"秦悦问道。

"看不出任何动力装置，也看不出任何转动的痕迹，最起码……最起码刚才那样超高速的转动会卷起尘土吧？附近的草会被吹倒吧？没有，任何痕迹都没有。我不相信人类有这样的技术，也不相信黑轴文明会有这么不可思议的技术，黑轴，黑轴我们进去过，并……并没有如此神奇。"

"你什么意思？你也怀疑是神喽？"

"我们所有关于黑轴文明的推断主要来自哪里？黑轴？荒原大字和赤道王朝上的黑轴我们只窥见一二，真正关于黑轴的信息，大部分来自那个……那个叫梅什金的人。"我因为激动有些喘不过气来，断断续续地说着。

"那个混血的少年天才。"秦悦喃喃自语道。

"对，就是那个灵线基地的编外人员，黑轴文明的命名，包括闭源人和开源人的命名都来自梅什金，你不觉得他知道的太多了吗？格林诺夫他们花了那么多钱，耗费了那么多人力物力，还没有这个少年天才知道得多？他所有推断真的都来自格林诺夫他们的发现和研究吗？"此刻，我的思绪忽然无限发散开来，像是打开了另一扇门。

"你怀疑他的推断来自别的地方，甚至……"

我没等她说完就反问道："你相信真的有高维度生命和文明存在吗？"

这时，李栋、彭教授和姚大夫都跟了上来，他们也趴下来搜查一番，李栋按顺时针方向，一路查看下去，突然，不远处传来了李栋的声音："这次，这次大门在这儿！"

我们赶忙寻声过去，果然沿着神迹的外壁走了几十米，那座黑洞洞的大门出现了。我们本能地向后退了一步，生怕里面会有什么力量将我们吸进去，我壮着胆子又迈步向前，走进大门，仔细观察了一番后，不禁叹道："看来……看来刚才所见的都是真的！"

"什么意思？"彭教授问道。

"我们在碉楼上看到神迹突然剧烈地转动……"秦悦将我们看到一幕简要讲了一遍。

彭教授听完也发出感叹："所以这座大门就是前天我们在悬崖边发现的大门，而现在它完全改变了位置。"

"和那天见到的大门一模一样，当时大门在神迹正东方，而现在则是在正西方。"

"说明我们刚才看到的那一幕都是真的，并非幻觉。"秦悦小声说道。

"当然不是幻觉，那是神的力量。"彭教授缓缓说道。

我已经无力反驳，因为刚才那一幕已经让我动摇。我仰头望去，神迹内的光柱依然直冲云霄。神？外星文明？高维度人？想让我相信，就让我见见你的真容，我的执念顶起了我的血性，随即迈开大步，再次踏进了神迹的大门。

第八章　再探神迹

1

大门里面并没想象中的黑暗，在光的指引下，方位感极强的我，快步穿梭在内圈和外圈的围廊中，绕过一个又一个奇怪的小黑屋，很快就绕到了内圈的大门前。内圈的大门依然与外圈大门相对，只是这会儿朝向的是正东方。

走进神迹内圈大门的那一刹那，我停下了脚步。前天第一次迈进这座门内时的那种温暖奇妙的感觉不见了，代之而来的是阴森恐怖之感。我不禁微微颤抖，抬头望去，点点星光也都黯淡不明，怎么会这样呢？我朝二楼围廊的棱窗望出去，光柱散发的光亮，透过棱窗映射进来，从二楼围廊一直洒到一楼的大走廊上。我鼓起勇气，按顺时针方向迈步前行，行走在大走廊上。我不时向两边的石壁望去，又不断观察着脚下的地面和头顶的石壁，噩梦中的一幕幕不断闪现在眼前，弗朗索瓦神父，他会突然出现在前方吗？

虽然内心恐惧，但又很想如梦中一样，遇到弗朗索瓦神父，也许这样就可真相大白，因为他是最接近谜底的人，如果这个星球上真的有高维度人，那么他就是……两侧石壁上的画面会出现吗？我走着走着停下脚步，回头看看正在追赶我的众人，径直走到一面石壁前，探出手使劲儿触摸着这奇怪的石壁，看上去像是某种经过精心打磨抛光的岩石，但触摸上的质感却完全不像，像玻璃，又像是某种合金的奇怪材料。如果它真如梦中那样，就还有记忆功能。我的知识库里完全搜索不出这是什么材料。前天就问过彭教授，他那样的物理学教授也说不出这是何种材料，所以他越来越相信这是高维度人类的杰作。而我去过黑轴，黑轴的那种黑色玻璃虽然已属尖端，但也没有像这种材料一样具有神奇的记忆与消失功能。

我此刻忽然很想看到石壁上泛起影像，或者就在我眼前消失，可显然它让我失望了，我摩挲许久，甚至用手使劲儿搓起来，石壁依然是石壁，没有影像，没有变化，也没有消失。

这时，彭教授也走近石壁，伸出手触摸了一会儿。

"一般来说，硅有记忆功能，如果像你梦中所说，我估计两侧的石壁，甚至整个神迹都有记忆功能，只是……只是以人类现有的技术，是无论如何也造不出这么巨大的记忆体的。"

"那还能是什么？"秦悦追问。

彭教授使劲儿摇摇头，说："只有神才能做到，我们在神的面前只是蝼蚁。"

说着，彭教授竟仰头向大走廊上面的屋顶望去，不过那里什么也没有。我们又继续沿着大走廊前进，两侧的石壁并没有出现影像，弗朗索瓦也没有出现，当我率先步入南侧的方形大厅时，我愣住了，久违的温暖感觉，神奇至极。秦悦他们的表情说明他们也感受到了这种奇异感觉，仰头望去，方形大厅屋顶闪出了点点金光，若隐若现，熠熠生辉。

方形大厅的温暖感觉，让我恋恋不舍，但还有更重要的目标要去。我们离开方形大厅，加快脚步，我们离西侧的圆形大厅越来越近，那里应该有门通向神迹中央的大院，光束的秘密，甚至所有的秘密也许马上就会被揭开，是神棍的骗局，还是高维度人的杰作，都要让我看一看。想着，走着，走着，想着，离西侧的圆形大厅越来越近，越来越近，我不时向二楼的棱窗望去，光束依然强烈，当我步入圆形大厅时，我举起了手中的突击步枪，是人、是鬼或是神都让我看看，我没在圆形大厅停留，径直举枪冲大门走去。

就在我要走出大门的一刹那，院子中央的光束突然熄灭了。我猛地一个激灵，停住脚步，怔怔地站在门口，望向庭院，面前的院中没有光，但依然可以看见中央的碉楼巍然耸立，除此之外，院内空空如也，和我们前天看到的情景一模一样。满心的激动和信心，此刻瞬间化为幻影，我简直不敢相信眼前的一幕，直到秦悦他们跟上来，我才回过神来，赶忙冲进院子里。我疯狂地在院子里搜索，查看每一个角落，但什么都没有，最后我还是将目光落在院子中央的那座碉楼上。

望着高耸的碉楼，忽然心里一阵紧张，前天下午碉楼突然消失，和秦悦一同跌落碉楼的一幕快速闪现在眼前。我在碉楼下转了两圈，踟蹰不前，彭教授走过来观察着碉楼。

"如果那束光是从院子中央射出的，那么就应该是这个位置，可看不到任何发光源。"

"也许就是这座碉楼呢？"李栋猜道。

"怎么可能？这碉楼如何发光？"秦悦不信。

我几次迈步想登上碉楼查看，却都缩回了脚。秦悦观察许久，掏出手枪说道："我就不信这个邪，谁愿意跟我上去看看？"

秦悦嘴上询问众人，眼睛却盯着我。碉楼已经对我产生了心理阴影，以至于我竟被秦悦的目光逼退了半步。

"你……你看我干吗？还想再摔下来吗？"

"摔下来不也没事吗？怕什么？"秦悦冷笑道。

"这鬼地方，谁知道会怎么样？按……按他们的说法，真有神，神想让你上就让你上，神不想让你上就不让你上，神想让你不摔伤就不摔伤，神想让你摔伤就摔伤……"

"你话怎么这么多？"秦悦怒了。

那我还有什么可说的，硬着头皮也得上啊。就在秦悦刚走进碉楼，我刚迈腿的时候，一声凄厉尖锐的叫声传来，这叫声是那么近，似乎……似乎就在我们头顶。

我本能地仰头望去，几滴不明液体从天而降，正滴落在我头上，一股难闻的恶臭，让我一阵恶心。一只脚已经踏进碉楼的秦悦，马上举枪冲了出来，但危险不在碉楼内，而来自头顶，我们全都看见了，就在碉楼高耸的顶端，一个黑影正趴在那儿。

"大脚怪？"李栋首先叫了出来。

就在李栋叫出来的同时，那个修长的黑影从天而降，扑向我们。我举枪对准，准备射击，却被一道金光晃了一下，几乎睁不开眼，我只好放弃射击，赶忙向后退去。大家四散开来，大脚怪扑向了站在碉楼门口的秦悦，秦悦连开两枪，却有失水准，没有击中大脚怪，倒是大脚怪挥起长长臂膀，一巴掌拍向秦悦，秦悦赶忙躲闪，躲过了上身，却还是被大脚怪拍在了小腿上，秦悦站立不稳，一下摔倒在地。

大脚怪动作迅速，立刻上前抬起大脚，就要踩向躺倒在地上的秦悦。我举着枪，却犹豫不决，视野不好，大脚怪离秦悦太近，担心子弹会伤到秦悦。就在这时，一声枪响，大脚怪的身体晃动一下，连连向后退去，原来秦悦近距离开了一枪，击中了大脚怪。我见大脚怪离秦悦有段距离，赶忙抓住机会，连续射击，由于天黑光线不好，根本打不准，反倒将大脚怪招惹过来。就见暴怒的大脚怪快速向我扑过来，这速度远快于人类，也快于我曾经遭遇过的袋狮与古巨蜥，我心胆俱裂，惊吓过度，连连向后退却，几次举枪想要射击，手却抖得厉害，根本无法扣动扳机，我已经退无可退，后面就是石壁了。

2

大脚怪高高腾起，从半空中扑向我，好在我还算敏捷，赶忙闪身躲避，让我诧异的是大脚怪不但身形敏捷，力量也是惊人。大脚怪撞在石壁上毫发无伤，甚至都没感觉，迅速又向我扑来，我的速度再快也无法再躲过去。我只能背依着石壁，举枪，胡乱扣动扳机，哒哒哒几枪，肯定都没击中，但大脚怪听到枪响，竟然跃起很高，向后躲闪。这条件反射也太灵敏了，刚被秦悦打中一枪，就知道枪有危险，我貌似找到了对付大脚怪的办法，蹭的从地上爬起来，对秦悦和李栋喊道："它怕枪。"

话音刚落，大脚怪又卷土重来，似乎是对我刚才那句话的回击。当我扣动扳机，射向大脚怪时，大脚怪这次却没有逃避，而是左右腾挪，很快就扑到我眼前。这次怎么就不怕了呢？我还想开枪，但面对已经扑向我的大脚怪，我放弃正面硬杠，向后倒地，然后顺势在地上打了个滚。大脚怪智商明显高于其他动物，它马上改变攻击方式，连续出腿，踩在地上，我根本没有还手之力，只能滚，快速地滚。

就在我难以招架的时候，李栋在另一个方向连续射击，这小子枪法实在是不行，子弹密集地射在大脚怪周围，也包括我身旁，我心惊肉跳，加快了滚的速度。待我滚到院子大门时，我坐起来，隐蔽在门后，彭教授和姚大夫也隐蔽在这儿，我冲秦悦招手，让她赶紧撤过来，秦悦小腿好像受了伤，一瘸一拐，艰难地向我这边挪动。

李栋边打边往大门撤，大脚怪暴怒地又冲向秦悦，我见状赶忙冲出大门，挡在秦悦身前，连续开枪，李栋也调换枪口。两支步枪连续射击，总算挡住了大脚怪的进攻。就在这时，大脚怪高高跃起，爬回碉楼上，我以为这畜生累了，谁料它根本没有休息的意思，只是借助碉楼的高度，再次高高跃起，扑向我和秦悦。我举枪射击，却又被大脚怪身上闪过的金光闪了眼，脚下一滑，我一屁股瘫倒在地上，完全暴露在大脚怪的攻击下。

我暗叫不好，想要开枪，扣动扳机，却发现没有子弹了，想要换弹匣，根本来不及。我眼睛一闭，大脚怪扑在我身上，一股浓烈的腥臭味直冲口鼻，就在此时，两声枪响，大脚怪一声哀鸣，我猛地睁眼，刚才是秦悦颤巍巍地冲大脚怪射出两枪，一枪击中大脚怪大腿，一枪击中大脚怪腹部，大脚怪痛苦地在我身上挣扎，弄得我浑身酸痛，我趁势从地上拾起突击步枪，猛捅大脚怪腹部，大脚怪又是一声惨叫，我从大脚怪身下爬出来，双手剧烈颤抖，伸进背包里，找弹匣，找刺刀……

秦悦打完了子弹，李栋架着她撤回大门内。我终于摸到了弹匣，手抖得厉害，怎么也插不进新的弹匣。大脚怪在地上挣扎了一会儿，又慢慢爬起来，直视着我。我第一次看见大脚怪的眼睛，那是一双几乎与人一样的眼睛，但比人的眼睛要大，布满血丝，直盯着我，我心里一阵紧张，越是紧张越是插不进弹匣，大脚怪爬了起来，像人那样直立着，我吃惊地看着大脚怪，惊诧于它的强壮，连中三枪，竟然还能如此行动。

大脚怪往前迈出一步，又一步，我瘫坐在地上，向后挪了一步，又一步，这一刻我望着神迹中央的大院，忽然觉得这里像极了一个斗兽场，似乎就是为我和大脚怪准备的。大脚怪高高扬起手臂，似乎要跟我有个了断。

面对大脚怪最后的攻击，千钧一发之时，咔嗒一声，弹匣插了进去，我扣动扳机，一串火舌射向高高跃起的大脚怪。大脚怪发出哀号，但反应极其迅速，以我不能相信的速度，快速躲闪，然后扭头朝大门奔去。

大门内发出一阵惊呼和枪响。我也杀红了眼，本能促使我赶忙从地上站起来，径直朝大门追去，走进圆形大厅，光线昏暗，彭教授护着姚大夫，躲在角落里，李栋和秦悦则举着枪，警觉地注视着四周。

大脚怪不见了踪影，它肯定躲在大厅某个角落，我回头看看门外，没有光束的照射，但我估摸着天快亮了，此刻我们身处神迹内圈西侧的圆形大厅，东方的曙光正一点点映射进来……当曙光缓缓移动到二楼围廊上时，那里金光一闪，我与大脚怪四目相对，那个怪物就躲在围廊的柱子后面。

杀红眼的我，已经不管不顾，恐惧和胆怯都已抛到身后，我猛地冲上通往二楼的大楼梯，就是那天晚上我、宇文、李栋一起坠落的大楼梯。当我踏上最后一层台阶时，楼梯并没有消失，躲在柱子后面的大脚怪却一跃而起，这次不是扑向我，而是向围廊另一头逃窜。我马上扣动扳机，火舌四溅，打在石壁上，我惊叹于大脚怪的身体，连中几枪，流了那么多血，竟然还能以如此迅捷的速度逃窜。

大脚怪的速度快，能有我的子弹快吗？我加快脚步，沿着二楼围廊一路追下去，大脚怪毕竟比我们要敏捷，就见它猛地跃下二楼，轻轻落在了一楼大走廊上，我向下望去，秦悦似乎早就猜到大脚怪会有这一招，她和李栋一直沿着一楼的大走廊追过来。李栋扣动扳机，步枪奔出的火舌，在昏暗的大走廊内闪出耀眼的光芒，大脚怪一声哀号，又想要跃上二楼围廊，却一把没抓住，重重跌落在一楼大走廊上……

可就在我们以为胜券在握时，不知从哪儿突然传来混乱而尖锐的叫声，紧接着，十几只长臂猿出现在大走廊里。它们上蹿下跳，步步紧逼。

"这是什么？"楼下传来李栋的声音。

"像是长臂猿！"我回道。

"不，这不是长臂猿，是小脚怪。"秦悦的声音在大走廊里嗡嗡作响。

秦悦的话提醒了我，我仔细观察这些小东西，虽然身形与一般长臂猿差不多，但它们的举止、动作、神情都在提示我，它们不是普通的长臂猿，而是小脚怪，我不禁冷笑道："看来神迹是大脚怪窝子啊。除了大的，还有一群小的。"

我话音刚落，那些小东西就一起扑向我们，千万不能被它们的外表迷惑，它们除了身体小些，攻击性丝毫不弱于大脚怪。我没有别的办法，只能扣动扳机，哒哒哒，步枪不断喷出火舌。这些小东西不断扑来，不断被子弹击中，尖叫与哀号充斥着整个大走廊，但它们丝毫不肯退却，直到我又打完了一个弹匣，这些小东西才向走廊尽头逃窜。

我更换了弹匣，小心翼翼地观察着前方，好在此时外面天已渐亮，曙光通过二楼围廊的棱窗照射进来，让我诧异的是，血战之后，满地的血迹之中却没有留下一具大脚怪的尸体，那些小东西也都没死，还是同伴抢走了它们的尸体？

我看看楼下的秦悦和李栋，他们与我保持着同步，继续向前搜索，而彭教授和姚大夫则落在后面，我招呼彭教授跟上，彭教授点点头，也加快了脚步。我们向前搜寻到方形大厅，这里的血迹依然很多，就在我们检查这里时，前方传来了凄厉的号叫，这是大脚怪还是什么东西发出的声音？我们马上追了出去，就看到一只小脚怪从二楼柱子上突然窜出来，我举枪就打，小东西掉头就跑，秦悦和李栋在楼下也遭遇了一只小东西。我们不约而同地加快脚步，很快我又看见了那只受伤的大脚怪。

它确实跑不动了，可能是失血过多，动作越来越慢，我心里一阵紧张，又是一阵兴奋，加快脚步，朝大脚怪奔去。围廊两侧石壁不断闪过，眼见我就要追上大脚怪的时候，就在一瞬间，身旁的石壁不见了，脚下的围廊也消失了，我顿时失去重心，向下栽去，就在那一瞬间，我看见不只是石壁和围廊消失，整个神迹都消失了。恢宏的建筑在一瞬间就这样在我们面前消失了，而我，则重重地摔在地上。

3

直到我重重地摔在草丛中，疼痛才让我清醒过来。这回不是噩梦，神迹真的消失了。刚刚还在我们眼前，瞬间就不见了，而此时我们的周围又被清晨的白雾包围了。秦悦和李栋赶忙爬过来，看我似乎没有受伤，秦悦才放下心来。

"还是你皮糙肉厚。"

我支撑着站起来，活动一下筋骨，浑身酸痛。可让我惊诧的是，从那么高的地方摔下来，竟然又没受伤。

"这才见鬼了呢。为啥在我们就要追上大脚怪时，神迹消失了，难道这仅仅是巧合？"我感到大脑有些懵。

"哪有那么多巧合？周围竟然没有血迹。"秦悦看着周围说道。

"这……难道大脚怪也是神迹的一部分？神迹消失，它们也消失，甚至连血迹也消失了？"李栋比我更不知所措。

我踢了李栋一下，说："清醒一点儿，如果大脚怪是神兽，还能被我们打伤？"

"或许……或许它们真的就是护卫神迹的神兽？"李栋继续说道。

"神兽还会中弹流血？得了，赶紧看看附近，也许小怪兽们就在附近。"我边说边检查了我的枪。

熟悉的白雾来势汹汹，很快就笼罩了周围，能见度只有十米。

我这时才想起彭教授和姚大夫，一直不见他俩，我记得在神迹消失之前，彭教授和姚大夫就在秦悦和李栋后面的不远处。我们不敢大声呼叫，只能按照记忆中的路线，往后搜寻，摸索出十多米，依旧不见彭教授和姚大夫，我开始轻声呼唤，依然没有回响。又走了一会儿，我不禁嘀咕道："有意思，昨天早上神迹消失，我们陷入浓雾中，遭遇大脚怪，今天也差不多，再回想前面两天，似乎神迹那束强光都是深夜发出，天快亮时熄灭，大脚怪也喜欢清晨活动。"

话音刚落，秦悦就对我做出噤声的手势，接着秦悦指了指她脚前面的草地上一摊殷红的血迹，我不禁心头一紧，难道彭教授和姚大夫……秦悦慢慢蹲下来，用手指蘸了点血，在鼻前闻了闻，又仔细观察许久，最后还是摇了摇头。

"新鲜的血，很像人类的血液，但我们已经知道所谓大脚怪是一种变异的长臂猿，长臂猿的动作与血都接近人类。"

我注意到这摊血迹一直向另一个方向延伸，于是我指了指血迹延伸的方向。我们举着枪，轻手轻脚跟着血迹延伸出去的方向搜寻下去。我们根本无法分辨方向，这条不断延伸的血迹，成为我们唯一的线索。走出几百米后，我感觉地势略有抬高，为了不放过任何可能的线索，秦悦让我们三人分散开来搜寻。又走了百余米，不见彭教授和姚大夫，也没有其他人，但地上的血迹却一直没断……

"从时间判断，我们应该是在往西走，也就是昨天早上走的路线。东面是悬崖，如果往东走，早就该摸到悬崖边了。"我推断道。

"往西？那我们就又会进入山谷，回到那座石寨？"秦悦有些犹豫。

"也许彭教授和姚大夫已经回去了……"李栋的话语透着不自信。

我们保持着高度警惕，顺着草地里的血迹前行，速度很慢，在浓雾中又走了一个小时。秦悦对大家说道："可能又迷路了，走了这么远该看到石寨了，但还没有。若是走的昨天早上的路线，那株大树杜鹃也没见着啊。"

"可血迹是往这边延伸的，所以……所以前面一定会有什么发现。"我走在最前面，没有人接我的话，但很快我就发现，草丛里的血迹不见了。

"血迹好像断了？"秦悦也发现了变化。

我们提高警惕，迅速展开搜索队形，然后又快速聚在一起。

"好像就在这里断了，附近没发现血迹！"李栋道。

"确实没了，见鬼。"我盯着脚下的草丛。

"是断了，但我刚才在那边有些发现。"秦悦指了指她刚才搜寻的地方。

于是，我们向那片区域摸索，这里的草丛显得有些凌乱，明显比其他地方的杂草要短，秦悦指着脚下的杂草。

"这里的草有被拔过的痕迹。"

"而且这里似乎是一条上山的路，再往前走就是树林了。"我指着前方若隐若现的小路说道。

谁料，我话音刚落，就在我手指的前方，突然从树上跃下一个灰色的东西。那东西体型不大，却异常迅捷，一下扑到我肩膀上，伸手就猛抓我的肩膀。我反应还算迅速，拼命挣扎，试图甩掉那东西，同时挥舞手中的枪，用枪托拍打肩膀，但就在我将那东西拍下肩膀的时候，一阵钻心疼痛，左肩头连着衣服带皮肉，被那畜生抓出了两道血口子。

几乎同时，从树上跳下来另一个东西，一下骑在李栋脖子上，我忍着剧痛，这才看清就是那些小脚怪。我挥舞枪托，打掉骑在李栋脖子上的小脚怪。我预感到还会有更多的小脚怪袭来，这些家伙看来还挺记仇。秦悦比我们反应要快，就在树上另两只小脚怪扑向她时，她举枪连开两枪，一枪一个，全都击中要害，两只小脚怪应声落地，抽搐一下，便不再动弹。

但更多的小脚怪已从树林里窜出来，秦悦不断射击，又是一场血战，此时我和李栋也反应过来，我们二人冲到前面，用远程火力，覆盖前方的山路，秦悦则用手枪精准射击，击退所有靠近我们的小脚怪。

让我感到诧异的是这里的小脚怪们更加凶残，也更加密集地扑上来。在神迹里时，这些畜生还没有如此凶猛，我一阵射击便四散奔逃，而在这里，它们根本不惧怕我们的武器，前仆后继扑向我们射出的子弹，它们忽然都不怕死了吗？

又有一只漏网的冲破火力封锁，跃到了我头上。我刚想去打，秦悦抬手一枪，已经击毙了这只畜生。渐渐地，从山上冲下来的小脚怪逐渐减少，直至最后整个山林又安静下来，只是一刻钟的功夫，我们周围已是满地小脚怪的尸体，我们靠在一起，喘着粗气，依然警惕地注视着前方的山林。等了许久，没有小脚怪再冲来。

"这里有些奇怪。" 秦悦如释重负地说道。

"是，它们似乎在保卫着什么，完全视死如归。"我说出了自己的推测。

"保卫？能保卫什么？"李栋问。

"巢穴！"秦悦说道。

"巢穴？"

"往上走，你们小心。"秦悦说着率先登上这条若隐若现的山路。

山路不算陡峭，这片林子也不算茂密，我们在林子里穿行了一刻钟后，浓雾仍然没有散去，秦悦停下脚步，侧耳倾听，山林死寂，没有任何声音，甚至连风声也没有。再看脚下若隐若现的山路，几乎已经完全被杂草覆盖。

我让秦悦走在后面，自己举枪走在最前面。我刚走没三步，那声熟悉的凄厉尖锐号叫再次传来，我立马停下脚步，惊恐地望着前方，然后不由自主地向后退了半步……秦悦拿枪顶了我一下，一脸不屑地看着我。

"大脚怪就在附近。"我的声音有些颤抖。

"怕什么？大脚怪应该已经不行了。"秦悦提醒我说。

　　我长舒一口气镇定下来，回忆起神迹大战之时，大脚怪被我们打得完全没有还手之力。如法炮制再来一次也没有问题。但让我吃惊的是，又一声尖锐叫声后，那只伤痕累累的大脚怪竟直立着走出了草丛，我们惊得赶忙后退，大脚怪的伤口还在流血，这像是一只雌性的大脚怪，失血过多已经让它虚弱不堪，但它依然发出令我们胆战的叫声，双目露出凶光，逼视着我们。我们步步后退，大脚怪在走了十几步后，停下脚步，依旧逼视着我们……

　　4

　　我们和大脚怪就这样对峙着，李栋紧张地举起突击步枪对准大脚怪，此刻只要扣动扳机，大脚怪定无还手之力。可是大脚怪面对李栋的枪口，却毫不畏惧，目光突然直视李栋，一声怒吼，李栋竟吓得浑身战栗，举枪的手不断颤抖。咆哮之后，大脚怪依然直立着，不进不退。秦悦缓缓举起左手，把李栋的枪口压下来，此刻，我注意到大脚怪逼人的目光，开始慢慢发散，到最后竟完全黯淡下来，大脚怪冲我们再次发出怒吼，只是这一次谁都能听出来大脚怪已经力不从心，怒吼到最后变成了哀号……

　　伴随着大脚怪最后的哀号，它竟试图再次跃起，扑向我们。李栋吓得赶忙举枪，秦悦这次没有阻拦，不过李栋还没来得及扣动扳机，大脚怪就重重栽倒在草丛中。我们愣了半晌，才反应过来，这些怪物全都死了。危险解除。秦悦第一个走过去，蹲下来仔细检查这头怪兽,这是我们第一次近距离观察大脚怪,四肢修长,脚掌和手掌却异常厚重巨大,完全是放大版的长臂猿。

"这家伙估计又是什么基因改造的产物,或者……或者是复活的某种远古生物。"我推测道。

"那就是云象所为喽?"秦悦反问道。

"改造基因,复活远古生物是云象组织擅长的,不过要怎么跟云象联系起来呢,似乎并不像是云象所为。要说神迹跟谁的关系最密切,那还是蓝血团啊。"

秦悦注视着周围的山林,也在思考我的话。

"不,虽然看上去关于神迹的前世今生都与蓝血团有关,但你想想袁帅是被谁劫走的?"

"你不是怀疑夏冰和蓝血团吗?"我反问道。

秦悦瞪了我一眼。

"我只是按当时的逻辑去判断,现在看来,夏冰应该没有骗我们,劫走袁帅的人要么是云象,要么是蓝血团的其他势力。"

"蓝血团的其他势力?"

"苏必大,哦,也就是桂霜,他在赤道岛不是说过吗?蓝血团看似强大,实则虚弱,任何庞大且悠久的组织,必然派系林立。"

秦悦说到这里,看看我,又看看李栋,李栋一脸迷惑,根本听不懂我们在说什么。

"劫走袁帅的目的是什么?需要袁帅的记忆,或者不想让袁帅的记忆被人所知。那会是什么人呢？"

"蓝血团啊，当然云象也有可能。"

"我们根据现有的线索碎片能够知道，弗朗索瓦神父不仅仅是受教廷之命来这里传教，他更是受蓝血团之命，来这里寻找并研究神迹。甚至我怀疑弗朗索瓦神父当时在蓝血团中担任着某种高级职务。"秦悦推测道。

"不错。从那些论文可以看出，弗朗索瓦科学水平之高，可是他却甘愿隐姓埋名在这荒绝之地，为什么？一定是有更重要的事，比他那些论文，比量子力学更重要的事。这个事就是神迹，也很可能是蓝血团当时的大任务。"

"你还记得夏冰曾经说过的蓝血团历史吗？"秦悦忽然问道。

"记得，怎么了？"

"蓝血团在'二战'中遭受了巨大损失，所以后来的蓝血团大不如前，现在的蓝血团是战后慢慢又发展起来的。"

"这说明什么？"

"说明蓝血团'二战'之前的许多历史、人物、研究可能都中断了。后世，包括蓝血团自己也不得而知了。"

秦悦的话犹如醍醐灌顶让我茅塞顿开。

"你的意思是弗朗索瓦关于神迹的研究在'二战'后也中断了，甚至蓝血团内部都不知道，不清楚弗朗索瓦当年的研究了？"

"自荒漠戈壁死里逃生后，夏冰见到了蓝血团高层，如果……如果我们选择相信夏冰，你想想为何她对神迹一无所知？"

"是啊，这么说我也能把前后许多事串起来了，比如在弗朗索瓦的石屋里，为何黑轴文字写成的文稿会被匆匆烧毁，石屋内所有的遗物都截止于二十世纪三十年代，后来'二战'就爆发了，虽然这里远离战场，但当时一定发生了什么，让弗朗索瓦的半生心血都石沉大海，也让神迹的秘密永远尘封。"我忽然感觉思路大开。

"那么你再想想，'二战'后唯一与这里有联系的人是谁？"秦悦皱起了眉头。

"是桂肃，还有桂霜！"我想起了三角大厅与秦天锡的笔记本，"所以你怀疑这里的一切跟桂家有关，这些变异的大脚怪又是桂霜的杰作。可……可是桂肃是蓝血团东方区的领袖，所以还是跟蓝血团有关。"

"但你别忘了桂霜曾经来过这里，他可是云象的人。"

此刻，刚刚豁然开朗的思路又被堵上了，桂霜出身蓝血团，却背叛蓝血团，那么他的大哥桂肃呢？以桂肃在蓝血团中那么高的地位，他绝不会背叛蓝血团，加入云象。想到这里我问道："你不是详细调查过桂霜的背景吗？他在很年轻的时候就与家里断绝了关系，和他大哥多年不相往来。而且以桂肃如此高的地位和知名度，应该也瞧不上桂霜的所作所为，甚至也瞧不上云象这样的组织吧？"

我的话让秦悦沉默下来，我知道她也无法解释这些疑问，不过秦悦还是喃喃说道："但父亲当年跟踪桂霜，就是在这里失踪的。"

李栋听得一头雾水，他指了指前方，"我们还继续往前走吗？"

我仰头望去，此刻雾气略微消散了一点，继续往前走，越爬越高，显然不是回到石寨的路，但想到刚才那些大脚怪疯狂猛扑我们，便又觉得前面还有玄机。

"再往前走点儿，或许它们的巢穴就在不远处。"

我们往山上又爬了一段，秦悦一把拉住我，李栋也停下脚步，秦悦对我们使个眼色，我顺着秦悦的目光望去，离我们七八米处，一棵巨大的杉树下，出现了一个洞口。我们又举起了枪，蹑手蹑脚，摸到洞口。秦悦做了个手势，我从洞口上方慢慢爬过去，与李栋一左一右，守在洞口，形成交叉火力，待一切停当，秦悦猛地举枪冲到洞口内，我和李栋几乎同时转身也冲进洞口。

我们不知该失望，还是高兴，当我们三支枪刷刷地对准洞内时，洞内竟空无一物，并没有什么怪兽，或是别的什么怪物。但我还是嗅到了一股浓烈的腥臊味，放眼望去，整个山洞有二十几平方米，呈椭圆形，整个山洞底部都用树叶和杂草铺了一层厚厚的草垫。我心里不得不佩服灵长类动物动手能力就是强。再看草垫上血迹斑斑，显然是刚才受伤的大脚怪留下来的……洞内的味道实在太大，待我退出洞口，才开口道："这就是大脚怪的巢穴？味儿可够大的。"

"看来大脚怪全都被我们打死了。"李栋也走出洞口，大口呼吸洞外的新鲜空气。

"李栋在洞外守着，你给我进来。"秦悦突然在洞内命令道。

我无奈地又回到洞内,刚想开口,却又赶忙闭嘴。我见秦悦指了指山洞的最里面,发现那里散落着一地的骨头,秦悦蹲下身来,拾起一块递给我。

"人类的骨头,而且还是新鲜的。"

"什么叫新鲜的?"我惊恐地瞪大了眼睛,"你怀疑这骨头是……"

秦悦捂着口鼻,小声说道:"这儿很奇怪,全是人的骨头,并没有其他动物的骨头。"

"说明大脚怪吃人?"我惊恐地看着秦悦。

"我觉得不是,大脚怪是变异的长臂猿,长臂猿并不喜欢吃肉,以食素为主。"

"所以大脚怪不该吃人?"

"我认为大脚怪并不爱吃人,但是他们却攻击人。"秦悦做出结论。

"这……"我刚想说什么,秦悦忽然从地上的草垫中拾起一块布条,像是被撕扯下来的衣服碎片,我盯着布条看了一会儿,忽然心里猛地一坠。

"这是巫颂的牛仔裤。"

秦悦也猛地瞪大了眼睛,她赶忙再次蹲下来,在那一片尸骨中寻找,很快又发现几块布条,与第一块布条完全吻合,都是巫颂裤子和外套上的。秦悦继续在草垫底下寻找,很快她又掏出一块碎片,我接过这碎片来看,并不是布料,而是一张被撕碎的纸。

5

我拿着碎纸细细辨认，纸上印有一道道规整的竖线，这是竖排的古籍样式，但规整的竖线内却没有字，而是一个图案，一个再熟悉不过的图案，虽然图案只剩半截，但我还是一眼认出来。

"是神迹的图。"

秦悦起身，仔细观瞧我手中的纸片。

"像是铅笔画上去的，跟石屋墙壁上的图案很像，旁边还有箭头和计算数字。"

我的大脑迅速开动起来，虽然洞内的恶臭严重影响了我大脑的运转速度，但我还是很快想到了那本被撕去两页的《蛮书》，我又看了看脚下的尸骨，发出遗憾的感叹。

"看来这就是巫颂了，这张纸就是从图书室那本《蛮书》上撕下来的。我一直没想明白巫颂为何要撕去这两页，《蛮书》我也看过，并没有什么需要他特意带走的。原来是因为这图案啊，这可能是当年弗朗索瓦画在书中空白处的。"

"弗朗索瓦为何要把这些画在书的空白处？他完全可以找一张白纸画。"秦悦不解。

"或许是突然想到什么，正好用手边的纸记下来，也可能是其他人画的。"我胡乱猜测道。

"就算是这样，那么巫颂看到这张图，为何要偷偷撕下来？说明他在来参加神迹之旅前，不但知道神迹，还知道神迹的形状。"

秦悦的推断让我无言以对，巫颂这个家伙究竟知道什么秘密，竟然第一个失踪，最后被大脚怪杀害。想到这里，我感到不寒而栗，再也不想久留，我一把拉住秦悦就往洞外面走，一直走到洞口，呼吸到新鲜空气，我才放开秦悦。

我大口呼吸着新鲜空气，半晌却不见秦悦。回头一看，发现秦悦竟又在靠洞口的草垫下面掏着什么，那块草垫上是一大块殷红的血迹。那里会有什么？就在我和李栋大惑不解的时候，就见草垫下金光一闪，秦悦竟从草垫下面掏出了一个金光灿灿的物件。李栋当然不认识，但我一眼就认出了，十六边形手环，又一件十六边形手环。

我几乎要大叫起来，如果说我在赤道岛的祭祀洞穴里找到十六边形手环还算正常，那么在一个不起眼的破败小山洞里发现了十六边形手环说明什么，我极力压住自己的激动问道："这……怎么会在这里？"

"显然，它本来不在这儿。"秦悦将十六边形手环递给我。

"那……"

"是大脚怪带过来的。"秦悦指着草垫上那摊血迹，"这是整个洞穴中，最大的一摊血迹，说明大脚怪从神迹逃回来后，曾经在这里长时间休息，所以这个手环也就被遗留在草垫下面。"

"那它原来是在神迹里面？怪不得我在神迹里与大脚怪搏斗时，它身上闪过几次金光。"

"这就对了。我也想起来了。"秦悦略加思索后继续说，"我们是在碉楼遭遇大脚怪的，所以我推测手环很可能在碉楼里。"

"问题是神迹虚无缥缈，十六边形手环能放置在哪里？碉楼？碉楼消失后呢？而且……而且这么重要的东西，大脚怪怎么会轻而易举得到呢？"

我还是百思不得其解。我低头仔细查看手中的十六边形手环，一模一样，我又掏出自己背包中的十六边形手环，两两对比，竟然分毫不差，质地、做工、形制完全吻合。我将刚发现的十六边形手环递给秦悦。

"这件你来保管，这样稳妥一点。"

"我有些明白了，所有的一切也许都是为了这个手环。" 秦悦接过手环喃喃说道。

"既然所有一切都是为了十六边形手环，我们必须赶紧离开这里。"心有灵犀的我赶紧回应道。

"往哪走？"秦悦此时忽然失去了主意。

"你们还记得夜里另一道光吗？"我看着另一座山说道。

"另一道光？"李栋不明白我的意思，但秦悦明白。

"当时山上还射出一道平直的光。"

"如果我推测不错的话，那个发光源应该就在附近。"我用自己超强的方位感判断着大致的方向，然后又说，"甚至我怀疑大脚怪的巢穴在这里，是为了遮掩什么，或是为了保护什么。"

"你的意思刚才大脚怪发动的自杀攻势，并不仅仅是为了保护巢穴？"李栋惊道。

"那就要看你如何理解巢穴了。"说罢，我继续朝山上攀登。时间已近中午，浓雾缓缓散去，能见度逐渐提高，我们在山上来回转悠，同时对着神迹方向比画，虽然此刻神迹还被雾气笼罩，看不真切，但我坚信自己判断的方向和位置绝对没问题。

过了大约半个小时，也没有爬高多少，只是在巢穴上方的山林里搜寻。终于，当我就要失去耐心时，密林中隐隐现出了一座人工建筑。我压低声音，指着那座人工建筑喊道："探照灯！"

谁都能听出来我言语中的激动，在这荒绝之地，竟然有一座探照灯，而且从外形看是一座巨型探照灯。秦悦和李栋也很震惊，显然这就是昨夜山上的发光源。

"这地方竟然有这么大的探照灯？"秦悦震惊地走到探照灯前。

探照灯下是一座覆盖着青苔的巨大水泥基座，而在这水泥基座周围，特别是探照灯后面的山上，分散安装着几组太阳能板。

"看来一直有人在管理啊。太阳能板和蓄电池显然不是弗朗索瓦那个时代的东西。"秦悦快速判断着。

"这么巨型的探照灯也不是那个时代的东西。"我爬上巨大的基座，站在探照灯边，朝山下的浓雾比画着，那儿就是神迹的位置。

"可我还是不明白，这座探照灯的目的是什么？为了夜间观察神迹？"秦悦小声问道。

"谁知道呢，不过我知道在这荒绝之地，把这么大的探照灯弄上来不容易，所以这探照灯一定有其作用。"

我和秦悦正说着呢，身后突然传来李栋的惊呼。

"看，看我发现了什么？"

发现什么？还有什么比发现十六边形手环与巫颂的骨骸更重要的呢？李栋正站在探照灯后面，我跳下水泥基座靠近他，才发现巨型探照灯的水泥基座后面，竟然有一道铁门。

秦悦也绕到水泥基座的后面，吃惊地盯着这道铁门。

"怪不得大脚怪的巢穴在这儿。"

"大脚怪原来是为了保卫这个，或者说是为了掩藏这地方。"我点点头若有所思。

"探照灯是新的，不过底下这个基座看上去很有年头了。"秦悦指着水泥基座说道。

我也注意到了水泥基座上厚厚的青苔，显然这需要足够长的时间才能形成。当我的目光从青苔又转回到那扇铁门时，我预感到这门后将是另一个世界。

第九章　朝圣终点

1

水泥基座上的铁门，整体看上去锈迹斑斑，秦悦却敏锐地发现唯独铁门的锁孔没有锈死，锁上的锈迹没能遮挡住锁孔内的油迹。秦悦抠了抠锁孔说道："机油？说明最近还有人打开过。"

"你们闪开。"说着我举起枪，就准备暴力开锁。却被秦悦拦了下来，然后她从背包里掏出一根粗铁丝，在锁眼来回鼓捣了几下，竟然给捅开了。

"你还有这本事？呵呵！"我吃惊地称赞秦悦。

"就是很普通的锁。"秦悦拍拍手说道。

"很普通的锁？看来里面也不是什么重要地方……"我有些失望。

"进去看看就知道了。"秦悦说着轻轻推开了铁门，然后迅速侧身半掩在水泥基座旁。

铁门吱吱呀呀，晃晃悠悠地开了，浓烈的潮湿和腐烂气味扑面而来。我们在门外等了一会儿，确认并无危险，随之就走进了门里。黑暗马上吞噬了我们，我推开手电，才看清楚里面出现了一条甬道。甬道是用山上开采的大块碎石砌筑而成，大约一米宽，不到两米高，一个人走在里面完全没有问题。我壮着胆子走了一段，发现甬道在逐步向下延伸，看来这是一条地道啊。

我们鱼贯而行，越往前走，地道越是潮湿，慢慢地，地道变得平缓起来，看来是到底了。我心里胡乱猜测着，前面的地面上突然闪过一些亮光，用手电一照，才发现是水。我未免担心起来，如果地道继续向下，很可能会被水淹没，我又试着往前走了十几米，水越来越多，完全淹没了我的脚面。我犹豫之下停住脚步，回头看看他们两人，而秦悦的意思是再往前走走看。

于是，我又继续走了几步，水已经淹到我的脚踝。我静下来仔细观察，不禁疑惑地叫起来："水位还在不断上升，也许不是前面越来越深，而是水位在不断上涨啊。"

"锁眼显示最近还有人走过，不用担心。"秦悦继续鼓动我向前走。

我硬着头皮继续走下去，水位不断上升，很快就没过小腿，而且水越来越浑浊，我死死地盯着不断上升的浑浊脏水，生怕里面会有什么可怕的东西……就在这时，我忽然感到丝丝凉风，秦悦也感到了前方的凉风。

"不用怕，地道是通的。"秦悦的话稍稍安定了我们的军心。

于是，又往前走了十来米，我忽然发现水位竟下去了一些。再往前走，水位又降到了脚踝处，我慢慢感觉脚下的地道似乎微微在往上走。果然，继续走了十几米后，水位下降到了脚面。又是一阵凉风吹来，说明前面地道不但是通的，似乎还有个很大的空间。果然，又前进十余米后，在手电的照射下，我觉得地道似乎到了头。

水位进一步下降，或者说不是水位下降，而是地势在微微抬高，当地下的积水完全消失时，我们来到了一个宏大的空间。三支手电筒照过去，马上就看清了大致形状，又是一个十六边形，我们的正前方是一面石壁，看来地道走到了头，但在我们的左手边，也就是与我们来时的地道呈九十度的位置，又出现了一个洞口，而在我们的右手边，则是一条蜿蜒向上的阶梯。

"刚进来时，地道两边都是大块碎石，而这里则与石寨一样，都是规整的巨石砌筑。"秦悦提醒我们道。

我看着其中一面岩石说道："与石寨的建筑样式、材质几乎一样。"

"刚才地道里的积水更是绝妙，显然是有意为之。"秦悦回头望着来时的地道说。

"故意设计成中间一段低，让地道内的积水汇聚于此，使闯入者心生畏惧，不敢向前。这样的设计可不简单，真是绝妙。"我不禁发出感叹。

"还是先上去看看吧？"李栋指着我们右手边的阶梯说。我仰头看了一眼阶梯顶端，心中似乎已有成算，我示意李栋先上，我紧随李栋登上了阶梯。

李栋走到阶梯顶端，使劲儿推了推顶端的巨石，巨石纹丝不动。我用手电照了照，示意李栋让开。然后伸出双手，并不急于去推巨石，而是使劲儿转动了一下巨石，原来严丝合缝的巨石露出一圈缝隙，于是继续使劲转动巨石，圆形巨石竟随着转动起来。待转不动时，我拍拍手上的灰，冲李栋努了努嘴，李栋心领神会，伸手向上推圆形巨石，没想到这次非常轻松，一下就推开了。

一缕强光照射进来，刺得我们睁不开眼，待我们稍稍适应，李栋就爬了上去，我紧随其后，最后将秦悦拉了上来。上面是一个十六边形的院子，正如我在下面预料到的，我们又回到了石寨中。秦悦也很淡定，只有李栋有些意外。

"这条地道竟然通到石寨？那……那巨型探照灯的主人岂不是就在这里？"说罢，李栋情不自禁地握紧了枪。

"探照灯的主人并不一定在这里，但昨天我总觉得有人盯着我们。"秦悦一边说一边警惕地注视着周围。

石寨里死一般沉寂，此刻已是午后，没有下雨，阳光驱散了大片浓雾，是我们进山以来难得的好天气，但我的心情却好不起来。

李栋缓缓放下枪说："地道也像是探照灯主人修的。"

"不，地道并不是探照灯主人修建的。地道与石寨明显就不是一个时期修建的，所以我推断地道应该是弗朗索瓦神父在修建石寨时，同步修的。"我向李栋解释道。

"他修这条地道干吗？难道是排水管道？"李栋不解。

"显然不是排水管道，你见过排水管道往山上高处修的吗？我推测有两个目的，其一是逃生用的，当时不太安全，这条地道很可能是逃生通道，如果石寨遭到攻击，可以从地道逃走……"

"这荒绝之地，又有谁会攻击石寨呢？"李栋打断了我的话。

"敌人、阴谋家、猛兽、大脚怪……一切都有可能。我倒是对第二个目的感兴趣。"秦悦随便应付一句问我接下来的推测。

"第二个目的就是便于上山观测神迹。既然神迹需要从不同角度去观测，那么天上、地下就都需要观测点吧。"

秦悦接着我的话说："探照灯的主人也是这么想的，所以咱们脚下还有一条地道。"秦悦说着指了指我们脚下，我明白秦悦指的是左手边的那个洞口。

我们在石寨的院子里转悠了一圈儿，还是返回了地道里面。我们走到左手边那个洞口前，里面没有风吹来，幽深、黑暗，似乎深不见底……这次秦悦率先走进了地道。

2

地道的建筑样式、材质与刚才那个十六边形的空间一模一样，规整的黑色石壁上结着细小的水珠。让我大感意外的是，在这条地道内我们没有遭遇任何困难，这条地道也远没有我们想象的长，只走出几百米，就到了尽头，尽头又是一扇铁门，与入口一模一样的铁门。

难道这就到头了？我们面面相觑，秦悦又掏出粗铁丝，捅进铁门的锁眼内一通操作，可这次几分钟过去了，秦悦仍然没能打开这道铁门，我不禁笑道："技术还是不过硬啊。"

"一边儿去。这扇门的锁不太一样。"秦悦说着将粗铁丝从锁眼里抽了出来。

"这么难吗？那你说门后面有什么？"我不禁警觉起来。

秦悦没有说话，又将粗铁丝插进锁眼，使劲摆弄了几下，锁还是没打开，秦悦的脸憋得通红，额头也渗出了些许细汗，只得又将粗铁丝抽了出来。这时李栋忽然问道："你们说这门后面会是什么？"

"通往外面？显然不可能。我想只有一种可能，就是通往……"话没说完，大家已经心领神会。

"我们已经知道石寨与神迹之间的关系，弗朗索瓦为了研究神迹，一定会从各个角度去观测，还有一个角度就是地底下。神迹时而出现，时而消失，我们详细勘察过，无法理解神迹在没有地基的情况下，是如何安如磐石的。我想弗朗索瓦为了探究真相，一定会将地道挖到神迹底下。"秦悦一边说着，一边又将粗铁丝插进了锁眼。

"这扇门的后面可能不仅仅通往神迹，探照灯的主人很可能也在门的后面。"话音刚落，铁门传来一声沉闷的响声，我们都是一惊。就见秦悦转动了粗铁丝，门好像被她打开了。

秦悦也没料到这次竟然如此顺利，面露惊喜之色。我和李栋不约而同地关了手电，举起步枪，看着秦悦缓缓推开铁门。铁门的前方依然是一片黑暗。高抬腿，轻落脚，我们小心翼翼地踏进门后的世界。

这里依然是一条甬道，但似乎更像是走廊，我轻轻推开了手电，向走廊两边照去，不禁有些失望，这里并不像是什么神迹下方，而只是一条普普通通的走廊，但随着手电光柱的移动，我的心又悬了起来，这时候冒出来一个的普通走廊，是多么不合常理的事，甚至是可怕的事。

走廊明显比外面的地道要高大宽敞一些，两侧和地面也不再是冰冷的石壁，而变成了温暖的米黄色，我伸手触摸走廊的墙壁，似乎能感觉到墙上还喷涂过某种漆料，摸上去干爽柔和。更让我诧异和惊恐的是，我的手竟在墙上扣到一样东西，我立马停下脚步，定在原地。秦悦推开自己的手电，照到我的手上，我们都惊恐地发现，我摸到的竟然是一个电灯开关。我只要轻轻按下这个开关，走廊里就会灯火通明，但我不敢按下开关。我死死盯着墙上，慢慢地，慢慢地松开。这只是一个普通的电源开关，但出现在这里，竟如此让人不安。

没走几步，我们右手边的墙上出现了一扇门，秦悦又想掏出粗铁丝去捅开门，但这扇门上有把手，我只是随便推了一下，没承想就推开了这扇门。秦悦面带惊愕地赶紧去掏枪，率先闯入这个房间，我和李栋紧随其后，也走进了房间，最后反手将房间的门锁上。

几把手电在房间里来回照射，没有发现敌情。我稍稍放松下来。

"这里像是一间客房，太奇怪了。"

秦悦紧张地指着房间小声说。

我也看了一圈，发现整个房间布置得像宾馆，家具陈设简单。我用手电靠近照了几下，看到床上很整齐，没有人睡过的痕迹，房间的衣架上也没有衣服。

"好像并没有人住，没有什么私人物品。"我话音刚落，脚下突然踢到了什么东西，惊得我一身冷汗。

我没敢动地方，将手电慢慢向下照去，才看清楚，靠近床边的地上，放着一个背包。秦悦和李栋也注意到了背包，李栋竟然还叫了出来。

"潘禾禾！"

李栋这一叫把我们都吓了一跳，我赶紧捂住他的嘴，秦悦迅速来到门后。李栋安静下来，秦悦冲我点点头，我才慢慢放开李栋。秦悦迅速走到床边，查看床下，什么都没有，她不死心，又将整个房间仔细搜查一遍，最后目光又落在那个背包上。

我和秦悦也都辨认出来，那个背包就是潘禾禾的，怎么会出现在这里？潘禾禾在第一次遭遇大脚怪时，就不见了。我们还以为潘禾禾和马宏冰夫妇已经跑下山了，看来他们也都凶多吉少，想到此处，我的心里未免多了几分担心。

秦悦将潘禾禾的背包拿到床上，仔细翻找，里面大都是衣物，还有一些吃剩的零食和证件、钱包、充电器。秦悦不禁皱起眉头，小声嘀咕道："东西似乎都在。人呢？"

"凶多吉少……"我小声说道。

"她应该住过这房间……"秦悦一边说着，一边继续翻找潘禾禾的背包，就在秦悦从背包里面的口袋掏出一沓百元大钞时，我们几个几乎同时看到从百元大钞里掉出一个密封袋。

三人面面相觑，我率先拾起透明的密封袋，李栋打开手电照了过来。终于看清了，原来密封袋里面是一张发黄的报纸，看报纸的排版和纸张，像是一张年代久远的报纸。我小心翼翼地打开密封袋，然后取出这张老报纸。

"一九四六年九月十七日，《实话报》？"

我狐疑地小声念出了报头，可却一头雾水，不禁摇头发出疑问。

"一九四六年的报纸，但这报纸我从没听过，是不是地方的报纸啊。"

"这是大连的报纸。"秦悦指着头版的一条新闻说道。

我翻开报纸浏览了几条新闻，确实是大连的报纸，从报纸的报道基调来看，这份报纸与普通的民国报纸不太一样。我仔细想了想，那个时代的大连相当混乱，报道内容与其他报纸不同也没什么稀罕的。但这并不是我关心的问题，我更在意的是潘禾禾的背包里为何会有这张旧报纸？和现金放一起，又用密封袋保存，显然这是件重要之物。

我一张张翻开已经很脆弱的报纸，随着报纸被翻开，一张发黄的黑白照片突然出现在报纸里。我用手摸了摸，才发现这不是报纸上的照片，而是张真真切切的黑白照片。秦悦也把她的手电照了过来，我看见照片的背景与石屋相册上的最后一张照片几乎相同，都是悬崖边的草地上，不同的是这张照片上有三个人，中间依然是弗朗索瓦神父，弗朗索瓦的右手边是那个我们不知道名字的中国人，他很可能是弗朗索瓦的助手，而在弗朗索瓦的左手边，蹲着另一个人，看相貌也是中国人的模样，皮肤略黑，身材矮小，秦悦马上想起了什么。

"就是他，这个人就是相册里最后一张照片上，在背景草丛中的那个人。"

我也记得那张照片，眼尖的秦悦当时就发现了这个人，坐在弗朗索瓦背后的草丛中。

"当时他离镜头比较远，看不清相貌，这张清楚多了。"我仔细端详着照片上这位小个子男人。

"那个神秘人还没搞清楚，这又冒出来一个。"李栋困惑不已。

"这两人看上去都像是弗朗索瓦的助手。关键的问题是……为何这张照片会在潘禾禾的背包里？"秦悦盯着照片喃喃说道。

"还是继续看看这份报纸吧，内有玄机。"说着，我又去翻面前的报纸，直到我翻到最后一张，也没有发现什么。我不禁有些焦急，最后一张是副刊，上面刊登的都是一些杂文随笔之类的文章，就在我快要失去耐心时，最底下一篇文章的题目，吸引了我的注意，因为这篇文章的题目叫《你相信有神迹吗？》。

3

在两支手电的照射下，我快速阅读着这篇文章，因为紧张、压抑和激动，我的眼皮不停地跳动着，这篇占了将近半个版面的文章，准确地说是一篇科普文，不过编者却是这么说的：

我们欢迎各位作者朋友惠赐稿件，各种文体不限，今天为大家选登的就是一篇奇文，欢迎大家阅后多提意见，作者马明也会与大家多交流。

"马明？"这个名字似乎很普通，也很陌生，可能是化名或者笔名。我指着编者低声对大家说："我大致读了一遍，这篇写得神乎其神，说的就是这里，这里的神迹，可能写得过于传奇，虽然此文的目的是科普，报社却将它作为都市传说，发到了副刊。"

"民国就有人将神迹捅给了报社，那岂不是该人人皆知啦？"李栋小声嘀咕道。

"实际上并没有几个人知道。"秦悦说道。

"可能是此报没有什么影响力。"我胡乱解释道。

"没有什么影响力，也可以慢慢传播啊，而且作者也可以继续发表更多的文章啊。"秦悦小声说道。

"很可能刊登此文之后，作者就没有发表更多的文章了吧。我们还是来看看这篇文章吧。全文一共五段，第一段以一个游客探险者的角度叙述自己在云南西北部的高黎贡山深处，发现了一处神奇的地方，说的就是此地。第二段比较详细地介绍了此地的神奇之处，和我们已知的神迹一模一样。第三段则做了一些探讨，主要是基于当时的科学水平，分析了几种可能的情况。关键是第四段，作者大致讲了自己对每种可能的判断，并着重讲了他比较看好的解释。第五段就很简短，欢迎大家批评讨论，集思广益，解开谜团。"

"重点就是这个第四段，虽然没有前面的长，却很关键。作者提到了海森堡的测不准原理，在那个年代就有人研究到了这层，不简单啊。第五段最后这块不是写了'鄙人将继续奉上更多研究文章，以飨读者'。说明还有后文，可惜我们现在看不到。"秦悦跟我讨论道。

"也许根本就没有后文。"我喃喃嘟囔一句，然后又在潘禾禾的背包里翻找了一番，再没有什么东西，不禁皱起了眉头。

"这些东西为何出现在潘禾禾的包里？"

"还有……这位作者叫马明，他是什么人？总不会他没来过这里，文章内所有内容都是道听途说来的吧？"秦悦指着文章说道。

"会是照片上那两位吗？"李栋又指着老照片上的那两位中国人。

"很可能是这两位中的一位，但这样就又很不合理。还记得石屋炭盆里被烧掉的纸吧，弗朗索瓦的其他论文都在，但关于神迹的文章却被烧掉了，说明他们不希望神迹的秘密被外界知晓，又怎么会公开在报纸上发表呢？但如果不是这两位，又会是谁呢？我也想不明白。"

"要不换个角度呢，发表这篇文章的人，目的是什么呢？总不会只是写出来满足读者的好奇心，赚取稿费吧？"秦悦思路新颖。

"或许这个人只是偶然间听来的，然后写出来赚稿费。"

"想想石屋里被匆匆烧毁的黑轴文字，再想想你刚才说的，你觉得可能吗？"秦悦反驳我，话音刚落，突然从门外传来一阵沉闷的声响。我们闭上了嘴，秦悦赶紧收拾干净桌上的报纸与照片。

我们屏气凝神，都注视着房门，做好随时面对危险的准备，但我们盯了半天，那声响却消失了。秦悦高抬腿、轻落脚，小心翼翼地探了过去，侧耳倾听，我也走过来听了一会儿，外面走廊上什么声音都没有。

又过了有五分钟，秦悦才慢慢打开房门，外面一片死寂、漆黑。我们回到走廊上，在黑暗中静静地待了一会儿，感觉没有异常，我才小心翼翼地打开手电，朝着走廊照去，前面的走廊并不长，到头是一堵墙，然后走廊折向两边，不过……当手电光柱照射到走廊另一侧时，我发现在刚才房间的对面，还有一扇门。

秦悦此时有些犹豫，因为我们无法预知里面是否有人。犹豫片刻，秦悦还是掏出粗铁丝，准备插入锁孔，就在秦悦要操作时，她突然睁大了眼睛，我吃惊地望着她，就见秦悦缓缓转动门把手，粗铁丝根本没有插入锁孔，门竟然开了。

就在门被推开的瞬间，我本能地关上手电。门内外顿时一片漆黑，我们三人蹑手蹑脚地走进门里，我轻轻地掩上房门。侧耳倾听之下，房内没有任何声响。我想打开手电，却被秦悦一把抓住，听觉是现在我们唯一能用的功能，仔细听了半天，房内确实没有任何声音，在秦悦缓缓举起枪的同时，我打开了手电，快速扫视了一遍房间，见没有人，心才稍稍安放下来。

这间房的面积和陈设与刚才那间几乎一样，非常整洁，完全不像有人住过的样子。我走到墙边的衣柜前，发现里面挂着不少衣服，多是女装。我不禁狐疑道："看来这里曾经住过一个女人。"

"是住过一个女人。"秦悦在一张桌子边发现了几瓶化妆品，她仔细嗅了嗅，不禁皱起了眉头。

"你们快来……"李栋小声招呼道。

我们走了过去，见李栋打开了床头柜，里面摆放着不少个人物品，他正在四处翻找，最后从很深的位置翻出了一本厚厚的本子，本子上是隽永的书法体外文。

"好像是毕业证书。"李栋辨认道。

当李栋翻开这个本子时，里面同样是隽永的书法体外文，李栋辨认道："像是拉丁文啊，我认不全，不过还是可以看出这是斯坦福的博士学位证书。"

"斯坦福？谁的？"我问。

李栋一阵沉默，突然惊道："好像是张克的。"

"张克？"我和秦悦都惊了。

"对，是她，理学博士。"李栋再一次肯定道。

"一个斯坦福毕业的博士，为何跑到这穷乡僻壤当导游？"秦悦说着，又在床头柜里翻找起来。我再次打量起这间屋子，看来张克曾在这里住过，这究竟是怎么回事？就在我们迷惑不解时，房门突然被打开了。

4

门只是被轻轻推开，但我们全都吓得面无血色，我本能地关闭了手电。几乎同时，房间的灯开了，刺眼的灯光，令我们睁不开眼。当眼睛适应了灯光时，我才发现进来的人，正是潘禾禾与张克。

她们倒不太惊讶，潘禾禾首先开口："我就知道你们能找到这儿。"

"你们到底是什么人？"秦悦不知怎么憋出这么一句。

"什么人？你们不都看到了吗？斯坦福的博士怎么就不能当导游了？为了能让大家看到神迹，认识神迹的伟大，我这个博士当导游还是很合适的。"张克走过来，从李栋手中拿过自己的证书。

"你既然住在这里，那怎么一直对我们说从未到过神迹……"

我忽然想起了在到达第三观测点前，辛叔与张克一直走在队伍后面。

"我现在明白了，为何我们在第三观测点遇险时，你和辛叔背对着神迹。"

张克面色严肃辩解着。

"一路上所有的一切，不过都是考验，只有通过考验的人，才能见到，甚至进入神迹。"

"可……可你和辛叔却一直劝我们不要进入……"李栋不解。

"这也是考验的一部分，看看你们的意志力。"

"那我们算不算意志力强的人呢？"我反问道。

"你们能参加神迹之旅，并一路走到这里，已经是很强的人了。"张克答非所问。

"大脚怪也是考验的一部分？"秦悦追问道。

"不，那不是。大脚怪可不听我们的。"张克否定道。

"那其他人呢？"秦悦继续问道。

"他们都很好，除了巫颂。"张克的眼角微微动了一下。

"巫颂被大脚怪撕了是吗？"我反问道。

张克沉默一下说："他在谷底人家时，不知做了什么，应该是遭到了谷底人的追杀。你们对我们可能有些误解，我们并不想伤害任何人。因为伤害你们对我们没有任何好处。"

"那你们的目的是什么？"我提高了嗓音。

"等会见到大师就知道了。"

张克话音刚落。潘禾禾随即说道："来吧，我带你们去见我的外公。"

"你的外公？你的外公就是大师？"

此刻，我的大脑又开始快速运转起来，似乎猜到了什么。我还来不及多想，潘禾禾就拉着我走出了房间。外面走廊的灯没开，还是一片漆黑，但让我诧异的是，当我们来到走廊尽头，转向左侧的另一条走廊时，这里的灯竟一盏盏亮起，紧接着又是一转弯，潘禾禾拉着我来到了一个灯火通明的空间。放眼望去，这又是一个十六边形，明亮的十六边形，所不同的是这个空间完全由坚固的钢架铸就。

我仰头望向穹顶，这个空间顶部明亮，上面就是神迹吧？我猜测着，跟着潘禾禾走下一段铁梯，我注意到在这个宏大的十六边形空间中央，有一根圆形柱子，柱子不算粗，一直顶到空间顶部，柱子材质像是钢制的，但又不是一般的钢材，柱身上每隔一段，就会有一个凸出的把手，整个柱子像极了潜艇上使用的潜望镜。所不同的是这钢柱周围还围绕着一圈螺旋铁梯。

我的目光顺着螺旋铁梯一直看上去，钢柱上面就应该是神迹中央的碉楼，难道它真的是潜望镜？就在我出神的时候，我们身后的铁梯上传来脚步声，坚定而有力，紧接着传来浑厚的声音："你们好啊，欢迎你们来到神迹。"

这声音很陌生，但让我们不约而同地哆嗦了一下，然后转过身来，就见来者身材瘦高，穿着一身如传教士斗篷那样的衣服，去掉了帽子，只保留着类似的袍子。袍子下是一副清瘦的骨架，瘦削的脸庞，眼窝深陷，须发皆白，老态龙钟，然而一双眼睛却炯炯有神，与枯瘦的外表形成鲜明的反差。

"您……您就是桂肃先生吧？"秦悦首先开口。

我心里也猜到了来者身份，但还是有些懵，转而问潘禾禾："你是桂肃的外孙女？"

"是啊，只是我已经很久没见到外公了。"潘禾禾脸上一脸委屈。

"为什么？"

"因为我妈妈……我妈妈一直不希望我来看外公。"潘禾禾脸上变成了倔强的表情。

"这么说你一开始就知道你外公在这里喽？"秦悦反问道。

"不，这么多年我一直不知道，一直在找，妈妈可能知道但却不告诉我。"潘禾禾越发倔强。

好奇怪的妈妈。潘禾禾的母亲为何不让女儿与外公相见呢？我狐疑着又向桂肃望去，他枯瘦的面容上露出一丝微笑，扫视我们三个人，李栋已经完全处于宕机的状态，秦悦极力使自己保持着镇定。桂肃的目光中有一种不可思议的魔力，威严、神圣、睿智、神秘，而又温暖，难道他就是神？不，不可能，他只是个凡人，顶多是一个携带有闭源人基因的天才。

我使劲儿晃了晃脑袋，不知道该说什么，似乎是在等桂肃先开口。桂肃扫视完我们，终于开口："我知道你们两人曾经去过黑轴，对于黑轴文明、闭源人、蓝血团都有所了解。"

我心里暗暗吃惊，这老头子对我和秦悦了如指掌。

"我也知道你们去了那间石屋，对弗朗索瓦、神迹都有自己的理解。"桂肃又接着说道。

我心中更加吃惊，秦悦也难掩内心的惊讶，脱口而出："怪不得在石寨里，我总觉得有人在跟踪我们。"

"不，我不需要跟踪你们。我还知道你们试图用黑轴文明来解释神迹。说实话，我比你们更早、更全面了解黑轴文明、闭源人、蓝血团，也了解弗朗索瓦的研究，更花费了我一辈子的心血，研究神迹。所以我比谁都更有资格来解释神迹。"桂肃给了一个模棱两可的答案，然后自顾自地说着。

"难道不是在黑轴文明末期，闭源人建造了神迹吗？"我的眼前又闪现出神迹石壁上的图像。

"呵呵，年轻人，你知道的不少啊。不错，神迹确实建造于黑轴文明后期，是闭源人中的精英建造了它。"桂肃缓步走到中心钢柱旁。

"闭源人中的精英？闭源人不就是精英吗？"我没有完全理解。

"对！当时为建造神迹，集结了闭源人中最优秀的人才。你们知道的这些都没有错，但是你们有没有想过这样一个问题，闭源人与黑轴文明又是从何而来的呢？"

桂肃突然抛出的问题竟将我们问住了，慌乱中，我又想起了梅什金的那份报告。

"是人类进化的结果，他们那支人类比我们现代人类更早进化出文明……"

"错！"桂肃突然厉声打断我。

"你们相信进化论，那么黑轴文明的出现并不符合进化论。你们知道即便是在黑轴文明最鼎盛的时期，人口也远远少于现代人类，对这个星球的开发区域也远远小于现代人类，他们凭什么发展出比现代人类更高、更发达的科技？"

"这……"我忽然觉得我对黑轴文明知之甚少。

桂肃见我无力反驳，便又接着说："显然其中另有隐情。你们已经领略过神迹的非凡之处，你们都有聪明的大脑，好好想想，仔细想想，就凭黑轴文明，凭那些闭源人能造出如此神奇非凡的伟大神迹？"

"可……可您刚才不是也说神迹是黑轴文明后期闭源人所建吗？"我大惑不解。

"我是说神迹为闭源人所建，但你仔细想想，闭源人自己能建成吗？包括我说不符合进化论的那些东西，你们去过黑轴，见过黑轴的建造材料，见过黑轴内部的可控核聚变技术，也见过闭源人的基因改造技术，这些科技现代人类还无法实现，人口远远少于现代人类的闭源人是如何实现的？"

桂肃的目光炯炯有神，逼视着我。

"难道说闭源人智商远远高于现代人类？我不否认闭源人的智商可能会比现代人类高一些，就算高出很多，他们也顶多能造出黑轴来，顶多搞出可控核聚变、基因改造，但他们无论如何也建造不出神迹，即便是闭源人中的所谓精英。"

"那……那神迹是怎么建造的呢？"我忽然觉得桂肃说的确实挺有道理。

5

"只有两种可能。"桂肃环视众人，放慢了语速，缓慢而低沉地说，"要么闭源人和黑轴文明来自外太空，要么闭源人、开源人与现代人类一样，都只不过是高维度生命创造出来的玩具。"

"不，我不相信他们来自外太空，因为没有任何的证据，至今也没有证据……高维度生命，也没有证据……"

桂肃打断我的话。

"你换个角度，就不会这么想了，蝼蚁或者蛆虫如何能窥见我们的世界？就算闭源人比我们现代人类聪明一些，也不过是猫狗与蝼蚁的区别。"

我的内心仿佛被什么东西重击了一下，说不出的难受。

"我们……我们就是蝼蚁和蛆虫吗？"

"呵呵……"桂肃露出奇怪的笑容，就在这时，我发现从另一侧的铁梯上，鱼贯下来几个人。马宏冰、辰姐、彭教授、姚大夫，没有夏冰、宇文，当然也没有巫颂。我心中更加难受，桂肃却提高嗓音回答了我刚才的问题。

"在场的诸位，应该都比一般人要聪明，智商要高，应该不是蝼蚁、蛆虫，不过……不过也就是小鸟、麻雀而已。"

"那么您呢？"秦悦质问道。

"我？哼哼……"桂肃冷笑两声继续说，"这么多年来，我从山下走到山上，一直在研究神迹，希望能破解神迹之谜，但我对它了解越多，就越觉得自己渺小与卑微。我被人唤作天才、大师，其实呢，在神的面前，我只是一只小鸟，一只比其他人漂亮一些的金丝雀。后来我重拾信心，是因为我觉得我毕竟不是一般的鸟儿，我想做能与神沟通的人……"

"所以你建起这个基地，夜里竖起光柱，企图与神沟通？"秦悦竟然敢打断桂肃的话。

"哈哈……姑娘别急，等会儿我可以领你们一起去与神沟通。"桂肃指着在场所有人，缓缓说道，"你们也都别急，过一会儿，很快，我先要让这几个年轻人明白这一切。"

彭教授这时竟谦卑如小学生，"恩师，想不到您离开我们这么多年，竟然……竟然做了一件这么有意义的事，您太了不起了。"

"是啊，我已经迫不及待了，桂大师。"马宏冰一副崇拜样，像极了中学生见到心中偶像时的样子。

"您就是神有意派驻凡间的使者，带领我们投入神的怀抱。"辰姐几乎就要跪下来，说得更加肉麻。

我和秦悦互相看看，忽然明白了什么。但我还来不及多想，桂肃又接着说："什么天才、精英，在神的面前不过都是普通人，所以我们看不清神的世界。我们只能看到很小的世界，只能用所谓的科学研究很小的世界，因此，用神的眼光看，人类的科学其实就是迷信而已。"

"所以你曾经说过'科学有时也是迷信'。"我忽然想起彭教授曾经提到的这句话。

"当你相信神的存在，有更高维度的生命存在时，你再去看那些形形色色的科学家，搞得这个那个研究，就会觉得是那么可笑。"

"所以你这么多年脱离学术圈，隐居于此？所以你虽然身为蓝血团东方区领袖，却并不认同蓝血团的价值观，甚至与蓝血团格格不入？"秦悦依然保持凌厉。

桂肃微微皱了皱眉，对秦悦的质问有些不满意。

"既然你提到了蓝血团，我就来说说蓝血团。我家几代都是蓝血团成员，都是学富五车的博学之士，一时间人才济济，名家辈出。我父亲桂豹变那会儿就开始担任东方区领袖，我后来也担任了这个职务，但我在蓝血团内待得越久，越不能认同蓝血团的理论，他们相信黑轴文明和闭源人是进化而成的，他们以继承、研究黑轴文明的科技为使命。呵呵，恕我直言，我要做的事，比他们重要得多，你说我怎么能认同他们呢？"

"既然道不同，那你为何不辞去蓝血团的职务？"秦悦不断追问。

桂肃依然保持着风度和涵养，耐心回答秦悦道："蓝血团东方区多年来一直人才凋零，没有什么大才可以接我的班，而且这个职务有利于我的研究，所以就忝居多年。"

"有你这样的领袖，东方区能不人才凋零吗？怪不得在东方，特别在国内，很少有人知道蓝血团。"秦悦虽然压低了声音，但还是在这巨大空间里引出阵阵回音。

秦悦的话似乎是触怒了桂肃，大厅内陷入沉默，我只好换了副笑脸，问道："桂大师，那么闭源人建造神迹的目的是什么呢？我一直没想通这个问题。"

"他们想挽救他们的文明。"

这句话似曾相识，好像噩梦中弗朗索瓦曾经说过。

"是这样啊，可……可具体怎么挽救呢？"

"简单来说，他们最初希望建造一座宏观量子态的东西，来战胜开源人，至于最终他们想建造成什么样的武器形态，我们已经不得而知。他们还想通过宏观量子态的装置，实现快速离开地球，寻找宇宙中其他适宜居住的星球。他们中应该有通神者，在高维度生命的帮助下，建造出了这个试验品，就是你们所看到的神迹。但不知是闭源人什么行为得罪了神，还是神突然改变了主意，或是神压根儿就没想让闭源人完成这个装置，所以最终神迹发生了大爆炸，所有参与建造神迹的闭源人都死了。大爆炸也完全改变了神迹周边的地貌，你们看到的峡谷就是大爆炸形成的，神迹最初也并不在悬崖边，而是因为大爆炸，变成了现在的模样。"

桂肃语气肯定，我一时竟分不清他说的这些是他的推断，还是史实。

"这只是你的推断吧？"秦悦竟说出了我内心的疑惑。

桂肃冷笑两声，沉下面容说道："想给你解释清楚这个问题是比较困难的，简单给你从遗传学的角度说说。生物学家已经通过长期研究知道，所有现代人类的遗传水平差异很小，我们每个人是如此的相似，我们的身体大约由三十亿个碱基对构成，但这三十亿个碱基对中只有很小很小一部分是我们独有的，也就是说你在街上随便抓两个人，他们都有百分之九十九点九的基因相似性。再跟你们形象点说，现代人类与其他动物相比，虽然体貌特征看上去差异很大，但在遗传水平上却极为相似。而其他动物，比如灵长类的黑猩猩，它们一个小群体的基因多样性，都比现在所有人类的基因多样性要多，随意挑选两个现代人，都比来自同一个种群的两只黑猩猩更相似。唠叨这么多，我要说的是什么？是要告诉你们现代人类如此低的遗传多样性，意味着目前数量庞大的人类，其实可以追溯到人类较近演化史上数量极少的一小群人。换句更直白的话说，现在全世界七十多亿人口，其实都源于极少数的人，而这极少数的人都来源于史前一次大灾难的幸存者。"

"幸存者？"

"对。幸存者，这些幸存者大概只有几百人，最多不会超过五千人。"桂肃目光坚毅，盯着我们。

"这么少？能繁衍出现在这么多人？"秦悦一脸惊诧。

"这不重要，重要的是那次史前灾难。有科学家说是火山喷发，也有人说是陨石撞击地球。但我要说的是这次史无前例的大灾难，正是神的安排。神迹大爆炸后，闭源人的希望破灭，神惩罚了他们，黑轴文明就此终结，闭源人也基本灭绝。而我们现代人类的祖先也遭受巨大损失，这个星球上的人曾经少到只有几千人。"桂肃说完再次扫视众人，除了我和秦悦，众人无不信服。

面对大厅内徐徐燃起的崇拜气氛，我感到自己在被孤立，但还是鼓起勇气，又问："那么……那么神迹呢？神迹一直保留下来了？"

"因为那场大爆炸，再加上我前面所说，神迹没有真正建完，所以神迹就一直处于一种不稳定的量子态，这种量子态，以我们人类目前的观测手段，是无法准确观测的，所以我们今天就只能看到这样的神迹，这真是一大遗憾。"桂肃说着，不禁重重叹了口气。

6

一阵短暂的沉默后，秦悦走近桂肃逼问道："那么大脚怪呢？大脚怪也是您的杰作？"

面对秦悦的逼问，桂肃发出一阵大笑，"姑娘，你太小瞧我了。你以为我像苏必大、袁正可之辈，喜欢搞这些变态玩意？"

我心里又是一阵紧张，看来桂肃无所不知啊。难道他是云象组织的幕后大佬？

"大脚怪不就是变异的长臂猿吗？"

"确实，你们所说的大脚怪是一种变异长臂猿，不过它既不是我的杰作，也不是苏必大做的，更不是弗朗索瓦养的，而是……而是自然形成的。"

"自然形成？"我不相信。

"我年轻时下乡来到这里，第一次在山上见到这种怪物时，既震惊又害怕，我想弗朗索瓦神父最早见到这种怪兽时，跟我有相似的感受吧，但当我慢慢观察研究后发现，这种怪兽的形成并不是人有意为之，而是因为神迹。"

"这也和神迹有关？"我追问道。

"有的，我慢慢观察研究后发现，神迹一直在缓慢释放出一种能量。这里生活着一个族群的长臂猿，它们主要活动在这一带的山岭当中，因为长期在神迹附近活动，它们受到神迹释放能量的辐射，发生了某种变异，久而久之，就成为我们看到的这副样子。"

桂肃说这番话时，我偷眼观察，发现他身材瘦高，四肢修长，双手双脚显得格外大，与他弟弟桂霜明显不太一样。难道桂肃也因为久居神迹，身体受到辐射，发生了某种变异？

"您应该知道苏必大是谁吧？"就在我恍惚的时候，秦悦突然提到了苏必大的名字。

"当然。他就是我那不成器的弟弟桂霜，不过我们早就断绝了关系，准确地说他与我们桂家彻底断绝了关系，所以连姓都改了，我们也早就忘了世上有桂霜这个人。"桂肃毫不避讳，直接撇清了与桂霜的关系。

"既然断绝了关系，你又怎么对他和袁正可做的事了如指掌？他们可是蓝血团的敌人啊。"秦悦故意没说出云象的名字。

不料，桂肃却直接提到了云象的名字。

"姑娘，你这么咄咄逼人，无非是暗指我是云象组织的人，甚至是云象的幕后老板。首先，我作为蓝血团东方区的领袖，可以了解到所有有关蓝血团的事，所以我了解苏必大与袁正可很正常。其次，我作为蓝血团东方区的领袖，根本就瞧不上什么云象，他们算什么东西？蓝血团虽然落后，也有几千年的历史，而云象也就这二十来年，不知从哪冒出来的，我怎么可能会看上云象？再者，我作为蓝血团东方区的领袖，还有我们家的荣誉，都不允许我背叛蓝血团，加入别的什么组织。"

秦悦显然也没料到桂肃会直接提到云象的名字，桂肃句句不离他是蓝血团东方区的领袖，这似乎就是他的证明。我无法理解这个身份和荣誉对他的重要性，但也隐隐觉出他还是很在乎自己的身份和荣誉……如果桂肃不是云象的人，大脚怪真的就是受辐射变异的产物，那云象呢？我不相信云象组织会对神迹无动于衷。我感到头脑有些混乱，我无法找出桂肃语言上的漏洞，秦悦却不依不饶，甚至更加激动起来，"你撒谎，至少在一九八八年的夏天，桂霜还来这里找过你。"

"一九八八年的夏天……"桂肃似乎陷入了回忆继续说道，"那时候我还在大学工作，他来找过我？我记不太清了，不过姑娘，你也没说错，二十世纪八十年代末，我确实跟他还有来往，直到一九九〇年我的妹妹桂颖死后，我们才彻底决裂。"

桂肃的话滴水不漏，秦悦竟一时无语，我注意到当秦悦质问桂肃时，马宏冰、辰姐、彭教授、姚大夫、张克与潘禾禾全都面露愠色，我心里不禁暗暗吃惊，这些人似乎都已为桂肃折服，如果我和秦悦继续执拗下去，会发生什么呢？

"那么这么说来，您是袁帅的大舅喽？"我赶忙出来打个圆场。

原以为我这么说，能缓和一下紧张气氛，谁料桂肃一听袁帅的名字就正色道："不，我从未见过这个孩子，我们家也不承认他父母的婚姻。"

桂肃的话把我搞晕了，他又为桂颖的死与桂霜决裂，却又不承认桂颖的婚姻，这一家人真有意思，兄弟姐妹三人各有各的想法，各有各的活法。我也不知该说什么了。

"那你见过秦天锡吗？一位警察……在二十世纪八十年代末，就是桂霜上山来找你那次。" 秦悦在平复一下心情后问出了最想知道的事。

秦悦还是有些激动，语无伦次，她很少出现这样的情况。

"我不知道，没听说过。"桂肃听了秦悦的问题，微微摇了摇头。

"不！你撒谎！"秦悦又开始激动起来，"你跟桂霜并没有彻底断绝关系，大脚怪就是他的杰作，否则大脚怪为何会攻击我们？"

这次还没等桂肃说话，其他人不干了。马宏冰和辰姐首先发出责难："你怎么能这么攻击大师？大师这么高身份的人怎么可能撒谎？"

彭教授和姚大夫也附和道："是啊，大师怎么会撒谎呢？"

潘禾禾也指着秦悦怒道："你这个女人好讨厌，竟然这么污蔑外公。"

张克也说："大脚怪都是大山的精灵，攻击你是因为你招惹了它，更重要的是你与神迹……"

"你闭嘴，你以为我没看出你的问题吗？"秦悦越说越激动，不断反击，"你和辛叔从一出现就很奇怪，但我并没怀疑你们，我当时怀疑全团问题最大的是巫颂，直到在谷底人家巫颂失踪，我也没怀疑你们。但辛叔与谷底人交流后，谷底人却大怒，我们不懂谷底人的语言，辛叔之前与头人关系那么好，为何会惹得谷底人大怒呢？显然是辛叔故意激怒了谷底人，然后对我们推说是谷底人抓走了巫颂，并带领我们向山上跑，跑进了三角大厅。至于激怒谷底人还有一个好处，就是你发现了我们几个与众不同的身份，你害怕我们后面还有人跟着，所以用愤怒的谷底人挡住后来者，真是一石三鸟。"

"我们这么做，难道以后的生意不做了？"张克反问道，但明显没有什么底气。

"生意对你来说，本来就不重要，我现在还不知道你们的真正目的是什么，但我知道你们的这个神迹之旅就是希望把我们弄上山。你和辛叔一次次在关键时刻劝说我们不要继续向前，其实是在激发我们的好奇心，你们大家都仔细想想，每一次都是在关键时刻……"秦悦转而对其他人说着，其他人却都面无表情。

7

秦悦的话让我想起了李栋对我提起他父母的身份，再看看面前这些人，忽然我明白了。张克和辛叔搞的这个神迹之旅或许根本不是为了赚钱，而是要将这些精英弄上山，不但让大家观测神迹，还带领大家进入神迹，再然后……

我还有一个地方没想明白，那就是做这一切的目的是什么？秦悦怒目而视面无表情的众人，有些沮丧，但她还是没放弃，又转而冲张克厉声说道："当我们进入三角大厅时，我竟然轻易地就找到了父亲留下的笔记本。这正常吗？你们其实已经去过三角大厅多次，那里面有什么东西你们都一清二楚，怎么会遗留下我父亲的笔记本？又怎么会在我出现时，马上就找到了？这不是太巧合了吗？"

"你到底想说什么？"张克有些不耐烦了。

秦悦手里挥舞着她父亲的笔记本，眼中含泪，继续质问张克。

"很明显，成团之前你们就了解我们每一个人的背景和目的。当你们发现除了巫颂、非鱼与我较为难对付，我们都在犹豫要不要上山时，你就拿出这个笔记本，引诱我们上山。我没怀疑笔记本的内容，因为我认识父亲的笔迹，刻骨铭心，但我依然怀疑你们对笔记本做过手脚，更怀疑你们刚才的谎言。桂大师，如果你不认识我父亲，又怎么会有这个笔记本呢？"

面对秦悦突然转向自己的质问，桂肃有些不自然，但他仍然摇头否认。

"我是蓝血团东方区的领袖，我没必要隐瞒这个，你父亲我确实没见过，也不知道，至于你手里的笔记本，刚才你说的都只是你的胡乱猜测罢了。大家来到这里，都是因为神迹的感召，从来不存在什么强迫或者引诱。"

"是啊！""你怎么能这么诋毁桂大师呢？！""胡说八道！"其他人不但没有被秦悦说服，反倒义愤填膺地指责秦悦。

我的背脊顿感阵阵凉意，秦悦却毫不畏惧继续拿出证据，"还有大脚怪，它巢穴的位置更加说明它是你豢养的，你一直训练大脚怪做一些你不方便做的事情。"

桂肃听到秦悦的话，微微怔了一下，随即笑道："姑娘，看来你怎么也不肯相信我了。那些小东西根本不是我弄出来的，我也没豢养它们，要说我训练它们做了一些不方便做的事，那我承认倒是有一件。"

我和秦悦都没想到桂肃竟然承认他训练大脚怪，秦悦怒道："训练大脚怪来杀我们。"

桂肃微微摇头，继续微笑道："我从来不杀人，也没有任何想害人的想法，我也不知道如何训练那些小东西杀人，虽然它们是很聪明的动物。这么多年来，我每日所做的事只有一件，就是探究神迹的秘密，所以我训练那些小东西也是做这件事。你们也看到了神迹在夜晚发出的光，也看到了神迹中央的高塔，你们也知道十六边形手环。"

桂肃突然盯着我和秦悦，提到了十六边形手环。

"十六边形手环与神迹、与大脚怪又有什么关系？"我不解地发出疑问。

"有，我手上有两件十六边形手环，很早的时候我就发现十六边形手环蕴藏着特殊的能量，将它放置在高塔顶端，再用探照灯照射上去，会发射出强光，释放出一种能量场。而这种能量场会帮助我们与宇宙中的高等级生命产生一种联通，更重要的是经过我的长期试验，发现当这种能量场产生时，神迹的不稳定状态将会消失，变成稳定可观测的状态。"

桂肃的这段话信息量太大，竟让我有些懵，首先惊诧于他手上竟然有两件十六边形手环。蓝血团总部只有一件，被奉为圣物，桂肃手上竟然有两件？其次十六边形手环放置高塔上，在强光照射下，会形成能量场，可以联通宇宙中的高等级生命？换句话说就是可以通神？我忽然想起了昨夜神迹中的强光，再看看面前这些对桂肃如痴如醉的众人，难道他们昨夜和宇宙中的高等级生命沟通了？我愈加恍惚。还有当这种能量场产生时，神迹会变成稳定状态？我不知该说什么，哼哧半天，最后开口问道："可……可这些与训练大脚怪有什么关系呢？"

桂肃依然微笑道："你们也看到了，我年纪大了，腿脚也愈发不灵，神迹的不稳定量子态你们是领教过的，爬上高塔首先就让我气喘吁吁，更何况突然坠落，虽然并不会受伤，但也够老夫受的，所以我就训练那些小东西爬上高塔，安置好十六边形手环，昨夜大家都感受到了神迹的伟大。"

我忽然明白了，怪不得昨夜与大脚怪搏斗时，大脚怪身上闪过金光，怪不得秦悦手中那件十六边形手环是在大脚怪巢穴里找到的。因为昨夜就在神迹中，桂肃领着大家做了一次通神的仪式，等我们赶到时，仪式结束了，但为何有一件手环没有被收回呢？就在我胡思乱想的时候，桂肃缓步逼近我和秦悦，也不知道桂肃是哪来的气场，我们竟不约而同地向后退了半步，怔怔地看着桂肃，直到桂肃脸上苍老的皱褶清晰可见。桂肃缓缓地探出右手，伸向秦悦。

"我的东西，最好还是还给我。"

秦悦失去了刚才的倔强，慢慢伸手从背包中掏出那件十六边形手环，缓缓递到桂肃手上。接着桂肃又冲我伸出了左手，"你那件最好也借我用一下。"

"借？"我紧张地憋出一个字。

"没错！借用一下，用完就还给你！"

"你……你要干什么？"我还是不愿掏出我的那件十六边形手环。

"今夜，我要带你们再次与神联通。有三件十六边形手环的情况下，会发生什么呢？我也不知道。"桂肃苍老的面孔难掩内心的激动，众人闻听全都兴奋起来，脸上都写满了期待和幸福，交头接耳地交流起来，桂肃挥挥手让大家恢复安静。

"起初，我用一件手环试验时，并不成功，后来我发现至少要两件，对，两件，但是今夜用上三件会发生什么呢？我不敢想象。"

众人再次爆发出欢呼。我和秦悦互相看看，无奈地从背包中掏出在赤道岛得到的这件十六边形手环，不情愿地放到桂肃的左手上。桂肃拿到两件十六边形手环，转身就要走，我赶忙在后面追问了一句：
"那您拿到四件十六边形手环，岂不是更好？"

"呵呵，还有一件在蓝血团总部，被奉为圣物，我曾问他们借过，他们不肯。你们也看到了，我就是这样的，君子不夺人所好，不愿意借，我不会去抢，也不会去偷。"桂肃说这话时一脸自信，满是君子风度。

大厅内众人都在看时间，现在外面应该已经黑下来了，桂肃对众人说道："稍等一会儿，我就带你们上去，在神迹再次感受神的光辉。"

众人兴奋地纷纷点头，我忽然也来了兴致，我从不相信神或者高等级生命的存在，既然桂肃要给我们看，我倒要看看如何能与宇宙中的高等级生命沟通。

8

桂肃离开了大厅，在焦急的等待后，桂肃回到大厅，他在众人面前，高高抬起右手，众人发出欢呼，我注意到此时在桂肃右手上出现了三件十六边形手环。看来桂肃所言不虚，我心里莫名有些慌张起来。

大家注视着桂肃，突然大厅内不知从哪传来一阵机械转动的声响，紧接着大厅正中那根柱子顶端出现了一个圆形的洞口。洞口不大，只容一人上去，桂肃默默无语，率先走向了螺旋铁梯。其他人像是早有默契，也都跟着走上螺旋铁梯，鱼贯而行，拾级而上，我和秦悦互相看看，只好跟着走上螺旋铁梯。

螺旋铁梯的尽头，圆形洞口之上，一片漆黑，我上去后惊奇地发现原来洞口竟然就在神迹中央的高塔内，我极力回忆起第一次与秦悦登塔的情形，当时桂肃就在我们脚下。而昨夜与大脚怪搏斗时，其他人就在我们脚下。来不及多想，我们跟着桂肃来到院中，大家环绕在桂肃身旁，秦悦忽然拉了拉我的衣角，小声嘀咕："张克和辛叔没跟过来。"

我也注意到了他们没来，此时我再次环视寂静肃穆的神迹，与前两次见到的没有什么不同，我的目光向西侧的山上望去，寻找着探照灯的位置。

"张克和辛叔可能去开探照灯了。"我小声对秦悦嘀咕道。

"大家围绕高塔站好。很快你们就能见证伟大的时刻。"桂肃说完，所有人都自觉地围绕在高塔周围，我和秦悦也被迫分开。

桂肃拿着三件十六边形手环，缓步走进高塔，没有了动作敏捷的大脚怪，这次老头只能自己登上高塔了。我们又陷入焦急的等待，我左右看看，秦悦在我右手方，而我左手是辰姐，我试着问辰姐："昨夜你们看到了什么？"

辰姐默不作声，就当我是空气。所有人都像是变了一个人，面带虔诚地仰望着塔顶，我也只好仰头望向塔顶，第一次与秦悦登塔的一幕幕闪现在眼前，没完没了的旋转楼梯、阴暗的光线、令人窒息的空气、突然消失的高塔，将我们重重摔落……今天桂肃就可以顺利地登上塔顶吗？也不知过了多长时间，我累得脖颈酸痛，只好低下头，发现除了秦悦，其他人依然仰头注视着塔顶。

就在我又四处观望的时候，秦悦突然仰头向塔顶望去，我也顺着她的目光重新望向塔顶，就见塔顶上金光一闪，底下的人都爆发出了啧啧称赞之声。桂肃高举着三件十六边形手环，出现在高塔顶端。我心里暗暗惊奇，高塔竟然眷顾桂肃，没在他爬到塔顶之时消失，难道是因为他手中的三件十六边形手环？手环释放的能量，能使神迹从量子态转变为稳定的凝聚态？

我又望向山上探照灯的方向，并没有亮。就见桂肃颤巍巍地将一件十六边形手环安置在塔顶边缘的十六边形凹槽内，让我有些意外的是，塔顶的十六边形凹槽明显要比十六边形手环大好几圈，十六边形手环是如何固定在里面的？桂肃又接着将另外两件十六边形手环安置在塔顶的凹槽内，只空下东边的凹槽。如果蓝血团的那一件十六边形手环今天也在这里，被安置在东边的凹槽内，会发生什么奇迹？宇宙中的高等级生物会现身？还是会毁灭这一切？

我胡思乱想之时，一束强光从西侧的山上直射过来，我知道这一定是辛叔与张克打开了探照灯，探照灯的强光照射在塔顶，桂肃穿着斗篷，显得十分诡异。再看那几件十六边形手环，在强光照射下，熠熠生辉，手环上似乎有奇异的光辉在闪动。

所有人都如痴如醉地仰头望着塔顶，谁也没听到响动，也没觉察出来神迹是在什么时候转动起来的，巨大的内圈和外圈迅速以不可思议的速度转动起来，但却几乎没有发出任何声音。我和秦悦望着这不可思议的一幕，接下来更加不可思议的一幕出现了，就见从塔顶突然射出了一道强光，这强光比探照灯的强光明亮千百倍，这是一种我们从未见过的光，前两次从远处看，从未察觉这束强光竟是如此明亮，如此强大，如此不可思议。

站在我左手的辰姐仰望着这束强光，不禁张开了嘴，情不自禁地喃喃自语道："比昨夜的光要亮百倍！哦，太伟大了！"

比昨夜的光亮百倍？那就是第三件十六边形手环的功劳喽？就在此时，我们头顶的天空中闪过一道光，神迹围绕院子的石壁上出现了图像，那图像就像噩梦中弗朗索瓦带我看到的一样，三百六十度环绕着我们，所有人都暂时低下头，看着周围快速旋转的神迹，图像上是一幅波澜壮阔的画卷……我看到了战争、杀戮、疾病、瘟疫，同时又看到了从未见过的机器与不可思议的高科技，当这两种场景并存时，我心中升起了一种世界末日的感觉。

画卷在不断向前推进，这就是黑轴文明最后的末日之像？这时，随着空中的亮光变得刺眼，我们不约而同地再次向空中望去，那刺眼的亮光让我们几乎无法直视，待我们慢慢适应，我惊诧地发现我们头顶的空中出现了一个巨大的空洞，空洞内明亮，而四周的天空一片漆黑。这明亮的空洞中会有什么？难道宇宙中的高等级生物就会从中现身吗？

这样的景象一直持续着，所有人脸上都写满了紧张、兴奋、激动、幸福，似乎都在享受这个美妙的时刻，我也感受到身体被一股暖意包围着，甚至……甚至感觉自己身体也发出了光。但我望向其他人，并没看见谁身上有光。此时李栋和秦悦也被眼前的景象征服，如痴如醉。我的意识和思想在这一刻也开始崩塌，难道桂肃所说的一切都是真的？宇宙的高等级生物就是我们人类的神，我们卑微而渺小，只能谦恭地如蝼蚁般，渴望得到神的光辉垂怜？马宏冰与辰姐率先跪了下来，潘禾禾、彭教授、姚大夫、李栋也先后跪了下来，秦悦最后竟然也跪了下来，我感到头顶的那个世界对我有巨大的吸引力，那里有人类无法企及的文明，神的世界。在这样的氛围中，我已经放弃抵抗，渴望被神怜爱，我缓缓地跪下，不由自主地趴在地上。就在这时，从院子的大门处，突然闯进了几个人，让整个院子都骚动起来。

9

我扭头望向闯进来的不速之客，惊喜地发现是夏冰、宇文，以及被认为是沦为大脚怪盘中餐的巫颂，其他人和塔顶的桂肃也发现了闯进来的三人，惊讶中带着愤怒。

巫颂走到前面，环绕高塔看了一圈，然后仰头朝塔顶的桂肃高声喊道："桂大师，您就别再装神弄鬼了。"

"你这浑蛋，当年搞得我家不得安宁，此时又来搅扰我的伟大试验。早知如此，就该早点让你消失。"桂肃在塔顶竟声嘶力竭地咒骂起来。

大家骚动起来，不明白发生了什么。当年搞得我家不得安宁？似乎桂肃与巫颂很早就认识。我的大脑愈加混乱，就见巫颂毫不惧怕，冲巫颂大声说道："是啊，你要知道有今天，当年肯定不会容我。你为何不想想你对得起你的桂枫吗？她可是你的女儿，你发疯，想让所有人都陪你发疯吗？"

桂枫？我忽然听到一个陌生的名字，桂肃的女儿，那不就是潘禾禾的妈妈吗？果然，巫颂话音刚落，潘禾禾就叫起来："不许你说我妈妈和外公！"

巫颂转而盯着潘禾禾，语气却变得缓和许多。

"禾禾，跟我回去，你妈妈很想你，你不应该来这种地方。"

"你不许再提我妈妈，你给我滚。"潘禾禾怒不可遏。

我忽然明白了什么，想起我们进山后第一晚在荒村宿营，夜里我窥见巫颂与潘禾禾简短的交谈，当时似乎就不欢而散，看来巫颂此次是有备而来，我不禁问道："你这次参加这个团，是为潘禾禾而来？"

巫颂点点头答道："是为潘禾禾而来，受她母亲之托，带她回去，所以我才比你们来得晚。"

"你和她母亲……"秦悦从地上站起来，问道。

"我和禾禾的母亲，年轻时真心相爱，但却触怒了桂大师，我当时不明白桂肃为何极力反对，后来桂枫跟我说了许多他们家族的往事，我才慢慢明白，一来他觉得我出身低微，配不上他女儿。而更重要的是我阻碍了他的试验和他的计划，他自私地希望自己的女儿像他一样到这大山中来，过着不见天日的苦行僧般生活。"

我注意到巫颂身上换了一件衣服，越说越激动。

"你后来还是屈服了？"

"是啊，那时候年轻也软弱，我只是一个没有名气的画师，虽然自认为才高八斗，又有什么用？我想画出点名气来，才配得上桂枫，但显然我没有那么多时间。桂枫想和我一起私奔，可我们只走了几天，我就退缩了，后来桂枫在桂肃的安排下结婚，有了潘禾禾，而我则开始流浪。你们还记得我一开始就对你们说过为何参加神迹之旅吗？"

"你说你没有灵感了，所以几年没有画画，来到这里寻找灵感。"秦悦回忆着说道。

"这话确实不错，我之前有几幅画卖出了高价，有了点小名气，所以沾沾自喜，后来我才知道，原来那几幅卖出高价的画都是桂枫买的。是她花高价拍下我的画，又请人帮我写评论文章，吹捧我，帮我扬名。当我知道真相后，我的世界再次崩塌，我停下了创作，恢复了与桂枫的联系。一周多前，她突然告诉我女儿不辞而别，她推测女儿是来找她的外公了。"

如今，我终于知道了巫颂的传奇经历。

"于是，你就也报名参加了神迹之旅，想带回潘禾禾？"秦悦继续问道。

"没错，但是潘禾禾不肯跟我回去，而辛叔与张克却发现了我的异常……"

"所以他们先对你下手，想借谷底人之手除掉你？"我追问道。

"这当然是他们的如意算盘，我跟潘禾禾谈过后，知道她见不到外公是不会死心的，于是我决定先发制人，逃出樊笼，连夜上山，但我还是在山上遭到大脚怪的攻击，几乎丧命。"

听巫颂说完他的经历，我又看向宇文和夏冰，两人也被眼前不可思议的一幕吸引，但夏冰很快就回过神来，对着我和秦悦讲述他们的经历。

"我和宇文被张克、辛叔关了起来，是巫颂大哥刚才救了我们。我现在大概明白了所谓神迹之旅究竟是怎么回事。他们的目的并不是赚钱，而是为了吸纳各方面的精英来到这里，他们为此设计了一环又一环，从第一观测点到第二观测点，再到第三观测点和神迹本身，让所有人在这个过程中，相信我们都是渺小的人类，而在我们之上有宇宙中的高等级生命，有神的存在，而桂肃则是可以带领大家与神沟通的人，于是大家都匍匐在他的脚下。当然也有可能他并不是一个人，而是一股势力，他们的目的就是让所有精英都匍匐在他们脚下，相信他们是神的使者。而如果团队中有人不服，不相信他们的洗脑，他们就会将这些人关起来。"

"就比如你们几个？"秦悦也明白了。

夏冰点点头提高了嗓音。

"因为团里所有人中，巫颂是他们最想干掉的，所以他最先消失了，紧接着就是我，我是蓝血团成员，所以就第二个消失了。"

夏冰的话醍醐灌顶，将我从刚才崩塌的边缘又拉了回来。其实仔细想想，就能明白这套骗局，我也仰着头对着桂肃大喊："桂大师，收了你的神通吧。"

谁料，话音刚落，还没等桂肃说话，马宏冰和辰姐就率先冲了上来。

"别胡说……你们这样亵渎神，是要遭到最严厉惩罚的。"

接着潘禾禾、彭教授、姚大夫和李栋也都冲上来围住我们。

"年轻人，有什么话等会儿再说，先让大师做完这一切。"彭教授此刻目光坚定，告诫我们。

巫颂一把拉开马宏冰，然后冲塔顶的桂肃又说道："刚才夏冰已经揭穿了你的所为，现在还有最后一件事，就是你背后是谁？虽然你是蓝血团东方区的领袖，但你在此的研究与试验全是在秘密状态下进行的，你不想也不敢让蓝血团知道，所以你也不敢动用蓝血团的经费。那么到底是谁给了你巨额经费？又是谁帮你解决了所有后顾之忧，让你可以在这专心搞你的研究呢？除了蓝血团的死对头云象，还会有谁？"

巫颂的话彻底激怒了桂肃，桂肃咆哮道："胡说八道，我作为蓝血团东方区的领袖，怎么可能看得上云象？怎么可能背叛蓝血团？云象是什么下三烂的，不要说云象，就是蓝血团我也瞧不上，都是一帮迂腐的人。"

"不错，你是谁也瞧不上，蓝血团你瞧不上，云象你也瞧不上。你也没想背叛蓝血团，但神迹一直困扰着你，以至于你开始怀疑科学。你的身体很诚实，瞧不上并不妨碍你与云象合作，你的位置可以使你同时拥有云象与蓝血团的资源，但是你自以为聪明，其实仍然不过是被云象利用，成为他们手里的一颗棋子。所以你就不要再瞧不上人家，真正傻的是你。"巫颂咄咄逼人。

桂肃歇斯底里地叫起来："你这是血口喷人！"

"那你手里怎么会有两件十六边形手环？有一件是你继承你父亲桂豹变的，另一件呢？"夏冰突然冲桂肃喊道。

桂肃苍老的面容此刻在强光掩映下完全扭曲变形，面对夏冰的质问，他竟无言以对。院子里的人依然分成两派对峙着，潘禾禾过来使劲儿推搡巫颂……就在这时，从地下突然传来一声凄厉尖锐的叫声，难道是大脚怪又复活了？紧接着，神迹发出的强光戛然而止，神迹的转动也瞬间停了下来。

10

神迹瞬间恢复了静止状态，只有山上探照灯发出的强光还没熄灭，依旧直直地照在高塔上。所有人都听到了那声凄厉尖锐的嚎叫，惊恐地注视着四周，很快我听到了脚步声，从院子的大门内冲出了一只怪物，一只更大的大脚怪。

这只大脚怪是直立走进来的，我注意到这是一只雄性大脚怪，而被我和秦悦打死的大脚怪是雌性。这个神迹附近的大脚怪家族应该由两只大脚怪和众多小脚怪组成，我们杀了它们全家，这雄性大脚怪肯定不会放过我们。想到这里，我和秦悦都不由自主地向后退去。但让我感到意外的是，雄性大脚怪并没有马上扑向我们，而是扑向了光。它顺着高塔的外壁，动作迅速而敏捷，很快就爬上了塔顶，桂肃此时依然站在塔顶，面对突然出现的雄性大脚怪，桂肃大惊失色，看来这只大脚怪的确不受他的控制。

就在我们愣神的工夫，雄性大脚怪已经拿走了塔顶的三件十六边形手环。所有人都眼睁睁地看着这一幕，就见大脚怪拿到三件十六边形手环后，并没伤害桂肃，而是快速冲下高塔，在院子里来回走了一会儿，既没有攻击我们，也没有退走，而是慢慢逼退我们，走到了高塔下面的圆形洞口。

一眨眼，雄性大脚怪就不见了。等我们反应过来，一起追到洞口，争先恐后地下来，当我回到桂肃的老巢，这座钢架结构的大厅内时，却不见雄性大脚怪的踪影。我狐疑地走到右边的铁梯前，刚抬腿想要上去，却被近在咫尺的一声嘶吼吓得魂飞魄散，赶忙退了回去。就见雄性大脚怪缓缓从铁梯上面的一条走廊里走出来，然后走下铁梯，慢慢逼近我们。我仔细观察后，吃惊地发现，刚才还套在雄性大脚怪手臂上的三件十六边形手环，此刻都不见了。秦悦、夏冰、宇文、巫颂显然也都注意到了，我们面面相觑，巫颂马上判断道："这家伙是受人控制的。"

"所以它并不急于报仇，而是先取下手环，交给幕后之人，再来……"秦悦也推断道。

"会是谁呢？"宇文问道。

"显然是云象的人。"夏冰喃喃道。

"不在场的只有张克与辛叔。"话音刚落，雄性大脚怪像是明白一切，猛地扑向我。我根本来不及举枪，掉头就跑。就在我狂奔之时，听到了枪声，秦悦从近距离射出三枪，大脚怪左右躲闪，只有一枪击中大脚怪的肩头。

李栋此时也清醒过来，想要举枪射击，但我们手中的突击步枪在这大厅内，根本施展不开，稍有不慎就会误伤到自己人。我们只得逃窜，我迅速登上左侧的铁梯，根据来时的记忆，快速向来时的走廊逃去，我强大的记忆搜索功能，几乎从来不会出错，很快就找到了来时的那条走廊，但让我泄气的是，当我扑到走廊尽头的铁门时，发现被我们打开的铁门，这会儿却又被死死锁住。我从里面来回掰动门锁，铁门依然纹丝不动。这时，秦悦和夏冰、宇文也赶了上来，我将希望寄托在秦悦身上，秦悦观察了一会儿，然后去掰门后的锁，根本没用，秦悦鼓捣半天也没能打开眼前这扇铁门，不禁喃喃道："这门太奇怪了，从里面也无法打开。"

"像是有个机械装置在控制这道门，根本不是用门锁的。"夏冰看了一眼给出结论。

"可我们进来时却是轻而易举……"秦悦回想着。

"显然人家就是想让你们进来。"宇文说道。

这时，巫颂拉着潘禾禾从后面冲过来，潘禾禾拼命扭动，拍打巫颂，似乎并不希望巫颂带她走。巫颂抹了一把头上渗出的汗珠，快速说道："整个建筑的大门都被封死了，更可怕的是这里被人安装了炸弹，足以炸毁整个建筑和神迹的炸弹。"

我浑身一颤，忙跟着巫颂跑出这条走廊，果然在每条通道口都安装了定时炸弹，上面的秒数正在快速跳动着，而留给我们的时间只剩下八分钟。我们全都慌乱起来，我又找到边上另一条走廊，这条走廊尽头也是一扇一模一样的铁门，同样被完全锁死，不论我们怎么鼓捣，都打不开铁门。秦悦喝令我们退后，然后从我手中抢过五六式突击步枪，对着锁一阵点射，火星四射，却没能击穿门锁。

我们全都绝望了，这是什么材料制造的门，子弹也无法打开？求生的本能促使我仔细思考了一下。

"还是从顶上出去，去神迹，那里应该是唯一的逃生通道。"

"可我们只剩七分钟了。"秦悦将突击步枪抛给我，掉头向走廊外奔去。

就在我们奔到走廊口时，雄性大脚怪突然出现，堵住了出口，我的心一下子就凉到了底。应该只剩六分钟了，我们却被堵在这里。即便我们能逃上去，也几乎不可能有时间逃出神迹了，我们的小命就要交代在这里了。我这才意识到这雄性大脚怪拿着手环下来，是一箭双雕之计，既将手环交给了它的主人，又将我们引下来。但最后的求生本能依然告诉我不能放弃，不能放弃。至少把枪里的子弹打完，想到这里，我缓缓后退，看着大脚怪一步步走进走廊，我猛地扣响扳机。狭窄的走廊里，大脚怪无法腾挪躲闪，哒哒哒，每一枪都击中大脚怪，秦悦也扣动扳机，手枪精准击中大脚怪的要害部位。

雄性大脚怪就这样被我们打得皮开肉绽，却依然死死堵住走廊出口，直到我们打完了所有子弹。此时，我们只剩下六分钟。巫颂拔出一柄短刀，看看我，我也拔出刺刀，一起冲向大脚怪，巫颂的短刀准确命中大脚怪的心脏，大脚怪一声吼叫，挥起臂膀，就将巫颂甩了出去，巫颂的身体几乎撞在走廊顶上，又重重摔在地上……

我的刺刀也插进了大脚怪柔软的腹部，大脚怪挥起另一只手臂，就要抓我，我赶忙松手，往回跑去，大脚怪一把抓住我的左脚，一边号叫着，一边拖着我，一直将我拖出了走廊。我身上的衣服已被磨破，大脚怪一路拖行，将我拖下铁梯，虽然我被拖得遍体鳞伤，但这正是我们需要的。大脚怪已经完全失去理智，就在我筋疲力尽时，大脚怪高高抬起左脚踩下来，我嘴角吐血、眼神涣散，我发现就在我躺倒的地方，安装着一颗定时炸弹，此时只剩下四分钟。

我的意识开始模糊，可就在我以为小命呜呼时，清脆的枪声撞击着我的耳膜，我极力睁开眼睛，依稀看见李栋举枪对大脚怪在射击。我似乎被人架了起来，是宇文，宇文声嘶力竭地喊道："快！快撤到上面去，还剩三分钟了！"

　　李栋边打边撤，直至打完所有子弹。巫颂不停地吐血，还死死拉着潘禾禾，不肯放弃，潘禾禾使劲儿挣脱，最后是秦悦一把架起潘禾禾，将她带到了上面。只剩下最后两分钟，大脚怪又猛地扑向旋转铁梯，夏冰和宇文一起拖着我，大脚怪抓住我的右脚，我感到整个身体要被撕裂，就在我以为身体要断开的时候，大脚怪突然松手，我被夏冰和宇文扯了上去。紧接着圆形铁门就被死死关上了，巫颂没有出来，最后关上铁门的人就是他。

　　我被宇文和夏冰架着站起来，发现所有人都在，只有巫颂没上来。脚底下传来一阵撕心裂肺的惨叫，我眼睛一闭，被夏冰和宇文拼命架着往外撤走。最后一分钟！我仰头向高塔顶端望了一眼，发现桂肃依然怔怔地站在那里，就像是一尊雕塑。半分钟、二十秒、十秒，当我们要退出院子时，就听见轰隆一声沉闷的巨响，紧接着就是地动山摇，伴随着一股刺鼻的气味，整个大地都坍塌下去，神迹在我们眼前慢慢解体，慢慢崩塌……

　　难道这伟大的神迹也禁不住炸药的爆炸？我迷惑而无助，双腿站立不稳，连同身旁的宇文、夏冰一起倒了下去，在我倒下的那刻，就见半空中闪过了一丝光，那是什么？神的指示，还是探照灯？不，不是探照灯的位置，会是什么？我来不及思考，感觉整个人飘浮了起来，没有疼痛，意识也没有消散，难道我已经进入了另一个世界？

　　所有人都飘浮起来，就连从碎裂、崩塌的高塔上坠落到半空的桂肃，也飘浮起来。炸弹爆炸的巨响依然回响在耳边，但那个声音似乎正在远去，眼前的山麓、星空也在远去，我们就这样飘浮着，像是进入了另一个世界……先是一段黑色的空间，紧接着又是一段白色的空间，这段白色空间很大很温暖，随着我们不断飘浮，奇妙的感觉袭遍全身，我们被光包裹着，不，我不知道那是什么。此时，我忽然听到了一个声音，似乎是桂肃苍老的声音，他已经完全失去了刚才的底气，那个气若游丝的声音在我耳畔回响："万物有形，自生自灭，万物无形，不生不灭！"

万物有形，自生自灭，万物无形，不生不灭！或许这就是闭源人精英们当时的想法吧，指望可以造出无形的东西，可以不生不灭？我的意识不但没有消失，反倒越来越清晰，可就在我意识清晰、胡思乱想的时候，包裹我的光突然不见了，周围陷入了黑暗。

11

我们的周围一片漆黑，仔细分辨，我似乎躺在一片全是碎石的草丛中，满地碎石硌得我浑身酸痛。我伸出手臂，在身旁划拉，很快摸到了一条腿，秦悦轻轻一叫，我便知道这是秦悦，夏冰和宇文也在附近。我仰头望去，感觉我们似乎处于一个深谷中，天边渐渐泛起一丝亮光，折腾了一夜，天也快亮了。

"我……我们竟然没有死？"宇文吃惊地说道。

"刚才我们像是进入了另一个空间……"秦悦道。

"是谁安放炸弹，又封死出口？难道是桂肃？"宇文疑惑地问。

"万物有形，自生自灭，万物无形，不生不灭！"我依然在回味着桂肃最后的话语。

"如果我们没死，那么其他人呢？他们也应该在附近。"宇文说着用手电照向周围，周围死一般寂静。

"夏博士，你倒是说说刚才究竟发生了什么？"秦悦忽然问一直默默无语的夏冰。

"是啊，刚才我们像是飘浮在一个奇怪的空间里？"宇文也追问。

夏冰看看他俩，随口说了一句："那是亚空间！"

"亚空间？那是什么？"秦悦问。

夏冰答非所问："还是快找找其他人吧，他们应该就在附近，你们想知道答案，找到桂肃就知道了。"

我们在乱石堆里胡乱寻找，找到几件属于我们的物品，宇文想要呼喊，却被秦悦劝住："别叫，说不定附近还有大脚怪。"

"我倒不担心大脚怪，但那些安装炸弹的人倒是要小心。"夏冰小声说道。

天色越来越亮，我才看清楚我们正身处深谷之中，仰头望去，头顶前方的崖壁上似曾相识，我举起酸痛的手臂，指着那里。

"神迹原来就在那里！"

大家一起顺着我的手臂望去。秦悦说道："对，就是那里，那里的岩壁明显被炸掉了一大截。"

"看来……神迹也被炸毁了……"宇文有些失神地仰头望着。

"难道这也是桂肃试验的一部分？"夏冰忽然说道。

夏冰的话让我们都是一惊，可我们还来不及多想，就听到有呼喊声传来。声音似乎有点远，我们静下来，仔细倾听，我判断出声音是从上方传来的，于是，我们向深谷上方攀登。一路上，满地的碎石，有的碎石形状巨大，仅我目视之中，几十吨重的巨石就有十多块，我走近一块巨石，仔细观察后，发现了端倪。

"这些巨大的碎石不是最近形成的，这里地质构造稳定，造成这么多碎石应该是远古时期的一次大爆炸。"

"你是说……"宇文猜到了我的判断。

"对。应该就是黑轴文明后期，闭源人建造神迹最终失败，导致的那次大爆炸。那次大爆炸的威力远远大于我们刚刚遭遇的大爆炸，那是核爆级别的大爆炸。"我指着深谷下方，又说，"我们现在就处于神迹下面的峡谷中，但这里并没有水，说明峡谷上方并没有补给水源，也从侧面证明我刚才的判断，峡谷形成于那次威力巨大的大爆炸。"

"那桂肃说的都是真的喽？"秦悦反问。

"他曾经是位优秀的物理学家，并曾经无限接近于一位伟大的物理学家，所以他对神迹痴迷的研究是卓有成效的，只是他的研究误入歧途，从科学进入了神学。"我解释道。

我话音刚落，就听到一声呼喊，这次声音离得近些，我听出是李栋的声音。于是我们加快步伐，继续向上攀登，很快我看见了李栋，他靠在一处石壁上，我四下张望，却不见其他人。走近再一看，我惊奇地发现，除了李栋，还有一位奄奄一息的老者，正躺在李栋的怀里，这个老者正是桂肃。

"其他人呢？"秦悦向李栋问道。

"我……我醒过来，哦，不，应该是掉下来，哦，也不对！我不知道该怎么形容刚才，就是大爆炸之后，我们仿佛进入了另一个空间，我以为我死了，但后来恍惚间我发现我就在这儿，我走了几步，发现桂大师也在这边，他……他好像快不行了……"

秦悦上前探探桂肃的鼻息，又检查了桂肃的身体，"没有外伤，很可能是年纪大了，刚才太激动……"

秦悦还没说完，桂肃像是清醒过来，缓缓睁开眼，他的目光已经失去了之前的神采，变得浑浊而散漫。桂肃慢慢扫视一圈，最后将目光落在我的身上，就见他嘴角微启，似乎想说什么，我俯下身，凑到桂肃近前，听见桂肃喃喃说道："我花了一生时间，走上这座山，你们现在能如此快捷地登上这座山，那是因为我，我想让你们成为神的信徒，所有走上这座山的人都皈依神。"

"您还执迷不悟吗？您想想三件十六边形手环被谁抢走了？最后又是谁安放的炸弹？"我有些愤怒地说道。

桂肃像是刚才说话消耗了太多体力，慢慢闭上眼睛，宇文大声说道："炸弹肯定不是你的疯狂试验吧？想想吧，会是谁？"

"还有，我的父亲秦天锡最后去了哪里？你一定知道的。"秦悦也焦急地问道。

桂肃闭着眼睛，并不回答，夏冰拦住了激动的秦悦和宇文，用细微而温柔的语气轻轻对桂肃说："您手上两件十六边形手环，一件是继承自您的父亲桂豹变，另一件呢？是从云象手里得到的吧？"

桂肃依然闭着眼睛，一言不发，甚至没有多少鼻息，与死人无异。夏冰又继续轻柔地说："好，那我们再说你继承的那件十六边形手环。您知道您父亲是如何得到这件手环的吗？"

谁料，夏冰话音刚落，奄奄一息的桂肃突然睁开了双眼，像是用尽气力反问道："你……你知道吗？"

我心里暗暗吃惊，看来夏冰问到了桂肃的心结，最后的心结。夏冰没有急于回答，而是看着桂肃，桂肃喘了几口气后，又开口了。

"从……从我小时候起，父亲就拿这件……这件手环给我玩，但……但他从未说过这件手环从何而来？以前，我们家成分不好，我……我鬼使神差地被分配到这里……于是我一生几乎都献给了这里……后来……后来我了解到弗朗索瓦……我猜到手环最初应该……"

桂肃剧烈喘息起来，夏冰依然用细小但却坚定的声音对桂肃说："您说的没错，您也一定见过那些老照片，潘禾禾手里的那张老照片应该就是从您这儿得到的。手环最初属于弗朗索瓦神父，他将毕生的事业和手环都传给了他的学生，而您的父亲桂豹变不但害死了弗朗索瓦神父，也杀死了弗朗索瓦的学生，窃取了手环。"

　　夏冰的话让我们都是一怔，夏冰并未见到潘禾禾手里的老照片，她竟了如指掌，并一语道破这背后的阴谋。夏冰似乎已经洞悉一切，我马上想到了潘禾禾那张照片，上面那个黑瘦的中国人，他就是桂肃的父亲桂豹变？桂肃听完夏冰细小、快速、坚定的话语，反而长舒一口气，又缓缓闭上了眼。过了良久，桂肃像是又想起什么，微睁开眼，用尽最后的力气说："或许……或许你们说的都对。可……可那又如何呢？看，神迹……神迹依然在那儿……"

　　我们心里又是一惊，纷纷抬头望去，被炸塌的山崖上，那不可思议的神迹竟然……竟然真的还在，悬空在山崖上方，它又出现了？难道炸弹并不能把它炸毁？我若有所思地望着脚边巨大的碎石，是啊，当年那场核爆级别的大爆炸都没有将神迹炸毁，刚才的爆炸又怎么会毁掉神迹呢？只是神迹以后只能悬在峡谷上了，变成更加神奇的神迹，再没有人能踏足神迹。就在我们为此惊诧之时，桂肃缓缓闭上眼，气若游丝地说了最后一句话："还……还会有人完成我未竟的事业……"

　　说完这句话，桂肃彻底没了鼻息，一代大师就这样死在了山中，一代大师到死依然不肯放下执念，这世界上最聪明的大脑竟然如此顽固不化……想到这里，我不禁有些伤感，又很迷茫，或许桂肃说的都是对的，只是我们浅薄无知，无法理解。我的目光再次移向神迹的位置，此刻，神迹依然悬在我们的头顶。

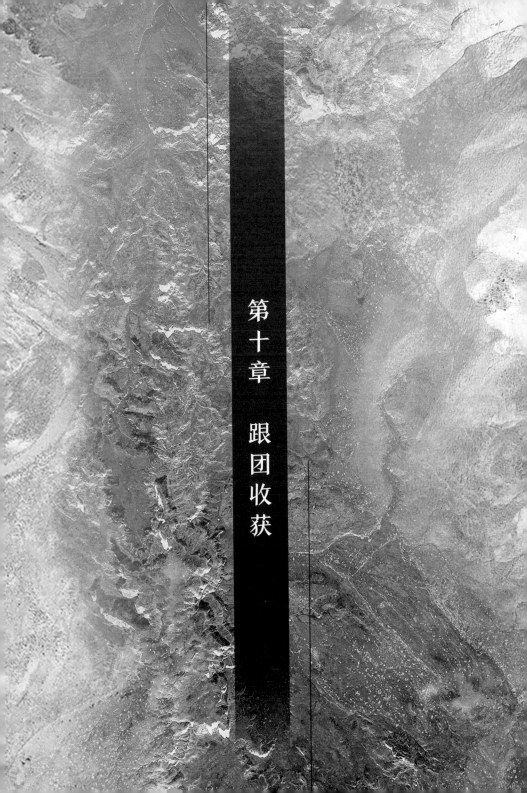

第十章　跟团收获

1

我们将桂肃草草埋葬，便离开了这里。大家决定回到老教堂去等其他人。但想要爬出峡谷并不容易，根据我的判断，我们不能继续沿着谷底往前走，因为前面有不知从哪儿汇进来的河流，谷底是没办法走通的，即便没有水，我们也不希望再走进谷底人家。

我们决定向东侧的崖壁攀登，那是一条走出去的近路。我和秦悦在前面开路，开始杂草不多，脚下依然全是碎石，直到半山腰的位置，茂密的杂草才取代了碎石，我只好拿出匕首来开路。我们就这样沿着陡峭的崖壁不断向上攀爬，慢慢地我们再次被清晨的雾气笼罩，五个人在山崖上鱼贯而行，每一步都得小心翼翼，稍有不慎便会再次坠入深渊，这次可能就不会像神迹爆炸那样幸运了。

一个多小时后，脚下终于出现了若隐若现的小路，又走了一段后，地势变得平缓起来，我们似乎走进了一片不算茂密的林子。走着走着，我忽然觉得眼前的景致有些眼熟。我停下来观察了一会儿，秦悦却催促我继续前进，我于是又继续向前，林子里的雾气散去了一些，可往前走，雾气忽然又大起来，我有些犹豫，但还是走进了前面的浓雾中，突然，我感觉眼前闪过一道白光，紧接着我整个身体都飘浮起来，周围被重重白光包围，这……这是怎么回事？我吃惊地看着周围的一切，一切都发生在一瞬间，白光不断闪过，我发现自己又进入了神迹大爆炸后的状态，可这里并不是神迹，也没有发生爆炸啊。难道这就是夏冰所说的亚空间旅行？

很快我变得开始享受这种状态，周边被白色而温暖的光包围，感觉速度并不快，但理智告诉我这很可能是接近光的速度，如果这真的是光速，或是接近光的速度，那是人类目前为止也无法实现的速度，与我曾经的想象完全不一样。亚空间旅行？什么是亚空间？我还来不及多想，就发现秦悦、宇文、夏冰与李栋也进入了这个空间，我们吃惊地看着彼此。我想到了袁帅，他记忆中的离奇的遭遇，在极短的时间内，从地球的一个地方快速到达另一个地方，或许就是这么实现的。而我们也许很快就会离开这里，到达一个我们完全未知的地方。会是哪呢？埃及的大金字塔？复活节岛上的巨人石像？荒凉的罗布泊？安第斯山脉上的马丘比丘？冰岛喷发的火山？还是荒原戈壁、赤道岛，或是智慧之轴？

我胡思乱想之间，已经无法判断所经历的时间，但让我们大感意外的是，我们哪里也没到达，白光一闪之后，我们似乎又回到了原地。我瘫坐在草地上，不敢相信刚才经历的一切，就像是多年美梦就要成真，却在最后一刻被无情打碎。我们五个人面面相觑，各自的表情表明了一切，刚才我们确确实实遭遇了夏冰所说的亚空间旅行。

李栋首先开口了："刚才……刚才是怎么了？又像神迹大爆炸后的样子……"

"是啊，怎么会这样？"秦悦不解。

"你们不觉得这里很像第一观测点吗？"我提醒大家。

"我们回到了第一观测点。"夏冰说道。

秦悦和宇文也跟我有了同样想法，说："袁帅就是在这里观测神迹，然后在短时间内去了相距遥远的不同地方。"

"说明这附近有一片区域可以进入亚空……"夏冰话没说完，李栋站起来就在附近小跑起来。

我看着李栋的身影，不禁也站起身在附近转了几圈，却再也没有进入夏冰所说的亚空间，我不禁疑惑道："什么是亚空间？又如何进入亚空间？"

夏冰耸了耸肩解释说："在学界，亚空间只是一个概念，有没有亚空间都是个问题，不过我在神迹大爆炸后的经历，让我相信那就是亚空间。相对论得出我们现有世界如果是正物质构成的，那么一定还存在着另一个反物质世界，而亚空间，则是正物质与反物质之间的一层阻隔界。"

"正物质与反物质相遇会引发爆炸，并释放出惊人的能量，许多物理学家与天文学家相信，宇宙就是由一次正反物质的大爆炸形成的。"宇文似乎听懂了一点。

　　"对，所以亚空间这层阻隔界就显得异常重要，我甚至可以断定当年闭源人建造神迹最后就是引起了正物质与反物质大爆炸，导致神迹最后的失败。"夏冰推断道。

　　"但物理学家至今并没有找到反物质啊。"李栋跑累了，终于坐了下来。

　　"所以闭源人要比我们先进得多。"夏冰说到这里，使劲儿晃了晃脑袋继续说，"好了，我现在也不能确定刚才究竟发生了什么，或许等我回到蓝血团，蓝血团的高层会给出更正确的解释。"

　　"可以带我们去蓝血团总部吗？"李栋忽然问道。

　　我们都是一怔，夏冰也愣住了，过了一会儿，夏冰反问道："你想去干吗啊？"

　　"听你们说蓝血团这么牛，当然想去看看。"李栋一脸纯真。

　　"你想去？先让你父亲加入蓝血团吧。"夏冰忽然提到了李栋的父亲。

　　"我爸？他可是个老顽固，他认准的事，别人怎么说都没用。"李栋有些失望。

　　夏冰轻轻拍了拍李栋，说了一句意味深长的话："不，现在不一样了！"

　　我没有明白夏冰的意思，秦悦这时却问夏冰："你们是被什么人抓进神迹下面的？"

　　夏冰摇摇头说："不，我不知道。那天浓雾中，我突然被一个人，不，也许不是人，是大脚怪。反正我晕倒了，等醒过来时，就在一个房间里了。桂肃后来见了我。"

"他跟你说了什么？"秦悦追问。

"只是简单问了问我的情况，我也问了他许多问题，但他几乎没有回答我的问题。所以我对那次对话并没有什么深刻印象，倒是桂肃的房间，给我留下了深刻的印象。"夏冰忽然话锋一转，提到了桂肃的房间。

2

我疑惑地看着夏冰问："桂肃的房间有什么问题吗？"

夏冰像是在回忆。

"我第一次被带到那个房间时，看见整个房间空无一物，只有正对大门的位置有几级台阶，台阶上有一个座位，座位造型奇异，神秘奢华。而我进门后，左手边与右手边各有一扇门，当时门是关着的。"

"还真把自己当神啦？搞得跟宫殿似的。"秦悦嘟囔道。

"问题并不在这儿，而在于桂肃问我话时，他并没有坐在那个座位上，而是站在一边，从头到尾，自始至终，他也没有坐那个座位。"夏冰说道。

"当时房间内还有别人吗？"我问道。

"没有，并没有其他人！"夏冰摇摇头否定道。

"他为何不坐下来呢？毕竟他年纪大了，一直站着？"宇文也大惑不解。

"对，就一直站着，也没在房间内走动。"夏冰肯定道。

"这看来只有一个解释，那个座位很重要，甚至至高无上，桂肃也没有资格坐。"我推断道。

李栋费解地问："桂肃地位已经那么高了，难道还有人比他地位高？或者真的是留给神的？"

夏冰淡淡地说："现在想来，这个座位确实是留给神的，刚才我说了这个座位造型很奇异，而且看不出是用什么材料制作的。当我被巫颂解救出来，又路过桂肃房间时，我再次进去仔细查看了这个座位，它给人以庄严、神秘、奢华之感，我想之所以摆放这个座位，将座位制作成这个样子，显然不是给一般人坐的。"

"等等！你说你又一次进了桂肃的房间，当时房间内有人吗？"秦悦问道。

夏冰摇头道："空无一人！"

"对！第二次我和夏冰一起进去的，确实没有人。"宇文也附和道。

"那么……是给神坐的？神需要座位吗？显然是给神的使者坐的，也就是桂肃背后的人，云象的人……"我马上想到了什么，说道。

"云象的人？"

"对！也是这个人给桂肃提供了一件十六边形手环，也是这个人安装了炸弹，完全控制了桂肃。桂肃自以为聪明，瞧不上别人，其实从他误入歧途，就已经一步步被云象控制。"我大胆推断道。

"所以他连这个座位也不敢坐。我猜测……所有被洗脑的精英们最后都会被带到这里，表面上是拜倒在神的脚下，其实是拜倒在云象脚下。"秦悦也这么认为。

"我也是这么想的，所以第二次进去后，我仔细检查了这个房间，我总觉得宝座后面似乎还有什么，很可能是一扇门，但我和宇文弄了半天，也没能敲开宝座后的墙壁。"夏冰表示认可这个观点。

"后面还有一扇门……那么左、右那两扇门呢？"

"这正是我要说的，我和宇文先推开了左手边的门，里面应该是桂肃的卧室，陈设简单，不过墙上挂着两张放大的照片吸引了我。一张黑白照片估计拍摄于二十世纪八十年代初，上面四个人，一老三少，一女三男，我能认出这是桂肃的全家福，上面有四个人正是桂豹变与桂肃、桂颖、桂霜。而另一张彩色照片也是桂肃的全家福，上面除了桂肃，应该是桂肃的女儿、女婿和小时候的潘禾禾。"夏冰回忆着桂肃的房间。

"那右手边的房间呢？"我追问道。

"右手边的房间像是桂肃的书房，里面堆满了书，全是书，没有电脑和任何电子设备。我们没有时间细翻那些书和文字资料，只是粗略地看了这间书房。墙上挂着两张老者的画像，是画像，不是照片，画像没有落款，不知何人所画，但我推测其中一张外国老者的画像应该是弗朗索瓦，而另一张中国老者的画像应该是老年的桂豹变。"夏冰说道。

"也许是桂豹变晚年画的，因为只有他见过弗朗索瓦的长相，而桂肃又将这两张画像挂在墙上，说明这两张画像对他来说很重要。"我推测道。

"我也是这么想的，但更大的发现在桂肃的书桌上。那是一张老式的书桌，看上去很有年头了。他的书桌上同样堆满了书和各种手写的材料，我们没时间去翻，却在玻璃台板下发现几张发黄的照片。其中一张彩色的照片上，有四个人，两个中国人、两个外国人，两个中国人一个老者我判断是老年的桂豹变，另一个年轻的就是桂肃；而那两个外国人，一个身材瘦削，戴着眼镜，另一个身材魁梧，戴着墨镜，我感觉这两个外国人似乎有些来头。"夏冰又给出了新的线索。

"你没见过？"我问道。

夏冰在短暂的沉默后，摇摇头表示没见过。

"还有呢？你们还发现了什么？"我追问道。

"还有几张照片……"夏冰又叙述了玻璃台板下另外几张照片，其中两张应该是我们已经见过的，而其他几张我感觉没什么意义。

"就这些？"我略显失望。

"我能想到的就这些，但整个房间却给人一种难以言语的压抑与恐慌感。"

夏冰说完，宇文也点头称是。然后宇文接着说："或许还有什么重要的线索，但当时时间已经不允许我们仔细查找。"

"有人并不希望我们看到更多的东西，安放炸弹的人无非有三个目的：一是毁掉不想让我们看到的东西；二是最好能从肉体上彻底消灭我们；三是拿神迹做最后一次试验，看看神迹被炸弹炸毁后，会怎么样？"秦悦说道。

秦悦的话让我们都陷入了沉思，这时，我忽然发现周围的雾气渐渐散去，我赶忙又向前走了一段来到悬崖边，向对面的山崖望去，那里就是神迹所在的位置。大爆炸的痕迹清晰可见，但是神迹却已不见踪影。我们静静地在这儿伫立良久，神迹始终没有再出现。

"看来此地不宜久留，还是快点走吧！"我催促大家踏上出山的道路。按照来时的记忆，我领着大家走了两天一夜，终于顺着原路走出了高黎贡山。当我们回到老教堂民宿时，已是空无一人，找遍整个老教堂，也没见梅姨的身影，更不见张克与辛叔，或许他们已经死于那场大爆炸，或许他们还隐藏在高黎贡山的某个角落里。望着老教堂里的一切，恍如隔世。

3

在首都机场送别夏冰，我再次向夏冰提出带我们去蓝血团总部的想法，但夏冰面露难色，依然没有给我们明确的答复。望着起飞的航班，我怅然若失，虽然我们解开了神迹之谜，也更接近谜底，但三件十六边形手环的丢失，让我们似乎离最后的谜底又更远了。袁帅的行踪也没找到，我产生了从未有过的茫然。就在这时，我抬头瞥见了机场的电视里正在播报马宏冰的新闻，看来马宏冰他们也平安回来了。于是，我决定去会一会马宏冰。

到访马宏冰的办公室，已是晚上，他还有一个长会没结束，辰姐匆匆赶来，将我引进走廊尽头一间极为隐蔽的会议室。会议室里的气氛有些尴尬，辰姐说马宏冰一会儿就来见我，但我俩大眼瞪小眼，等了半个小时，马宏冰也没过来。我只好开口问辰姐："你们后来是怎么逃出来的？"

"逃？我不认为那是逃！那是一次伟大的体验！"辰姐目光忽然有些迟滞，像是还陷在神迹里，不能自拔。

"你们还相信桂肃那一套吗？"我直接问道。

"那种伟大而美妙的体验让我们无法不相信。"辰姐并不直接回答我的问题。

这时，会议室的门开了，马宏冰走进来，他一进门，便对我说："我前几天刚与彭教授和姚大夫分开，你可以去和他俩聊聊。今天你和我们在经历了大爆炸后，还能完整地坐在这里聊天，不正说明神的伟大吗？除了神，还有谁能挽救我们？即便你们并不相信，可神依然没有抛弃你们。"

看来马宏冰对这个话题依然有说不完的激情，于是我绕开这个话题，问："那你们说炸弹又是谁安放的呢？"

我的问题一下子将马宏冰与辰姐问住了，他俩愣了一会儿，才摇头道："这……这我就不知道了？"

"还有，你们在头一天晚上，桂肃领着你们在神迹通神后，又带你们干了什么？"我又直接问出了我感兴趣的话题。

"那天晚上……"辰姐迟疑了一下，然后说，"桂大师带我们来到了一个房间，里面有一个宝座，然后我们跪下来，向神致意，并发誓效忠神。"

辰姐说的正是我感兴趣的。

"那么宝座上坐的是什么人？"

"不，没有人，那宝座连桂大师都没有资格坐，上面只有神。"马宏冰激动地回忆着。

"只有神？就是说上面还是有东西喽？"我被他们气得不知该如何形容。

"不要亵渎神，神是不会让我们肉眼凡胎看见的，也不是什么偶像崇拜……"马宏冰越说越激动。

我直接打断他。

"就直说了吧，你们到底在那个房间里看到了什么？宝座上究竟有什么？"

马宏冰还想说什么，辰姐倒说了句大实话。

"桂大师肃立在宝座旁，宝座上并没有人，只是……只是很神奇地显出一个影像。"

"一个影像？"

"对，在云雾缭绕间，出现了一头大象。"

"云象？"

我终于得到了答案，于是起身告辞。走出会议室时，我忽然回头又问了一句："你们后来看到潘禾禾了吗？"

马宏冰与辰姐互相看看，然后冲我摇了摇头。我快步往外走，根本不等辰姐送我，因为刚才辰姐的描述让我很是担心，桂肃利用神迹为云象到底招募了多少精英。我实在不敢细算，如果这些在各方面能量颇大的人，都为云象所用，那么后果不堪设想。

4

刚走出马宏冰的公司，我便将情况通报给了秦悦与宇文。在回家的路上，我又将情况发给夏冰。我到家后，收到了夏冰从蓝血团总部给我发来的邮件，邮件很长，还附带着许多资料和老照片，这是夏冰从蓝血团总部找到的所有关于弗朗索瓦和桂豹变的资料。我洗完澡，一个人坐在电脑前，仔细阅读，慢慢地，大半个世纪前那场血腥往事逐渐串联起来，越来越清晰。慢慢地，阵阵困意来袭，那血腥往事又渐渐消散……

大连郊外的雪原上，三个单薄的身影在风中摇曳，一男一女两个中年人拉着一个小男孩在雪原上狂奔。那男人裹着厚厚的呢子大衣，鼻梁上的眼镜已经破碎，一行殷红的血迹从左脸颊流淌下来，大口喘着粗气，明显已经体力不支。而那个中年女人身着有些陈旧的裘皮大衣，步伐凌乱，一路跌跌撞撞，女人面色苍白，鼻梁高挺，眼窝深陷，一头棕色秀发，看样子不似中国人。他俩中间拉着的小男孩，外表清秀，相貌英俊，一看便知是个混血儿。三人不停地奔跑，不停地回头张望，仿佛身后正有什么洪水猛兽追着他们……

追他们的并不是什么洪水猛兽，而是一群黑衣人，为首的一个身材黑壮的男人，手里紧握一支驳壳枪，目光坚定，脚下生风，在雪地上快步前行，这个人就是桂豹变。

前面的中年男人回头，看见了杀气腾腾的桂豹变，绝望地拉着妻儿向雪原旁的一片林子里狂奔。奔进林子里，中年男人终于开口了："柳德米拉，看来今天我们必须分开了，你带着孩子从林子里走，我出去引开他们。"

"不！我和孩子不能没有你！"这个叫柳德米拉的女人绝望地说道。

"别傻了，保住我们的孩子最重要！我听说你们国家已经允许你们这些白俄贵族回家，你们逃出去后，就去码头，回你的祖国去，那里至少没有战乱，没有追杀。"中年男人快速说着，语气急促而坚定。

"可……可你怎么办？"柳德米拉不肯放弃。

"我逃出去后，会去找你们。你家的地址我知道，咱们就在那儿见。"中年男人说着紧紧抱了抱柳德米拉，又抱了抱那个混血小男孩，紧接着中年男人又说："还有，我交给你的那个金手镯，那个东西是不祥之物，你们不要带在身上了，给我，我来处理。"

柳德米拉闻言，赶忙从裘皮大衣里面的口袋中掏出那只金手镯，金手镯在冬日阳光照射下，散发着奇异的光芒。男人匆匆收好金手镯，然后一把推开柳德米拉，头也不回冲出了树林，女人带着男孩只得往树林深处走去。

桂豹变带着他的人追上来，中年男人拼命向树林相反的方向狂奔，并有意挥起右臂，金手镯此刻戴在他的手腕上，桂豹变略一犹豫，便领人朝中年男人奔去。砰砰！两声枪响过后，中年男人小腿中弹，应声倒地，他瘫倒在厚厚的积雪上，身体摆出了一个大字形，仰头望着天空，大口喘着粗气，他太累了，再也没有气力了。黑衣人围上来，桂豹变走近中年男人，冷笑道："为什么我们就不能合作呢？为什么要弄成这样？"

中年男人嘴角微微动了一下，露出奇怪的笑容，似乎是对桂豹变的嘲讽，然后缓缓说出三个字："你不配！"

桂豹变闻听，恼羞成怒，猛地踩住中年男人右手手腕。

"我不配？那你就不要怪我不念旧情！"

说罢，桂豹变蹲下来，从中年男人右手臂下的积雪深处，掏出了那个金手镯，然后志得意满地在中年男人面前晃了晃沾满白雪和泥水的金手镯，这个十六边形的金手镯再次发出诱人的光芒。中年男人失神地望着桂豹变手中的金手镯，看着他慢慢将金手镯举起来，举到头顶，黑洞洞的枪口也在头顶，男人似乎想闭上眼睛，却又没有闭上，他直直地盯着金手镯，盯着枪口，看着桂豹变扣动了扳机，血光飞溅……

我浑身一颤，猛地从书房的沙发上惊醒，又是一个噩梦？此时，传来一阵刺耳的门铃，还夹杂着急促的敲门声。

黑轴3 高黎神山 完

图书在版编目（ＣＩＰ）数据

黑轴 . 3, 高黎神山 / 顾非鱼著 . –– 北京：台海出
版社，2023.5
ISBN 978-7-5168-3548-7

Ⅰ . ①黑… Ⅱ . ①顾… Ⅲ . ①幻想小说 – 中国 – 当代
Ⅳ . ① I247.5

中国国家版本馆 CIP 数据核字 (2023) 第 068821 号

黑轴 . 3, 高黎神山

著　　　者：	顾非鱼

出 版 人：	蔡　旭	封面绘制：	李宗男
责任编辑：	员晓博	封面设计：	李宗男

出版发行：台海出版社

地　　　址：北京市东城区景山东街 20 号　　　邮政编码：100009

电　　　话：010-64041652（发行、邮购）

传　　　真：010-84045799（总编室）

网　　　址：www.taimeng.org.cn/thcbs/default.htm

E – mail：thcbs@126.com

经　　　销：全国各地新华书店

印　　　刷：嘉业印刷（天津）有限公司

本书如有破损、缺页、装订错误，请与本社联系调换

开　　本：880 毫米 ×1230 毫米		1/32	
字　　数：390 千字		印　　张：14.75	
版　　次：2023 年 5 月第 1 版		印　　次：2023 年 8 月第 1 次印刷	
书　　号：ISBN 978-7-5168-3548-7			

定　　价：60.00 元